当代文学史研究丛书
程光炜 主编

中国文学与苏联影响（1956—1960）

〔荷〕佛克马 著
季进 聂友军 译

北京大学出版社
PEKING UNIVERSITY PRESS

图书在版编目(CIP)数据

中国文学与苏联影响:1956—1960/(荷)佛克马著;季进,聂友军译.—北京:北京大学出版社,2011.7
(当代文学史研究丛书)
ISBN 978-7-301-19011-1

Ⅰ.①中… Ⅱ.①佛…②季…③聂… Ⅲ.①俄罗斯文学-影响-中国文学-文学研究-1956—1960 Ⅳ.①I206.7

中国版本图书馆 CIP 数据核字(2011)第 115616 号

书　　　名：中国文学与苏联影响(1956—1960)
著作责任者：〔荷〕D.W.佛克马　著　季进　聂友军　译
责任编辑：张雅秋
封面设计：奇文云海
标准书号：ISBN 978-7-301-19011-1/I·2350
出版发行：北京大学出版社
地　　　址：北京市海淀区成府路 205 号　100871
网　　　址：http://www.pup.cn　电子邮箱:pkuwsz@yahoo.com.cn
电　　　话：邮购部 62752015　发行部 62750672　出版部 62754962
　　　　　　编辑部 62752022
印　刷　者：三河市富华印装厂
经　销　者：新华书店
　　　　　　965mm×1300mm　16 开本　17.25 印张　241 千字
　　　　　　2011 年 7 月第 1 版　2011 年 7 月第 1 次印刷
定　　　价：35.00 元

未经许可,不得以任何方式复制或抄袭本书之部分或全部内容。
版权所有,侵权必究
举报电话：010-62752024;电子邮箱：fd@pup.pku.edu.cn

"当代文学史研究丛书"总序

从1949年全国第一次文代会算起,中国当代文学的建史和研究,已经足足60年。在中国历史上,这60年是社会最为动荡又充满历史机遇的一个年代。但放在一百七十多年来的视野里,人们并不会为它离奇、剧烈、丰富的故事而惊诧。"当代文学"就发生在我们共同记忆的这一历史时段中。在当代文学史研究中,我们无法无视历史的存在将文学看做一个"纯文学"的现象,我们也无法摆脱文学与历史的无数纠缠,将作为研究者的自己置身事外。明白了这一点,就能懂得中国当代文学学科为何迄今为止都没有像中国古代文学和现代文学那样建立学术的自足性、规范性,反而屡屡地被人误解和贬低。更容易看清楚的是,如果当代史观到今天还没有在幅员辽阔的大地上成为一种"社会共识",那它势必会不断动摇与该史观息息相关的当代文学史的思想基础和学科基础。

当代文学史学科自律性一直缺乏的另一个原因,是它的下限始终无法确定。2000年后至今,当代作家的大量新作有如每年夏季长江无法控制的洪峰一样奔腾不息,声名显赫的老作家也不肯歇笔,对自己的思想头绪稍作整理,并对历史作更深远的瞭望。对新作的关注,仍然是最热门的事业。这就使当代文学很多从业者不得不放弃寂寞的研究,转入更为丰富多彩的当代文学批评之中。当代文学批评在慷慨为文学史研究提供新鲜视角和信息的同时,也在那里踩踏涂抹着"文学批评"、"文学理论"与"文学史研究"的界限。著名作家的新作,还会冲刷、改写和颠覆当代文学以往历史的价值,"超越"依然是当代文学批评最动人的词汇,正是它造成了当代文学观念的不断的撕裂。这种情况下,当代文学的标准和研究规范经常被挪动,也就不难理解。

本丛书提倡从切实材料出发,以具体问题为对象,对当代文学史的"史观"展开讨论,据此观察中国当代文学史为什么会以这种方式展开,影响文学思潮、流派、文学批评和作家创作的历史因素究竟是什么。将这些因素综合在一起,我们就能逐渐知道,它的研究在中国学术环境中失败的症结之所在。

本丛书主张当代文学史研究的"历史化"。认为先划出一定历史研究范围,如"17年文学"、"80年代文学"等等也许是有必要的,它会有利于研究问题的分层、凝聚和逐步的展开。对具体历史的研究,可能比宏篇大论更有益于问题的细致洞察,强化研究者对自身问题的反省,所谓的历史化也只能这样进行。

本丛书不收文学批评论集,而专以文学史研究为特色。丛书作者以国内一线学者为主,但不排斥年轻新秀优秀著作的加入,更欢迎海外学者的加盟。既为文学史研究丛书,自然希望研究者以经过沉淀的、深思熟虑的文学现象为对象,不做简单和草率的判断;它强调充分尊重已有的成果,希望丛书的风格具有包容性,也主张收入本丛书的著作对不同于自己观点的研究拥有包容性。

本丛书是对60年来当代文学史研究多次努力的又一次开始,这是一项长期和耐心的工作。它并不奢望自己的出版能改变什么,但也相信当代文学史研究的前途并不糟糕。

程光炜

2011年3月2日于北京

目 录

中译本序言 …………………………………………………… (1)
前言 …………………………………………………………… (1)

第一章　历史的梳理 …………………………………………… (1)
　　第一节　毛泽东在延安文艺座谈会上的讲话 ………………… (2)
　　第二节　延安的批评：丁玲、艾青、萧军等 ………………… (11)
　　第三节　战争及战后年代：胡风 ……………………………… (19)
　　第四节　赵树理与周立波 ……………………………………… (27)
　　第五节　第一次全国文学艺术工作者代表大会(1949) ……… (32)
　　第六节　周扬、苏联文学与第二次文代会(1953) …………… (36)
　　第七节　俞平伯和《红楼梦》 ………………………………… (43)
　　第八节　冯雪峰和胡风 ………………………………………… (48)

第二章　对知识分子的新政策(1956 年 1 月—4 月) ………… (55)
　　第一节　周恩来、毛泽东、郭沫若论知识分子问题 ………… (56)
　　第二节　作协第二次理事会会议：周扬与茅盾的讲话 ……… (58)
　　第三节　全国话剧观摩演出会 ………………………………… (66)
　　第四节　纪念陀思妥耶夫斯基和对典型的解释 ……………… (69)

第三章　非斯大林化(1956 年 4 月—1957 年 2 月) …………… (80)
　　第一节　国际政治背景 ………………………………………… (80)
　　第二节　百花齐放，百家争鸣：陆定一的讲话 ……………… (84)
　　第三节　高期望与不同的反应 ………………………………… (87)
　　第四节　批判，不是为幽默而幽默：何迟与王蒙 …………… (93)

第五节　对传统的关注:纪念活动与毛泽东诗词 ………… (98)
　　第六节　对苏联新思想的非官方反应 ………………… (103)
第四章　双刃剑(1957年2月—6月) ……………………… (112)
　　第一节　毛泽东论人民内部矛盾和整风运动 ………… (112)
　　第二节　对双百方针范围的讨论:陈其通和茅盾 …… (116)
　　第三节　关于现实主义与社会主义现实主义的国际论争 … (119)
　　第四节　五月至六月初早谢的"百花" ………………… (124)
　　第五节　"社会主义时代的现实主义"遭到否弃 ……… (132)
第五章　反右运动(1957年6月—1958年2月) ………… (138)
　　第一节　修正主义,主要的危险 ………………………… (138)
　　第二节　文学大辩论始末 ………………………………… (141)
　　第三节　"丁陈事件"与冯雪峰 ………………………… (149)
　　第四节　艾青与其他遭再批判者的反抗 ………………… (155)
　　第五节　追随者与独立作家 ……………………………… (159)
　　第六节　赫鲁晓夫文学理论受到肯定 …………………… (170)
第六章　大跃进(1958年3月—1959年12月) ………… (177)
　　第一节　人民公社与"不断革命" ………………………… (177)
　　第二节　革命的现实主义与革命的浪漫主义 …………… (181)
　　第三节　群众文艺创作运动和诗歌形式问题 …………… (186)
　　第四节　文艺与物质基础的新关系:周来祥的解释 …… (192)
　　第五节　盲目乐观主义的需要:对巴金等人的批判 …… (197)
　　第六节　对帕斯捷尔纳克与爱伦堡的批判 ……………… (204)
第七章　第三次文代会及其前奏(1960年1月—8月) … (215)
　　第一节　后斯大林时代的正统性 ………………………… (215)
　　第二节　人道主义与艺术"永久价值":对巴人的批判 … (217)
　　第三节　中国文学艺术工作者第三次代表大会 ………… (225)
　　第四节　双重真实 ………………………………………… (232)
第八章　结论 ………………………………………………… (238)

第一节 中国文学的实质与变化 ……………………（240）
第二节 中国对苏联文学与文学理论的态度 ……………（248）

译后记 ………………………………………………………（258）

中译本序言

相隔四十多年之后,我的《中国文学与苏联影响(1956—1960)》中译本现在终于面世了。我惊异于1950年代以来中国和中国文学发生了多么巨大的变化。然而,我书中讨论的许多理论问题与当下的文学却依然相关。

这几十年中,"文化大革命"促成了"样板戏"的产生,在其他文化景观一片荒芜的年代,"样板戏"几乎是仅有的受欢迎、创造性的作品。"文革"后出现了"伤痕文学",接着是王蒙、王安忆和其他许多作家的成熟作品,然后是后现代主义的作品,如余华、莫言、韩少功、王朔和海男的作品。当然这些列举只是极为简略的。自1980年代以来,中国作家试图为自己开创出足够的空间,来创作真正具有国际水准的优秀作品。

我坚持认为本书论述的许多理论问题与当下的文学依然相关,这一点需要更为详细的解释。传统的马克思主义文学理论留下了足够的余地,让读者能够欣赏巴尔扎克和其他所谓批判现实主义作家的小说。如弗雷德里希·恩格斯写道,当巴尔扎克预见到他所钟情的贵族将不可避免地走向衰败时,他违背了自己的阶级情感和政治主张。这用恩格斯的话来说,就是"现实主义的胜利"。事实上,这是文学超越了先验性的政治差别的胜利。同样地,尽管古希腊艺术脱胎于奴隶社会,马克思却对其大加赞赏,这使得文学可以免于机械的历史唯物主义分析。对这两个例子以及它们与中国文学论争的关系本书都有所论述。在马克思主义文学批评传统中,至少就十月革命或中华人民共和国成立前的文学而言,独立的文学创作总能找到一席之地。这在当代文学中也表现得愈来愈明显。

《中国文学与苏联影响(1956—1960)》论述的是一个绝对服从历

史唯物主义理论的时代。伴随"文化大革命"而来的,是一个更加严格地以历史唯物主义来阐释文学的时期。比如周扬提出,并非所有的生活现象都可以缩减为单一的阶级斗争图式,因此而受到姚文元的批判。周扬的确曾经使用过"全体人民的文学和艺术"这个说法。同时,周扬还因为将艺术定义为"形象思维"而受到非议,其实"形象思维"作为一个源于浪漫主义和唯心主义的概念,经由19世纪俄国批评家别林斯基的作品,已经成为马克思主义理论家的流行用语。"文革"时期那些极"左"的批评家否认作家拥有某种个人化的通过想象和艺术手段寻求真理的方式。他们主张一种和苏联美学截然不同的朴素的唯物主义文学观念。如果按其逻辑推论,这种严格的唯物主义观念必定和恩格斯对巴尔扎克的评价相冲突,也和马克思为古希腊文学和艺术所作的辩护相冲突。在《剑桥中国史》(Cambridge History of China)第八章(第二部,第十五卷)中,我对"文革"中的这些争论有着更为翔实的论述。此书汉译名为《剑桥中华人民共和国史》(1966—1982),由北京的中国社会科学出版社出版。

"文革"时期,严格的唯物主义文学创作理论推动了意识形态的审查机制。作家们借助于暧昧的语言,比如使用隐喻,或强调直觉知识,已经不再能避免政治控制。这是一次最坚决的摧毁文学虚构的尝试,在如此严厉的情形下,小说虚构被视为作者政治信仰的表达。作者和叙事者之间再也没有区别,甚至是小说中某个特别角色的政治罪名也会直接归罪于作者本人。这一切确确实实几乎扼杀了文学创作。1967年到1971年间,《人民日报》或《红旗》从未积极评论过任何现代或传统小说,也没有积极评论过某个诗人的诗作——除了毛泽东的诗歌。

这些激进的观点显然不值一驳。在现代,没有哪个政权可以阻止文学的生产。也许一个政权可以阻碍文学作品的出版和发行,却不能阻止人民思考和记录自己的思想。任何人只要买得起一支笔、一叠便笺,原则上都可以成为作家。和作曲、电影与绘画不同,写作不需要购买昂贵的器材或专门的材料用于工作。因此,写作可以被看做最为民主的艺术之一。

然而，并不仅仅是因为材料的原因，文学才没有被连根拔除。文学写作是人类交流中不可缺少的部分。文学讨论的话题都是报纸、科技刊物、政治节目、政府法规通常不会涉及的话题。我正在思考关于个体之间关系一类的话题——男人和女人的关系，父母和孩子的关系，社会与个体角色的关系。通过文学，我们可以读到各种寻找生命意义的尝试。它教会我们何时哭泣，何时欢笑，何时讽刺，何时缄默。作家通过文学话语和个体读者取得沟通，获知什么才是他或她发现的生命的意义。如果一个作家，比如罗伯·格里耶，从某个角度说"世界既无意义也不荒谬，它是那样简单"，没有政权可以干涉，因为这纯属个人观点。当然，我们不需要把这当做终极智慧。为了让生活值得继续，为了让世界可以忍受，我们和其他人互相配合，共同为我们的生活和这个世界创造意义并且让一切富有意义。这对我们来说是一个挑战。意义是个人努力的结果。有些人在宗教里寻找意义，但在不笃信宗教的国家和地区，比如中国和绝大部分欧洲地区，许多人通过文学或其他艺术表现形式来寻找人生的意义或了解人生可以拥有何种意义。一个人自己的人生能够拥有何种意义，这个问题只能由其本人来回答。正是每个人去聆听小说和诗歌中传达的声音、理解小说和诗歌中传达的事件，也许文学才在我们寻求人生意义方面有所助益。

对意义的需求是一种基本的人类学和心理学需求，这让废除文学变得毫无可能。"文革"中根除想象力自由发挥的企图注定会失败。1980年代以来中国文学的发展更证明了小说和诗歌的顽强生命力和不可或缺性。当一些悲观的西方同仁怀疑创造性作品的未来时，我却常常指出最近20年中国文学创作的复苏和活力。

本书是基于对受到马列主义毛泽东思想深刻影响的文学理论的理性分析。如今各种其他文学理论变得流行起来，但是理性分析的方法仍然是科学研究的基石。1968年结束了两年荷兰外交官生涯离开中国后，我开始在乌得勒支大学教授比较文学。我始终将拓展文学的科学研究作为我的目标。这一目标从我与我妻子 E. 蚁布思合著的 *Theories of Literature in the Twentieth Century* 中得到展现。此书中译本为《二十世纪文学理论》(北京:三联书店,1988)。还有更新的 *Knowledge and Commitment: A Problem - Oriented Approach to Literary Studies*,中译本已于 1996 年由北京大学出版社出版,名为《文学研究与文化参与》。

当然,当今的文学研究已不再由鲜明的意识形态所支配,但依然受到研究者考虑的特定难题或疑问,和可以解决难题或回答疑问的理论及理性研究方法所制约。任何熟悉科学哲学的人都会发现,我们受到了卡尔·波普尔作品的影响。

我相信《中国文学与苏联影响(1956—1960)》中的论述并未过时。本书论述的那段文学史,很多方面都有别于目前的情形。但是,政治和文学创作间的冲突是永恒的,尽管今天的冲突较之 1950 年代、1960 年代表现出更高的层次。也许有人会说,政治家也可以求教于作家,求教于他们想象力的不尽源泉,求教于成千上万作家的创造力,求教于高度集中表现社会的小说。如果这些小说是写实性的,它们就提供了一个社会生活的宝库,如果它们是乌托邦式的,它们就可以启发政治家重审其长远的目标。

1965 年本书第一次出版之后,学界又出现了许多关于中国当代文学的专著。在这里逐一列举这些出版物是不现实的,也是没有必要的,因为这些著作对本书的论述几乎没有什么影响。然而有一个例外,那就是杜博妮(Bonnie McDougall)翻译的 1943 年版的毛泽东《在延安文艺座谈会上的讲话》(Ann Arbor: *Center for Chinese Studies*, University of Michigan, 1980)。我在第一章中对"延安讲话"的讨论根据的是中国官方 1953 年版的《毛泽东选集》。如果在 1965 年就知道更早的 1943 年的版本,我一定会加以参阅。有趣的是,较早版本的提法是"无产阶级现实主义"而不是社会主义现实主义,这表明毛泽东从未倾向于后一种提法,而后者 1958 年最终被"革命现实主义和革命浪漫主义相结合"所替代。这个问题关系到中国领导人在多大程度上愿意接受带有苏联烙印的概念。还有一些两个版本之间不太重要的差别,此处不再讨论。

最后,我要向苏州大学的季进教授、聂友军先生表达我诚挚的谢意。同样也要感谢所有在此书的中译和出版方面付出宝贵时间的朋友们。

D. W. 佛克马

(荷兰,乌得勒支大学)

2006年10月

前 言

本书研究的主要目的是探讨中国"百花齐放"及稍后时期(1956—1960)"文学"一词到底意指什么。尽管研究的对象只限于短短的几年,但对这个时期中国文学理论历史进程的描述,似乎是颇为有效的研究途径,因为我们不能想当然地认为,凡是来源于中国的文学的概念都是有待商榷的,我们讨论的是一个统一、明确的对象实体。这一点必须加以强调,因为我们涉及的那个时期的文学及文学评论众说纷纭很不一致,甚至党在文学事务方面的正统立场也表现出某种变动性。

党的正统立场来自于毛泽东与周扬的理论阐述,中国文学理论中绝大部分"文学"的定义,都可以追溯到他们的论述那里。然而,对文学批评家和政治家(从社会学的观点看,对于一个像中国这样的国家,甚至是更为重要的)所提出的对文学的要求进行观照,还是必要的。只有这样我们才能理解"文学"一词在中国的含义、"纯文学"在党的思想体系中的位置以及文学在政治和社会生活中所起的作用。需要考察的材料包括文学批评著作和对文学的任务、功能、形式及主题的一般论述。研究文学作品有时也同样有用,因为它们是文学评论的对象,或者是文学原理实际运用的产物。研究翻译某些西方及俄苏文学背后的取舍原则,以及重编中国传统文学的遴选原则,也有助于阐明中共理论家所坚持的文学的概念。

该研究的另一目的是对苏联文学的影响作出评价。中国文学的理论与苏联理论在很多方面是相通的。如果不了解它们的苏联原型,中国文学理论的某些特征是很难理解的。这里我们必须把"影响"与"相似"区分开来。中苏两国某些共性因素的作用决定了它们的相似性,两国在社会组织方面有相当多的共同之处,文学在很大程度上也是由共产主义意识形态掌控的。正因为这个原因,要清楚地确认苏联文学与文学批评在中国的影响,就必须梳理中国文献中明确提到的苏联文学作品和理论,找到苏联著作和文章的中文翻译,或者苏联作家与中国同行个人接触的迹象。

本书对苏联文学影响的考察截止于1961年之前,这一年周恩来在苏共第二十二次大会上公开批评了赫鲁晓夫缺乏认真的马列主义的态度,中苏两党对马列主义理解的分歧首度公开化,或许治思想史的学生对此会感兴趣。相比起纯粹政治性、理论性的党的文件,文学作品的影响不容低估。可以看到,1956—1960年期间,中国主要接受的是特别类型的苏联文学作品,而这个时期苏联出版了大量的出版物,但至少从官方来看,却鲜有在中国受欢迎的作品。

那几年中国的文学批评非常繁荣。一些作家提出的"修正主义"理论迫使其他作家来表明自己的正统观点,它们通常来自于毛泽东1942年5月《在延安文艺座谈会上的讲话》中的观点。文学的正统理论最终使所有的异议销声匿迹,从第三次作代会的报告中可以清楚地看到这一点,这次大会原计划于1957年秋召开,最后推迟到1960年七、八月份。

在此,我想对本书撰写过程中以不同方式帮助过我的所有人表示感谢。

特别感谢莱顿大学的赫尔斯韦(A. F. P. Hulsewe)教授,他一直是我的老师,指导我从事中国研究长达12年之久,并接受本书原稿作为我的博士学位论文。我也非常感谢泽克(E. Zurcher)教授和琼克(D. R. Jonker),感谢莱顿大学的里夫(K. van het Reve)教授审阅了本书初稿并同我讨论了关于苏联文学的某些章节。

感谢加州大学伯克莱分校的陈世骧(S. H. Chen)教授、白之(Cyril Birch)教授,还有哥伦比亚大学夏志清(C. T. Hsia)教授给予我的宝贵帮助,他们评论了不同阶段的文稿,我从中获益巨大,当然,若有任何错误，应由我自己承担。夏济安(Tsi-an Hsia)教授深刻博识、经验丰富，每有请教，都受益匪浅，这个月传来他在伯克莱英年早逝的消息令我震惊。感谢希特(Roxane A. Heater)小姐和斯特尔(John. A. Settle)先生对本书不同部分所作的善解人意的编辑。我还要感谢莱顿大学汉学研究所和加州大学伯克莱分校中国研究中心的所有同事，感谢他们极具成效的帮助。

联邦基金会(The Commonwealth Fund)给予我哈克尼斯奖学金(Harkness Fellowship)的资助，使我得以在1963—1964学年在伯克莱研修。没有它慷慨友好的帮助，本书尚不会完成。最后，也非常感谢荷兰外交部长准许我请假离开，从而使我有机会接受该奖学金。

D. W. 佛克马
荷兰，沃伯格
1965年2月

第一章 历史的梳理

1956年1月4日,中国共产党中央委员会召开会议,周恩来在会上就知识分子的问题发表了讲话。这一讲话对此后几年文学的发展具有重大意义,它标志着文学创作一个短暂的、某种意义上也是虚假的自由化时期。要了解1956—1960年间中国文学的发展状况,必须先对此前的文学理论做一番梳理。由于已有多部专著论及了之前的文学创作与意识形态情况①,所以这里我们仅谈一些直接影响到文学理论产生的事件和问题。

珍珠港事件爆发后六个月,当盟军在远东战场节节败退、德军直插苏联的心脏时,一次重要的文艺座谈会在中国共产党的根据地延安召开了。直到1942年毛泽东及其追随者一直困守在偏远多山的陕西省境内。此前一年,国民党和共产党双方的军队发生冲突,即皖南事变,使得原本摇摇欲坠的国共统一阵线最终瓦解。当时日本侵略军占据内蒙古,蒋介石的部队驻扎在新疆,从而切断了中国共产党与苏联的交通线,苏联正忙于生死攸关的决战期,根本无暇顾及延安的共产党政权。况且莫斯科方面对中国共产党政权几乎没抱多大希望,因为抗日战争

---

① 参见 Cyril Birch(白之),"Fiction of the Yenan Period", *The China Quarterly*,1960, 4,pp. 1-12;Albert Borowitz, *Fiction in Communist China*, Cambridge,Mass.,Massachusetts Institute of Technology,1954;Theodore H. E. Chen(陈锡恩),*Thought Reform of the Chinese Intellectuals*,Hong Kong,Hong Kong University Press,1960;夏志清(C. T. Hsia),*A History of Modern Chinese Fiction*, New Haven,Yale University Press,1961;普实克(Jaroslav Prusek), *Die Literatue des befreiten China und ihre Volkstraditionen*,Prague,Artia,1955。

所有参考书目资料都将在注释中注明,书末不再附列参考书目,因为绝大多数引文资料都来自较为短小的文章,篇幅所限,不再对它们进行汇编。

爆发时，共产党控制的地盘不足一个省，统辖的人口不过区区150万。① 1944年斯大林在与哈里曼（W. Averell Harriman）的一次谈话中流露出对中共的轻视。尽管他这样说可能是要掩饰莫斯科与延安的真实关系，②但更主要的是斯大林认为反法西斯战争的结果至关重要，至于中共的命运还在其次。毕竟斯大林需要蒋介石继续作战，因为如果蒋介石向日本妥协的话，日军很可能会入侵西伯利亚东部。基于这个原因，斯大林也不便对延安表现出过多的兴趣。

但之后随着欧洲战局战况的扭转，苏联同情延安而不是重庆政府的态度日趋明朗。不断加强自己地位的毛泽东此时在华北的势力也达到令苏联不得不刮目相看的地步。

二战时苏联与中共的真实关系或许在相当长一段时期内还会是个谜，但可以推定双方的接触在1942年降到了最低点。因此，那时的中共几乎没有来自苏联的直接影响，也不存在苏联在军事或经济方面的支持，但苏联仍旧是毛泽东的学习榜样。毛泽东1940年在《新民主主义论》中写道："革命的三民主义，新三民主义，或真三民主义必须是联俄的三民主义。"③尽管这个"联俄的三民主义"的性质不好确定，但苏联始终是中共的一个光辉榜样。中共对苏联的追随在很大程度上是受了共产主义意识形态的特性、共产国际组织及相似的政局的影响。

第一节　毛泽东在延安文艺座谈会上的讲话

从表面上来看，毛泽东选择在腹背受敌的时候来处理文学事务，并在延安文艺座谈会上发表了两次讲话（1942年5月2日、5月23日）似

---

① Herbert Feis, *The China Tangle, The American Effort in China from Pear Harbor to the Marshall Mission*, Princeton, Princeton University Press, 1953, p. 263.

② Feis, *The China Tangle, The American Effort in China from Pear Harbor to the Marshall Mission*, Princeton, Princeton University Press, 1953, p. 140.

③ 毛泽东：《毛泽东选集》，第二卷，北京：人民出版社，1952年版，第661页。

乎有些奇怪,但是他相信自己需要作家。他在开幕词中宣布这次会议的目的是:"和大家交换意见,研究文艺工作和一般革命工作的关系,求得革命文艺的正确发展,**求得革命文艺对其他革命工作的更好的协助,借以打倒我们民族的敌人,完成民族解放的任务**。"①

从政治角度来讲,发动作家是很有必要的,因为他们可以运用语言和才识去鼓舞、打动读者,从而为宣传工作做出有益的贡献。这一点在1942年早些时候已表现得相当明显。当时丁玲、艾青、罗烽、王实味和萧军陆续发表了一些短篇小说和随笔,主要发表在丁玲、陈企霞主编的《解放日报》文学副刊上。毛泽东的讲话尽管没有指名道姓,仍可以看做是对这些作家所持的非主流观点的直接回应。

当时毛泽东的政治处境很尴尬。由于日本占领了中国大部分地区,加上共产党的大力宣传,大批作家和艺术家汇集到了延安,对此毛泽东一方面表示出欢迎,但另一方面他们的到来又产生了新问题,因为这批人带来了非马克思主义的人生观。② 毛泽东断言有许多同志比较注重研究小资产阶级知识分子,"原谅并辩护他们的缺点,而不是引导他们和自己一道去接近工农兵群众,去参加工农兵群众的实际斗争,去表现工农兵群众,去教育工农兵群众"。③ 这样一来不可避免会影响到文学创作。这些作家由于不熟悉群众,"对人民群众的丰富的生动的语言,都缺乏充分的知识"。④ 结果"他们的作品不但显得语言无味,而且里面常常夹着一些生造出来的和人民的语言相对立的不三不四的语句"。引起毛泽东不快的另一点是有些作家缺乏热情,"许多同志"不爱工农兵群众的"萌芽状态的文艺",如墙报、民歌、民间故事、通讯文

---

① 黑体部分系著者标出。毛泽东:《在延安文艺座谈会上的讲话》,见《毛泽东选集》,第三卷,1953年版,第869页。该引文的英语表述大体与4卷本英文版《毛泽东选集》(*Mao Tse-tung's Selected Works*, 4 vols. London, Lawrence And Wishart Ltd., 1954–1956)相符,但有时也略有改动。
② 《毛泽东选集》,第三卷,第870、874页。
③ 同上书,第878页。
④ 同上书,第872页。

学等。① 在23日讲话的结尾,毛泽东把他们的缺点总结为"唯心论、教条主义、空想、空谈、轻视实践、脱离群众"。因此需要"一个切实的严肃的整风运动"。② 毛泽东《在延安文艺座谈会上的讲话》就是在这种政治氛围中出炉的。基于内政的考虑,毛泽东认为有必要就文学问题发表讲话。由于他讲话的背后没有任何直接的来自外国影响的迹象,所以可以推定:毛泽东关于文学的讲话很大程度上倾向于苏联的观点。

很有必要考查毛泽东对"文学"这一概念的理解,因为他的理论限定了中国共产主义文学批评的趋向。在5月23日的讲话中,毛泽东从观念形态的角度对文学作品作出如下定义:"作为观念形态的文艺作品,都是一定的社会生活在人类头脑中反映的产物。"随后的陈述在某种意义上解释了这个定义:"人民生活中的文学艺术的原料,经过革命作家的创造性的劳动而形成观念形态上的为人民大众的文学艺术。"③应该注意,这一阐述关注的只是文学作品产生的方式,除了从观念形态的角度强调外,文学的特性与功用几乎没有被提及。不过毛泽东似乎也意识到文学作品有艺术性的特殊面,他区分了文学批评中的政治标准和艺术标准。他提出了一个论断,"任何阶级社会中的任何阶级,总是以政治标准放在第一位,以艺术标准放在第二位",很明显毛泽东意识到了艺术评判标准的存在:

> 按着艺术标准来说,一切艺术性较高的,是好的,或较好的;艺术性较低的,则是坏的,或较坏的。这种分别,当然也要看社会效果。文艺家几乎没有不认为自己的作品是美的,我们的批评,也应该容许各样各色艺术品的自由竞争;但是按照艺术科学的标准给以正确的批判,使较低的艺术逐渐提高变成为较高级的艺术,使不适合广大群众斗争要求的艺术改变到适合广大群众斗争要求的艺

---

① 《毛泽东选集》,第三卷,第879、885页。
② 同上书,第896、899页。
③ 同上书,第882、885页。

术,也是完全必要的。①

遗憾的是,毛泽东并没有进一步解释他所说的"艺术科学的标准"是什么意思,只是附带说了一些与美学有关的话,如"形式"与"内容"的问题,并且他把这些概念看做相互独立的统一体:

> 对于过去时代的文艺形式,我们也并不拒绝利用,但这些旧形式到了我们手里,给了改造,加进了新内容,也就变成革命的为人民服务的东西了……

> 有些政治上根本反动的东西,也可能有某种艺术性。内容愈反动的作品而又愈带艺术性,就愈能毒害人民,就愈应该排斥。处于没落时期的一切剥削阶级的文艺的共同特点,就是其反动的政治内容和其艺术的形式之间所存在的矛盾。我们的要求则是政治和艺术的统一,内容和形式的统一,革命的内容和尽可能完美的艺术形式的统一。②

内容与形式的统一对大多数西方作家来说是至关重要的,但在这段话里似乎只有理论上的价值。引文第一句中介绍的"形式",远比福音书中的"酒鬼"好理解。或许毛泽东对文学作品中语言功用的低估就是从这里开始的。一旦形式和内容这对概念被分离,那么形式(语言材料、语言和文体模式及结构)就只会被看做是一种可以任意使用的工具,也就不会对其有任何创造性的要求。

毛泽东相当轻视形式,反对"语言无味"的作品及作家们"一些生造出来的和人民的语言相对立的不三不四的语句"。反对使用与普通

---

① 《毛泽东选集》,第三卷,第890—891页。
② 同上书,第877、891页。

语言相对的语句,本质上是反对作家使用那些难以被大众理解的新词（新义）和真正具有创造性的文体。他所喜欢的墙报、民歌、民间故事和通讯文学等形式,都是以简单语言为特征的。毛泽东"中国的革命的文学家艺术家……必须长期无条件地全心全意地到工农兵群众中去"的观念,表达的是对高雅文学的某种怀疑。①《在延安文艺座谈会上的讲话》中,毛泽东坦率地说,在当前形势下,"普及工作"要比"提高工作"迫切得多。② 毫无疑问,这种立场成为根据地文学的创作准绳。

毛泽东的美学来源于实用主义,他认为区分艺术好坏的标准是"要看社会效果",必须避免不好的艺术,因为它"不能适合广大群众斗争要求"。③ 文学作品"必须能使人民群众得到真实的利益,才是好的东西"。④ 毛泽东确信文学应当"很好地成为整个革命机器的一个组成部分",⑤这证明他是一个真正的马列主义者。毛泽东用政治术语将中国新文化定义为"无产阶级领导的人民大众的反帝反封建的文化","人民大众"由工人、农民、兵士和城市小资产阶级组成,文学在为这四种人服务时,"必须站在无产阶级立场上,而不能站在小资产阶级立场上"。⑥

然而毛泽东并不认为他对文学的政治限定就意味着他要废除艺术,就像爱伦堡（Ehrenberg）长篇小说中的主人公朱里安·朱冉尼托（Julio Jurenito）建议的那样,或者说艺术不重要。毛泽东的现实主义哲学使他需要艺术,况且他本身还是个诗人：

> 人类的社会生活虽是文学艺术的唯一源泉,虽是较之后来者有不可比拟的生动丰富的内容,但是人民还是不满足于前者而要求后者。为什么呢？因为虽然两者都是美,但是文艺作品反映出

---

① 《毛泽东选集》,第三卷,第 882 页。
② 同上书,第 884 页。
③ 同上书,第 890、891 页。
④ 同上书,第 886 页。
⑤ 同上书,第 870 页。
⑥ 同上书,第 877—878 页。

来的生活却可以而且应该比普通的实际生活更高,更强烈,更有集中性,更典型,更理想,因此就更带普遍性……①

如果连最广义最普通的文学艺术也没有,那革命运动就不能进行,就不能胜利。②

在西方很难找到一个对文学期望值这么高的政治家。但毛泽东的这种姿态又有功利主义的潜在倾向。他提出"文艺服从于政治"的标准,但实际上"缺乏艺术的艺术品,无论政治上怎么进步,也是没有力量的"。③ 如果服从于政治标准的文学作品真的被认为具有较高水平,那是因为它的政治优势而不是文学内涵,因为只有高质量的文学作品才能影响读者。如果一部作品没有趣味,就不会有人去读,也就不会有任何功用。

毛泽东并没有具体谈到对艺术性的要求,但他详细阐述了作家将现实理想化的必要性(当然他没用"理想化"这个词)。这种理想化或粉饰不是美学风格,而是属于道德或伦理范畴。延安的作家曾讨论过是否应该暴露社会阴暗面的问题。他们当中一些人给出了肯定回答,并写杂文披露延安生活条件的不足。毛泽东在说了许多无关痛痒的话之后,对这个问题给出了辩证的解答:

只有真正革命的文艺家才能正确地解决歌颂和暴露的问题。一切危害人民群众的黑暗势力必须暴露之,一切人民群众的革命斗争必须歌颂之,这就是革命文艺家的基本任务。④

---

① 《毛泽东选集》,第三卷,第 883 页。
② 同上书,第 888 页。
③ 同上书,第 888、891 页。
④ 同上书,第 893 页。

这样一来,作家们就被禁止描写中共统治下种种令人不满的情况。毛泽东称苏联在社会主义建设时期也用过同样的方式来限制类似的批评,他显然把这种限制看做是巩固自己地位的方式。他提倡描写共产党统治下光明的一面:

> ……刻画无产阶级所谓"黑暗"者其作品必定渺小……对于人民,这个人类历史的创造者,为什么不应该歌颂呢?无产阶级,共产党,新民主主义,社会主义,为什么不应该歌颂呢?①

这种情况下就必须在创作中小心运用讽刺手法。这在毛泽东的讲话中表述得很清楚:"有几种讽刺:有对付敌人的,有对付同盟者的,有对付自己队伍的,态度各有不同。我们并不一般地反对讽刺,但是必须废除讽刺的乱用。"②

最后要谈谈毛泽东讲话中明显的苏联文学理论的影响。他提到的唯一一部苏联作品是法捷耶夫(Alexander Fadyev)的《毁灭》(*Razgron*)。③ 这部长篇小说1927年在苏联出版,1931年由鲁迅译成中文,冠名为《毁灭》。④ 毛泽东特别选择这部苏联小说的动机不难理解,因为它以西伯利亚东部为背景,记录了布尔什维克革命后苏联共产党与白色恐怖势力及日本"侵略者"的斗争。因此法捷耶夫笔下的政治、军事形势与中国共产党在陕西和其他革命根据地的处境大体相当。毛泽东还两次提到了列宁在1905年11月发表的《党的组织和党的出版物》

---

① 《毛泽东选集》,第三卷,第894—895页。
② 同上书,第894页。
③ 同上书,第898页。法捷耶夫的小说亦被译为英文,名为"The Nineteen",见 *Russian Literature since the Revolution*, edited by Joshua Kunitz, New York, Boni and Gaer, 1948。
④ 鲁迅:《鲁迅全集》,第十八卷,上海:鲁迅全集出版社,1938年版,第261—613页。

(*Partiinaya organizatsiya i partiinaya literatura*)①,该文阐明了对党在宣传与出版方面的要求。在十月革命刚刚胜利时对出版工作重新定位是十分必要的,因为在苏联合法出版与非法出版间的区分开始消失。②以前非法党派的出版物很容易被操控并不容侵犯。但当各式各样的作家都拥有合法出版的权利时,列宁担心那些左倾的和有着西方思想的作家可能会受资产阶级影响,因为他们要么不是社会民主党党员,要么不愿遵守党的纪律。列宁选择这个时候宣布出版事业应当成为整个无产阶级事业的一部分,成为一部巨大的社会民主主义机器的"齿轮和螺丝钉"是适当的。毛泽东把列宁对新闻出版业的论断扩大到了整个文学艺术范畴,他说:"无产阶级的文学艺术是无产阶级整个革命事业的一部分,如同列宁所说,是整个革命机器中的'齿轮和螺丝钉'。"③这番陈述遵循了苏联的习惯做法,将列宁主要针对创造性写作的说法假想成对普遍意义上的纯文学都有效,尽管西蒙斯(E. J. Simmons)注意到纯文学的俄语对应词 khudozhestvennaya literatura 在列宁的《党的组织和党的出版物》中一次也没有出现过。因此毛泽东对列宁的解读是片面的,他的观点也与列宁下面的这段话相违背:

> 毫无疑问,在机械均衡化、统一标准和少数服从多数的原则方面,文学作品的价值与任何其他事物相比都毫不逊色。在确保作家在个人主动性、思考和幻想及内容和形式等诸方面有最大限度的自由,是完全有必要的,这一点也毫无疑问。④

---

① 《毛泽东选集》,第三卷,第 876,887 页。列宁文章的俄语原文可参见列宁, Sochineniya, 4ᵗʰ de., 40 vols. (Moscow-Leninggrad, Gos. Izd. politicheskoi literatury, 1941–1942, 见 vols. X, pp. 26-32. 译注:《党的组织与党的出版物》,一译《党的组织与党的文学》)

② 西蒙斯(Ernest. J. Simmons), "The Origin of Literary Control", *Survey, A Journal of Soviet and East-European Studies*, 1961, 36, pp. 78-85, and no. 37, pp. 60-67。

③ 《毛泽东选集》,第三卷,第 887 页。

④ Lenin, Sochineniya, X, p. 28.

不仅毛泽东忽略了文章中的这一段,而且苏联理论家也很少引用或提及它。①

中苏对待文学的态度既有差异性又有相似性,毛泽东对列宁关于出版物观点的解读可视为源头。相似之处主要基于苏联与中国的理论家用共同的依据来论证各自的理论。而且毛泽东在解读列宁的论断时还遵循了苏联人的做法,把它当做普遍适用的原则,而不仅仅限于创造性文学。但是中苏也有不同之处,毛泽东在控制文学创作——无论理论还是实践方面——似乎比苏联领导人走得更远,尤其在斯大林逝世后,这一差异愈发明显,下文将论及。相对于苏联的原则,作为诗人的毛泽东可能更相信文学的现实效用,人们也许会猜这是否是他急于严格控制文学缪斯的原因。但毛泽东对诗的功用的理解并不是他要控制文学的唯一理由。中国的革命舞台、总体的政治形势和中国经济的欠发达状况共同限制了作家驰骋自由的思想、尝试不同的诗体风格、运用动人的语言来表达梦想的努力。简单地说,文学写作与阅读的大背景在很大程度上决定了中苏文化政策的差异。

然而在1940年代,中苏在文学取向上的差异性远不如相似性那么显著。毛泽东《在延安文艺座谈会上的讲话》中明确说,外国的经验,尤其是苏联的经验,在创作革命文学时有指导作用。他指出苏联社会主义建设时期的文学是一个学习榜样。② 毛泽东像苏联理论家一样提倡"社会主义现实主义",但他没有解释这一概念。③ 最后他还谈到了

---

① Simmons, "The Origin of Literary Control", *Survey, A Journal of Soviet and East-European Studies*, 1961, 36, p.79. 苏尔科夫(A. A. Surkov)在1954年11月苏联第二次文代会上的报告中引述了这一段,但他马上评论说:"列宁的这段话,已经被我们整个的文学发展实践证实了——为如何对待社会主义现实主义指出了普遍方向——这就使得不同的文学思潮存在并竞争成为可能,也使我们讨论这种或那种思潮的优点成为可能。"英语引文据 *Current Digest of the Soviet Press*(Washington, D.C.), 6(1954), 52, P.17. 苏尔科夫讲话的俄语原文载[苏]《文学报》(*Literaturnaya gazeta*), 1954年12月16日。译注:*Current Digest of the Soviet Press*,以下简称 *Current Digest*。

② 《毛泽东选集》,第三卷,第884、893页。

③ 同上书,第889页。

从苏联文学中借用来的"党性"和"典型"两个术语,不过同样没有给出定义。①

若要分析毛泽东谈到马克思主义时通常所用的方式则离题太远,但马克思主义在中国的变体明显带有苏联特征。如果说毛泽东对马克思主义原则有所附益的话,他不是通过改变其实质,而是通过强调不同的侧重点来实现。下面这段引文是毛泽东谈马克思主义艺术作用论的,可以清楚地看出毛泽东的最终目的:

> 那么马克思主义就不破坏创作情绪了吗?要破坏的,它决定地要破坏那些封建的、资产阶级的、小资产阶级的、自由主义的、个人主义的、虚无主义的、为艺术而艺术的、贵族的、颓废的、悲观的以及其他种种非人民大众非无产阶级的创作情绪。对于无产阶级文艺家,这些情绪应不应该破坏呢?我认为是应该的,应该彻底地破坏它们,而在破坏的同时,就可以建立起新东西来。②

第二节 延安的批评:丁玲、艾青、萧军等

《在延安文艺座谈会上的讲话》可以看做整风运动的一部分。1942年2月1日毛泽东在中共中央党校开学典礼上发动了整风运动:

---

① "党性"一词出现在以下这段话:"我们是站在无产阶级的和人民大众的立场。对于共产党员来说,也就是要站在党的立场,站在党性和党的政策的立场。"(《毛泽东选集》,第三卷,第870页)"典型"出现于前引第892—894页的引文及以下这段:"革命的文艺,应当根据实际生活创造出各种各样的人物来,帮助群众推动历史的前进。例如一方面是人们受饿、受冻、受压迫,一方面是人剥削人、人压迫人,这个事实到处存在着,人们也看得很平淡;文艺就是把这种日常的现象集中起来,把其中的矛盾和斗争典型化,造成文学作品或艺术作品,就能使人民群众惊醒起来,感奋起来,推动人民群众走向团结和斗争,实行改造自己的环境。"(同上书,第883页)

② 同上书,第896页。

整顿党的作风以便与马列主义思想原则保持一致。① 运动的目的是解决党的工作中的"形式主义",即著名的"主观主义"、"宗派主义"和"党八股"问题。② 1956年陆定一称"延安整风运动是为反对主观主义,主要是反对教条主义而发动的一场思想运动。这是我国自五四运动以来最大的一场思想运动"③。毛泽东在讲话中分析并质疑了作家的个人主义倾向。从党的观点看,很有必要这么做。

1942年3月9日《解放日报》文学副刊发表了丁玲的一篇文章《三八节有感》。这个1932年入党并在延安已生活了六年的女作家,在文章中抱怨共产党统治下妇女的生活条件,讽刺了她在延安亲眼目睹的男女不平等现象。④ 丁玲其实关注的是个体的命运,当战士在前线作战时,不能期望他们只关心政权的确立而不顾自己的生活条件。丁玲为个人主义辩护说无论在什么时候一个人做什么说什么,都要考虑一下要做的要说的是否违背自己做人的原则,这个原则并不是马克思主义道德意义上的原则。她1941年发表在《谷雨》杂志上的小说《在医

---

① 毛泽东:《整顿党的作风》,见《毛泽东选集》,第三卷,第833—851页。毛泽东的另外两篇演说在这场思想整顿运动中发挥了重要影响:1942年2月8日的《反对党八股》(同上,第851—823页)和1941年5月的《改造我们的学习》(同上,第815—823页)。也可参见 Boyd Compton,: *Mao's China*, *Party Reform Documents 1942 - 1944*),Seattle, University of Washington Press, 1952;Conrad Brandt、Benjamin Schwartz(史华兹)、John K. Fairbank(费正清),*A Documentary History of Chinese Communism*,Cambridge, Mass., Harvard University Press,1952.

② 在《整顿党的作风》中,"主观主义"被定义为:"一种不正派的学风,它是反对马克思列宁主义的,它是和共产党不能并存的。"(《毛泽东选集》,第三卷,第835页)同时毛泽东还说:"对内的宗派主义倾向产生排外性,妨碍党内的统一和团结;对外的宗派主义倾向产生排外性,妨碍党团结全国人民的事业。"(同上书,第843页)党八股指的是一种写作方式,类似传统科举考试中的"八股文",除了一些毫无价值的言词之外没有任何实质的分析。"党八股是藏污纳垢的东西,是'主观主义'和'宗派主义'的一种表现形式。"(同上书,第849页)在《反对党八股》中,"形式主义"是"主观主义"、"宗派主义"和"党八股"的总称。毛泽东还区分了"形式主义""左倾"与"右倾"的情况,前者是偏离了马克思主义,后者则是"走到资产阶级道路上去"(同上书,第853页)。

③ 陆定一:《百花齐放,百家争鸣》,载《解放日报》1956年6月13日。

④ 重刊于《文艺报》1958年第2期,第8—10页。

院中》也以同样的基调写成。① 它记录了党领导下的陕西令人堪忧的医疗状况。它描写了故事主人公之一、年轻的女共产党员陆萍被说服到延安附近一家医院的妇产科工作时所承受的沉重负担。在医院里，她的理想主义最终与周围人的狭隘观念发生冲突，小说最后成了对同志间缺乏同情的控诉。陆萍受到了党的批评，但作者在叙述时采取了反讽方式："她被指控为小资产阶级思想、个人英雄主义、自由主义等等，它们有一个共同的来源，那就是她的'党性'不够强。"陆萍最终得到了一个男人精神上的支持，他本人也是恶劣医疗条件的牺牲品，他的双脚几年前被毫无必要地切除。这个男人说服陆萍对医院那些没文化的管理者要耐心，奇怪的是这个人居然还访问过苏联。

《三八节有感》见报后，艾青的《了解作家，尊重作家》(1942 年 3 月 11 日)、罗烽的《还是杂文的时代》(3 月 12 日)、王实味自称为杂文的《野百合花》(3 月 13 日和 23 日)、萧军的《论同志之"爱"与"耐"》(1942 年 4 月 8 日)相继发表在《解放日报》上。② 其中有着留法背景、1941 年来延安的左翼诗人艾青所写的一篇文章最值得注意。文章讨论的是严肃文学的问题，反映了艾青对文学的真知灼见，从文章的第一句就可见一斑：

> 作家是一个民族或一个阶级的感觉器官，思想神经，或是智慧的瞳孔。作家是从精神上——即情感，感觉，思想，心理活动上——守卫他所属的民族或阶级的忠实的兵士。
>
> 作家的工作就是把自己的或他所选择的人物的感觉，情感，思想，凝结成形象的语言，通过这语言，去团结和组织他的民族或阶级的全体。

---

① 重刊于《文艺报》1958 年第 2 期，第 11—17 页。摘自 1942 年 8 月 25 日《文艺阵地》(重庆)第 7 卷第 1 期。

② 这四篇文章重刊于《文艺报》1958 年第 2 期。还应当提及陈企霞的《鸡啼》和萧军、罗烽的《太阳里面也有黑点》。这些文章在林默涵的《王实味的〈野百合花〉》(《文艺报》1958 年第 2 期)一文中均有提及。

艾青认为文学的目的在于自省与自尊,他还认为一首诗,一篇小说,或一个剧本可以从心理上增加战胜敌人的力量,从而具备某种政治功能。但艾青否定文艺有任何实实在在的用处。他同意"反功利主义的唯美论者"(艾青言)戈谛耶(Théophile Gautier)的观点。戈谛耶是"为艺术而艺术"(l'art pour l'art)的鼓吹者,认为文学完全不同于消费品、衣服、食品等,人们只有在感到空漠悲哀时,或在最孤独的时候深沉地询问"活着究竟为什么?"时才需要文学。能提出这个问题的人不一定是非马克思主义者,但不能马上回答出这个问题的一定是非马克思主义者。毛泽东之所以在《讲话》中称自己是实用主义者①,并提到有些作家缺少马克思主义的基本观点②,艾青的文章肯定是原因之一。就像医生的职责是保卫人类的身体健康一样,艾青认为作家的职责是守护人类的精神健康。由于作家在履行这一职责时,往往会抵制不了来自外界的干涉,故而艾青希望作家能拥有自由写作的特权和独立创作的机会。然而几个月后,毛泽东却把这种自由与独立排除在外,他说:"任何阶级社会中的任何阶级,总是以政治标准放在第一位,以艺术标准放在第二位。"③艾青故意把政治与文学区分开,并且认为后者更重要,他把瓦莱里(Paul Valéry)和莎士比亚(Shakespeare)看做是伟大作家的代表。数年以后,批评家冯至质疑说,像瓦莱里这样一个法国资产阶级没落时期的诗人,象征派的末流,第二次世界大战期间留在巴黎与德国法西斯和平相处的顺民,怎么能够创作出重要作品呢?④ 尽

---

① 《毛泽东选集》,第三卷,第886页。
② 同上书,第874页。
③ 同上书,第891页。毛泽东说"我们应该尊重专门家,专门家对于我们的事业是很可宝贵的。但是我们应该告诉他们说,一切革命的文学家艺术家只有联系群众,表现群众,把自己当作群众的忠实的代言人,他们的工作才有意义……如果把自己看作群众的主人,看作高踞于'下等人'头上的贵族,那末,不管他们有多大的才能,也是群众所不需要的,他们的工作是没有前途的"(同上书,第886页),这似乎间接提到了艾青的《了解作家,尊重作家》一文。
④ 冯至:《驳艾青的〈了解作家,尊重作家〉》,载《文艺报》1958年第2期,第23—25页。

管艾青知道瓦莱里是资产阶级的一员,但他仍然称他为大诗人,而且还引用了西方批评家颂扬他作品的话,称瓦莱里出版《水仙辞》是比一战更重大的事件。① 在谈到他对《水仙辞》推崇备至的原因时,艾青说,诗人通过对自己鞭辟入里的审视,向腐朽的法国资产阶级——也可以说向全世界的资产阶级提出了许多关乎生命本质的问题,令他们内心战栗不安。同样的,艾青相信英国人宁可失去一个印度,却不愿失去一个莎士比亚。在《水仙辞》中,资产阶级被迫审视自己,而莎士比亚作为"早期英国商业资本主义时代的代言人"、"英帝国主义向世界扩张的鼓吹者",其作品建构了英国的民族自尊心。艾青认为这才是莎士比亚之所以伟大的地方。艾青不仅仅为作家们争取创作上的自由独立,而且在评价其他作家时,将他们在文学或哲学上的重要性与他们所持的政治观点明确区分开来。对艾青而言,文学性似乎是文学作品的一个独立范畴。

鉴于延安的政治形势,王实味、罗烽和萧军的文章里对充满变数的文学谈得并不多。其中王实味对党的领导的批判最为严厉,后来他为此付出了沉重的代价。② 在《野百合花》中,王实味写道,我们尽一切力量拖曳着旧中国的代表者同我们一路走向光明,这过程中旧中国的肮脏污垢沾染了我们自己。当时在延安,有一批不满现实的年轻人,对领导者的无情感到愤怒,对找不到他们需要的同志情谊感到失望。王实味就是这些年轻人的代表。他赞扬他们有勇气说出别人不想说或者不敢说的话,他在文章中还建议应对人们抱怨的事实进行调查。尽管王

---

① 瓦莱里的《水仙辞》1939年首次印行20册,仅给作者本人及其朋友,直到1941年1月1日在 *Nouvelle Revue Francaise* 上和1941年在瓦莱里的 *Melanges* 中再版后才广为人知。《水仙辞》在二战期间及之后,在里昂和巴黎被广为传唱。见 Paul Valéry, *The Collected Works*, edited by Jackson Mathews, III, New York, Pantheon books, 1960, pp. 375-376。尽管艾青狂热地推崇《水仙辞》,但还不能肯定当时他是否读过该诗。

② Chao Chung, *The Communist Program for Literature and Art in China*, Hong Kong, Union Research Institute, 1955, p. 54. 也可参见夏志清 *A History of Modern Chinese Fiction*, pp. 628-629,以及林默涵的《王实味的〈野百合花〉》,载《文艺报》1958年第2期,第3页。

实味也承认延安的情况比中国其他地方要好些,但他的文章中仍包含了颠覆权威的因子。按照王实味的观点,延安存在着一种"半截子马克思主义",另半截马克思主义则被"主观主义宗派主义的大师"们忘记了。在这里,王实味对主观主义者滥用马克思主义的谴责,和毛泽东批判王实味及其朋友们的方式,真是如出一辙。后来王实味又提到"大师"时,却没有称做"主观主义宗派主义的",说明他们承认了延安生活中的阴暗面有其历史必然性,但他们对此也无能为力。最后王实味说:

> 我并非平均主义者,但衣分三色,食分五等,却实在不见得必要与合理……如果一方面害病的同志喝不到一口面汤,青年学生一天只得到两餐稀粥……另一方面有些颇为健康的"大人物",作非常不必要不合理的"享受",以致下对上感觉他们是异类,对他们不惟没有爱,而且——这是叫人想来不能不有些不安的。①

显然,王实味的杂文写得很成功,他想说的话只有用讽刺来表达,舍此无可措辞。

罗烽在《还是杂文的时代》中为杂文作了简短而有力的辩护,并提到身为《解放日报》文学版编辑的丁玲也希望杂文复兴。② 毛泽东反对滥用讽刺是可以理解的。他在《讲话》中申明反对鲁迅风格的杂文。按照毛泽东的说法,鲁迅和共产党领导下的陕甘宁边区作家的生活处境截然不同:"鲁迅处在黑暗势力统治下,没有言论自由,所以用冷嘲热讽的杂文形式作战",而在延安,革命文艺家有充分的民主自由,只

---

① 《文艺报》1958 年第 2 期,第 7 页。王实味同一时期的其他作品如《政治家,艺术家》、《硬骨头与软骨头》等在林默涵的文章中也被提及。据 Yang I-fan, *The Case of Hu Feng* (Hong Kong, Union Research Institute, 1956),《政治家,艺术家》最初发表于延安刊物《谷雨》第一卷,第 4 期,《硬骨头与软骨头》出现在延安中央研究所的一期壁报上。

② 参见夏志清,"Twenty Years after the Yenan Forum", *The China Quarterly*, 1963, 13, pp. 226-254,尤其是 p. 242。

对反革命分子实行专制,"杂文形式就不应该简单地和鲁迅的一样"。①

鲁迅的作品,尤其是他的杂文,为毛泽东提出"批判地吸收"的原则提供了材料上的支持。《在延安文艺座谈会上的讲话》中这样解释这一原则:

> 我们必须继承一切优秀的文学艺术遗产,批判地吸收其中一切有益的东西,作为我们此时此地的人们生活中的文学艺术原料创造作品时候的借鉴。②

基于同样的信念,共产党理论家在鲁迅逝世后对他的作品进行了"批判地吸收",而在鲁迅生前,他们一直努力把鲁迅的创作纳入或保持在党的政策范围之内。③《讲话》中,毛泽东借助鲁迅的权威地位来批判鼓吹文学超阶级性、反映人性的梁实秋,同时为党反对文学圈内的宗派主义、轻视工农兵的做法提供支持。毛泽东还引用鲁迅的诗句来说明应如何正确处理个人和群众关系问题。④ 毛泽东的讲话中有五次提到鲁迅,但只有一次提到了学习鲁迅的杂文,而且还是带着保留意见的。毛泽东认为对王实味、丁玲和萧军的杂文进行质疑是非常重要的,只有这样,鲁迅开创的这种文学形式才不会背离共产党的政治方向。党与作家之间的多次冲突都与鲁迅有关。那些鲁迅的朋友、门徒(protégés)和模仿者,那些继承了鲁迅的光环拥有着牢固地位的作家,及受过鲁迅指点并妄图确立自己地位的作家,都先后成为斗争的对象。萧军、胡风、冯雪峰等人均是如此。共产党认为这种斗争十分必要,因为他们竭

---

① 《毛泽东选集》,第三卷,第894页。
② 同上书,第882页;也可参见第877、890页。
③ 对这一课题的有趣的研究见 Jef Last, *Lu Hsun-Dichter und Idol*, *Ein Beitrag zur Geistesgeschichte des neuen China* (Frankfurt am Main, Alfred Metzner Verlag, 1959)。
④ 《毛泽东选集》,第三卷,第877、880、883、898页。对梁实秋思想的具体讨论参见 Huang Sung-k'ang, *Lu Hsun and the New Culture Movement of Modern China*, Amsterdam, Djambatan, 1957, pp. 111-112。

力要把鲁迅描绘成中国社会主义现实主义文学的先驱,①从而让鲁迅为新的共产党文学增光添彩。作为中国文化遗产的重要组成部分,鲁迅的作品就总体而言确实值得人们崇敬,但这并不意味着作家们得跟在鲁迅后面亦步亦趋。②

1935年萧军(田军)发表了《八月的乡村》,名声大振。萧军用相当浪漫的手法来写30年代初游击队在东北的抗日斗争,也毫不回避地详细描写了日军的凶残行径。小说的成功除了其爱国主题外,鲁迅充满赞赏的序言也起了重要作用。虽然鲁迅说《八月的乡村》在性格塑造和结构布局上要逊于法捷耶夫的《毁灭》,但萧军成功地将土地与受难的人民、茂草与高粱、蝈蝈与蚊子等交织成一幅宏伟的图画。③ 鲁迅将该小说与在中国广为流传的《毁灭》作比较不是偶然的。两部作品不仅主题和背景接近,而且还有其他一些相似之处。比如,两部小说的主人公都是知识分子:文法学校学生密契克和前大学生萧明。尽管密契克不如萧明有代表性,但两人都有着优柔寡断和心软的性格特征,都因追求爱情而与军队职责发生冲突。萧军在创作《八月的乡村》时可能阅读过法捷耶夫的小说。我们清楚地知道萧军喜欢苏联小说,特别是高尔基(Gorky)的《母亲》和绥拉菲摩维支(A. Serafimovich)的《铁流》(Iron Torrent)。④ 耐人寻味的是,鲁迅对萧军的小说颇多溢美之辞,《八月的乡村》和《毁灭》也有许多相似之处,但毛泽东在《在延安文艺座谈会上的讲话》却矢口不提萧军的作品,反而大赞法捷耶夫的小说是值得中国作家学习的榜样。

在延安文艺座谈会前几个星期,萧军在《论同志之"爱"与"耐"》一文中提到自己的这部小说时说,他在写作时曾对好几处地方拿不定

---

① 参见本章第六节。
② 一直有人假借鲁迅之名而行自己之实,毛泽东《反对党八股》中就说:"许多口口声声拥护鲁迅的人们,却正是违背鲁迅的啊。"(《毛泽东选集》,第三卷,第865页)
③ 鲁迅:《序言》,第3页,见萧军:《八月的乡村》,上海:作家书屋,1947年版。
④ Edgar Snow, "Introduction", p. 18, in Village in August, New York, Smith and Durrell, 1942.

主意,因为他"不愿看,也不愿让读者们看,同志的子弹打进同志的胸膛"。① 萧军还在这篇文章中表达了对延安的失望之情,因为他感到"'同志之爱'的酒越来越稀薄"。他认为人们应该从《西游记》和福楼拜(Flaubert)的《圣安东尼的诱惑》(*La Tentation de Saint Antoine*)等作品中学习宽容和耐心,因为革命者同样需要"宗教的情操",以便使自己能够抵制"撒旦"的诱惑。和上文提到的丁玲与王实味相比,萧军对文学的关注并不多,他更执著于道德理念,以至于毛泽东在《在延安文艺座谈会上的讲话》中把萧军这类人称为"把这个问题弄颠倒了,说什么一切应该从'爱'出发"的一些同志。②

如果认为毛泽东《在延安文艺座谈会上的讲话》只是肤浅地在政治和道德层面上谈文学的形式问题,那是不全面的,因为毛泽东在道德和政治领域受到了相当大的挑战。艾青的文章较为全面地论述了文学的社会功用,与毛泽东的观点或多或少有所不同,几乎是代表了另一种声音。《在延安文艺座谈会上的讲话》所阐述的共产主义的文学规范,既是中共领导层对延安根据地小部分自由主义作家的要求所做出的回应,也预示了50年代中国文化政策的走向。

第三节 战争及战后年代:胡风

之所以在前两节中对毛泽东《在延安文艺座谈会上的讲话》和会前发表的一些文章做详细的论述,是因为它们极为重要,并在后来的1958年文学大讨论中扮演了重要的角色。1942年到1949年中国文学的发展对共产主义文艺政策的制定几乎没有什么影响。抗日战争和之后的国共内战使人们无暇顾及去创造新的文学理论,于是毛泽东关于文学的言论被奉为圭臬。在具体阐述毛泽东的《讲话》如何被作家和

---

① 《文艺报》1958年第2期,第19页。
② 《毛泽东选集》,第三卷,第874页;也可参见第892页。

批评家接受之前,笔者先要对政治形势作一个简短的描述。

美国的原子弹最终结束了二战,日本于 1945 年 8 月 14 日投降,此时苏联参加太平洋战争才满五天,中国一时处在一种真空状态,各种军事力量都在自由活动。一方面,苏联军队解除了东北日军的武装,并将那里的大部分工业基地拆掉转运回苏联境内(这一点不仅惹恼了民族主义者,而且惹恼了广大中国人民);另一方面,苏联准许八路军部队于 1945 年 10 月进驻东北并由中共接管地方政府。1945 年 11 月起苏联即与延安保持定期的联络,苏联代表团还飞抵延安与中共讨论军事合作问题。① 备受二战拖累的美国不愿为了蒋介石而拿美国人的生命去冒险,蒋介石只好眼睁睁地看着中国最富庶、工业化程度最高的地区落入延安政府的控制之中。② 苏联军队撤出哈尔滨的同时,共产党军队进驻并接管下这座城市,同年共产党政权控制了东北大部和山东半岛的重要地区,华北很多地区也在共产党掌握之下。如此一来共产党和国民党各占半壁江山。这似乎是马其诺防线失败后的最终结果,不过当时还没有迹象表明几年后共产党会统治整个中国。中共并不期望能取得迅速的胜利③,斯大林也没有认真考虑国共两党分治中国的问题,他只是建议共产党不要发动反对蒋介石的全面战争。④ 但是 1948 年反蒋的全面战争还是爆发了,中华人民共和国在 1949 年 10 月 1 日成立。

与此同时,毛泽东的文学理论因其是党的主席提出来的,所以被共产党奉为经典,在国统区也广为人知。但是,它依然遇到了质疑。

---

① Feis, *The China Tangle*, *The American Effort in China from Pear Harbor to the Marshall Missiom*, p. 377, 381, 428.

② Feis, *The China Tangle*, *The American Effort in China from Pear Harbor to the Marshall Missiom*, p. 377, 384-386, 402, 403.

③ Chow Ching-wen, *Ten Years of Storm*, *The True Story of the Communist Regime in China*, New York, Holt Rinehart and Winston, 1960, p. 12.

④ Milovan Djilas, *Conversation with Stalin*, Michael B. Petrovich 译自塞尔维亚—克罗地亚语, London, Rupert Hart-Davis, 1962, p. 120; 164, 165. 也可参见 Vladimir Dedijer, *Tito Speaks*, *His Self Portrait and Struggle with Stalin*, London, Weidenfeld and Nicolson, 1953, p. 331.

首先是胡风,先在重庆后又在上海反对毛泽东的文艺理论。胡风的许多朋友,如舒芜、路翎、阿垅(原名陈亦门)、贾植芳、绿园、鲁甸(原名刘贵焙)等也反对毛泽东在延安确立的文学教条,并支持胡风创办的《七月》和《希望》杂志。① 胡风(原名张谷非)自1930年代加入左翼作家联盟并与鲁迅成为朋友后,一直被视为有影响的左派人士。尽管他偏左且爱使用马克思主义术语,但胡风与周扬、郭沫若、邵荃麟等共产党理论家曾发生过几次冲突,而这些人在建国后纷纷占据了文化主管部门的要职。② 冲突的主要起因是他们对现实主义的意义、作家的观念与主观思想在创作过程中的作用以及所谓的文学的"民族形式"的理解有着本质的分歧。

胡风对现实主义的理解与共产党理论家从恩格斯那里获取的概念颇为不同。他认为现实主义充其量可以与"资产阶级现实主义"或"批判现实主义"相比较,共产党批评家常用后者指称司汤达(Stendhal)、巴尔扎克(Balzac)和狄更斯(Dickens)等19世纪作家的作品。东欧的爱伦堡和卢卡契(Gyorgy Lukács)都强调批判现实主义的成就,卢卡契1936年居住在苏联时,不仅把批判资产阶级的"颓废堕落"作为自己的任务,而且还用"资产阶级现实主义"的观点批判苏联文学。③ 胡风的观点和他们,尤其和卢卡契有共性,尽管并没有迹象显示胡风读过卢卡契的著作。④

早在毛泽东发表《在延安文艺座谈会上的讲话》之前,胡风就批评

---

① Yang I-fan, *The Case of Hu Feng*, Hong Kong, The Union Research Institute, 1956. 也可参见 Merle Goldman, "Hu Feng's Conflict with the Communist Literary Authorities", *Papers on China*(Harvard University, East Asian Research Center), 11(1957), p. 149-191, 重刊于 *The China Quarterly*, 1962, 12, pp. 102-138。

② Yang I-fan, *The Case of Hu Feng*, p. 30, 33, 34, 53。

③ Gyula Borbándi, "Gyorgy Lukács", *East Aurope*, 10(1961), 5, pp. 28-32。

④ 胡风称莎士比亚、巴尔扎克和歌德是伟大的现实主义者(Merle Goldman, *Hu Feng's Conflict with the Communist Literary Authorities*, 第155—156页)。周扬1960年说胡风在中国宣传卢卡契的理论(《文艺报》1960年第13—14号,第30页),但这并不能证明胡风了解卢卡契的作品。

郑伯奇、罗荪等"进步"作家,说他们机械照搬马克思主义的"典型"概念,用"逻辑公式"而不是参照现实生活进行文学创作。恩格斯要求现实主义应该刻画"典型环境里的典型性格",胡风敢于质疑这一点,并称之为"图式的、死的"东西。胡风认为只要有"战斗意志底燃烧,情绪底饱满"就能写出好作品。他认为狭隘的意识形态规定妨碍了作家选择材料和选择写作方式的自由,创作的源泉是作家的"主观精神"而不是理论。这些观点在胡风的《今天,我们的中心问题是什么》一文中有着集中表述,抗日战争初期的作品合集《民族战争与文艺性格》里又重印了该文。① 1943 年胡风《在混乱里》又阐述了这一观点:

> 所"采"者,所"揭发"者,须得是人生的真实,那"采"、"揭发"者本人就要有痛痒相关地感受得到"病态社会"的"病态"和"不幸的人们"的"不幸"的胸怀。这种主观精神和客观真理的结合或融合,就产生了新文艺的战斗的生命,命力。我们把那叫做现实主义。②

在共产主义理论家看来,胡风的观点意味着将写作所担负的重大社会责任让位于个人的主观倾向,而这与"唯物主义"的马列主义相违背。而且,他们看不到马克思主义理论是如何妨碍作家去了解真实的社会情况,如魏璧佳指出,毛泽东《在延安文艺座谈会上的讲话》中强调作家必须学习马克思主义,只有这样,才能正确地认识生活、反映生活、指导生活。而胡风在解放后出版的《论现实主义的路》修订本中的看法是,毛泽东这是在提倡一种从思想出发而不是从生活出发来进行创作的理论,完全是对现实主义的曲解。③

---

① 魏璧佳:《胡风反革命理论的前前后后》,载《文艺报》1955 年第 14 号,第 14—19 页及第 15 号,第 10—18 页。参看第 14 号第 18 页。
② Yang I-fan, *The Case of Hu Feng*, p. 153.
③ 《文艺报》1955 年第 15 号,第 11 页。

这样就出现了一个问题,即作家能否自由地决定要不要选择马列主义作为了解生活的方式。对胡风这样喜欢自己观察而不愿借助马克思主义视角的作家来说,如果强迫他接受马克思主义,那么马克思主义就会被视为观察生活的一种障碍。胡风觉得假如他接受了毛泽东的文学理论,那么观察视野就会变窄。他反对将文学仅仅局限于工农兵生活、只涉及"人民和革命"光明面的观点。胡风说:"现实主义,正是为了争取光明,所以不得不'夸大了黑暗的力量'的。"①他讨厌将对人物的描写变成表达政治观点的"工具",跟卢卡契一样,胡风相信艺术价值基本上是一个独立范畴,这可以从他1946年出版的《逆流的日子》中看出:

> 文艺作品的价值,它的对于现实斗争的推进效力,并不是决定于题材,而是决定于作者的战斗立场,以及从这个立场所生长起来的(同时也是为了达到这战斗立场的)创作方法,以及从这创作方法所获得的艺术力量。②

魏璧佳把胡风称做是"为艺术而艺术"的拥护者,反对具有革命思想性的作品,这未免太过夸张了。胡风当然没有把政治目标当做文学的终极目标,他把政治与更广阔的人类活动区分开,并喜欢引用高尔基的观点,认为文学是"人学"。③ 他反对"只有政治事件没有人或者主要不是以人底行动为中心的政治事件"④的文学,也不赞同构成毛泽东文艺思想基础的实用主义。他在致张中晓的一封信中写道,毛泽东的实用主

---

① 魏璧佳引自1948年版的《论现实主义的路》,载《文艺报》1955年第15号,第15页。
② Yang I-fan, The Case of Hu Feng, p.156.
③ Yang I-fan, The Case of Hu Feng, p.149.
④ 魏璧佳引自1948年版的《论现实主义的路》,载《文艺报》1955年第15号,第14页。

义观点只会压制真正的批评,扼杀一切新事物。①

胡风看重作家的主观精神和独立批判的精神,所以不赞同毛泽东及郭沫若此前提出的普及观点。郭沫若在1938年时要求"所有文化活动集中在抗战上",并建议"充分地大众化,充分地通俗化",还宣称他反对脱离群众的"高调"理论和"高级"艺术技巧,因为它们妨碍了战时宣传。当时胡风就回应了郭沫若,称他的说法是"公式主义",是愚民政策,是把人民当做玩具。②

正是这一分歧为后来的文学"民族形式"之争埋下了伏笔。魏璧佳指责胡风的《论民族形式问题》是"反民族、反爱国主义、反对通俗化大众化",还称1940年末出版的这本小册子的主要目的是反对毛泽东提出的"民族形式"。毛泽东的观点是在1938年10月中共中央全体委员会上的讲话《中国共产党在民族战争中的地位》中提出的。在这种政治背景下,毛泽东1942年2月在《反对党八股》的讲演中又重复说:

> 洋八股必须废止,空洞抽象的调头必须少唱,教条主义必须休息,而代之以新鲜活泼的、为中国老百姓所喜闻乐见的中国作风和中国气派。把国际主义的内容和民族形式分离起来,是一点也不懂国际主义的人们的做法,我们则要把二者紧密地结合起来。③

毛泽东《在延安文艺座谈会上的讲话》中并没有出现"民族形式"这个概念,但可以肯定他始终没有放弃对民歌和民间故事的兴趣。④

---

① 《关于胡风反革命集团的第三批材料》,载《人民日报》1955年6月10日,第41条。译注:这封信其实是张中晓写给胡风的。
② 《文艺报》1955年第14号,第18页。
③ 《毛泽东选集》,第一卷(1951年版),第497页。
④ 同上书,第879页。

胡风认为五四运动的意义就在于它涉及了"民族形式"的论争问题。虽然 1940 年 1 月毛泽东声称五四运动（1919 年）后，资产阶级彻底丧失了新文化运动的领导权，"至多在革命时期在某种程度上充当一个盟员，至于盟长资格，就不得不落在无产阶级文化思想的肩上"①，但胡风认为五四运动后市民仍然拥有文化方面的领导权。② 他担心毛泽东声称无产阶级领导了五四运动，会危害到运动所取得的成果，容易导致夸大新文化中传统因素的作用和民间形式的价值。胡风意识到五四运动是一次与传统的彻底分裂，故而他坚决反对把新旧因素融合在一起的做法。他对许多过度高估古代文学的理论持反对态度，这在《论民族形式问题》中说得很清楚：

> "不把新形式的创造从旧形式简单地裁开"（陈伯达），要使它"和自己民族的文艺传统衔接起来"（光未然），就必然地一方面引出了说它是传统文艺底发展的，阉割了它的革命性的见解（何其芳、周扬、罗荪、郭沫若等）……
> 五四文学革命运动，正是市民社会突起了以后的、累积了几百年的、世界进步文艺传统底一个新拓的支流。③

胡风欣赏欧洲的现实主义传统，毛泽东则相反。毛泽东大肆批评"洋八股"，不仅是要从整体上反对空洞的概念，而且还含有反西方的言外之意，这里的西方不包括苏联。根据毛泽东的说法，"洋八股"的病症只有通过学习斯大林简短、精辟的风格，对敌对思想时刻保持警惕才能治愈。敌对思想就像《联共（布）党史简明教程》（*History of the Communist Party of the Soviet Union , Short Course*）第 4 卷中所说的那样，可能

---

① 《毛泽东选集》，第二卷，第 670 页。
② 《文艺报》1955 年第 14 号，第 19 页。
③ 魏璧佳引自 1948 年版《论现实主义的路》，载《文艺报》1955 第 14 号，第 19 页。

会混进党内。毛泽东还说："要使革命精神获得发展,必须抛弃党八股,采取生动活泼新鲜有力的马克思列宁主义文风。"①值得注意的是,毛泽东在谈到通讯报道采用何种形式最好的问题时,推荐了四篇文章,第一篇是从《联共(布)党史简明教程》上摘下来的关于列宁论宣传的,第二篇是从季米特洛夫(Dimitrov)在共产国际第七次大会的报告中摘下来的。② 在《改造我们的学习》这篇演讲中,毛泽东建议像斯大林所说的那样,把革命气概和实际精神结合起来：

> 在这种态度下,就是不要割断历史。不但是懂得希腊就行了,还要懂得中国;不但要懂得外国革命史,还要懂得中国革命史;不但要懂得中国的今天,还要懂得中国的昨天和前天。③

毛泽东号召他的同胞不仅要向古希腊学习,而且要研究中国历史。除了告诫要警惕苏共党史中描述的敌对思想外,毛泽东并没有对西方思想做任何具体的攻击,但以上的叙述已足以勾画出他对西方文化的立场。毛泽东不可能对西欧或美国作家做出详细的批评,因为他对他们根本不熟悉,所以他就更要从苏联作家和"中式风格,中式风情"里求得支持。胡风认为五四运动是对传统的彻底决裂,是资产阶级文学在世界范围内扩展的结果;与之相反,毛泽东则告诫大众不要切断历史,并引导作家回到昨天和前天的中国。长期以来人们就是这样来理解毛泽东的教导的。

---

① 《毛泽东选集》,第三卷,第855、856、862页。
② 同上书,第863、864页。另外两篇文章是鲁迅复北斗杂志社讨论怎样写文章的一封信和毛泽东《中国共产党在民族战争中的地位》,见《毛泽东选集》,第二卷,第481—499页。
③ 《毛泽东选集》,第三卷,第821页。

第四节 赵树理与周立波

大众文学在毛泽东发表《在延安文艺座谈会上的讲话》后获了长足发展,普实克(J. Prusek)对这一有趣的现象作过论述。① 传统的主题和写作技巧经过不断变化,成为新文学的构成要素,这种新的大众文学更适于传诵而不是阅读。当时秧歌就出现了好几种形式:唱歌(有些有伴舞),带歌舞的短剧,没有唱腔的戏(与普通舞台戏不同)。② 其中最典型的是贺敬之、丁毅用传统形式讲述农村阶级斗争新题材的歌剧《白毛女》③。田间创作的《赶车传》也是融合了古代史诗文学要素的成功之作,田间深受马雅可夫斯基影响,多次征引他的诗作。④《赶车传》写于 1946 年,到 1949 年已经印刷 21 次。⑤ 这足以说明用"中国民歌"形式创作的简单的语言文学,更适合口头表演,更具有普及性。而这一时期的文学批评却远远滞后于口头创作,因为一方面共产党控制区的印刷设备稀缺,另一方面可能公众对它的兴趣也不大。⑥

除了普实克,白之在《延安时期的小说》(Fiction of the Yenan Period) 一文中也讨论了这一时期延安地区的文学创作。⑦ 除《吕梁英雄传》以外,年轻作家马烽和西戎的作品也很受读者欢迎。⑧ 山西作家赵

---

① Jaroslav Prusek, *Die Literatur des befreiten China und ihre Volkstraditionnen*, Prague, Artia, 1955.
② 同上书,p.51。
③ 北京:新华书店,1949 年版。英语译本名为 *The White-haired Girl, An Opera in Five Acts*,北京:外语出版社,1954 年版。
④ F. C. Weiskopf, *Des Tien Tschien Lied vom Karren*, Nachdichtung aus dem Chinesischen (Berlin(East), Dietz Verlag, 1953);见第 242 页,引用田间的话:"在写作《赶车传》时,我经常听到马雅可夫斯基对我说话。"
⑤ Jaroslav Prusek, *Die Literatur des befreiten China und ihre Volkstraditionnen*, p. 159.
⑥ 同上书,p.54。
⑦ *The China Quarterly*, 1960, 4, pp. 1-12.
⑧ 北京:新华书店,1949 年,2 卷本。德译本 *Ma Feng und His Jung, Die Helden von Ly-Liang-Schan*, Berlin (East), Verlag des Ministeriums fur Nationale Verteidigung, 1956。

树理的作品采用传统章回小说的形式，将若干故事松散地组合在一起，这些故事或多或少都可以单独成文。白之认为赵树理的作品中包含了民间文学形式和地方特色。他被看成是对毛泽东的思想遵循得最好的作家之一。尽管赵树理的作品有很强的乡土特色，像《李有才板话》①中表现的那样，但他仍然试图依据党的宣传需要在作品中加入对苏联理想化的描述。他在1945年发表的小说《李家庄的变迁》中，借人物小常之口描述了苏联工人的生活。年轻的共产党员在向富有的王安福掌柜解释什么是共产主义的时候说，机械化是实现共产主义的必要条件。小常让王安福信服共产主义并不会令他变穷，因为苏联的工人比中国的掌柜生活得还好。② 赵树理的作品体现了借鉴民间文学形式和学习苏联模式的理想结合。

周扬1937年从上海来到延安，他的观点对赵树理作品的成功有相当大的影响。周扬从不讳言自己偏爱苏联文学与文学理论，这从他将托尔斯泰(Tolstoy)的《安娜·卡列尼娜》和车尔尼雪夫斯基(N. G. Chernyshevsky)的《艺术对现实的审美关系》(*The Aesthetic Relationship between Art and Reality*)③等俄语著作译成汉语就可以看出。周扬的文章(收入《表现新的群众的时代》④)都是用马克思主义的立场观点写成的，其权威地位在很大程度上是基于他对苏联文学及马克思列宁著作的了解。周扬早在1946年就注意到赵树理"在表现方法上，特别是在语言形式上吸收了中国旧小说的许多长处。但他创造的决不是旧形式，而是真正的新形式，民族新形式"。他赞扬赵树理的作品是"毛泽

---

① 赵树理:《李有才板话》，北京:新华书店，1949年版。赵树理创作于1943年。英译本有:Chao Shu-li, *Rhymes of Li Yu-ts' ai and Other Stories*, 附有周扬的介绍文章，北京:文化出版社，1950年版。

② 赵树理:《李家庄的变迁》，北京:新华书店，1949年版，第93页。英译本:Chao Shu-li, *Changes in Li Village*, 北京:外语出版社，1953年版。

③ 见周扬，*China's New Literature and Art, Essays and Addresses*, 北京:外语出版社，1954年版，第155页。

④ 北京:新华书店，1949年版。

东文艺思想在创作上实践的一个胜利"。①

周立波 1949 年发表的《暴风骤雨》是另一部遵循毛泽东教导的作品。② 30 年代周立波同周扬一样住在上海,1934 年他从国民党监狱获释,加入左翼作家联盟并成为共产党党员,后来成为延安鲁迅艺术学院的教师。③ 周立波喜爱苏联文学,翻译了普希金(Pushkin)的《杜布罗夫斯基》(Dubrosky)和肖洛霍夫的《被开垦的处女地》第一部。他的《苏联札记》写出访苏联的感受,用热情洋溢的语言赞扬了斯大林。④ 周立波与赵树理一样对苏联极为仰慕,《暴风骤雨》中主人公的梦想就是实现苏联式农业机械化。⑤ 白之曾指出,从周立波的小说中可以依稀看出肖洛霍夫的强烈影响。⑥ 但我们相信周立波在写这些人物和事件时"绝大部分以真人真事为原型"。⑦

周立波知道真人真事本身是不足以产生文艺作品的。他认为他的人物还不够"典型",他说的"典型",就是毛泽东《讲话》中所说的意思。他说:"在塑造人物时,作家必须观察并研究同一类型的许多人的性格特征,然后复合成典型人物,如曹雪芹笔下的林黛玉、施耐庵笔下的鲁智深和鲁迅笔下的阿 Q。"⑧ 周立波认为自己过于关注细节,他的作品的确对东北的土地改革作了极为详尽的描写。此外,他还努力响应毛泽东提出的语言和民族形式方面的要求,小说里充满了口头语、民歌和秧歌,开篇就是土改工作组成员唱《白毛女》选段。周立波清楚地

---

① 《论赵树理的创作》,见周扬《表现新的群众的时代》,第 117—134 页,参见 129、130、134 页。英语译文见 China's New Literature and Art, Essays and Addresses,第 134—155 页。

② 周立波:《暴风骤雨》,2 卷本,北京:人民文学出版社,1952 年版;英译本为 The Hurricane,北京:外语出版社,1955 年版。

③ 周立波,The Hurricane,第 409 页。

④ 北京:人民文学出版社,1953 年版。

⑤ 周立波:《暴风骤雨》,第二卷,第 411 页。

⑥ Cyril Birch,"Fiction of the Yenan Period",The China Quarterly,1960,4,p.9.

⑦ 周立波:《我是怎样写〈暴风骤雨〉的》("How I Write The Hurricane"),The Hurricane,第 Ⅵ 页。

⑧ 周立波,The Hurricane,第 Ⅷ 页。

知道按照毛泽东的要求,民间传统中哪些因素应当剔除,哪些应当保留。小说中一首很长的秧歌中唱道:"天上下雨地下滑,赤裸裸地闹个仰八叉"时,有人就建议说:"不要旧秧歌,来个新的,大伙同意不同意?"这一建议得到采纳,然后大家一起带着巨大的热情听这样一首歌:

> 二月里来刮春风,
> 湖南上来个毛泽东,
> 毛泽东那势力重,
> 他坐上飞机,
> 在呀么在空中,
> 后面跟着百万兵。①

之后村民们又唱"没有共产党,就没有新中国",这首歌后来又在许多场合出现。周立波在描述细节方面的确走得太远,这也是他为什么多次重复自己的原因。

除赵树理和周立波的作品外,丁玲的《太阳照在桑干河上》也被视为新文学的重要成果。②像周立波的《暴风骤雨》一样,小说也是写土改,描写日本投降后解放区进行的土地改革。这部小说获得了1951年斯大林文学奖。L. 波兹德尼耶娃(L. Pozdneyeva)在该小说的俄译本序中指出这样一个事实:丁玲像传统中国小说那样,在每个主要人物之外另辟一章,向读者追述他们的过去。③冯雪峰在1952年评论该小说的一篇文章中指出,丁玲应该对她所忽略的民间传统多加关注,希望

---

① 《暴风骤雨》,第一卷,第334页。
② 第3版(北京:新华书店,1950年版)。第1版1949年在天津印刷。
③ 丁玲,*Solntse nad rekoi Sangkan*,2nd ed.,Moscow,Izd. Inostrannoi literatury,1952,p.7。

她在以后的创作中"更多地注意语言的洗练和文字的大众化等功夫"。① 这大概是冯雪峰看到的小说唯一的瑕疵。冯雪峰对丁玲描写人物的称赞非常有意思：

> 显然，作者写人是为了写斗争，也就是为了写社会或写生活；这就是说，写人是服从于写社会或写生活的目的，在这里，就是主要地服从于写农村阶级斗争（土地改革）的目的。文学作品必须写人，如果没有写人，则这样的作品的价值是很低的；但写人不是目的，而是一种非有不可的必要手段。②

我们只能从批评者的马克思主义背景来理解这一评论，冯雪峰这样说是为了避免担上过于关注个人的嫌疑。冯雪峰对典型的理解同样以马克思主义为出发点："能够有个性又有典型性，道理一点也不深奥……一个一个的人你看多了，你就看出了他们的个性，同时也看出了他们的共同性（也即是典型性，阶级性是其主要的内容）。"③就总体而言，冯雪峰对《太阳照在桑干河上》的评价相当肯定，甚至把这部小说看成毛泽东《在延安文艺座谈会上的讲话》发表以来的中国"无产阶级现实主义"——他用这个词指称"社会主义现实主义"——发展的一个标志。

当丁玲成为斯大林文学奖获得者时，萧军却面临另一种命运。萧军是持不同政见的作家，因爱慕丁玲而于1942年留在了解放区。抗日战争结束后，他随共产党的部队回到了东北的家乡，1946年起开始主编《文化报》。④ 他在文章中毫不掩饰地反对共产党在土改中的做法。1942年萧军曾提出用"宗教训练"抵制"撒旦的诱惑"，这决非是对基

---

① 冯雪峰：《〈太阳照在桑干河上〉在我们文学发展上的意义》，载《文艺报》1952年第10期，第25—29页，参见第28页。
② 同上书，第27页。
③ 同上。
④ Yang I-fan, *The Case of Hu Feng*, pp. 5-10.

督教价值观念的一时兴起,因为他一直是用道德作为衡量标准,宣称反对用武力对抗蒋介石。萧军不明白:目前战争"双方……还不都是工农大众吗?他们原来不是亲兄弟吗?"①驻扎在东北的苏联军队也令他不快,一如他在《八月的乡村》中对日俄战争时俄军的描写。② 当局当然被他发表在《文化报》上的文章激怒了,最终进行了干预,1948年萧军及报社同人受到了指责,报纸的出版发行被迫中止。根据杨一凡的说法,萧军被押送到抚顺煤矿接受"劳动改造"。③

第五节 第一次全国文学艺术工作者代表大会(1949)

毋庸置疑,要对1942—1949年间解放区所有的文学作品进行全面考察是不现实的,也很难列出全部共产党批评家认可的优秀文学作品的清单。不过,这份名单上的优秀作品,除了上文提到过的以外,还有草明以工业化生产为主题的《原动力》,袁静、孔厥描写抗日地下组织的《新儿女英雄传》和欧阳山描写一名共产党员在华北农村成功地管理一个合作商店的《高干大》以及许多其他作品。前面一节重点分析了几位作家,只是为了说明他们在多大程度上遵从了毛泽东的教导,从中也可以看出延安根据地的文学创作走上了一个新的发展方向。中共的批评家也持这样的观点。中国科学院文学研究所所长何其芳在为纪念毛泽东《在延安文艺座谈会上的讲话》发表20周年而写的一篇文章里就说道:

> 在形式上,这些作品不同程度地具有民族和大众特色。从中国民间文学和古典文学中吸取营养,用劳动人民生动的语言写成,它们的形式不再是外国化或强烈知识分子化的,而是一种能引起

---

① Yang I-fan 引自萧军,同上书,p.7。
② 《八月的乡村》(上海:作家书屋,1947年版),第35页。
③ Yang I-fan, *The Case of Hu Feng*, p.9.

中国人民大众兴趣的形式。结果,自五四运动开始推动新文学发展以来,它们的影响和意义最为深远。①

周扬1949年的一次讲话也表达了类似的观点:"文艺座谈会以后,在解放区,文艺的面貌,文艺工作者的面貌,有了根本的改变。这是真正新的人民的文艺。"②

1949年7月,以郭沫若为首的组委会筹备的中华全国文学艺术工作者代表大会在北京召开,会议对新文艺给予了高度的评价。那时,中国共产党已控制了中国大部,作家们面临着困难的双重抉择:或随蒋介石去台湾,或留在大陆接受共产党领导。1948年、1949年之交,许多中国知识分子已经对国民党政府失望之极,希望早日被中共取而代之。③大部分作家已经属于左翼,但也很少有人是坚定的共产党员。中共召集全国作家大会的动机之一,就是为了呼应周恩来在1949年7月6日所做的政治报告中提出的民族统一战线口号,这一口号吸引了相当数量的知识分子留下。④还有大量的非共产主义者,试图约束政府制定极端政策而选择留下。知识分子就算去了台湾,前景也未必光明,并不是所有人都能找到适合自己的工作。台湾不仅物质条件有限,而且国民党广泛的审查制度还在学术与文化层面上约束了文化自由,比如国民党禁止出售陀思妥耶夫斯基和鲁迅的作品。⑤绝大多数留下来的作家希望能在共产党政权下寻求更多的自由和更好的创作条件。

由此,我们就能理解郭沫若对"人民民主"抱有相当高期望的原因

---

① 《中国建设》1962年第9期。
② 周扬:《新的人民的文艺》,载《中华全国文学艺术工作者代表大会纪念文集》,北京:新华书店,1950年版,第69页。
③ Derk Bodde, *Peking Diary*, *A Year of Revolution*, New York, Henry Schuman, 1950, p.24.
④ Yang I-fan, *The Case of Hu Feng*, p.56.
⑤ Tsi-an Hsia(夏济安),"Taiwan", in C. T. Hsia, *A History of Modern Chinese Fiction*, pp. 509-510.

了。他在1947年曾为躲避国民党的审查而被迫逃往香港。郭沫若1942年创作的戏剧《屈原》描写公元前4世纪忠心耿耿的楚国大夫屈原成为腐化堕落朝廷牺牲品的故事,被指是在影射蒋介石政府。① 他在香港及此前的批评文章里还明显表示出对共产党的同情之心。

茅盾的作品普遍带有一定的客观性与超脱性。他的文体风格与爱伦堡类似,都偏爱对比和行动描写。1941年创作的小说《腐蚀》中,茅盾对国民党的态度毫不含糊,但两年后的《霜叶红于二月花》却在这一点上含糊其辞了。按照刘春若的结论,在后一部小说中"邪恶势力似乎牢不可破……但茅盾将注意力集中在使死水一潭的道德感情复苏上"。② 茅盾访问苏联(1946年12月—1947年4月)后,于1948年发表了激情洋溢的报告文学《苏联见闻录》③,明显地变得无条件地忠诚于共产党政权了。《苏联见闻录》前面是日记,后面分章介绍博物馆、工厂、乌兹别克戏剧、《真理报》(*Pravda*)及卡塔耶夫(Katayev)、马尔夏克(Marshak)、西蒙诺夫(Simonov)、吉洪诺夫(Tikhonov)和苏尔科夫(Surkov)等作家。由于《苏联见闻录》大受欢迎,茅盾又写了《杂谈苏联》④,继续介绍苏联见闻。

老一代作家中郭沫若和茅盾在全国文艺工作者大会上扮演了重要角色,分别当选为文联主席和副主席。另一位副主席周扬在大会上作了关于过去十年解放区文艺全面发展、成就和经验的报告——《新的人民的文艺》。胡风及其朋友阿垅、黄若海、路翎、梅林和彭燕郊等也应邀参加大会⑤,但他们听了周扬关于革命文艺的作用和任务的片面

---

① 《屈原》"表现了那时国统区人民强烈的愤慨之情,该剧的创作是一个重大的政治事件"。见郭沫若《屈原》英译本,杨宪益、戴乃迭译,北京:外语出版社,1953年版,第126页。
② Liu Chun-jo, "The Heroes and Heroines of Modern Chinese Fictions From Ah Q to Wu Tzu-hsu", *Far Eastern Quarterly*, 16 (1956), 2, p.206.
③ 上海:开明书店,1949年版。
④ 上海:生活·读书·新知联合发行所,1949年版。
⑤ Yang I-fan, *The Case of Hu Feng*, p.57.

观点后顿感失望。

周扬强调文艺的重要性就在于其教育功能,但他又一再把教育狭隘化,使之成为政治形塑的代名词。但有趣的是,他又认为"语言是文学作品的主要因素"。语言也是实现大众化的必要方式,"民族形式的根本标志"。事实上周扬在讲话中用相当长的篇幅重提有关民族形式的旧争论:

> 现在没有人会说《李有才板话》、《王贵与李香香》是旧形式,秧歌是旧形式,相反地,它们正是我们所追求所探索的新形式。过去我们把封建阶级的文艺看成旧形式,是对的,但把资产阶级的文艺看成新形式,却错了。后一种看法是来源于盲目崇拜西方的心理,而后又反过来助长了这种心理,说得不客气,这是一种半殖民地思想的反映。对于人民的文艺来说,封建文艺的形式也好,资产阶级文艺的形式也好,都是旧形式。对于两者我们都不拒绝利用,但都要加以改造。在民族的、科学的、大众的基础上,将它们改造成为人民服务的文艺,这就是我们对一切旧形式的根本态度。对民间形式,也是如此。①

周扬提到《白毛女》以表明解放区的文艺保持着"与民族传统文艺尤其民间传说的紧密联系"。如果我们把这番话简化为一个简单的公式,那么可以说"大众化"在这里实际意味着使文学创作更接近人民,以便从艺术上,人民大众可以理解这种简化的文学形式;从政治上,"人民"的观念得以体现,人民包括工人、农民和革命的知识分子,因为他们是"人民民主专政的领导力量和基本力量"。② 为消除作家对他们必须树立的这些思想观念的疑虑,周扬继续说道:

---

① 周扬:《新的人民的文艺》,载《中华全国文学艺术工作者代表大会纪念文集》,北京:新华书店,1950年版,第77—78页。

② 同上书,第89页。

> 一切前进的文艺工作者必须站在黑格尔说的时代的思想水平上;今天具体地说,就是站在马列主义毛泽东思想的水平上。只有如此,才能获得独立地观察、分析与综合各种生活现象的能力,也就是,艺术上概括的能力。只有如此,才能将多方面地、深刻地反映生活与明确地、坚持地宣传政策,两者统一起来,不至于为了宣传某一具体政策而歪曲了生活中的基本事实,或者为了生活的局部的细节的真实,而模糊了基本政策思想。只有如此,才能更有力地表现积极人物,表现群众中的英雄典型。①

沿着这种思路,周扬很自然地指出社会主义现实主义是反映我们时代"马列主义水平"的恰当方式,而毛泽东七年前就已宣称自己是社会主义现实主义的拥护者。出于某种原因,周扬没有使用这个术语,这一术语自1934年8月苏联第一次苏维埃作家大会以来,一直代表着苏联官方先进的、流行的文学创作方法。谈到如何写"历史"人物时,周扬提到的榜样是富尔曼诺夫(D. Furmanov,1891—1926)的小说《夏伯阳》(*Chapayev*)。1949年仍身陷内战的中国人一定感到自己不仅与带领一群农民游击队员为苏维埃政权而斗争的历史英雄夏伯阳有相似之处,而且会感到自己身处的时代与小说所反映的这一段苏联历史有相似之处。该小说写于1923年,远在苏联提出社会主义现实主义要求之前。

第六节 周扬、苏联文学与第二次文代会(1953)

如果说1949年周扬对提出社会主义现实主义的要求还心存犹疑的话,那么四年之后他确信政治气候和文学条件都已适合强调社会主

---

① 周扬:《新的人民的文艺》,载《中华全国文学艺术工作者代表大会纪念文集》,北京:新华书店,1950年版,第90页。

义现实主义的创作方法。政治形势在这四年里发生了急剧变化,共产党政权在大陆确立并得到巩固。人民的战斗意志和反美情绪经受住了朝鲜战争的考验。消极抵抗和持不同政见者的思想在土改、"抗美援朝"、"三反"和"五反"等一个接一个的运动中受到批斗。上述运动已有多部著作论述,这里不再赘述。① 1951 年,电影《武训传》引发了激烈争论,共产党的官方立场是:终其一生靠乞讨筹资兴办多处学校的武训(1838—1896),将教育与阶级斗争分割开来,将文化从政治中孤立出来。② 共和国成立后的第一年里,一些作家因有意无意间没有与党的政策合拍而受到点名批评,其中包括阿垅、艾明之、方纪、萧也牧等。③ 另外沈从文、曹禺④、老舍⑤和许多其他作家公开发表了自我批评的文章。

对知识分子的政治改造也在加速进行着。1953 年 9 月 24 日文化部副部长周扬在文学艺术工作者第二次代表大会上发表讲话,提到中国发生了"前所未有、举世震惊的变化"和"社会主义成分快速增长",这时他一定把知识分子努力与党的政策保持一致也考虑在内了。在回顾 1949—1953 年的文学成就时,周扬将他讨论的文学作品按照政治主题作了划分:刘白羽的《火光在前》和马加的《开不败的花朵》是写内战的;巴金因写朝鲜战场而受到表扬,丁玲也写过同一题材;⑥老舍在喜剧《春华秋实》中"努力地表现了工人阶级反对资产阶级的不法行为的

---

① 比如前面提到的一些书:Theodore H. E. Chen(陈锡恩),*Thought Reform of the Chinese Intellectuals*;Chow Ching-wen,*Ten Years of Storm*; Albert Borowtiz,*Fiction in Communist China*。

② Theodore H. E. Chen,*Thought Reform of the Chinese Intellectuals*,p. 41。

③ Chao Chung, *The Communist Program for Literature and Art*, p. 64、66。丁玲也批判过萧也牧,可参见夏志清,"Twenty Years after the Yenan Forum",*The China Quarterly*,1963,13,第 474、475 页。

④ Chao Chung,*The Communist Program for Literature and Art*,p. 67、71。战后曹禺和老舍一样,也访问过苏联。

⑤ 见《人民日报》1952 年 5 月 21 日, 此处据 Birch, "Lao She, The Humorist in his Humour",*The China Quarterly*,1961,8,pp. 45-62。

⑥ Albert Borowtiz , *Fiction in Communist China*,p. 33.

伟大的'五反'斗争"。① 共和国在成立后的四年里,党成功地将持观望态度、游移不定的中间路线人士改造成新政权的支持者。只有为数不多的作家仍远离政治或不写与党相关的题材。周扬在第二次文代会上直言不讳:

> 现在许多作家深入了群众生活……同时必须学会以马克思列宁主义理论及党和国家的政策的观点来考察、估量和研究生活,免使自己掉在生活的大海里而迷失方向……
>
> 当然,文艺作品是应当表现党的政策的……作家在观察和描写生活的时候,必须以党和国家的政策为指南……在艺术作品中表现政策,最根本的就是表现党和人民的血肉相连的关系以及党对群众的领导,表现人民中先进和落后理论的斗争,表现共产党员作为先锋队的模范作用……②

在此基础上周扬开始阐述社会主义现实主义。他引用毛泽东《在延安文艺座谈会上的讲话》,来支持自己的"工人阶级的作家应当以社会主义现实主义作为创作方法"这一论点,并称从五四开始的新文艺运动就是朝着社会主义现实主义方向前进的。"这个运动的光辉棋手鲁迅就是伟大的革命的现实主义者,在他后来的创作中更成为社会主义的伟大先驱者和代表者。"他还强调逐步进行着的社会主义改造对社会主义现实主义文艺创造的重要意义:"在人民生活中社会主义因素正日益迅速地增长着并起着决定作用。强大的社会主义的国营经济已取得了整个国民经济的领导地位。共产党作为国家政权的领导者在人民当中有了无上的威信。马克思列宁主义的理论及毛泽东同志关于中国革命的学说在全国人民中有极广泛的传播。这就使得社会主义现实主

---

① 周扬:《为创造更多的优秀的文学艺术作品而奋斗》,载《文艺报》1953年第19号。
② 《文艺报》1953年第19号,第10页。

义的文学艺术的发展有了更广大的现实基础。"①

周扬的讲话提到了苏联社会主义现实主义文学艺术的巨大成就，认为这是中国作家学习的最好范本。在他为苏联文学研究杂志——1952年12月份的《旗帜》（一译《旗》）（Znamya）撰写的《社会主义现实主义——中国文学的前进道路》一文中就阐述过这一观点。② 该文章是对苏联文学、社会秩序、社会主义现实主义实践的颂歌。在这篇文章中周扬引用了毛泽东《新民主主义论》中的话。毛泽东认为五四运动是响应俄国十月革命和列宁号召而发起的，还说鲁迅早在1932年《祝中俄文学之交》中就曾提到俄国文学的影响。③ 周扬似乎对普希金、果戈理、杜勃罗留波夫（Dobrolyubov）、托尔斯泰、屠格涅夫（Turgnev）和契诃夫（Chekhov）等作家都很熟悉，并特别欣赏高尔基，按照他的说法，中国读者对高尔基的喜爱超出任何其他外国作家。他提到绥拉菲摩维支的《铁流》，法捷耶夫的《十九人》、《青年近卫军》，格拉特珂夫（Gladkov）的《士敏土》（Cement，后译作《水泥》），肖洛霍夫（Sholokhov）的《静静的顿河》和《被开垦的处女地》，奥斯特洛夫斯基（Ostrovsky）的《钢铁是怎样炼成的》和西蒙诺夫的《日日夜夜》等小说，及西蒙诺夫的《俄罗斯人》（Russian People）和柯涅楚克（Korneichuk）的《前线》（Front）等戏剧，这些都是为中国读者所熟悉的苏联作品。周扬称赞苏联文学创造了"正在建设共产主义世界的完全新的人物的形象"。④ 他建议学习斯大林对文艺问题的教导、苏共中央委员会关于意识形态问题的决议、日丹诺夫（A. A. Zhdanov）关于文艺问题的讲话及马林科夫（Malenkov）在苏共十九大上所作报告中关于文艺问题的指导意见。当然，他向中国作家推荐的苏联文学和文学理论并不是在空谈，

---

① 《文艺报》1953年第19号，第11、12页。
② 《旗帜》，第167—173页；英译本见周扬《中国新文艺》（China's New Literature and Art），第87—103页。
③ 周扬：《中国新文艺》（英译本），第88、90页。鲁迅的文章见《鲁迅全集》，第5卷，第53—59页。
④ 同上书，第100页。

而是要中国作家在实践中向苏联文学看齐。

在同一篇文章中,周扬还指出当时的中国文学还不完全是社会主义的,而是"社会主义现实主义指导之下社会主义和民主主义的文学"。他继续说:

> 判断一个作品是否是社会主义现实主义的,主要不在于它所描写的内容是否是社会主义的现实生活,而是在于以社会主义的观点、立场来表现革命发展中的生活的真实。我们的许多作品,例如上述得奖的丁玲等同志(及周立波、贺敬之和丁毅)的作品,都是描写农民的生活和斗争的,但这些作品并不是农民文学或一般民主主义的文学,而是社会主义现实主义的文学。因为在这些作品中,作者并不是用普通农民的或一般民主主义的观点来描写农民的,他们以工人阶级的眼光观察了农民的命运,表现了在共产党领导下农民从事的革命斗争,他们的生活地位的变化和思想觉悟的过程。①

以上这段话是对社会主义现实主义的描述,同时也明确表示丁玲的《太阳照在桑干河上》、周立波的《暴风骤雨》、《白毛女》和赵树理的作品都应当归入"社会主义现实主义"的范畴。

周扬在1953年9月的报告中声称中国作家"把社会主义现实主义方法作为我们整个文学艺术创作和批评中的最高准则"。② 他援引马林科夫在联共第十九次党代表大会上的报告,要求发掘和表现普通人的高尚的精神品质和典型的、正面的特质,创造值得做别人模范和效仿对象的普通人物的鲜明艺术形象。他提醒作家,毛泽东《在延安文艺

---

① 周扬:《中国新文艺》(英译本),第94—95页。俄文本与此处引用的根据汉语英译的文本只有细微的差别。有趣的是,革命民主主义在英语中是"revolutionary-democratic",而《旗帜》中只是"demokraticheskaya"。

② 《文艺报》1953年第19号,第12页。

座谈会上的讲话》中说过:"苏联在社会主义建设时期的文学就是以写光明为主。"按照他的理解,社会主义现实主义要求"表现完全新型的人物,这种人物必须是和旧社会所遗留的坏影响水火不相容的……不只要表现我们人民的今天,而且展望到他们的明天"。但是,我们知道表现正面人物与揭露反面现象不应被完全割裂开来。为了与马克思主义固有的乐观精神保持一致,周扬认为在文学中必须"任何落后现象都要为不可战胜的新的力量所克服。因此绝不可能把在作品中表现反面人物和表现正面人物两者放在同等的地位"。对正面人物的描写可能是理想化甚至偶像化的,因为"作家为了要突出地表现英雄人物的光辉品质,有意识地忽略他的一些不重要的缺点,使他在作品中成为群众所向往的理想人物,这是可以的而且是必要的。我们的现实主义者必须同时是革命的理想主义者"。[①]

社会主义现实主义的题材不仅仅局限于当代,作家也可以描写历史人物,但是:

> 在我们的历史文学作品中所要表现和赞扬的,应当是那些推动了历史的前进,对今天的人民还有鼓舞和教育作用的人物,例如历代农民革命的领袖,为国家的独立和统一而舍身奋斗的民族英雄,以及自己在科学或艺术上的创造对人民做了贡献的伟大的科学家、艺术家们。[②]

周扬当然意识到这些要求危险的一面,他反对抽象的"概念化"和"公式化"。他说马克思、恩格斯曾提醒作家不要为了席勒而忘了莎士比

---

① 《文艺报》1953 年第 19 号,第 12、13 页。
② 周扬:《中国新文艺》(英译本),第 13 页。

亚，不要为了思想的因素而忘了现实的因素。① 周扬甚至还罕见地提到列宁反对文学事业中的机械平均，并引用了前文提到的列宁《党的组织和党的文学》中的话。周扬提倡各种不同的艺术形式自由竞争，并以毛泽东的"百花齐放"②为例。"百花齐放"于 1951 年最初提出来时，只是限于戏剧，后来发展成为 1956 年提出的"百家争鸣，百花齐放"的口号。为了避免肤浅简单和"抽象概括"，周扬建议从古典文学中学习有"人民性"的一部分，如《水浒传》、《三国演义》、《红楼梦》、《儒林外史》，以及从《诗经》、《楚辞》③中发端的现实主义传统。

总之，我们可以说周扬在第二次文代会上的讲话或多或少地是对毛泽东《在延安文艺座谈会上的讲话》所涉及的一些问题的阐发。然而，周扬详尽阐述了社会主义现实主义。正如他自己所说的，其中的一个重要原因是自延安文艺座谈会以来中国发生了急剧变化："强大的社会主义的国营经济已取得了整个国民经济中的领导地位……"但这一社会结构方面的变化——套用马克思主义术语——并不是全面推行社会主义现实主义的唯一条件。下面将看到，按照马克思主义观点，经济基础和上层建筑的相互作用不是自然而然发生的，当然在文艺领域也不会。周扬认为鲁迅的后期作品和《白毛女》尽管早在中国进行社会主义建设之前就已写就，但仍应归入社会主义现实主义的范畴。虽然文学与社会、经济状况之间没有必然联系，但周扬在 1953 年提倡社会主义现实主义时，仍有可能认为在中国当时的社会发展形势下，文学领域适宜进行一场变革。

---

① 《文艺报》1953 年第 19 号，第 9、10 页。恩格斯关于莎士比亚和雪莱的观点见：Karl Marx und Friedrich Engels, *Ueber Kunst und Literatur, Eine Sammlung aus ihren Schriften, herausgegeben von Michail Lifschitz*(Berlin(East), Henschelverlag,1953), p.134.
② 《文艺报》1953 年第 19 号，第 12 页。
③ 同上，第 14 页。

第七节 俞平伯和《红楼梦》

李希凡与蓝翎因把周扬和毛泽东的论述及马列主义一般的文学理论应用到具体的研究——对《红楼梦》的评价——而受到赞扬。对《红楼梦》的解读问题不仅是对胡适哲学与政治观点的批判,而且是关乎文学批评本身的问题。

对俞平伯教授研究成果的评判不在本书讨论范围之内,这里只就他对《红楼梦》的解读所受到的批判和批判中体现出来的理论问题做一简要考察。① 俞平伯的《红楼梦辩》写于1923年,1952年又出版了增订本,他的研究发现引发了一场骚动。

李希凡和蓝翎在《关于〈红楼梦简论〉及其他》②和1954年10月10日、24日分别发表于《光明日报》与《人民日报》的文章中,把批判的焦点集中在俞平伯的"自然主义"观点上,认为他对《红楼梦》"自然主义"式的解读导致了一系列错误。

首先,按照李希凡和蓝翎的看法,俞平伯没能看到该书"明显的反封建倾向"。他被作者对某些问题的思想态度所迷惑,没有意识到一个古典作家所创作的现实主义作品往往与他的世界观未必相称,甚至有着极明显的矛盾:

> 作者忠于现实生活的描写,战胜了他自己的阶级同情和政治偏见。如恩格斯评论巴尔扎克时所说的"他就看出了他所心爱的贵族的必然没落而描写了他们不配有更好的命运……这一切我认

---

① Wu Shih-ch'ang(吴世昌), *On the Red Chamber Dream*, *A critical Study of Two Annotated Manuscripts of the XVIII Century*, Oxford, Clarendon Press, 1961. 此书对1954年关于《红楼梦》的论争有过简要的论述。

② 《文艺报》1954年第18号,第31—37页。英译文见 *Current Background*, no. 315, pp. 4-16. 俞平伯的《红楼梦简论》发表于《新建设》1954年第3期。

为是现实主义最伟大的胜利之一"(《马克思、恩格斯、列宁、斯大林论文艺》22页)。曹雪芹也正是以这样的胜利写出了伟大的杰作《红楼梦》。①

李希凡和蓝翎借用19世纪俄国批评家杜勃罗留波夫的观点支持自己的论述。杜勃罗留波夫说:"我们在观察一个艺术家时,不是把他当作一个理论家来看待,而是把他当作一个现实生活现象的体现者。"②虽然曹雪芹同情那个注定要灭亡的阶级,李希凡和蓝翎事实上也承认他的世界观中略带虚无和命定的色彩,但他们认为,曹雪芹的伟大之处在于他的现实主义创作方法战胜了落后的世界观。

其次,俞平伯将《红楼梦》看做曹雪芹的自传,看做一个家族的衰败命运的记录,而"贾氏的衰败不是一个家庭的问题,也不仅仅是贾氏家族兴衰的命运,而是整个封建官僚地主阶级,在逐渐形成的新的历史条件下必然走向崩溃的征兆"③。

再次,他们批评俞平伯仅局限于文本的批评。李希凡和蓝翎指出,俞平伯对《红楼梦》中人物的考证脱离了它的社会内容和作者身世。比如,用他们的话说,"贾宝玉应是贫穷而后出家,以消极的遁入空门无法应付穷困而出家……由此可见,俞平伯先生所推断的宝玉贫穷而后出家的结局,就失去了这样的社会内容,也抽掉了他的积极意义"④。李希凡和蓝翎认为曹雪芹让宝玉以出家摆脱现实的束缚,是显示这"逆子"不回头的精神。⑤ 他们同意俞平伯的观点,认为从曹雪芹写的前80回中足以猜出贾宝玉的余生是什么样子,但考虑到"当时的社会内容",他们对这一人物的意义做出了另一种解读:

---

① 《文艺报》1954年第18号,第32页。
② 同上。
③ 李希凡、蓝翎:《评〈红楼梦简论〉》,载《光明日报》1954年10月10日。
④ 《光明日报》1954年10月10日。
⑤ 《文艺报》1954年第18号,第35页。

> 贾宝玉性格最突出的特征,就是他是封建官僚地主阶级的叛徒,在他的性格里体现着丰富的人道主义精神。他同情周围一切不幸的人,他爱他们,他毫无拘束地摆开了地位的偏见,他反对封建的世俗生活,反对人人羡慕的科举制度,反对封建社会的道德观念,反对世俗的金玉良缘,要求个性和爱情的自由发展。①

在面临变革的社会中,贾宝玉是"即将出现的新人的萌芽"。李希凡和蓝翎不是从文本解读出发,而是用马克思主义观点从18世纪中国的历史发展出发来立论的。他们还用马克思主义世界观来分析曹雪芹在塑造人物上的不足和贾宝玉的性格缺陷,认为当时的社会状况阻碍了曹雪芹彻底摆脱命定论和虚无观。他们以历史唯物主义,而不是文本细读的方式为基础,得出了《红楼梦》"不是个人的悲剧,因为正是通过了贾宝玉的悲剧性格,透露了社会的曙光"②这一结论。

1954年10月24日中国作家协会古典文学部召开座谈会,讨论《红楼梦》研究问题。许多学者、文学界重要人物像郑振铎、冯至、何其芳、老舍、舒芜、吴组缃和俞平伯等都参加了座谈。蓝翎更准确地阐释了他所说的"自然主义":"毫无选择地描写社会生活的现象,不能描写它的本质",即排斥对现实主义的典型人物与事件的创造。蓝翎援引马林科夫1952年在联共(布)党第十九次代表大会上关于"典型"的解释,将"典型性"或"典型"定义为能够"表现生活现象的本质"。③ 在马克思主义语境中,"生活的本质"当然被理解为迈向共产主义的必然发展。

现实主义的确成功地做到了对生活的典型呈现。俞平伯否认《红楼梦》是现实主义作品。李希凡和蓝翎认为,如果是这样,《红楼梦》里

---

① 《光明日报》1954年10月10日。
② 同上。
③ 《光明日报》1954年11月14日。

的人物就不能认为具有"典型环境里的典型性格"①的现实主义特性。李希凡和蓝翎称《红楼梦》之所以是现实主义的杰作,并不是因为小说中有着"自然主义"者所提倡的对客观事实的重复描述;相反,曹雪芹创造的人物超出生活本身,并进而描写了社会发展的真实情形。小说不仅暴露了现实中丑恶的一面,同时也创造出了他理想中的新人,体现了作者所理解的美,因而也就必然引导人们去追求真正美的现实。②

在文学作品中一再呈现客观事实,或者像李希凡、蓝翎在 1954 年 10 月 24 日在《人民日报》上发表的文章中所说的,"表现现实、反映现实不是最终目的,而是要激起人们改造现实的热情":

> 现实主义文学,正是通过把社会生活现象的本质典型化的方法,揭示社会的改造,这就是现实主义文学的真正使命,也是文学研究、文学批评所要阐明的中心问题。③

这样一来,李希凡和蓝翎将文学批评看做思想武器就成为可能:

> 在阶级社会中,任何阶级对待文学的态度首先看它是否对本阶级有利,是否为本阶级的政治经济利益服务。文学批评就是站在一定的阶级立场直接阐发这些问题。④

这些对《红楼梦》和文学批评的观点引入了批判地继承古典文学遗产的主题。李希凡和蓝翎称《红楼梦》继承和发展了古典文学的"人民

---

① 《文艺报》1954 年第 18 号,第 32 页。
② 《光明日报》1954 年 10 月 10 日。
③ 《人民日报》1954 年 10 月 24 日。
④ 《光明日报》1954 年 10 月 10 日。

"性"传统。在它之前,有许多小说包含社会批判,诸如《水浒传》①和《金瓶梅》。尽管《红楼梦》同样反映封建制度下的生活状况,但它的表现范围更宽。曹雪芹深刻地揭示出封建官僚地主阶级生活的基本特点:残酷的剥削,无情的统治,伪装的道学面孔,荒淫无耻的心灵。这些揭露和批判在相当大的程度上决定了小说的"人民性"。②《红楼梦》"人民性"的传统还进一步表现在作者创造与歌颂了"肯定典型",因为"他把封建制度的叛逆者与蔑视者宝黛作为理想人物"。作者赋予贾宝玉和林黛玉"历史连续性的典型性格":他们渴望爱情,顽强地抵制一切束缚。李希凡和蓝翎提到俄国文学中的"多余人"作为反面例证,坚持认为对"多余人"的批判越深刻,文学作品的"人民性"越得到加强。

但倘若人们像俞平伯一样注意不到文学作品的"人民性"、肯定典型和对丑恶的暴露,那么祖国的文学遗产将面临危险。李希凡、蓝翎反对俞平伯在 1923 年《红楼梦辩》中的观点:"凡中国的小说,都是俳优文学,所以只知道讨顾客的喜欢。"③如果俞平伯的看法正确,那么,从马列主义观点来看,所有这些小说都应在反对之列,因为文学的目的在于"激励人们改造现实"。反对祖国文化遗产不仅意味着不爱国,而且容易形成真空,读者可能会去读一些外国原著,既有古典的又有现代的,这样要找出"进步"的或社会主义倾向的文学更困难。通过重印古典文学并重新进行解读,共产党的文学家试图给人造成这样一种印象,即他们的观点与古典文学中的观念一脉相承,因为他们相信这种一致性会使马克思主义思想观念更易于为人们所接受。这些似乎是激烈批判"对祖国优秀的文化遗产持虚无主义的否定态度"④背后的(政治

---

① "《水浒》是一部描写伟大农民战争的作品,它歌颂了农民英雄反抗封建统治者的英勇斗争,深刻地暴露了封建统治者残酷剥削人民的罪恶,从敌对的阶级斗争中揭发了统治者的腐败和人民的痛苦。"《文艺报》1954 年第 18 号,第 32 页。
② 《文艺报》1954 年第 18 号,第 35 页。
③ 《人民日报》1954 年 10 月 24 日。
④ 同上。

的)动机。

那些被认为是反对中国文化遗产的人当中,马克思主义批评家认为胡适是最危险的。在批判俞平伯的过程中,胡适在文学批评中所采用的学术方法受到了严厉的批判,被指责多年来"使青年脱离现实,避开当时尖锐的阶级斗争"。① 在1954年10月24日召开的座谈会上,周扬指出对俞平伯的《红楼梦》研究的批判并不是针对俞平伯本人,因为俞平伯在政治上支持人民民主专政。尽管周扬不愿打倒俞平伯,但似乎很热衷于对俞平伯观点的讨论。周扬重提不久前在中国文联全国委员会扩大会议上所作的文艺界要展开批评和自由讨论的号召②,事实上认可了此后要继续进行类似的讨论。

讨论继续深入,注意力逐渐转向胡适及其实用主义,转向冯雪峰担任《文艺报》主编期间所犯的错误和胡风事件。

第八节 冯雪峰和胡风

1954年9月《文艺报》刊发李希凡、蓝翎的《关于〈红楼梦简论〉及其他》一文时,所加的编者按称作者是"两个在开始研究中国古典文学的青年",他们"从科学的观点对俞平伯先生在《红楼梦简论》一文中的论点提出了批评"。编者继续道:"作者的意见显然还有不够周密和不够齐全的地方,但他们这样地去认识《红楼梦》,在基本上是正确的。"③

冯雪峰这篇以居高临下的口气写成的编者按,成为对其编辑工作进行审查和批判的基础。很快冯雪峰发表了一篇文章,承认自己贬低了李、蓝文章的战斗意义和影响,同时又贬低了马克思列宁主义的新生力量。④ 此时作为《人民文学》编辑之一的胡风抓住这个机会,攻击《文

---

① 《人民日报》1954年10月24日。
② 《光明日报》1954年11月14日。
③ 《文艺报》1954年第18号,第31页。
④ 《文艺报》1954年第20号,第4、5页。

艺报》创刊以来的编辑政策,同时还攻击周扬、袁水拍1950年处理阿垅事件过程中的武断态度。当局决定加快结束对《文艺报》编辑工作的审查。1954年《文艺报》编辑机构进行了改组,冯雪峰被撤销主编职务,但仍保留编委身份,原副主编陈企霞不再担任编辑工作。①

胡风在文章中对当时流行的文学批评进行了分析,甚至声称根本没人去注意对创造性作品或作品现实内容的需求。他指出文学批评中存在许多"庸俗社会学"的迹象,批评家不是从现实出发,不是依据原则去理解现实,而是用原则代替了现实:

> 用马克思主义的词句或者政策的词句去审判作品……像别林斯基所说的,有历史分析而没有美学分析,或者反过来,有美学分析而没有历史分析,都是片面的,因而是虚伪的;这种虚伪的批评也只能算是庸俗社会学。②

胡风在1954年11月7日和11日文联会议上的发言的主要内容以及上面引述的这段话,与原则无关,他是要反对党的文化官员自以为是的做法和资产阶级倾向。所以这些言论对我们的研究没有重要意义,并且在谈到纯文学问题时,胡风总是重复自己1940年代的观点。但是,考虑到1957年冯雪峰和丁玲的遭遇,看看他们与胡风在当前争论中的关系还是有意思的。指责胡风为冯雪峰辩护是毫无道理的,相反,胡风在写信告诉张春桥冯雪峰自我批评的事情时,还有点幸灾乐祸

---

① 《文艺报》1954年第23—24号,第46页。从1955年1月起由康濯、侯金镜(与陈企霞同属冯雪峰手下的副主编)、秦兆阳、冯雪峰、黄药眠、刘白羽和王瑶七人组成编辑委员会,以康濯、侯金镜、秦兆阳为常务编辑委员。1955年12月30日第24号出版前又作了一次调整,冯雪峰彻底退出编辑委员会,从那时一直到1956年12月,编委由康濯、张光年、侯金镜(以上为常务编委)、黄药眠、袁水拍、陈涌和王瑶组成。

② 《文艺报》1954年第22号,第9页。

(Schadenfreude)。①胡风和他的许多朋友试图在《文艺报》发表文章，始终没有成功，这可能是他对冯雪峰缺乏同情的原因之一。至于丁玲，后来披露的一些真相使我们相信，她在反胡风运动和1955年的肃反运动②中也不是坚定的胡风支持者。

胡风的发言招来袁水拍的激烈反击。他说："胡风先生的说法已经发展到直接反对马克思主义、反对社会主义现实主义。"③一个月后，《文艺报》事件已处理妥当，周扬在10月10日的《人民日报》上发表文章，④也加入声讨胡风的行列中来。很明显党的领导已经决定了胡风的命运。事实上胡风1954年7月给中共中央提交的长篇报告已经构成了对权威的挑战。他在报告中公开反对党对作家提出的五大要求：学习马克思主义、深入工农兵生活、改造自己的非工人阶级的思想、批判地继承和发扬民族传统、积极为政治服务，胡风称之为"插在作家和读者头上的五把刀子"（据茅盾及其他人的评论）。⑤胡风意识到自己处境危险，遂于1955年1月写了一篇题为《我的自我批判》的文章，但直到1955年5月13日才得以在《人民日报》上发表。

考虑到胡风的自我批判文章过了很久才在党的喉舌上发表，人们或许怀疑当局还没有准备好如何处理胡风。他们在结束胡风事件前从苏联寻求思想支持，这一点很重要。1955年2月5—7日，中国作家协会常务委员会召开扩大会议，决定召开专题研讨会，学习1954年12月召开的苏联作家第二次代表大会的成果，同时发动一场批评胡风带有

---

① 1954年11月2日致张春桥的信，转引自 Yang I-fan, *The Case of Hu Feng*, p. 115。胡风与冯雪峰在许多场合都有冲突（参见 Merle Goldman, "Hu Feng's Conflict with the Communist Literary Authorities"）。
② 《文艺报》1957年第19号，第2页。也可参见本书第五章第三节。
③ 《文艺报》1954年第22号，第20页。
④ Yang I-fan, *The Case of Hu Feng*, p. 115。
⑤ 该报告被缩减到原来篇幅的一半，随后作为《文艺报》1955年第一、二期的附刊出版，名为《胡风对文艺问题的意见》。该附刊不向国外订户发行，所以我们并没能看到。在1955年的全国人民代表大会上，资深作家茅盾、曹禺分别在7月23日、27日发言中谴责胡风，英译文见 *Current Background*, no. 315, pp. 1-5, 5-8。

资产阶级理想主义的文学思想的运动。① 作家们被要求学习苏联作协第一书记苏尔科夫在作代会上的讲话,讲话全文译成中文,名为《苏联文学的现状和任务》。②

有意思的是苏尔科夫对社会主义现实主义和社会主义现实主义作家如高尔基、法捷耶夫、绥拉菲摩维支等大加赞赏,这些作家的作品在中国广为人知。③ 讲话称在前几个五年计划期间卡塔耶夫、爱伦堡和凯特林斯卡娅(Ketlinskaya)出版的小说和战后柯切托夫(Kochetov)、阿扎耶夫(Azhayev)等普通共产主义战士的小说都尊重劳动,像斯大林所说的那样,把劳动看做"一件高尚的事情、光荣的事情、勇敢的英雄主义事情",而不是沉重的负担。苏尔科夫坚持"社会主义现实主义是这个社会主义社会唯一有思想创造性的方法",它"在历史上第一次显示出作家为自己、为社会工作的快乐意义"。为进一步阐发自己的观点,他引用马克西姆·高尔基1934年在苏联作家第一次代表大会上的讲话:

> 社会主义的现实主义认定,生活是一种行动,一种创造,它的目的是为着人类之征服自然力量,为着人的健康和长寿,为着住在大地上的伟大的幸福,而不断地发展人类底个别的最宝贵的才能。人民按照自己要求的不断增长,愿意把大地彻底改造为那联合成一家的全体人类底美妙住宅。④

----

① Yang I-fan, *The Case of Hu Feng*, P.137.
② 《文艺报》1955年第一、二期,第4—21页。俄语原文发表在[苏]《文学报》(*Literaturnaya gazeeta*),1954年11月14日。苏尔科夫报告的英语译文发表于 *Current Digest*, 6 (1954),50, pp.9-12, and no.52, pp. 15-22,46.
③ 1958年由中苏友好协会和国家图书馆发起,在北京举行格拉特珂夫诞辰75周年纪念大会。中苏友协副秘书长戈宝权在致辞中说,格拉特珂夫的名字在中国很早就为读者所熟知。全中国人民都在为贯彻社会主义建设总路线而努力奋斗。格拉特珂夫的第一部小说《士敏土》以苏联社会主义建设时期工人阶级的劳动为主题,对中国人民有很强的现实意义(*NCNA*, June 6, 1958; *SCMP*, no.1799, pp. 36-37.)。译注:NCNA 为 New China News Agency 的缩写,SCMP 为 Survey of China Mainland Press (Hong Kong)的缩写,以下不另注。
④ *Current Digest*, 6(1954), 52, p.17. 中文引文参照葆华、岷英的译文,载《文艺报》1955年第一、二期,第4—20页,下同。

这段话可以看做是对未来浪漫的或乌托邦的信念,而不是现实主义的信念。在我们认为是现实主义的作品如爱伦堡的《解冻》①,却被苏尔科夫批判为"片面表现人的活动的尝试,而没有指出其目的所在"。他说:

> 我认为,一些很有经验的作家,如伊里亚·爱伦堡在中篇小说《解冻》中和维拉·潘诺娃(Vera Panova)在长篇小说《一年四季》(The Seasons)中的失败,完全不是因为这些作品的作者集中注意去批评生活中黑暗的现象而造成的。批评是他们不可剥夺的权利。糟糕的是在于他们违反了方法上的客观法则,站在抽象的"心灵状态"下的不牢固的基础上,将作者对于苏联人的任意的主观的看法与社会的人之个性发展的规则对立起来,作者是把苏联人当作这样的一种主体,它的个人生活是与它的社会生活和劳动活动截然分开的。②

如果说苏尔科夫在这里赋予作家以描写生活阴暗面的权利,那么这种权利只局限于社会主义现实主义框架范围内。这与毛泽东的观点惊人地相似,毛泽东在让中国作家效仿苏联文学时说过:"苏联在社会主义建设时期的文学……也写工作中的缺点,也写反面人物,但这种描写只能成为整个光明的陪衬。"③的确,苏尔科夫的讲话中涉及的许多方面与中国文学理论家必须解决的问题颇为相通。看到苏尔科夫称"文学是传播社会主义影响的锋利武器,它与政治紧密地联系着,并且服从于政治",周扬和他的同僚一定对自己的立场更为自信。苏尔科

---

① [苏]《旗帜》(Znamya)1954 年第 5 期,第 14—88 页;Manya Harari 将《解冻》译成英文,名为 The Thaw (London, MacGibbon and Kee,1961)。

② Current Digest, 6(1954), 52, p.17. 这一重要段落的中文译文发表于《文艺报》1955 年第一、二期,第 13 页。

③ 引自毛泽东《在延安文艺座谈会上的讲话》,见《毛泽东选集》,第三卷,第 893 页。

夫也提到,在两次苏联作家代表大会之间的那些年,也曾有人试图让文学远离党和人民为共产主义而奋斗的伟大事业,比如"为艺术而艺术"的反动理论不止一次地复活;战前战后相继出现过形形色色的"纯艺术"运动,如导致形式与内容分离的"形式主义",将文学推向"客观主义"道路的"自然主义"。

> 在俄国文学史上,世界主义——正如与之相伴的对外国文学卑躬屈节态度和对本民族文化宝藏的虚无主义否定态度一样——不是一种新的现象。……在战后的年代中,对世界主义的进攻是反击得很激烈的,这是特别可以理解的。因为冷战的发动者——美帝国主义企图通过在经济上、政治上和文化上并吞各个民族和国家而统治世界,所以他们利用世界主义作为它向外扩张的思想基础,绝不是偶然的。①

苏尔科夫的讲话有苏共中央作后盾,中央委员会向作家代表大会发来的祝词与他讲话的口径是统一的。祝词称苏联作家为劳苦大众和人民服务的高尚思想境界,与"文学独立于社会的虚伪的资产阶级口号,与'为艺术而艺术'的错误观念",形成了鲜明对比,这是值得骄傲的。祝词尽管承认许多作品尚存在这样一种倾向:"在某种程度上粉饰现实,掩盖发展过程中出现的矛盾和前进道路上遇到的困难",但作家有义务用共产主义和共产主义道德观念教育人民,尤其要教育青年,使他们具有"乐观主义的大无畏精神和对我们事业必胜的信念"。这被视为是社会主义现实主义的必然任务。② 丁玲是参加苏联作代会中国代表团的一员③,不仅亲耳聆听了苏尔科夫的报告,而且亲眼见证了

---

① *Current Digest*, 6(1954), 52, p.19.
② [苏]《真理报》(*Pravda*) 1954 年 12 月 16 日。英语译文见 *Current Digest*, 6(1954), 48, pp.3-4。
③ [苏]《真理报》1954 年 12 月 16 日。英语译文见 *Current Digest*, 7(1954), 51, p.9。

爱伦堡受攻击与他为自己辩解的情形。爱伦堡因小说《解冻》而受攻击,但他辩解道,尽管该书有缺陷,但绝不是因为走得太远,相反,对阴暗面的暴露还远远不够。他说:"如果我再写一本书的话,我要尽量在上一部小说的基础上再前进一步,而不是退后一步。"①

到了1955年5月,党的领导人认为他们终于有把握和胡风算总账了。胡风的自我批判与他的许多信件刊登在同一期《人民日报》(5月13日)上。信件由舒芜(原是胡风的追随者②)提供,冠名为《关于胡风反革命集团的一些材料》。这清楚地表明胡风的活动是属于反党、反革命性质的。5月25日文联常委会和作协常委会召开联席会议,决定将胡风开除出作协,并建议取消他的全国人大代表资格,采取必要措施防止他进行反革命犯罪活动。③ 到7月份胡风被捕的消息公布时,一切变得自然而然。④

本章以分析《在延安文艺座谈会上的讲话》开始,以胡风(他十余年来一直反对党的理论家所制定的文学规范)的被捕而告终。尽管胡风对当局当时的文艺政策进行了批评,但毛泽东的教导依然牢不可破。它们在1955年享有的至高无上的地位,也预示着下一年的情况不会发生根本转变,虽然1956年提出了"百花齐放,百家争鸣"的口号。

---

① [苏]《文学报》(*Literaturnaya gazeta*)1954年12月20日。英语译文见 *Current Digest*,7(1955),6,p.2。爱伦堡还说:"那些把小说中的人物划分为肯定与否定类型的文学研究家本身就是我们文学中应该否定的现象——他们还带有很多过去的遗留残余。"
② Yang I-fan, *The Case of Hu Feng*,p.95.
③ 同上书,p.144。
④《人民日报》1955年7月18日。

第二章　对知识分子的新政策
（1956年1月—4月）

　　1955年与1956年之交的冬日，当局出于种种考虑开始寻求与知识分子的合作，包括经济学家、科学家和作家。当时共产党的领导地位业已巩固，年度经济计划已经完成。1955年7月，国家计划委员会主任李富春向全国人大提交了滞后两年才出台的关于第一个五年计划（1953—1957）的详细报告。显然易见的是，单纯依靠苏联贷款和专家援助已无法实现这个雄心勃勃的计划。这就要求知识分子，特别是因身份限制一直没有得到任用的党外知识分子，为实现这一计划而忠诚工作。国家不仅需要他们的知识，更需要他们政治上的真诚支持。①

　　1955年间，除胡风和胡适外，哲学家梁漱溟等人也成为大加挞伐的对象。梁漱溟因提出乡村建设理论而被指控为封建地主阶级的代言人，而且他的"反动哲学思想体系"被说成是"王阳明的封建主义的唯心哲学和柏格森（Henri Bergson）西方资本主义没落时期的生命哲学，再加上罗素（Bertrand Russell）、杜威（John Dewey）等人的反动哲学杂凑起来的"。② 他的错误在于试图用理性方式理解生活，而不是研究"客观规律"，运用"真正的合理性"。而且他对中国共产主义革命起源的评价也不为党的批评家所认可，他认为中国革命是因外国力量的刺激而发生的。

---

① Robert R. Bowie and John K. Fairbank, *Communist China 1955 – 1959, Policy Documents with Analysis*，该研究成果是在哈佛大学国际事务中心（Center for International Affairs）和东亚研究中心（The East Asian Research Center）联合赞助下完成的。Cambridge, Mass., Harvard University Press, 1962, p. 1,2,127.

② 《解放日报》（上海），1955年12月21日。英语译文见 *SCMP*, no. 1232。也可参见 Theodore H. E. Chen, *Thought Reform of the Chinese Intellectuals*, pp. 46-49,91-93。

这种批判的结果是,1955年12月至1956年1月,与共产党共存的所谓的民主党派纷纷开会,讨论知识分子的地位,并将强调的重点放在中国共产党政策的正确性上。1956年1月11日至16日中国民主同盟总部召开的一次有关知识分子问题的讨论会,报纸是这样报道的:

> 会议一致认为:高级知识分子这几年来,在中国共产党的关怀和教育下,有了很大的进步……但是客观形势的发展是很快的,社会主义建设和社会主义改造工作的突飞猛进,向高级知识分子提出更高的要求。高级知识分子在数量上、政治和业务水平上还不能完全适应国家的日益增长的要求。①

第一节 周恩来、毛泽东和郭沫若论知识分子问题

1956年1月14日中共中央召开扩大会议,国务院总理、中共中央书记处书记周恩来作关于知识分子问题的报告,他解释对知识分子实行新政策的原因是:"为着加强党对知识分子的领导,加强党对于整个科学文化工作的领导,中央决定召集一次会议讨论知识分子问题。"② 周恩来在报告中主要论述了完成反对"右倾保守思想"斗争的必要性,他预计在今后两年内镇压反革命分子运动将在全国范围基本完成。几个月后党提出的"百花齐放、百家争鸣"的口号,在这里已有重要的预示。工商业社会主义改造的迅速发展,1955年开始的农业合作化运动的"突飞猛进",都要求加强人民民主专政。因为根据周恩来的说法,十万中国高级知识分子中只有45%积极拥护共产党和人民政府,科技的全面发展亟须另外55%知识分子的支持:"我们现在所进行的各项

---

① 《光明日报》1956年1月17日,英语译文见 SCMP, no.1218, p.5。
② *Current Background*, no. 376. 重印于 Bowie and Fairbank, *Communist China 1955-1959*, *Policy Documents with Analysis*, pp. 128-144。

第二章 对知识分子的新政策(1956年1月—4月)

建设,正在愈来愈多地需要知识分子的参加。"作家同样是必不可少的,"没有文化艺术工作者,我们就不能有文化生活"。之所以需要作家,不仅因为丰富的文化生活是将来共产主义梦想的一部分,而且也因为文化被认为是绝好的思想武器,尽管周恩来在这里没有这样说。

作为对知识分子合作的回报,周恩来似乎暗示党对知识分子的严格控制将有所松动。比如从对宗派主义的批评就可以看出这一点,他说宗派主义"低估了知识界在政治上和业务上的巨大进步,低估了他们在我国社会主义事业中的重大作用,不认识他们是工人阶级的一部分,认为反正生产依靠工人,技术依靠苏联专家"。他甚至提出学习西方技术也是可以接受的:"既不能无限期地依赖苏联专家,更不能放松对苏联和**其他国家的**先进的科学技术进行最有效的学习。"(黑体为著者所加)。

1月20日是会议的最后一天,超过一千人出席会议,毛泽东号召全党努力学习科学知识,"同党外知识分子团结一致,为迅速赶上世界科学先进水平而奋斗"。①

郭沫若引用毛泽东1956年1月25日在最高国务会议上的讲话,说需要制定一个长期计划,逐步消除中国的落后状况。1956年1月31日在中国人民政治协商会议第二届全国委员会第二次全体会议上,郭沫若作了题为《在社会主义革命高潮中知识分子的使命》的报告。他讲话的具体内容与我们的研究无关,因为他没有谈到作家的责任,只是重复周恩来和毛泽东的话,认为需要更多忠实的知识分子。但有意思的是,郭沫若建议知识分子像孔子的门徒曾参那样反省自己,每日"三省吾身"。这种古代的自我反省法在知识分子改造问题上已基本丧失了其原初意义,因为郭沫若是在一个全新的语境中来谈自我反省的。②

---

① *NCNA*, January 29, 1956; *SCMP*, no. 1220, p. 10.

② 参见 Joseph R. Levenson 对共产党传统文化政策的评论,见其 *Confucian China and its Modern Fate* (Berkeley and Los Angeles, University of California Press, 1958), pp. 136-137;也可参见"The Place of Confucius in Communist China", *The China Quarterly*, 1962, 12, pp. 1-19.

他说今天的知识分子每天应以这样三个问题来反省自己：

> 第一问：我们为人民服务，为社会主义建设服务，是不是有不够积极的地方？
>
> 第二问：我们在扩大队伍和团结内部力量上，是不是真正有所贡献？
>
> 第三问：我们在学习马克思列宁主义、学习先进经验上，是不是有高度的自觉，是不是没有懈怠？①

一位权威发言者在最高规格的官方报告中提到曾参和孔子，也暗示了共产党领导人感到有必要对过去的文化表示尊重。

第二节 作协第二次理事会会议：周扬与茅盾的讲话

周恩来和毛泽东确定的新知识分子政策并不比以前宽松多少。这一点从中国作协理事会第二次会议（扩大）上作家和文艺理论家的发言可以看出。作协理事会第一次会议在1953年第二次文代会结束后不久召开，第二次会议于1956年2月27日至3月6日举行。

周扬以题为《建设社会主义文学的任务》的报告拉开了这次会议的帷幕。他在报告中称再过两三年中国人民就会在全国范围内"基本完成"社会主义革命的任务。尽管基本完成社会主义革命并不等同于实现了社会主义，但他的语气还是相当乐观的。从理论上讲，乐观主义是马克思主义与生俱来的，至少到1957年6月的时候，乐观主义在中国官方的文艺政策中也盛行起来。或许是适度的乐观主义促使周扬对左倾公式主义的关注超过了右倾自然主义。这两种主义下文都将进行探讨。

---

① 《人民日报》1956年2月1日。

第二章 对知识分子的新政策(1956年1月—4月)

周扬认为乐观主义是合乎情理的,因为过去两年思想战线的斗争,特别是批判和揭露"胡风反革命集团"的斗争,是成功的。其美学意义在于它是"马克思主义唯物主义的美学和资产阶级唯心主义美学观点的斗争"。① 周扬认为感伤主义和反理性主义恰恰是被击败的胡风派作品的特征。

> ……胡风派的作家,特别是他们的代表作家路翎,总是把人民表现为不是麻木到连人的感觉都失去的蠢猪,就是充满了"原始野性",充满了神经质的疯狂性、痉挛性的怪物;他们作品中的"英雄",只是一些化了装的各色各样的极端的个人主义者。而这就正是他们的反动文艺理论在创作上的实践。他们这样歪曲地来描写人民的形象,其目的无非是要人们读了之后变得意志消沉或丧失理性,在精神上完全瓦解和崩溃而已。没落阶级所特有的感伤主义和反理性主义正是他们作品中所表现的那种外强中干的个人主义的特色。②

周扬认为通过"宣传马克思主义的世界观",这种个人主义倾向已被克服,这是"文学家、艺术家及其他一切思想工作者的莫大光荣"。

但是周扬的乐观主义并不意味着文学领域的一切都令人满意。他回忆说,在批判胡风的斗争中,作家中某些宗派性小集团的活动也受到了批判。宗派主义者"不把国家、人民和整个文艺事业的利益放在第一位,而把个人和小集团的利益放在第一位":

> 他们企图在文坛上造成一种"特殊势力",拒绝党和人民对他们工作的监督,对许多党和非党的正派作家采取排斥和不合作的

---

① 《文艺报》1956年第5—6期,第6页。
② 同上书,第7页。

态度。他们在文学青年中传播资产阶级腐朽的个人主义的世界观，宣扬甚么一个作家"写出一本书就有了一切"、"骄傲是美德"等等。①

周扬指出陈企霞就是这种思想的代表之一。艾青则因为诗作缺少真挚充沛的情感而受到更严厉的批判。周扬质疑为什么有些作家在民主革命阶段的作品中充满着澎湃的激情，而到了伟大的社会主义革命时代那股热情反而消退了。他称曾经写过《向太阳》、《火把》等诗的艾青为出色的诗人，但艾青访问舟山前线后却写了一首以民间爱情故事为题材的叙事长诗《黑鳗》。周扬失望地说："为什么他不用一个革命诗人应有的力量来歌颂我们海防的英雄们呢？我们大家是多么盼望他和其他的老诗人都写出好诗来呵！"②值得注意的是，上文已提及，陈企霞和艾青早在 1942 年就没有遵循党的要求来写作，周扬这里对两人的指责也没什么显著效果，但 1957 年陈企霞和艾青又因同样的错误而再次受到批判。

周扬在对文学创作的缺点和不足进行整体观照时，强调了公式主义和形式主义，称它们都是"主观主义方法"和"脱离现实主义的倾向"。虽然他认为自然主义更危险，但他更关注公式主义，认为后者很难被克服。"公式主义的主要特征是把丰富多样的生活和人物性格加以简单化"，这是由于作家接触生活的面太窄：

有些作家的"体验生活"的方法带有很大的局限性和片面性，他们往往只是在"体验生活"的时候，对他们所选定的环境和对象进行观察，而不是随时随地地留心观察自己周围的一切事物和一切人们，如像历来成功的作家所作的那样。甚至就在他观察他所

---

① 《文艺报》1956 年第 5—6 期，第 8 页。
② 《文艺报》1956 年第 5—6 期，第 15 页。《黑鳗》载《人民文学》1955 年第 4 期，第 1—24 页。

第二章　对知识分子的新政策(1956年1月—4月)

选定的对象的时候,也往往先设定一个主观的"框框",如甲是"正面人物",乙是"反面人物","正面人物"或"反面人物"应当具有如何如何的特点等,然后按照这个"框框"在对象身上去寻找作者所需要的和愿意寻找的东西,因而就把人物的性格简单化、片面化了,对象就不再是一个完整的活生生的人,等到进入作品的时候就更加缺乏生命了。这样作家对于生活就不能得到全面的真正的理解。要把握生活的真实,是需要作家对生活作多方面的观察和深入的研究的。在这里,作家认真地学习马克思列宁主义和党与国家的政策具有决定的意义。①

从这段引言可以清楚地看出,公式主义被理解为按照与党的政策相违的先验框架进行写作。尽管周扬在这里告诫不要用预先设定的框架写人物,但他提供的补救措施却依然是从预定框架——马列主义及党和国家的现行政策出发来写作。他相信这会把作家引向党所理解的现实主义。因为有些作家粉饰现实,给生活涂上玫瑰色,他要求作家根据马列主义的指导去描写矛盾和冲突。

他批评作家"表现正面人物就总是缺乏力量,不能够把这些人物写成主动的、进攻的、生龙活虎的,而对于反面现象的描写和鞭挞也不那么深刻和有力"。他说有公式主义作家违背了艺术创造的规律,因为他们不懂得科学与文艺的区别:

> 造成作品中公式主义倾向的原因,还由于一些作家没有正确地理解艺术是反映现实的一种特殊形式。艺术地反映现实和科学地反映现实有共同的规律,也有各自不同的特殊的规律。共同的是科学和艺术都是生活和现实的反映;不同的是科学通过概念,而文学则通过形象来反映。科学的任务是发现生活和现实中的规

---

① 《文艺报》1956年第5—6期,第12—13页。

> 律,而规律总是抽象的,抽象就是把生活现象中很多具体的东西都舍弃掉,来找出它的规律。科学用概念帮助人们认识世界,主要诉之于人们的理智。文学艺术所要表现的是生活的本身,虽然它要发现生活中的规律,文学艺术不但不舍弃科学在抽象过程中所不得不舍弃的东西,相反,他正是通过个别的、具体感性的形象来帮助人们认识世界,而且唤起人们对于生活中美好的事物或丑恶的事物的喜悦或厌恶的感情。文学艺术总是通过个别表现一般,通过现象表现本质;这就是艺术概括的原则,典型化的原则。①

周扬对公式主义的论述主要是针对左倾教条主义作家,他们在执行马克思主义原则时太过拘泥,不知变通。显然,公式主义作家不是从具体生活实践出发,而是从抽象的生活概念或"政策条文"出发:"按照一定的'公式'去表现生活。"

与公式主义相对应的是自然主义,它被这样定义:

> 照相式地纪录生活,罗列现象,对于作品中所描写的事实缺乏应有的选择和艺术的剪裁,对自己所描写的人物的命运采取超然的冷眼旁观的态度,把人物的思想感情描写成低级的、庸俗的。②

无论公式主义还是自然主义,都一样违反恩格斯所说的"典型环境中典型性格"③的现实主义基本创作原则。周扬从自然主义中发现了悲观主义因素,并非常反感这一点。他注意到自然主义有各种各样的表现:

---

① 《文艺报》1956年第5—6期,第13页。
② 同上书,第14页。
③ 周扬这句话用了引号,并没有说明是引用恩格斯的话。尽管中国批评家经常提到这个口号,但此处这个引言是不完整的。恩格斯在致玛·哈克纳斯的信中说:"据我看来,现实主义的意思是,除细节的真实外,还要真实地再现典型环境中的典型人物。"(译注:中译文见《马克思恩格斯选集》第4卷,第462页)中国批评家引用时,常常省略了"除了细节的真实外"的字样。

第二章 对知识分子的新政策(1956年1月—4月)

用生物主义的观点来看社会和人,是自然主义的一个最重要的特点。在许多自然主义者的作品中,人物不是社会的人,而是生物学的或病理学的人。他们把人写成脱离社会的动物,把人的生活和行为都归结为生物学的现象。他们反对艺术去描写生活中的崇高的优美的事物,而把藐小、庸俗的东西作为艺术注意的中心。①

周扬这次讲话没有像在第一、第二次文代会的报告中那样将苏联文学作为中国作家效仿的榜样,甚至没有提到任何苏联作家或政界人物的名字。他的报告洋溢着爱国主义气息,他说作家的任务是创造出"毋愧于我们这个时代,毋愧于我们的祖国和人民"的作品。"这些作品应当真实地反映出在一个六万万人口的大国里正在发生的空前未有的历史变化,把我国人民长期革命斗争历史和建设社会主义的丰富经验,概括在宏大的艺术画卷里。"这些作品不仅要具有社会主义的内容,而且要具有民族的形式。艺术创造中要融合"我国两千多年来全部文化的精华"和"世界文化的一切先进经验"。周扬告诫不要贬低民族文化遗产,作家仅仅学习传统小说和诗歌还不够。他指出鲁迅对现代中国文化贡献最大,其次是郭沫若,他1921年发表的《女神》开辟了一个"新诗的时代",紧随其后的是茅盾、巴金、老舍、曹禺和赵树理,他们都是"当代语言艺术的大师"。

这种民族自豪感有其政治原因:当时中国领导人感觉自己的地位比苏联更稳固,后者正处于去斯大林化的高潮之中。但是这种自豪感也建立在中国作家丰硕成果的基础上。比如,赵树理的《三里湾》,一本描写农业合作化进程的畅销书,仅1959年一年就印行380,000册。此外还有陈其通描写长征的《万水千山》和曹禺写知识分子思想改造的《明朗的天》,当时大多数作家对表现知识分子思想改造的主题还是

---

① 《文艺报》1956年第5—6期,第15页。

有所顾虑的。

尽管周扬是作协第二次理事会议上最有权威的发言人,可还有很多作家也发了言,如艾青、赵寻、陈其通、陈伯吹、方纪、韩北屏、康濯、谷峪、老舍、柳青、刘白羽、罗荪、茅盾、巴金、孙峻青、臧克家、曹禺、袁水拍和吴组湘等。艾青的发言主要是含糊的自我批评和虔诚的希望,这或许是从马雅可夫斯基和聂鲁达的诗歌主张中受到的启发。①

茅盾的报告《培养新生力量,扩大文学队伍》刊载在《文艺报》上,其中对文学理论和文学批评的关注很有意思。他提到曾经有一个时期相当盛行"粗暴的文艺批评",严重地打击了青年作者的创作积极性;这种批评专门在一些细节上吹毛求疵,却不看作品的总体倾向。这显然包含了俞平伯的《红楼梦》研究。有人认为,俞平伯把《红楼梦》这部伟大的小说看做是自然主义作品,过于注重细节和孤立的现象。茅盾说近年来这种粗暴的批评是比较少了,但是"真正热情地科学地分析青年作家作品的有益的评论,还是很少见到",幸运的是文学中的理论批评队伍也补充了"新生力量",如李希凡、蓝翎、唐因、鲍昌等。茅盾似乎意在表明要给正统的青年评论家以机会。他还提到《文艺报》编辑(没有点冯雪峰和陈企霞的名)崇拜权威、压制年轻批评家的错误态度。他也指出在培养青年作家方面存在的缺点和错误,说作家协会办了一个文学讲习所,但由于这个讲习所的前身——中央文学研究所的某些领导人存在着错误的思想作风,在学员中间散播了一种"腐朽的资产阶级思想":

> 他们(教员)离开文学的党性原则,而提倡所谓"一本书主义",鼓励青年作者以取得个人的名誉地位,取得个人的"不朽"为创作(一本书)的目的;他们公然提倡个人崇拜;公然提倡骄傲,说什么"骄傲的人才有出息"。在这种思想的影响下,文学讲习所的

---

① 《文艺报》1956 年第 5—6 期,第 74—76 页。

第二章　对知识分子的新政策(1956年1月—4月)

不少学员滋长了个人主义的思想,产生了脱离政治的倾向。①

至于教员是如何鼓励个人主义的,学员们又在多大程度上自发地倾向于个人主义,则无从得知了,只能凭猜测。不管怎样,茅盾认为,必须对教员公然提倡个人崇拜这一现象有所重视。茅盾对个人崇拜的批判似乎意在与苏联的去斯大林化遥相呼应。

1956年3月25日《人民日报》的一篇社论《作家们,努力满足人民的期望》总结了作家协会第二次理事会会议的成果,或多或少地重申了周扬的观点。社论指出"对于青年作者的爱护必须与对于他们的严格要求相结合"。过去存在一种倾向忽视或者歧视青年作者,现在一部分青年文学创作者却滋长了骄傲自满的情绪。从社论下面的严厉批评可以看出一些年轻作家显然在惹是生非:

> 他们不了解作家对于社会和人民所肩负的重大职责,也不了解文学创作是一种需要付出巨大劳动的艰苦事业,必须兢兢业业,刻苦努力,才能完成任务。相反地,稍有成就,就自满自足,到处吹嘘,不再安心工作,热心追求其名位。

《人民日报》的社论接着说,作协理事会为作家提出了思想道德方面的标准,并遵照科学家和技术人员的做法,制定了未来12年的工作纲要。社论并没有涉及《中国作家协会1956年到1957年的工作纲要》的具体内容,《文艺报》全文刊载了该纲要。②

在那个年代,计划就是命令。1956年1、2月份500多位专职、业余作家向作协提交了他们的1956年创作计划。作家们计划要写反映工业建设、农业合作化、国防、肃清反动分子的作品,更专门的题材包括资

---

① 《文艺报》1956年第5—6期,第19页。
② 《文艺报》1956年第7期,第9—13页。

本主义工商业的社会主义改造、知识分子的思想改造和垦荒运动。①文学因为有了一个年度计划和一个12年的纲要而被纳入到生产范畴内。1956年3月的全国话剧观摩演出会和全国青年文学创作者会议等活动则进一步强化了文学计划化的大趋势。

第三节　全国话剧观摩演出会

1956年3月1日至4月5日，全国话剧观摩演出会在北京举行，举办这种形式的观摩演出会还是第一次。因为是话剧，文盲也能看懂，所以大家更多关注的是那些最容易被理解的文学表达方式。按照大会的组织者、时任文化部长的茅盾（沈雁冰）的说法，大会的目的在于交流话剧创作和演出的经验，以促进话剧艺术事业的进一步繁荣和提高，"使它更好地服务于社会主义建设和满足广大人民日益增长的文化要求"。②周扬也在这次有两千名代表出席的盛会上讲话，强调向中国传统戏曲学习的必要性，并详细分析了创造"正面人物"应使用的方法。③

演出会期间上演了不少剧本，其中有根据描写农村生活的短篇小说改编而成的同名独幕剧《不能走那条路》，作者李凖是河南某农村合作社29岁的副主任。④老一辈剧作家的作品也被搬上舞台。老舍的一部讽刺剧和曹禺的《明朗的天》都获得了成功。仔细分析一下曹禺的这部剧作很有意思，不仅因为周扬赞扬它反映了解放以来知识分子

---

①　NCNA, February 27, 1956; SCMP, no. 1248, p. 16.
②　《人民日报》1956年3月2日。
③　NCNA, March 28, 1956; SCMP, no. 1260, p. 12.
④　李凖也是中篇小说《冰化雪消》的作者，小说题目与爱伦堡的《解冻》类似，含义却大相径庭。周扬称赞《冰化雪消》表现了合作社发展过程中"新老社和大小社的团结——集体主义和本位主义的矛盾"(《文艺报》1956年第5—6期，第10页）。爱伦堡的《解冻》，特别是1954年5月发表在《旗帜》上的第一部分，强调个人主动性的价值，批判官僚主义，认为它是集体生产方式的产物之一。该小说的第二部分比较符合官方文艺方针，发表在1956年4月号《旗帜》上。

第二章 对知识分子的新政策(1956年1月—4月)

的思想变化,填补了这方面的空白,并获得了全国话剧观摩演出会一等奖,①而且在于它深刻表现了共产党心目中包括作家在内的知识分子的社会地位。

曹禺的《明朗的天》是中国人反感西方文化(这里指美国文化)影响的一个极端的例子。该剧的主题是揭露"美帝文化侵略";剧中人物是美国人创立的医院中的医务人员。剧情逐步揭露出贾克逊博士的真实身份,他在北京创办了一所燕仁医学院,共产党取得政权前夕回到美国,其实他并不是一个单纯的学者,而是隶属于美国国务院的一个特务组织的头目。通过在医院隐瞒自己的身份,他广泛收集中国的地理学和气象学资料,研究中国不同地区的健康状况和疾病情况。剧中揭露他在华期间搜集的资料成为"美帝"在朝鲜发动细菌战的基础。这部戏剧的转折点之一是"正面主人公"凌士湘发现了贾克逊的秘密。凌是医院细菌室主任,为人直率、可爱,以前总是为贾克逊博士辩护,认为他是一名学者、够男子汉,直到忽然发现自己发表在一家美国学术杂志上的田鼠实验的结果被用于细菌战。除了发现贾克逊的特务身份外,他还意识到自己谋杀了一名软骨病患者,仅仅因为自己想占有她变形的骨头进行研究。② 这样,著名学者和人道的科学家的形象就被彻底摧毁,也没有任何正面或值得同情之处,以便激起观众对美国人的痛恨之情。谋杀软骨病人的情节意在指明"为科学而科学"会造成什么样的后果。

凌士湘清楚地表示了自己的选择方向。他决定到朝鲜战场的前线去,用自己的医疗知识,以显微镜为武器与美国的细菌作战。该剧结束

---

① 《文艺报》1956年第5—6期,第11页。并非所有的人都同意周扬对《明朗的天》的赞扬。钱杏邨说,尽管报刊上许多文章称《明朗的天》是曹禺最好的戏剧,但他认为是最差的,还说他相信会有人跟他持同样的观点,只是没有人公开讲而已。这并不是因为曹禺名气大,他们不敢反对他,而是因为他们不愿表达任何反对的意见(《光明日报》1956年6月16日)。译者按:当日的《光明日报》未见相关内容。

② 曹禺:《明朗的天》,北京:人民文学出版社,1959年版,第97—98页。该剧本写于1954年,人民文学出版社初版于1956年;英译本 *Bright Skies*,北京:外语出版社,1960年。

时,凌士湘充满爱国激情地感慨:"北京是世界上最可爱的地方……我高兴我是中国科学家,完全站在正义人道一边的科学家。"① 这段引言传达了一个比爱国激情还重要的概念,即科学必须服务于道德或政治理想。该剧表达的主旨不仅适用于科学家,同样也适用于作家。不仅凌士湘相信美国犯了"文化侵略"罪,相信他们在对朝鲜的军事侵略中用细菌武器进攻中国军队,而且曹禺似乎也这样认为,通过写作该剧,他身体力行地证明了作家如何用自己的才华来为政治服务。

我们可以推断曹禺创作这个剧本是想表明无论党指向哪里他都会紧紧跟随。如果这是真的,那曹禺确实成功了,因为1956年春夏之季他被接纳为中共党员。② 也许有人会怀疑曹禺对共产党的忠诚度,但以下这段话摘自曹禺1957年发表的一篇文章,让我们不得不相信曹禺的真诚:

> 我曾经写过一个歌颂党对高级知识分子团结改造的剧本《明朗的天》。在《明朗的天》里,我没有说过一句言不由衷的话;而在我这一生仅仅写过很少的几本戏剧的创作过程中,我最恨的也就是把写作当作虚伪宣传的工具……今天我才清楚,只有使一个人真正认识清楚自己的真实面目,才能使他真正洗心革面,改造自己。③

话剧和电影剧本得到中国文化官员的高度关注,不仅在全国话剧观摩演出会上如此,而且在全国青年文学创作者会议上也是如此。仿照苏联青年文学创作者会议而举行的全国青年文学创作者会议于1956年

---

① 曹禺:《明朗的天》,北京:人民文学出版社,1959年版,第104页。爱国主义还体现在第74页,年轻的共产党员何昌荃含蓄地表达出"真正的中国人"应该坚持共产主义观点。曹禺两次提到苏联,第83页和第52页,赞扬苏联的现代科学。
② NCNA, July 21, 1956 (SCMP, no. 1336, p. 19)提到"曹禺最近加入了中国共产党"。该资料称,他还是全国人大代表、北京人艺团长和中央戏剧委员会副主任。
③ 《剧本》1957年第8期,第16—17页。

3月15日至30日召开,旨在推动年轻作家创作和发表作品。①

戏剧仍是这个时代的话题,但并非所有作家都像曹禺在创作《明朗的天》时那样公开宣传党的政策。1956年6月,就在该剧首演取得巨大成功三个月后,在全国戏曲剧目工作会议上,对戏剧的功用又提出了比较宽松的观点,即"凡是能起积极教育作用,能鼓舞人们精神向上,或能给人以美感上的享受愉快的剧目,都应加以肯定"。② 可是,这一标准主要适用于古典戏剧作品,并不适合像曹禺《明朗的天》那样描写当代社会的作品。我们下文还会谈到,那个时期由于政治方面的事件,文化领域倒的确有了一丝宽松。

第四节　纪念陀思妥耶夫斯基和对典型的解释

对苏联文学在中国的影响进行评价是本书的主要目的之一。仔细审视苏联对中国文学,尤其对中国文学批评和文学理论的影响,可以帮助我们廓清中国共产党思想体系中关于文学的概念和功用。为了给下面的研究奠定坚实的基础,我们将只探讨那些有迹可循的来自苏联方面的文学影响,即仅涉及那些明显由苏联文学和文学理论派生出来或有苏联渊源的文学现象。因此我们要考察有哪些苏联作品被译成汉语,哪些苏联或马列主义的文学观被中国的出版物引用或提及。偶尔提到的中苏文学家之间的交往可能也有一点用处。

应当强调的是,中苏之间确实有着规划周密、范围广泛的文化交流活动。自1949年10月至1955年12月,有10,000多部苏联作品被译

---

① 大会提出了雄心勃勃的计划:1957年培训5000名作家,到1962年累计培训30000名(*NCNA*, March 16, 1956; *SCMP*, no. 1255, pp. 5-6)。3月16、20和31日《人民日报》报道了全国青年文学创作者会议。

② 《人民日报》1956年6月17日。

成汉语,占全部翻译作品的83%。① 另一个数据是1955年1月至1956年2月莫斯科的列宁国立图书馆通过北京国家图书馆借给中国的书刊总量达10,500本。1949年以后俄语教学得到加强,1956年4月4—12日召开的研讨、修订俄语研究院教学大纲的会议就是证明。北京的一个业余作家创作班的课程,会包括"文学原理及中苏名著选读",这也就不足为怪了。② 时任国务院对外文化联络局代局长的陈忠经在1956年4月15日《人民日报》上发表了《进一步发展与各国人民的文化联系》一文中,引用毛泽东《新民主主义论》中的话,解释了进行文化交流的哲学依据:

> 对我们来说,文化联系对于中国的社会主义建设是有重要意义的。毛主席在《新民主主义论》中,曾经谈到中国的文化要同一切别的民族的进步文化相联合,建立互相吸收和互相发展的关系。他指出"中国应该大量吸收外国的进步文化,作为自己文化食粮的原料,这种工作过去做的很不够"。他并说"凡属我们今天用的着的东西,都应该吸收"。

陈忠经还补充说:"文学艺术中对于古人和外国人毫无批判地硬搬和模仿,乃是最没有出息最害人的文学教条主义和艺术教条主义。"

1956年最初的几个月里,苏联文学与文学理论在中国的传播主要是通过《译文》上发表的翻译作品,接着是纪念陀思妥耶夫斯基的文章

---

① 《人民日报》1956年4月15日。根据张静庐主编四卷本《中国现代出版史料》(北京:中华书局,1954—1959),苏联作品在翻译作品中占压倒性多数,1949以前也如此。就在本书付梓前夕,我收到Wolfgang *Western Literature and Translation Works in Communist China*(Frankfurt am Main-Berlin, Alfred Metzner Verlag, 1964),大致说来,Bauer教授得出的结论与我的基本相当,他说自1949年10月至1960年7月,在所有翻译书籍中,苏联作品占83.8%,其他语言占16.2%;文学领域的百分数则有不同:苏联作品占56.4%,而其他语言占43.6%。

② NCNA, March 9, 1956(SCMP, no.1247, p.30);NCNA, April 4, 1956(SCMP, no.1268, p.15);NCNA, May 11,1956(SCMP, no.1290, p.12)。

第二章 对知识分子的新政策(1956年1月—4月)

和讲话,再就是对苏联《共产党人》(1955年12月)上的重要社论《关于文学艺术中的典型问题》所作的评论。1956年1—4月,《译文》刊载了别德内依(Dem'yan Bednyi,1883—1945)、马雅可夫斯基和米哈尔科夫(S. V. Mikhalkov)的诗歌,伊里因科夫(Il'yenkov)和19世纪作家列斯科夫(N. S. Leskov)、纳吉宾(Yu. M. Nagibin)、肖洛霍夫、伏罗宁(S. A. Voronin)的短篇小说或长篇片断,还有阿扎耶夫(V. N. Azhayev)、格拉宁(D. A. Granin)、费定(K. A. Fedin)、格里巴乔夫(Gribachov)、尼古拉耶娃(G. Ye. Nikolayeva)等人的随笔或回忆录;此外还有一些苏联文学批评和理论文章。

当然这样有限的几期《译文》提供的材料不足以说明该刊物的编辑们——茅盾为主编,陈冰夷为副主编,俄苏文学专家戈宝权为编委之一——在挑选、翻译苏联文学作品时是否显示出特别的倾向性。但是值得注意的是,编辑们选择翻译了一些年代相对久远的苏联作品,比如别德内依1918年创作的一首红军歌曲《送别》和马雅可夫斯基1930年写的一首诗。① 他们还发表了费定的一封信和回忆录,主要谈他十月革命后不久那段时期的文学观,②还有古拉(V. V. Gura)论肖洛霍夫《被开垦的处女地》第一部的文章,这部描写东哥萨克地区农业集体化进程的小说,初版于1932年,为了符合斯大林主义的批评观又做了全面修改,于1953年重印。古拉称该小说为"社会主义现实主义的优秀作品"。③ 如前所述,和现在相比,中国人或许还是对20世纪20、30年代的苏联同行更有亲切感。

---

① 别德内依的《送别》中译文载《译文》1956年第3期,第122—124页。马雅可夫斯基的诗是关于早期农业集体化的,载1956年第1期,第67—72页。
② 《译文》1956年第2期,第149—167页。
③ A. M. van der Eng-Liedmeier, *Soviet Literary Characters*, The Hague, Mouton, 1959, pp.87-89;也可参见 Ernest J. Simmons, *Russian Fiction and Soviet Ideology*, *Introduction to Fedin, Leonov and Sholokhov*, New York, Columbia University Press, 1958, pp.244-245. 古拉文章的中译文载《译文》1956年第3期,第154—180页,引文参照作家出版社出版的《被开垦的处女地》(第一部)。

有趣的是《译文》发表的翻译作品中农业题材的流行。米哈尔科夫的诗抨击了不合理的用人政策:城里派到拖拉机站的都不是熟练工人。① 《译文》自 1956 年起连载了肖洛霍夫《被开垦的处女地》第二部中的几章,这部小说和尼古拉耶娃的《拖拉机站站长和总农艺师》都是以农村为背景的。② 此外还有西蒙诺夫关于农业集体化的文章、纳吉宾的短篇小说集《新主席》和伏罗宁的《不需要的名声》等。③ 中国人对集体农庄生活显示出极大的兴趣是自然的,因为此前几个月,中国农村已经在毛泽东和中共中央领导下开始了全面合作化的进程。

中国文学界的领导人倾向于只将那些享有盛誉的作家作品介绍给中国读者,翻译纳吉宾(1920—)、格拉宁(1919—)等年轻一代苏联作家的作品实属例外。这种只翻译著名作家作品的倾向在戏剧界尤为突出,戏剧家谷越在《为什么翻译剧本出版的那么少》④一文中对此表达了强烈不满。他说西蒙诺夫在苏联作家第二次代表大会上所做报告中提到的那些优秀苏联作品,大部分已有中译本,而柯涅楚克(A. Korneichuk)关于戏剧的报告⑤中列举的 34 个优秀剧本,只有 13 个被译成了中文。他提到的 54 位优秀剧作家的名字,有一半以上我们都不知道。谷越抱怨说,我们原来对苏联剧作家阿尔布卓夫(A. N. Arbuzov)一无所知,直到他来中国参加全国话剧观摩演出会,上演了他的《塔尼亚》

---

① 《译文》1956 年第 3 期,第 82—84 页。
② 尼古拉耶娃的《拖拉机站站长和总农艺师》原载[苏]《旗帜》1954 年第 9 期,第 6—63 页;中译文见《译文》1955 年第 8 期,讨论该作品的文章见《译文》1956 年第 1 期,第 139—149 页。
③ 西蒙诺夫的文章原载[苏]《真理报》1955 年 11 月 17 日,中译文载《译文》1956 年第 1 期,第 149—154 页;纳吉宾的小说原载[苏]《新世界》1955 年第 8 期,中译文载《译文》1956 年第 1 期,第 26—44 页;伏罗宁的小说原载[苏]《涅瓦》(Neva)1955 年第 8 期,中译文载《译文》1956 年第 4 期,第 23—78 页。根据译者后记,苏联作家奥维奇金(V. V. Ovechkin)在 1955 年 10 月关于全苏集体农庄题材的文学会议上给予伏罗宁这篇小说很高的评价。
④ 《文艺报》1956 年第 8 期,第 42—43 页。
⑤ [苏]《文学报》1954 年 12 月 19 日。缩写的英语翻译见 Current Digest, 7 (1955), 5, pp. 11-15。

(*Tanya*)后,情况才有所改观。《塔尼亚》是1930年代末一部"有教育意义"的戏剧,通过对人物内心冲突的心理分析表现"社会主义人格的构成"。该剧虽有中译本,但印数极为有限。阿尔布卓夫后期的剧本如1954年的《流浪的年头》(*Years of Wandering*)和克隆(A. A. Kron)1944年著名的《舰队军官》(*Navy Officer*)都还没有中译本。谷越似乎对描写军事题材的剧本尤感兴趣,他还提到老剧作家罗马绍夫(B. S. Romashov)的《投机商人》(*The Speculating Merchant*)最近才被翻译过来,拉甫列乌夫(B. A. Lavrenyov)仅有一部《美国人民的声音》(*The Voice of America*)有中译本,而写过《斯大林格勒的人们》(*Men of Stalingrad*)的契普林(Yu. P. Chepurin)干脆一部都没有。谷越还说中国戏剧界盼望索弗洛诺夫(Anatoly Sofronov)的《心不原谅》(*The Heart Does not Forgive*)(柯涅楚克在报告中给予了高度的赞扬)能早日译成中文,盼望柯涅楚克本人的《翅膀》(*Wings*)能在中国上演。两部戏剧都写于1954年,后者揭露地方官僚主义和一个政府官员的霸道作风,在苏联各地广泛上演。它能躲过苏联审查的唯一原因可能是,它谴责的是已被清算的以恐怖和压迫闻名的"贝利亚集团"。①

  谷越的文章至少清楚地表明了一点:他希望与苏联文学有更亲密的接触。中国与苏联文艺政策的密切关系在其他方面已有所体现,比如1956年许多中国作家纷纷撰文纪念陀思妥耶夫斯基。苏联在纪念陀思妥耶夫斯基逝世75周年时发表了许多文章,这为1947年以来几近沉寂的陀思妥耶夫斯基研究开辟了一个新阶段。1956年2月《共产党人》上留里科夫(B. Ryurikov)的文章和2月6日《真理报》未署名的社论《伟大的俄罗斯作家》,为其他媒体的纪念文章奠定了基调,但两篇文章对陀思妥耶夫斯基作品的评价,都受到列宁对这位伟大作家评

---

① George Gibian, *Interval of Freedom, Soviet Literature During the Thaw, 1954-1957* (Minneapolis, University of Minnesota Press, 1960), pp. 119-122. 谷越说仅有几部战争主题的苏联戏剧被译成汉语,其中包括柯涅楚克的《前线》、西蒙诺夫的《俄罗斯人》和克罗斯科夫的《胜利者》。

论的影响,列宁的评论见于弗拉基米尔·邦契—布鲁耶维奇(Vladimir Bonch-Bruyevich)的回忆录。①

阿尼西莫夫(I. I. Anisimov)和叶尔米洛夫(V. V. Yermilov)的文章及1956年2月6日《真理报》的社论②在4月份就被译成了中文,所以中国纪念陀思妥耶夫斯基的一些发言和文章都忠实地依循了苏联模式。1956年2月9日《人民日报》上戈宝权的《伟大的俄国作家陀思妥耶夫斯基》一文,成为中国纪念陀思妥耶夫斯基活动的开端。与三天前《真理报》社论一样,戈宝权的文章也从陀思妥耶夫斯基的生平简介开始,接着谈他的第一部小说《穷人》怎样继承了果戈理的传统,如何深受涅克拉索夫(N. A. Nekrasov)和别林斯基的赞赏。③ 跟《真理报》的说法一样,他称陀思妥耶夫斯基尽管有着错误的宗教和道德观念,但仍是一位伟大的现实主义作家,其作品反映了社会冲突的现实。与几乎所有的中国评论家一样,戈宝权称他的作品非常复杂,充满矛盾,此前列宁、留里科夫(Ryurikov)和《真理报》社论都表达过类似观点。《真理报》和《共产党人》没有提及陀思妥耶夫斯基的《地下室手记》,戈宝权同样忽略了它。《群魔》因歪曲革命斗争的现实而在苏联受到谴责,戈宝权也小心翼翼地重申了这一观点。他认为《卡拉马佐夫兄弟》宣传了东正教信仰中的反动思想,这一说法在《真理报》中也有;和《真理报》社论的作者一样,戈宝权也乐于接受高尔基对陀思妥耶夫斯基的谴责,这是因为受了"我们(苏联人)比任何其他人都更加需要精神上

---

① B. Ryurikov, "Velikii russkii pisatel' F. M. Dostoyevsky", *Kommunist*, 1956,2, pp. 89-104. 也可参见 Vladimir Seduro, *Dostoyevsky in Russian Literary Criticism 1846-1956* (New York, Columbia University Press,1957), pp.295-306. and D. L. Fanger, "Dostoevsky Today, Some Recent Critical Studies", Survey, 1961,36, pp.13-20.

② 阿尼西莫夫:《陀思妥耶夫斯基和他的研究者》,载《译文》1956年第4期,第151—156;叶尔米洛夫:《论陀思妥耶夫斯基》,载《译文》1956年第4期,第134—151页,该文是专为《译文》杂志撰写的;《真理报》社论译为《伟大的俄罗斯作家》,载《译文》1956年第4期,第125—134页。

③ 戈宝权提到1949年以后陀思妥耶夫斯基的作品仍有出版,包括他的九卷本《选集》。

的健康、勇气和对于理智与意志的创造力量的信心"①的鼓舞。

1956年5月26日陀思妥耶夫斯基纪念大会在北京举行,茅盾和苏联作家瓦吉姆·索布柯(V. N. Sobko)在会上发表了讲话。② 茅盾宣称除《群魔》以外,陀思妥耶夫斯基的所有重要作品都已经有了中译本。除戈宝权的评论外,中国还发表了其他一些纪念文章,但他们同样没有自己独立的观点。比如余振紧随《真理报》社论和索布柯的发言,强调陀思妥耶夫斯基的人道主义是他进步的一面,程代熙和他的同行一样没有多少原创性的观点。③ 必须承认,由世界和平委员会提议的纪念主题本身就较平和。

1955年12月《共产党人》杂志发表了题为《关于文学艺术中的典型问题》的社论,它对苏联文学意义重大。中译文发表后④,中国文学界将它权威化,认为只有认识到文章探讨的是社会主义现实主义这样一个共产主义文学普遍的、非常重要的问题,才有可能理解它的重大意义。这篇文章称典型问题是马克思列宁主义美学的一个中心问题,甚至还将现实主义文艺的典型化定义为"艺术性的极重要的条件。只有借助于典型化,才能实现对现实的艺术的,也就是形象的反映"⑤。尽管文章将"反动的浪漫主义"和自然主义斥为颓废,把矛头对准《新世界》(*Novyi mir*)所发表的一些文章,以及像佐林的《客人》(*Guests*)、维尔塔的《彭毕耶夫的毁灭》(*The Undoing of Pompeyev*)等批评社会现实的剧本,但总体上还是要反对"烦琐哲学的公式"和教条主义。有意思

---

① 戈宝权引自高尔基。留里科夫和1956年2月27日的[苏]《真理报》社论都没有提到高尔基这一观点,原文见高尔基 *O Karamazovshchine*(1913)一文,重印于《论文学》(*O Literature*, Moscow, Gos. Izd. Khudozhestvennoi literatury, 1961),第66—70页。

② 《人民日报》1956年5月28日。

③ 余振:《伟大的俄罗斯作家陀思妥耶夫斯基》,见《文艺报》1956年第9期,第42—43页;程代熙:《陀思妥耶夫斯基和他的作品》,见《人民文学》1956年第6期,第117—122页。著者称"人道主义"用"humanitarianism"表示更合适,但考虑到汉语的习惯他还是选择了"humanism"。

④ 《关于文学艺术中的典型问题》,见《文艺报》1956年第3期,第44—51页。

⑤ 《文艺报》1956年第3期,第44—51页。

的是,1956年2月27日,即该社论中译文发表两周后,周扬在作协理事会议上所做报告的主调也大致一样,也主要是揭露公式主义的危害性。

这篇社论分为三个部分,分别探讨典型性、党性和作为典型化方式的夸张。它说艺术中生活现象典型化的复杂过程的要义在于用"鲜明的、具体感性的、给人以美感的形象来再现生活的本质方面,正因为如此,这些形象不仅影响人的理智,而且还影响人的感情"。典型性并不是任何时候都是政治问题。社论接着说,众所周知,艺术家在创造典型形象的时候,要选择和概括现实中最本质的现象,而思想意义是评价典型形象最重要的标准。苏联文学中的主人公,如夏伯阳、保尔·柯察金等,都是这样创造出来的。① 社论也反对把典型仅仅规定为与一定社会力量的本质相一致,这样会忽略艺术地认知和反映世界的特殊性。对生活进行艺术地认知虽然与历史学家、经济学家和哲学家的研究方法存在共性,但毕竟是不一样的。它有自己的规律,典型化就是基本规律之一。艺术不同于科学,它"以形象,也就是以具体感性的形象来反映现实的规律性,把一般体现在个别之中"。别林斯基早在一百多年前就已经指出了艺术的这一特点。周扬1956年2月27日的讲话以及许多其他中国理论家都一再重复了这一点。

《共产党人》的社论承认典型化总是同艺术家的世界观相联系,但它认为不顾艺术家进行创作的时代和条件,而企图在任何一个典型中找到党性立场的表现是错误的。这样做有导致庸俗化的危险。因为作品的"客观意义"有可能与艺术家的政治观点相矛盾。在这方面,正如恩格斯所指出的,巴尔扎克就是一个例证。社论称党性为"以世界观

---

① 夏伯阳是富尔曼诺夫同名小说中的主人公,保尔·柯察金是奥斯特洛夫斯基的长篇小说《钢铁是怎样炼成的》中的主人公。提到成功创造出具有"新苏维埃人"特征主人公的作家有:高尔基、马雅可夫斯基、肖洛霍夫、法捷耶夫、尼·奥斯特洛夫斯基、阿·托尔斯泰、列昂诺夫、费定、柯涅楚克、拉齐斯、武尔贡、考拉斯、特瓦尔多夫斯基、苏尔科夫、伊萨可夫斯基。

的自觉的明确的阶级性为前提,这远非一切艺术家所固有的,这种世界观的明确性的最高表现就是共产主义的党性——即社会主义文学的艺术方法的基本思想原则"①。

最后这篇社论讨论了作为典型化手段之一的夸张,因为这一点常有误解。一般说来,社会主义现实主义有着多种形式的艺术创造,典型方法多样化。只有鲜明的、给人以深刻印象的艺术才能"满足苏维埃人的美感上的需要,才能完成艺术的积极的教育作用"。教条主义者犯的错误是他们以一种肤浅的简单化的方式来理解"夸张"。他们忘记了在现实主义的艺术中,只有当稀少的事物是孕育着巨大潜能的新事物的萌芽时才能成为典型;或者只有当稀少的事物同合乎规律的生活现象,而不是偶然现象联系在一起时,才有可能成为典型事物。这种错误容易导致在运用夸张手段时进行不必要又无根据的粉饰。按照社论的说法,在某些情况下会导致过分夸大苏联现实中的反面现象,佐林的剧本《客人》就是这样。

该社论总结说必须杜绝美学中的烦琐哲学和教条主义,并以"事实上……各个美学范畴在各种不同的体裁中所表现的具体的特点又是何其之多!"的感慨结束全文。

《共产党人》社论发表之前,类似的观点在中国被视为洪水猛兽,就像艾青和胡风遭遇的那样。但中国的文艺政策似乎随着苏联新的文学立场作了调整,《文艺报》发表这篇社论的中译文和周扬1956年2月27日的报告就是明证。许多中国批评家,虽然仍谨小慎微,但仍为党的反教条主义、反庸俗社会学的方针而欢呼,因为这使得更明确地强调文学的具体特性成为可能。《文艺报》编辑宣布将开辟专栏对《共产党人》社论进行讨论,随后在4月30日和5月15日出版的两期《文艺报》

---

① 汉语译者发现很难处理"klassovuyu opredelyonnost' mirovozzreniya"这个术语,第一次出现时,译作"世界观的阶级性",而第二次出现时译作"世界观的明确性",后一种翻译可能是印刷错误(见《文艺报》1956年第3期,第48页)。译注:此处作者有误,第二次并没有译作"世界观的明确性",而是"世界观的自觉的、明确的阶级性"。

上发表了张光年、钟惦棐、黄药眠、林默涵、巴人等论典型性的文章。它们大体上都延续这篇苏联文章的观点,只是有时用中国文学而不是苏联的事例进行阐释。

林默涵紧随苏联的观点,指出了美学和科学、典型化和党性间的区别以及夸张作为艺术方法被误用的情况,还指出了同一部文学作品中两个完全不同的人物是如何代表了同一种社会力量。只不过《共产党人》社论以尼古拉耶娃(Galina Nikolayeva)《收获》(Harvest)中的两个"先进的苏维埃人"华西里·波尔尼可夫和阿芙多季亚·波尔尼可夫为例,而林默涵却以《红楼梦》中的贾宝玉和林黛玉为例。他支持苏联社论所持的宽容态度,称对胡风的批判,导致一些认为巴尔扎克和托尔斯泰的世界观是进步的青年同志错误地认为古典作家的世界观和创作方法之间不存在矛盾。①《共产党人》社论已经论证了这种简单化认识的基础就是否定文学作品的具体特性——胡风就是这方面的代表人物。要注意的是这里所批判的庸俗社会学和公式主义恰好也是当时胡风所反对的,②但这并不意味着胡风可以昭雪平反。

巴人文章的观点也大同小异,里面穿插着从黑格尔、恩格斯、马克思和高尔基那里引用的话,有的是三手资料。但巴人是一个清醒的批评家,他又额外给出了一些简明扼要的界定。③

本书不太可能分析所有针对《共产党人》社论而写的中国评论。

---

① 林默涵:《关于典型问题的初步理解》,《文艺报》1956年第8期,第15—17页。作者在这里婉转提到了李希凡。参见第四章第五节。
② 陈涌在《关于文学艺术特征的一些问题》(《文艺报》1956年第9期,第33—38页)一文中说:"庸俗社会学的一个显著的特征,就是否认文学艺术的特殊的性质和任务,否认文学艺术有它自己不同于其他意识形态的特殊的规律,而用一般社会学的公式生吞活剥地代替对于文艺的具体生动的实践研究。"进而陈涌强烈反对将文学与政治宣传截然分开的做法。黄药眠在《对典型问题的一些感想》(《文艺报》1956年第8期,第19—21页)一文中也抨击了庸俗社会学。[苏]《共产党人》社论(1955年第18期,第18页)也谴责了庸俗社会学。
③ 巴人:《典型问题随感》,《文艺报》1956年第9期,第38—42页。1960年该文章受到李希凡的批判,见《文艺报》第7期,第36页。

该社论对中国文学界立竿见影的影响,从张光年对苏一平有争议的剧本《如兄如弟》的讨论中可窥一斑。张光年的《艺术典型与社会本质》一文,指出了千篇一律的危险,告诫说并非所有事物都可以用政治标准评判。尽管他意识到《如兄如弟》描写了一个主观主义、大汉族主义的军分区司令员的形象,但仍为该剧进行了辩护,反驳批评者强加给他的罪名,说什么这个人物歪曲了人民解放军形象。①

从关于《共产党人》社论的讨论中,可以看到苏联文学理论对中国文学观念的直接影响,像张光年、林默涵和巴人等权威批评家都对之持赞许态度,并将其中的原则运用于各自的批评实践,甚至周扬1956年2月27日中国作协第二次理事会的报告(其时社论的中译文发表不久),似乎也多多少少遵循了其中的路线方针,尤其当他抨击无根据的粉饰主义和公式主义时,更是明显。

---

① 《文艺报》1956年第8期,第14页。所云平在《应该提供甚么样的戏剧冲突》一文中批判了苏一平的剧本,见《文艺报》1956年第9期,第18—22页。

第三章 非斯大林化[①]
（1956年4月—1957年2月）

从政治上看，自1956年3月30日《人民日报》刊载《真理报》关于个人崇拜的社论，到1957年2月27日毛泽东发表《关于正确处理人民内部矛盾的问题》，这段时期的情况极为复杂。共产党继续执行其既定的政策，即更好地发挥知识分子的潜能，改善知识分子的生活作为忠诚的回报，还允许知识分子对苏联之外的国家作有限的自由研究。但若认为这段时期共产党执行的知识分子新政策只是为了创造更加有利的条件来实现五年计划，那就错了，相反，党的领导人政策的模棱两可和态度的举棋不定，很大程度上归因于国际形势的发展。

第一节 国际政治背景

中国共产党公开承认他们对苏共二十大的结果不敢苟同。赫鲁晓夫在苏共二十大上发动了著名的对斯大林的攻击，中共质疑这是否真的有利于国际共产主义运动的健康发展。[②] 苏联的新路线迫使中国在追随苏共方面更加谨慎。由于种种复杂原因，中国还不能进行自己的"非斯大林化"，只搞了一半就半途而废，又要强调中国革命的独立性。

[①] 译注："非斯大林化"（De-stalinization），一般译为"去斯大林化"，但原作者佛克马教授认为应该译为"非斯大林化"，现遵从佛克马教授的意见，采用此译。
[②] 《分歧从何而来——答多列士等同志》，载《人民日报》1963年2月27日。赫鲁晓夫1956年2月25日的秘密讲话见 Current Soviet Politics, II: The Documentary Record of the 20th Communist Party Congress and its Aftermath, edited by Leo Griulow (New York, Frederick A. Praeger, 1957, pp.172-189)。

对中国历史文化的自豪感取代了对苏联的盲目崇拜。

苏联重评斯大林对革命的贡献,中国人是通过《人民日报》译载苏联《真理报》社论而获知这一新动向的。该文见报六天后,4月5日《人民日报》发表了题为《关于无产阶级专政的历史经验》的社论,文章对重评斯大林——这位在很多方面成为毛泽东楷模的人,作出了评论。①两篇文章的根本区别在于,《真理报》的社论几乎将全部注意力集中在个人崇拜的非马克思主义本质,及其对苏联造成的负面影响上,如在政治、文艺、哲学、历史和其他社会科学领域内存在着的教条主义和宗派主义。该文对斯大林在国际政治事务中所起的作用没有下任何结论。而4月5日《人民日报》的社论则深入讨论了斯大林的国际地位,这可能出于以下两个原因:首先,中国共产党领导人觉得这是一个批评斯大林干涉1927—1936年间中国革命的机会,当时斯大林提出这样的看法:"在各种不同的革命时期,革命的打击方向是使那个时候的中间的社会政治力量陷于孤立";第二,中国共产党认为斯大林在对待中国革命的政策上犯了错误;这实质就是为毛泽东歌功颂德,当时毛泽东成功地战胜了以李立三、王明为代表的第三国际路线。《人民日报》的编辑们清楚地表明了毛泽东和斯大林在长期政策方面的差异,他们一定希望读者不要像赫鲁晓夫诋毁斯大林那样去对待自己的领导人。4月5日《人民日报》社论的基调颇为理为气壮,事实上它与周扬早些时候的讲话都表现出相似的爱国激情。

这些爱国激情或许也影响了波兰和匈牙利,他们批评苏联在东欧的霸权行为,而中国人则有保留地倾向于走独立发展的道路。在中共八大上苏共代表团团长米高扬致词时有意引用列宁的话指出:

---

① 3月28日[苏]《真理报》社论被译成《为什么个人崇拜是违反马克思列宁主义精神的》,载《人民日报》1956年3月30日。1956年4月5日《人民日报》社论的英语译文重印于 Bowie and Fairbank, *Communist China 1955-1959, Policy Documents with Analysis*, pp. 144-151。

> 毫无疑问,每个国家有它自己的特点,在向社会主义过渡时,有它自己的特殊性。可是如列宁所指示的,"这些特点只能牵涉到非最主要的东西"(《列宁全集》[俄语第4版]第三十卷,第88页)。

同时,他又强调了其他共产主义政党追随苏共的必要性,说:"对个人崇拜的批判,不止是对我们党有意义,所有的共产党和工人党都一致地斥责了个人崇拜……"①

当然,毛泽东意识到必须采取措施,平息可能出现的反对意见。7月中旬波兰共产党统治下的波兹南(Poznan)发生工人暴动,这对中国当局来说无疑是个警告,他们意识到必须适当放宽政策。这也是邓小平1956年9月16日在中共八大上所作报告中指出党和政府机关官僚主义滋生的原因之一。邓小平还强调指出,在修改过的中国共产党章程中,党员的民主权利得到扩大,个人主观能动性的全面发展被确认为党员的权利。② 无论党章中的这些新条款的真正价值如何,就政治形势而言中共需要作出这样的让步。公安部长罗瑞卿9月19日发言中的自我批评也属于同一种类型。③

中国或许是鼓舞了东欧小国家的民族主义思潮。1956年11月1日,中国政府发表了一份声明,称他们注意到了波兰和匈牙利的人民在最近的事件中,提出了加强民主、独立和平等以及在发展生产的基础上提高人们物质福利的要求。这些要求是"完全正当"的。④ 但第二天,出于自身利益的考虑,他们却没有对伊姆雷·纳吉政府的声明表示赞同。该声明公开宣布退出华沙条约组织,并要求美国、英国、法国和苏

---

① 《人民日报》1956年9月18日。
② *NCNA*, September 16, 1956; *SCMP*, no.1373, pp.8-9.
③ *NCNA*, September 19, 1956; *SCMP*, no.1375, pp.10-13.
④ 《人民日报》1956年11月2日。

联保障匈牙利的中立地位。① 最早在11月5日,《人民日报》曾欢呼过亚诺什·卡达尔建立的前亲苏政府。

匈牙利的起义迫使中国共产党重新界定自己在社会主义国家阵营中的地位,这一点可以从1956年12月29日《人民日报》社论《再论无产阶级专政的历史意义》中清楚地看出。该文对国内文化形势的分析很中肯,它提出这样一个命题:非对抗性的矛盾不仅存在于共产主义政党之间,而且也存在于不同"社会主义国家"的政府和人民之间。这一重要命题为当局放宽政策和接受批评提供了理论基础。从社论可以看出,中国共产党已经意识到离开与广大群众的紧密联系和他们的积极支持,无产阶级专政就不可能存在。很明显,毛泽东提出百花齐放政策时,目的是想一方面扩大自己的权力基础,另一方面教导党员以灵活方式对待批评,从而加强党的权威。苏联在东欧遭遇的麻烦提高了中国人自尊自强的意识。有一篇社论称波兰和匈牙利正在与一种(斯大林主义的)教条主义进行斗争,而中国早在1930年代就已经成功地克服了类似的教条主义,这番话显示出的沙文主义苗头值得关注。还有论调说中国的汉、唐、明、清几个朝代作为一个大帝国拥有光辉灿烂的历史,因而中国很容易就能呈现强国姿态,这里也表现出同样的沙文主义。②

不进行上面的国际背景介绍,就很难理解1956年至1957年初的中国文化政策。赫鲁晓夫1956年2月在诋毁斯大林的秘密讲话中攻击个人崇拜和"命令主义",在某种程度上是针对中国而说的。苏联国内令人困扰的局势促使中国共产党制定新的国际国内政策。中国1956—1957年文化政策出台的时机和意义都直接受到波兰和匈牙利

---

① 《人民日报》1956年11月3日。
② 我们探讨的社会主义阵营国家间的关系与非斯大林化,已有一些著作作过详尽的阐述,如A. Doak Barnett, *Communist China and Challenge to American Policy* (New York, Harper and Brothers, 1960), pp. 349-361; G. F. Hudson, *China and the Communist "thaw", The Hundred Flowers* (London, Stevens and Sons, 1960), pp. 295-309; Donald S. Zagoria, *The Sino-Soviet Conflict 1956-1961* (Princeton, N. J., Princeton University Press, 1962), pp. 42-65。

起义等不安定因素的影响,在这些起义中作家都起了领导作用。中国共产党领导人打算给予学术与文化领域更多自由,希望化解日益临近的危险,避免招致激烈反对。毫无疑问,他们夸大中国革命和文化民族性的一面,与许多知识分子反对盲目崇拜苏联有关。

第二节　百花齐放,百家争鸣:陆定一的讲话

1956年5月2日毛泽东在最高国务会议上提出"百花齐放,百家争鸣"的口号,显示出对知识分子的新政策。然而毛泽东的讲话从未见发表,人们只是通过陆定一、郭沫若和茅盾等人的评论才大致了解其概况。中共中央宣传部长陆定一应中国科学院院长和中国文学艺术界联合会主席郭沫若之邀,在1956年5月26日召开的科学家、文学家和艺术家会议上所作的讲话,对人们了解毛泽东的讲话最为重要。

陆定一在讲话中给出了中国需要大力发展文学艺术的两个原因。根据他的说法,伟大的文学艺术是富强的中国必不可少的宝贵财富,"缺少这一条是不行的"。另一个原因显示了对文学功利主义的理解。毛泽东在1942年曾表述过:"在阶级社会里,文学艺术……毕竟要成为阶级斗争的武器。"①文学艺术的发展既然是最终取得共产主义胜利的一个条件,那么作家也应该享有一定程度的争鸣讨论的自由,在此之前它一向被认为是自然科学家和社会科学家的专利。这个口号的前半部分"百花齐放"来自戏剧方面的"百花齐放,推陈出新"政策,该政策于1951年提出,旨在推动戏剧改革,特别是不同剧种的自由竞赛和相互观摩。陆定一称对文艺工作都要百花齐放。口号后半部分的"百家争鸣"则是针对科学论争的,努力鼓励学术讨论。陆定一提到了春秋、战国时代,因出现过"百家争鸣"的局面而成为中国历史上思想发展的黄

---

① 这些引文连同下面的引文均来自陆定一的讲话《百花齐放,百家争鸣》,载《人民日报》1956年6月13日。

金期。

陆定一认为,与自然科学不同,哲学、社会科学、文学和艺术领域都有阶级性。他肯定了对胡适的哲学观点、历史观点、教育学观点和政治观点所进行的批判,认为它是"阶级斗争在科学领域里的反映"。尽管他警告要警惕党员中宗派主义的危险,但仍认为对梁漱溟的哲学和政治观点及文艺界资产阶级思想进行批判是必要的、正确的。新政策当然并不意味着会向"资产阶级文学"敞开大门:

> 文学艺术中有一些显然有害的东西。胡风就是一个例子。海盗海淫的黄色小说又是一个例子。"打打麻将,国事管他娘","美国月亮比中国的圆",这些所谓文学作品又是一些例子。把这样的有毒的文艺同苍蝇、蚊子、老鼠、麻雀一例看待,加以消灭,是完全应该的。①

民主自由一定要限于人民内部,不包括反革命分子。百花齐放,百家争鸣是"人民内部"的自由,并且"随着人民政权的巩固"而扩大。

陆定一的讲话反映出中国共产党领导人认为扩大言论自由的时机已成熟。像周扬1956年2月27日讲话中的表现一样,陆定一对中国的形势也相当乐观。② 他说:"社会主义改造在全国基本地区已在各方面取得决定性胜利",相应地"我国将成为没有剥削阶级的社会主义国家"。他认为,自对胡适和胡风展开批判以来,知识界的政治观已经发生了根本变化,但有些部门对他们反动思想的批判还没有达到预定目标,应该进行到底。有利的政治形势使共产党移除樊篱、拓展文学领地

---

① 这些引文连同下面的引文均来自陆定一的讲话《百花齐放,百家争鸣》,载《人民日报》1956年6月13日。

② 甚至赫鲁晓夫在1956年1月29日的讲话中也谈到了中国乐观主义的原因之一是,中国革命以一种独创性的形式发展,爱国的民族资产阶级参加进来,与工人、农民和知识分子一起建设新社会(《人民日报》1956年12月2日)。

成为可能。在这个时候陆定一对文学功能的阐释就显得别有意味,文学通常要求为工农兵服务,现在则要求"为包括知识分子在内的劳动人民服务"。与周扬1953年坚持工人阶级作家应该掌握社会主义现实主义创作方法的观点稍有出入,陆定一认为社会主义现实主义并非唯一的方法:

> 社会主义现实主义,我们认为是最好的创作方法,但并不是唯一的方法;在为工农兵服务的前提下,任何作家都可以用任何自己认为最好的方法来创作,互相竞赛。

要求作家必须为工农兵服务是一个重要限制条件,它严格限制了作家可能使用的方法的范围。但陆定一保证作家可以自由选择自己喜欢的题材:

> 题材问题,党从未加以限制。只许写工农兵题材,只许写新社会,只许写新人物等等,这些限制是不对的。文艺既然要为工农兵服务,当然要歌颂新社会和正面人物,同时也要批评旧社会和反面人物,要歌颂进步,同时要批评落后,所以,文艺的题材应当非常宽广。在文艺作品里出现的,不但可以有世界上存在过的东西,也可以有天上的仙人、会说话的禽兽等等世界上所没有的东西。

引文最后的观点很有意思,因为按照通常理解,写现实生活以外的事物与社会主义现实主义不相吻合。这并不表示陆定一的思想特别开放,即便在苏联童话里,这也不是完全被拒斥的。①

---

① 见 Dmitrii Nagishkin《论童话》,载[苏]《新世界》1953年5月号。他为童话辩护,称它为人类天才的创造和人民的武器。他说:"即使在我们今天,童话也应当是人民的武器——消灭人们意识中资本主义残余的武器,争取和平进步的手段,进行思想教育的工具。"中译文《论童话》载《译文》1956年第2期,第167—186页。

第三章 非斯大林化(1956年4月—1957年2月)

陆定一的讲话为1956年5月至1957年2月党放宽限制文化政策定下了步调。无须强调,陆定一并没有做出政治自由的承诺。他提到对胡适、胡风和梁漱溟的批判,无异于告诫作家要避免宣传"资产阶级思想"的腐朽观点。可是,他的讲话显示了对知识分子民主自由权利的关注,他宣称社会主义现实主义不是唯一的文艺创作方法,对创造性文学的发展尤为重要。陆定一讲话(他反对"全盘西化")的根本意图,在于使作家确信不应向西方作品探求文学策略,文学的形塑应该从中国民间故事和古典文学中寻找榜样。①

第三节 高期望与不同的反应

陆定一的讲话引起了许多科学家和作家的回应。几乎所有知名作家都各抒己见,公开表达了自己对新文化政策的看法。他们大都欢迎百花齐放政策,但对领导人的意图以及言论自由的限度还是心里没底。有些作家发表意见时似乎故意要超越这些限制,以便让党进一步放松对文艺的控制。

回顾当时的这些情况,人们或许会惊异于陆定一的讲话让人们产生如此多的不同解读。老舍和萧也牧受到讲话的鼓励,说出了他们所受到的不公正待遇。萧也牧抱怨很长一段时期以来自己因一些作品被批判而遭到冷遇。② 老舍婉转地提到审查太多,导演和演员排他一部反映建筑工人的戏,也硬是加入"现实主义的"因素,结果戏剧变成了建筑工地。老舍的不满态度令人吃惊,因为普遍的观点认为老舍一直得到共产党的优待。③

---

① 陆定一称:"我们要有民族自尊心,我们决不能做民族虚无主义者。我们反对所谓'全盘西化'的错误主张。"
② *NCNA*, July 15, 1956; *SCMP*, no.1333, p.14.
③ *NCNA*, July 17, 1956; *SCMP*, no.1333, pp.14-15. 老舍1956年11月再次表达了这一观点,公开表示了自己对当时文学界萧条状况的不满,他说人人都保持沉默不是好征兆。他建议让"百家"鸣得响亮,让"百花"放得光彩(《人民日报》1956年11月24日)。

尽管陆定一的讲话看起来已经阐述得很清晰了,但六天之后,茅盾在1956年6月19日全国人民代表大会的发言中又对它做了一番全力解释。虽然茅盾作为文化部长发言,但他刻意地从字面意义来解读新政策,并加进自己的理解。他给作家设置的唯一限制是题材方面的,并以一种中庸的方式说:"只要不是有毒的,对于人民事业发生危害作用的,重大社会事件以外的生活现实,都可以作为文艺的题材。"他讲话的意义之一是鼓励作家尽可能向广大人民宣扬"百花齐放,百家争鸣"的精神;检查违反这一政策的言论和行动。① 自由意识稍逊的郭沫若在《人民日报》的一篇文章中说,百家争鸣的目的是建设社会主义并最终建设共产主义,他还把百家争鸣比作一出万种乐器齐奏的交响乐,但始终得按照一定的乐谱来演奏。当然,不是所有人都认为这一比喻是对新政策的正确解读。② 郭沫若1956年12月接受保加利亚记者的采访也没有得到一贯的喝彩。他在采访中规定:

> "百花齐放,百家争鸣"的政策,是在人民民主专政之下推行的。这种创作自由和讨论自由是以为人民服务为前提的,并不是毫无节制的放纵。如果是反革命的创作和言论,应该是没有他的自由……
>
> 知识分子的自我教育是不能一刻终止的,可让他们随时启发自己的自觉自愿,联系实际地学习马克思列宁主义,培养为人民服务,为国家建设服务的精神,使自己的工作做得更好。③

---

① 《文学艺术工作中的关键性问题》,载《文艺报》1956年第12期,第3—4页。
② 参见郭沫若《演奏出雄壮的交响曲》,载《人民日报》1956年7月1日。
③ 《人民日报》1956年12月18日。1956年下半年,科学家们展开了一场讨论,讨论马克思列宁主义是否应该成为百家争鸣方针的指导思想,或者只是被看做百家中的一家。历史学家范文澜和北京大学校长马寅初拥护第一种观点。陆定一5月26日讲话的一条注释中,以一种含糊的方式处理了这个问题:"有人认为,在我国不应该有宣传唯心主义的自由。也有人认为,既然有宣传唯心主义的自由,那么唯心主义就应该有无限的宣传自由,这些看法,都是出于误解。"

第三章　非斯大林化(1956年4月—1957年2月)

郭沫若这一关于**需要自觉**学习马克思列宁主义的辩证解读,没有像新文化政策的另一个方面那样得到重视。陆定一在讲话中反对"全盘西化"和"民族虚无主义"倾向,并谴责不加批判地崇拜苏联科学发展的做法。苏联文学一度被看做中国生活和文化的榜样,陆定一这样讲实质上是对其功能进行重新定位。周扬在中共八大上的发言也持类似的观点,他说尽管党提倡社会主义现实主义,认为它是文艺创作最先进的方法,并且事实上苏联文学对中国产生了深远的革命性影响,但如果把社会主义现实主义当做教条或简单的公式,则只会带来危害,也是过时的。他补充说可以从所有世界艺术潮流中吸收一切有用的东西。① 一家媒体报道,中国作协副主席冯雪峰走得更远,甚至批评苏联文艺理论文章中表现出的教条主义倾向。②

作为平衡,在严厉批判苏联文学观点的同时,对西方文化采取了宽容的姿态——尽管共产党领导人并不喜欢西方文化。哲学家开始研究罗素和康德(Kant)的著作。许多文学批评家强调在学术领域不仅有宣传唯物主义的自由,而且也要有宣传唯心主义的自由。③ 易卜生的《玩偶之家》、萧伯纳的《华伦夫人的职业》和《苹果车》的片段在北京被搬上舞台。④《译文》杂志刊载了伯尔(Heinrich Boll)、莫拉维亚(Al-

---

① 《让文学艺术在建设社会主义伟大事业中发挥巨大的作用》,载《人民日报》1956年2月26日。

② 《光明日报》1956年6月16日。甚至多年来系统表达苏联文艺政策的日丹诺夫也受到质疑(《光明日报》,1957年1月29日)。

③ 见国务院科学计划委员会组织的一次会议的报告,冯雪峰、蔡仪、王瑶等人参加了会议,见《光明日报》1956年6月16日。

④ 分别在易卜生逝世50周年和萧伯纳诞辰100周年纪念活动中演出。除《玩偶之家》外,人民文学出版社出版的两卷本易卜生选集还包括《社会支柱》、《人民公敌》和其他三部戏剧(参见《文艺报》1956年第14期,第44页)。王亦放在《娜拉出走以前》一文中分析了《玩偶之家》的人物娜拉,载《人民文学》1957年第1期,第70—74页。人民文学出版社也出版了萧伯纳的三卷本11部戏剧,包括《鳏夫的房产》、《华伦夫人的职业》、《巴巴拉少校》和《皮格·马利翁》(一译《皮格梅隆》),但不包括揭露战争真正面目的《武器与人》和《圣女贞德》。冯亦代发表了一篇论萧伯纳的文章,载《文艺报》1956年第15期,第28—32页。

berto Moravia)、萨洛扬(William Saroyan)等人的中短篇小说,海明威著名的《老人与海》,还有萨特(J. P. Sartre)论罗森伯格写作技巧、托马斯·曼论席勒、契诃夫,以及阿拉贡(Louis Aragon)论左拉和司汤达现实主义的文章。① 虽然这种对欧美文学的关注一般限于左翼作家和他们作品中"进步"的方面,但"全盘西化"却向前迈进了一步,这可以从朱光潜事件中略见一斑。

朱光潜1949年以前已经出版过若干美学著作,诸如《文艺心理学》、《谈美》和《诗论》。《文艺报》编者的按语称,他的这些作品表现出来的都是唯心主义的观点。大约两年前,朱光潜开始自我批评,并批判自己的早期作品。《文艺报》编者认为他的态度是真诚的,发表了他的新作《我的文艺思想的反动性》。该文简明扼要地探讨了他的早期美学观点、马列主义的文艺观问题,以及文艺和社会的关系,②但通观全文却只有一丁点形式上的检讨。此处可以不管他的自我批评的真诚程度,重要的是朱光潜在该文中真正给出了一些《文艺报》读者一般看不到的信息。

为了批判自己早期的理论,他首先需要对它们进行解释。朱光潜声明他的唯心主义观点如何与某种中国封建文艺理论及反动的欧洲哲学、美学、心理学及文艺批评相类似。他在青年时代偏爱庄子(公元前4世纪)和陶渊明(365—427),尽管这些古代作品中也包含积极因素,但他对其中的消极因素更感兴趣,"无为"成为他的理想之一。通过阅读欧洲的浪漫主义文学,如夏多布里昂(Chateaubriand)、华兹华斯和雪

---

① 《译文》发表了两篇亨利希·伯尔的小说,1956年第10期,第15—29页(译自[苏]《新世界》1956年第4期上的俄语译文)。威廉·莫拉维亚的《罗马故事集》中的4篇小说发表于第8期,第3—34页(译自[苏]《新世界》1955年第10期上的俄语译文)。萨洛扬的两篇小说发表于第10期,第3—15页。海明威的小说发表于第12期,第3—68页,此前一年俄语译文登载在[苏]《外国文学》上。让-保尔·萨特的文章见《译文》第6期,第70—76页。托马斯·曼1905年论契诃夫的文章发表于第11期,第161—179页(译自[苏]《新世界》1955年第1期上的俄语译文)。阿拉贡论左拉和司汤达的文章分别见第10期,第153—177页;第11期,第179—187页。

② 《文艺报》1956年第12期,第34—43页。

第三章 非斯大林化(1956年4月—1957年2月)

莱的作品,他更是强化了这种观点,最终形成了悲观、颓废的思想。与19世纪浪漫主义并列的是德国的唯心主义,两者都夸大自我的角色,涉及神秘主义,都对朱光潜产生了重大影响。朱光潜把克罗齐(Benedetto Croce)当做自己最重要的导师。他对康德、黑格尔、叔本华、尼采和柏格森的看法与克罗齐都差不多。当作者谈到这一点时,检讨语气顿时消失,详细描述了自己与克罗齐的文艺观。他强调逻辑思维与形象思维之间的对立以及后者的独立性。他把直觉定义为一种没有经过正面或负面判断而形成的概念,这是朱光潜文艺理论的核心概念,尽管有些方面不同于克罗齐的观念,他仍接受克罗齐将艺术看做直觉的界定的观点。① 按照朱光潜早期的观点,艺术作品中出现政治观念或社会观念显得很奇怪,艺术不可能有什么社会功效。朱光潜已然接受了劳伦斯提出的"为我自己而艺术"的观点,所以对普鲁斯特和乔伊斯的作品印象极为深刻。他说自己被欧洲文学中的反动方面所吸引是因为自己的阶级出身,他过去不相信群众,只有当他开始相信群众并开始学习马列主义时,对美学中主观经验与客观事物作用的问题才找到正确而辩证的回答:

> 马克思列宁主义的美学对于这个问题的解决是指示了一些总的原则,首先是列宁的反映论以及关于艺术的党性和艺术的人民性的一些指示。②

---

① 《文艺报》1956年第12期,第37页。朱光潜说事实上他不愿将艺术限定于直觉范畴,他认为自己没有坚持这一观点是错误的。文章很大一部分篇幅实际上记录了他接受还是拒绝克罗齐哲学的犹豫不决的立场,及由此引发的问题。他也承认受到德国哲学家里普司(Theodor Lipps)的影响,探讨了他的移情说。朱光潜还解释了他的距离说,他认为距离说仍然有效,并借此说明艺术与生活之间存在心理距离,艺术有自己的特性,因此可以将艺术与现实区分开:距离说反对自然主义,后者与现实过分相似;它也反对形式主义,因为它使得艺术与现实间的相似性太少。

② 《文艺报》1956年第12期,第39页。

朱光潜非常诚实,他说自己的这种说法并没有涉及美的问题,但他也找到了借口,即苏联学者也没有对美进行足够的界定。然而这并不意味着人们可以不去批判不正确的解决问题的方式。他已经接受了文学与哲学属于经济基础之上的上层建筑的观念。他以前只提天才和灵感,并把弗洛伊德提出的潜意识看做艺术背后最重要的动因之一,现在他开始意识到世界观和阶级意识的重要性。

尽管最后一句似乎与共产党的立场一致,但批评家黄药眠并不赞同朱光潜的观点。① 要求密切关注西方文学思想的总的趋向并不顺畅,因为党过去要求将精力和兴趣集中在苏联文学上面,现在又要求转向中国古典文学。保护和研究民族遗产成为文化议事日程上的首要任务。陆定一在1956年5月26日的讲话中提到春秋战国时代,并特别赞扬了17世纪的昆曲《十五贯》。《文艺报》一篇编者按则以唐诗为自豪,并希望从中寻求灵感。② 于是中央发布了一条指令,要求对古籍不再破坏,而应加以研究和重印。③ 文学史教学大纲得到修订,中国文学史教材编辑委员会1956年11月召开了第一次扩大会议。④《人民日报》11月份的一篇社论强调指出:"现在轻视我们民族的优秀的、丰富的文化遗产的虚无主义的倾向仍然很严重,而这种倾向是创造社会主义的民族的新文化的大敌。"⑤最引人注目的是,甚至一些政治讲话,如资深中央委员吴玉章在中科院哲学社会科学部成立典礼大会上的讲

---

① 黄药眠:《论食利者的美学——朱光潜美学思想批判》,载《文艺报》1956年第14起,第32—42页。黄药眠的文章是以正统的观点写成的。然而1957年黄药眠却被打成右派。蔡仪在《评论食利者的美学》一文中对朱光潜的批判似乎稍稍平和些,见《人民日报》1956年12月1日;1956年6月16日《光明日报》也有报道。直到1961年1月朱光潜仍被看做右派,尽管这并没有妨碍他参加中国科学院哲学社会科学部委员会召开的会议并发言(《人民日报》1961年1月12日)。
② 《文艺报》1956年第10期,第4页。
③ 《光明日报》1956年6月13日;1956年10月25日。英语译文分别见 SCMP, no. 1328, pp. 9-10; no. 1411, pp. 8-9。
④ 参见 NCNA, July 23, 1956(SCMP, no. 1352, pp. 7-9);《光明日报》1956年12月23日,英译文见 SCMP, no. 1453, pp. 13-15。
⑤ 《致文化工作者》,载《人民日报》1956年12月28日。

话,有时也变成了一篇复杂的古典哲学的演述。吴玉章说他仿效毛泽东那样善于以民族的形式表达社会主义的内容,善于用人民耳熟能详的成语表达社会主义的概念。①

百花齐放,百家争鸣,新的文化政策指向了中国的传统。1957年毛泽东旧体诗的出版——我们下文还将专门论及——就文学界而言,与对昆曲的重视一样理所当然。总之,对传统文学形式的关注增多了,包括相声,下文会讲到这一文艺类型和何迟创作的有争议的相声。但似乎作家与文学批评家一开始并没有把新政策对传统的重视当回事,这其中当然也包括朱光潜。他们都有一种一厢情愿的想法,认为西方文学观念或许可以与本土观念同时竞存。一直到1957年中期,他们才大梦初醒,那时双百方针虽未被取消,但其内涵已经相当狭隘。

第四节 批判,不是为幽默而幽默:何迟与王蒙

按照茅盾的说法,清规戒律的后果之一是某些种类的作品,比如丑角戏,常常在"侮辱劳动人民"的标签下,以"尚待研究、必须慎重"等方式,被封存起来。② 李诃受此启发,试图重提和厘清讽刺喜剧。③ 李诃说有些人曾判定一切丑角戏都是侮辱劳动人民的,有些人根据同样论点给上海滑稽剧定出了不准演党员、不准演解放军、不准演干部等限制。讨论讽刺喜剧有一个重要问题,就是是否需要"正面主人公"。李诃说苏联理论界对这个问题也有不同意见,④可大家似乎都同意一点,

---

① 《光明日报》1956年10月16日。吴玉章引用了"百花齐放"和"百家争鸣"两句口号作为例证。李季探讨过这两句口号的出处,见 *The Use of Figurative Language in Communist China*, Berkeley, Centre for Chinese Studies, University of California, 1958, pp. 32-52。

② 《文艺报》1956年第12期,第3页。

③ 李诃:《关于讽刺喜剧的几个问题》,载《人民文学》1957年第1期,第88—94页。

④ 李诃引述叶尔米洛夫和爱伦堡的话。后者提到讽刺文学的"党性":"讽刺文学的党性,首先表现在,它能否通过典型的形象和特点,深刻而无情地抓住并揭露现实中的一切反面现象。"(《人民文学》1957年第1期,第90页)

即如果讽刺喜剧中没有正面形象,至少"力量和主旨"得是积极的。李诃以果戈理的《巡按》(今译《钦差大臣》)和马雅可夫斯基的《澡堂》为例证明自己的观点,认为有没有"教育意义"是评判喜剧的重要标准,不能为笑而笑。

在对何迟 1955 年发表的相声《买猴儿》①进行了长时间的讨论后,也得出了同样的结论。1956 年 1 至 7 月,《文艺报》大量刊登对该相声的评论。《买猴儿》描述了国家采购领域官僚主义式的冷漠,它塑造的马大哈形象,是一家国营百货公司的文书,他游手好闲,迟到早退,掐头去尾,上班净打电话,他写的采购单既不完整又有歧义,给采购部的工作人员带来很多麻烦。相声的叙述者某甲,以为文书要他"立即到东北买 50 只猴儿",而事实上是要他"马上到东北区买 50 箱猴儿牌肥皂"。他从天津赶往沈阳,只找到两只猴儿,并且很意外地,他被要求说明自己买猴儿的动机。相声处理这个演讲的环节很有意思,因为它使得何迟的批判者②认为作者意在诽谤国营百货公司,甚至诋毁中国新社会:

甲:同志们,上级派我来,到咱村买猴,这猴有什么用处呢?这猴……(问乙)你说有什么用?

乙:我说……我知道猴有什么用?

甲:(喝水)这猴有什么用呢?它对我们国家有一定的贡献,我们要进行建设,猴在建设过程当中……具有……具……具……具有……

乙:具有什么作用呢?

甲:(急)你忙什么你!(擦汗)同志们,要说猴的作用……第

---

① 发表于《剧本》1955 年第 3 期,第 26—36 页。

② 比如匕大:《相声〈买猴儿〉有严重的错误》,载《文艺报》1956 年第 10 期,第 10—11 页。而追红却果戈理或谢德林(Saltykov-Shchedrin)所揭露的是整个旧社会的制度,但相声《卖猴儿》并没有在人们的心灵上印上对我们社会制度不满的痕迹。所谓"诽谤新社会"和揭露遗留在人们头脑中的渣滓,是有根本区别的(《文艺报》1956 年第 12 期,第 8 页)。

第三章 非斯大林化（1956年4月—1957年2月）

一，猴儿能看家；……第二，猴儿能演戏……对文化娱乐有不少贡献；第三，猴儿毛能打毛线，……这几条虽然不全面……可……再说，我们土改后，生活改善了。谁家养不活个猴儿啊！①

何迟因没有在相声中加入一个正面人物形象而受到责备，老舍动用了自己的权威地位来支持他。② 直到批判升级，何迟本人还是丝毫不肯承认有错。他为相声辩护，称它是喜剧的一种独立形式，它的要求与其他文学形式有所不同。③ 何迟解释说自己在创作中并没有像批判者设想的那样有许多怪念头。他的题材来自1953年反右运动中报纸的报道。他承认《买猴儿》缺少正面主人公，但它表达了对反面人物的痛恨，当然有积极的意图。他提到马雅可夫斯基1922年创作的《开会迷》（*Conference-mania*），为自己相声中的无意义因素辩护。《开会迷》写的都是某委员会对政治情报局戏剧部和养马局一些鸡毛蒜皮的问题的调查，但马雅可夫斯基诽谤苏维埃政府了吗？何迟的回答当然是否定的。④

好在政治形势对何迟有利，否则可能马雅可夫斯基的权威性也帮不了他。另一个从同样的政治气候下得益的是党员作家王蒙。他在创作中表达的问题是共产主义社会所应该具有的理想形象与庸庸碌碌的现实之间的冲突。他的短篇小说《组织部新来的青年人》发表在1956

---

① 英语引文来自 *China Reconstructs*, 4(1955), 10, p.22。虽有删节，但与汉语意义基本相符。译注：此处汉语引文据《剧本》1955年第3期所载文本。

② 《文艺报》1956年第14期，第17—18页。老舍本人也受批判，因为他发表在《人民文学》(1956年第1期，第35—65页)上的讽刺喜剧《西望长安》被认为没有说服力，缺乏对社会罪恶的谴责力度。参见刘仲平：《评〈西望长安〉》，载《文艺报》1956年第13期，第20—24页。老舍在给《人民文学》编辑的一封信中为自己辩护，见《人民文学》1956年第5期，第123—124页。

③ 良铮也认为相声是一种独立的文学形式，将之归入"舞台艺术"的范畴，见《文艺报》1956年第12期，第5—7页。老舍就讽刺剧与相声进行了区分：前者属于戏剧，后者属于曲艺。参见《文艺报》1956年第14期，第17页。

④ 何迟：《我怎样写又怎样认识〈买猴儿〉》，载《文艺报》1956年第14期，第18—22页。在1956年第8期《人民文学》第113—120页上，何迟发表了一则相声，题目与马雅可夫斯基的讽刺诗相同，都是《开会迷》。

年第9期《人民文学》上,批判的是北京某党委处级单位的官僚主义和不思进取的风气。为了使自己的批判富有意义,他首先刻画了几名党务工作者形象,他们缺少责任意识,只是愤世嫉俗地谈论自己的工作和理想。他们的对立面是林震和赵惠文,22岁新来组织部的林震没有工作经验,但对党务工作期望值很高;赵惠文比林震大一两岁,已经作了妈妈,丈夫远在上海工作。读者立即被小说两个不一般的亮点所吸引:这两个年青人与生活的纯洁关系和生活态度中所表现出的忧郁;缺乏革命热情的党务工作者自始至终没有受到惩戒;只有厂长王清泉的欺骗性得到了揭发,最终被撤职、开除党籍。

该小说的反官僚主义精神,关于春天的丰富描写,林震、赵惠文和她自我中心、野心勃勃的丈夫之间的三角关系令人很容易联想到爱伦堡的《解冻》。事实上,王蒙小说中的虚构因素尽管比爱伦堡的中篇小说更自然,但却是中国通往自由化最好的例证之一。没有足够证据表明王蒙了解爱伦堡的作品,但他的确读过尼古拉耶娃的《拖拉机站站长和总农艺师》,因为他的小说中多次提到并探讨了这部作品。林震因受尼古拉耶娃小说中的主人公娜斯嘉的激励而激情澎湃。娜斯嘉是一个有能力、有激情但经验不足的总农艺师,在一家拖拉机站与惰性和因循守旧作斗争。王蒙小说中俄苏文化的影响还有:提到肖洛霍夫和屠格涅夫的作品,并称赵惠文曾受苏联浪漫主义电影的影响。她和林震都欣赏柴可夫斯基的《意大利随想曲》,而当收音机开始播放中国戏曲节目时却被关掉了。王蒙似乎承认俄苏文化的成就相对于中国文化有优越性。在这一点上,他大概是年轻一派中国知识分子的典型,既熟悉苏联的形势,又足够现实,认为自由思想进入中国的唯一通道要经由苏联。

王蒙的小说在中国备受关注,评论如潮,如谢云的赞誉性评价,处于领导地位的批评家林默涵虽不十分赞同,但也作了深入细致的评论。[1]

---

[1] 谢云:《组织部新来的青年人》,载《文艺报》1956年第20期,第42—43页;林默涵:《一篇引起争论的小说》,载《人民日报》1957年3月12日。

许多批评家认为该小说一无是处,林默涵予以驳斥,反对将小说称作故意诽谤党的"粗暴的、武断的批评"。林默涵说,这些评论说明文学批评界仍存在与"百花齐放,百家争鸣"方针相违背的教条主义倾向。许多批评家说在边远地区可能有这种整个部门性的政治颓废与错误的情况,但绝不可能存在于首都。林默涵表示不同意,他认为北京的地方党委机构并不一定必然对错误具有免疫力。他认为消极的老党务工作者刘世吾很可能在当时的环境中真实存在。① 林默涵还指出小说中的几处错误。其中之一是王蒙没能用一种令人满意的方式解释刘世吾思想的颓废,他特别批评作者描写刘世吾和林震在饭店亲密谈话那一段:

"是啊,一个布尔什维克,经验要丰富,但是心要单纯。……再来一两!"刘世吾举着酒杯,向店员招手。

这时林震已经开始被他深刻和真诚的抒发所感动了。刘世吾接着闷闷地说:"据说,炊事员的职业病是缺少良好食欲,炒菜是他们做的,他们整天和饭菜打交道。我们党工作者创造了新生活,结果,生活反倒不能激动我们……"②

---

① 林默涵称:"经过长期的艰苦斗争,我们的党已经处于执政的领导地位,这当然是很好的。但从另一方面看,这种地位又可能使一些党员和干部骄傲自满、安于现状,丧失了战斗的激情,变成了保守的官僚主义者和得过且过的俗物。刘世吾这种人物,正是反映了我们这个时代的现实环境中的消极因素。他是具有典型性的,虽然也有不充分的一面。既然如此,这种人可能出现在北京,也可能出现在别的地方。说北京不会产生这种人物,不但不符合事实,也表现有些人对于艺术上的'典型环境'这个概念是没有弄清楚的。"

② 这是刊登在《人民文学》1956 年第 9 期第 40 页上的文字。王蒙的原文在谈到党务工作者可能患上某种"职业病"时还要更明确直接。该小说发表于《人民文学》时与原稿有出入,这可以从 *Current Background*, no. 459 上的英语译文看出,英译文依据的是《人民文学编辑部对〈组织部新来的青年人〉原稿的修改情况》一文,载《人民日报》1957 年 5 月 6 日。有些地方的改动还相当大,如小说的结尾部分。《人民文学》的编辑后来承认,原稿结尾的乐观主义基调更明显,林震表示相信:"他的,赵惠文的,许多年青的共产党员的稚气的苦恼和忠诚的努力,总会最后得到领导清楚强大的了解,帮助和支持。那时我们的区委会就会成为它应该成为的那个样子。"参见《人民文学》1957 年第 10 期,第 30 页。

林默涵责备王蒙似乎在肯定刘世吾的观点,即认为每个党务工作者都不可避免地会患上某种"职业病"。他指出的第二个错误是小说主人公林震被描述成"孤立于现实与人民群众之外……一个还没有无产阶级化的资产阶级知识分子"。第三个也是最严重的错误是王蒙没有意识到暴露是为了巩固新社会。小说不仅没有给读者以信心,让他们相信不论经过多少困难、挫折,有时甚至可能遭到局部的失败,光明的新事物最终总要战胜阴暗的事物,反而传递了一种感伤和忧郁的情绪,"使人觉得好像有一种硕大而无形的暗影压在人们的头上,叫人喘不过气来"。①

就以上的具体批评而言,林默涵的批评主旨是非常宽容的,这与"百花齐放"的背景密不可分。王蒙没有被安上什么罪名,原本他很容易被定罪的,因为有批评家把他的小说比作路翎的《洼地上的战役》和王实味的《野百合花》。像王蒙这样在小说里讽刺一个妄自尊大、懒惰、下棋打扑克的共产党员,是需要巨大勇气的。王蒙自己也意识到小说得以发表全靠新的政治形势。这篇小说的目的不是要表现知识分子的转向,而是如作者所言,《组织部新来的青年人》就是表现"人民内部矛盾"的一个尝试。② 换句话说,它试图使一个思想概念具体化,这个思想概念早在1956年5月王蒙写小说时已经存在,但直到1956年12月才有系统的表达。这样看来,王蒙的小说确实是特定时代的产物。

第五节 对传统的关注:纪念活动与毛泽东诗词

"百花齐放"政策的确拓宽了文学的疆域。以前备受冷落的喜剧或讽刺作品现在得到广泛的写作和讨论,对抒情诗功用与意义的分析也得到更多关注。叶橹1956年5月发表的一篇文章,深入论述了这一

---

① 《人民日报》1957年3月12日。康濯同意林默涵的观点,认为感伤和忧郁是小说最主要的弱点。

② 见王蒙发表在1957年4月16日《北京日报》上的一封信,英译文见 Current Background, no. 459, pp. 40—41。

主题;23 岁的诗人邵燕祥呼吁写更多的抒情诗来表达个人情感。①

前已提及,新文化政策的一个特征是对中国传统的重新关注。这不仅包括远古时代,也包括 20 世纪的重大事件。一般说来,在研究和重新评价过去的传统时,要运用毛泽东所说的某种程度上的"批判地吸收",或者用"合并"的方式。② 从纪念闻一多的活动中可以看出情况的确如此。闻一多 1946 年 7 月 15 日去世,1956 年《人民日报》载文纪念,赞扬他最后几年完全接受了党的指引。③ 如果我们还记得闻一多对政府(比如苏联)干涉文学的明确批评,④那么这种赞誉之词是难以令人信服的。"批判地吸收"这一方针也体现于 1956 年 10 月鲁迅逝世 20 周年的纪念活动。郭沫若和茅盾强调甚至赞美鲁迅对中国共产党的忠诚,却忽略了鲁迅对党的指示也多次心怀犹疑。⑤

---

① 叶橹:《关于抒情诗》,载《人民文学》1956 年第 5 期,第 114—123 页。邵燕祥的呼吁是在一篇报告中出现的,见 *NCNA*, July 17, 1956 (*SCMP*, no. 1333, pp. 14-15)。早在 1 月份时,公木已评论了他的诗,见《人民文学》1956 年第 1 期,第 104—109 页。

② "合并(annexation)"是莱顿大学里夫(K. van het Reve)研究苏联对待 19 世纪俄国文学的态度时巧妙使用的一个术语,见 *Sovjet-annexatie der klassieken*, *Bijdrage tot de geschiedenis der Marxistische cultuurbeschouwing* (Amsterdam, G. A. van Oorschot, 1954)。

③ 康见:《忆闻一多先生》,载《人民日报》1956 年 7 月 15 日。

④ 闻一多说过,在苏联和其他一些国家可能会采取一种方式让诗人对他们的作品负责,这种方式就像牵着牛鼻子一样牵制诗人。政府要求诗人写负责任的诗……但结果用这种方式写出的诗仅仅是政府宣传材料而不再是诗……我们都知道马雅可夫斯基写诗,他也写宣传材料。后来他自杀了;谁知道他为什么结束自己的生命?(闻一多:《闻一多全集》,上海:开明书店,1948,第 3 卷,第 45 页)

⑤ 郭沫若在 1956 年 10 月 19 日纪念鲁迅逝世 20 周年大会的开幕词中称赞鲁迅:"他自己的斗争实践,特别是在伟大的十月社会主义革命以后,中国革命运动对于他的影响,使他逐渐体会到辩证唯物主义和历史唯物主义的真理,而成为了坚定的马克思主义者,成为了领导中国革命的中国共产党的积极支持者。"(《文艺报》1956 年第 20 期附册,第 4 页)言外之意是称鲁迅为没有党员证的共产党员。茅盾在《鲁迅——从革命民主主义到共产主义》的讲话中说:"鲁迅就以这样的信念,在中国共产党的思想领导之下,坚决为人民服务,坚决与各种嘴脸的反动势力斗争,鞠躬尽瘁,直到生命最后一分钟。"(《文艺报》1956 年第 20 期附册,第 6 页)有关鲁迅与中国共产党之间的关系,Harriet C. Mills 的 "Lu Hsun and the Communist Party" (*The China Quarterly*, 1960, 4, pp. 17-27)一文有更客观的描述。小说家鲍里斯·波列沃依(Boris Polevoi)代表苏联作家出席纪念鲁迅逝世 20 周年活动(《文艺报》1956 年第 20 期附册,第 12 页)。

另一次纪念活动涉及更久远的过去。1956年是高则诚(高明)创作《琵琶记》600周年,为此举行了一次会议加以纪念。会议集中讨论的问题是:从根本上讲《琵琶记》是反现实主义,宣传"封建道德"的,还是真正具有"普遍性"的现实主义作品。① 《文艺报》辟出大量篇幅专门发表对这部戏剧的讨论,也讨论对一般古典戏剧作品再评价的问题,还有对其中明显的非现实主义因素的解读问题,但最终并未得出结论。② 1957年初,新创刊的由臧克家主编的《诗刊》第1期上推出毛泽东的18首诗词,其光华让整个文学界黯然失色。

毛泽东的这些诗词以旧体写就,其中很多首的主题与社会主义现实主义几乎没有什么关系。这些诗词多方面描写了作者年轻时代革命转折关头的记忆,像《长沙》、《娄山关》,或是歌颂军事上的胜利,或是仅仅抒发对自然景色的赞美之情。当然,几乎任何诗词都可以从思想性方面来解读,毛泽东诗词也不例外。它们被赋予众多社会、政治及军事意义,但一般说来,他的诗与马克思主义意识形态的联系并不紧密。然而一个好学深思的读者也可能在人们谈论较多的《沁园春·雪》中发现一点儿社会主义现实主义的印迹。《沁园春·雪》表达了一种对历史乐观的看法,对未来充满了希望。该词写于1945年,其主题可以看做是对中国历史连续性的思考。只有最后两行提到现在("数风流人物/还看今朝"),而此前的23行全是回顾过去,评点伟大英雄,流连于中国广袤无垠的美景中。有意义的是,臧克家在对毛泽东这首词进行导读时,将它与远至宋代的苏东坡《大江东去》进行比较。《大江东

---

① 作为1956年7月会议的成果,《剧本》编辑以《〈琵琶记〉讨论专刊》(北京:人民文学出版社,1956年)的形式予以报道;董每戡的《〈琵琶记〉浅说》以单行本发表(北京:作家出版社,957年)。

② 长之:《八个问题,两种答案——参加〈琵琶记〉讨论会有感》,载《文艺报》1956年第15期,第12—14页。张庚:《正确地理解传统戏曲剧目的思想意义——在文化部第一次全国戏曲剧目会议上的专题报告》,载《文艺报》1956年第13期,第14—19页。《文艺报》记者对这场讨论的综合报道《各地讨论戏曲剧目》见《文艺报》1956年第18期,第34—35页。

第三章 非斯大林化(1956年4月—1957年2月)

去》是以《念奴娇》的词牌格律写成的。① 吴永桑进一步比较了这两首词,说明毛泽东在多大程度上受惠于苏东坡。毛泽东甚至按照中国传统,从《大江东去》中直接借用了一些词句。②

毛泽东诗词无论在形式上还是在内容上都继承了中国文学的传统。没有理由认为这有违于1956年初以来的文艺政策,毛泽东早就说他的做法不足效法。毛泽东肯定早就意识到自己的诗词会产生巨大影响,可能想以此检验一下自己的预想。当然,1957年1月29、30日《人民日报》重新发表毛泽东10首不很出名的诗词,它们的发表和广为流传是有意而为之的,它表明了文化政策的一个重要趋势。毛泽东诗词的发表说明新文艺政策不仅力求以社会主义现实主义为宗旨,而且也像《人民文学》编辑所说的"兼顾到其他流派有现实性和积极意义的好作品"。③毛泽东诗词也与陆定一所说的避免"全盘西化"的政策完全吻合。

郭沫若对毛泽东发表的18首诗词迅速做出回应,尽力按照其韵律和诗三首,发表于1957年2月4日的《人民日报》。当然,被毛泽东的文学成就打动的人不止他一个,这批诗词以及毛泽东后来的诗作甚至会影响到未来若干年中国诗歌的走向。

本章一开始,我们将注意力放在探讨这段时期的复杂政治环境上,它是造成文学领域复杂局面的原因所在。重要的是如何在中国传统、苏联以及西方文化资源三者之间找到正确的平衡。

虽然不能确定妥善的解决之道,但这促使许多新的文学刊物脱颖而出。边远省区雨后春笋般涌现出不计其数的杂志,1956、1957年之

---

① 《沁园春·雪》一词可参见《毛主席诗词讲解》(北京:中国青年出版社,1962年第9次印刷),其中有臧克家的讲解和周振甫的注释,臧克家的评论见第53—54页。毛泽东诗词连同臧克家的讲解、周振甫的注释一起被安德鲁·博伊德(Andrew Boyd)和戴乃迭(Gladys Yang)译成英语(北京:外语出版社,1958年)。

② Yong-sang Wung, "The Poetry of Mao Tse-tung", *The China Quarterly*, 1963, 13, pp. 60-74.

③ 《人民文学》1957年第1期,第126页。

交又新出现了一些全国发行的期刊,其中最为重要的是《诗刊》和《文学研究》,后者为季刊,创刊于1957年3月12日;双月刊《人文杂志》创办于1957年4月;《学术月刊》创刊于1957年1月10日,刊物编辑是深受双百方针影响的上海的哲学家、社会科学家和文学家;1956年10月1日《文汇报》重新发行,成为一份标志着文化气候真实变化的日报。① 1956年12月底,《文艺报》编者声称该杂志历经8年无间断的发行将暂时停止,直到来年4月以周刊形式复刊,更多地关注政治生活报道与分析。令人不解的是《文艺报》编辑打算让杂文扮演主角,这似乎有违毛泽东关于讽刺手法运用的告诫。后来,包括徐懋庸在内的主要杂文作家受到谴责也就在所难免了。②

何迟的相声和王蒙有争议的短篇小说都受到关注和讨论,这表明新文化政策的模棱两可使得观点不同甚至相反的作品都可能发表。有意思的是,艾青1942年写的《诗论》,以其独立的思考和语言是构成诗歌唯一材料的观点而显得卓尔不群,1956年2月周扬曾为此指责过艾青,可这本书7月还是由人民文学出版社重印。而周扬在同一场合指责过的陈企霞,却遭到侯金镜更严厉的批判。③

"百花齐放"政策在1956年至1957年最初几个月里取得了成功,它激发了更多的文学活动,承认文学不仅仅局限于社会主义现实主义的观念,同时也没有滋生出危险的政治观点。

---

① 拥有18年历史的《文汇报》1956年5月1日更名为《教师报》,易地北京出版发行。《文汇报》在上海复刊后,《教师报》继续在北京出版发行。《文汇报》宣称允许不同学派相互争鸣,也会刊载争论性主题的文章。

② 《我们将要相见在百花初放的季节——和读者同志们谈谈〈文艺报〉的改版》,载《文艺报》1956年第24期,第42—43页。这篇意义重大的编者按说:"《文艺报》周刊的篇幅里,我们想要加强对于政治、社会生活的反映和评论……我们希望能够做到,通过各种活泼的文艺形式——政论、杂文、诗歌、寓言、相声、歌曲、漫画、速写和别的艺术作品,鲜明、尖锐地反映我们的现实斗争,积极扶持社会生活中的新事物、新道德风习的成长,反对生活中一切落后的现象,特别是一切反社会主义的消极现象。"

③ 《试谈〈腹地〉主要的缺点以及企霞对它的批评》,载《文艺报》1956年第18期,第5—10页。侯金镜指责了陈企霞1950年发表的某些教条主义观点。

第六节　对苏联新思想的非官方反应

1956年下半年至1957年初苏联文学及文学理论进入中国,形成两种相反的思潮,分别代表了官方和非官方的立场,然而这两者之间并非总是泾渭分明的。

官方立场是由文学管理集团的高层制定的,主要是出于政治目的。我们可以称这些人为"文化设计者",其中包括中共中央宣传部长陆定一、副部长周扬、中国作协党组书记邵荃麟,自然还有毛泽东。苏联发生的赫鲁晓夫对斯大林的批评,文化界"解冻"的自由化思潮,这些都使得中国在学习苏联这个榜样时不得不批判地进行,尤其是对待在苏联引起强烈反响的社会主义现实主义时更是如此。官方路线尽管没有完全点明这一点,但也可以看出,官方既要有条件地效仿苏联模式,又要避免在中国出现爱伦堡式的人物。毛泽东本人的诗词看不到任何苏联影响的痕迹,他钟爱的都是古代作家,他个人好像非常欣赏新的文学政策。官方立场容忍甚至鼓励暴露"教条化"地遵循苏联文学清规戒律的言行:《文艺报》上有一张漫画,表现的是一位批评家没有"具体地分析一部作品",而是靠旁征博引别林斯基、高尔基、鲁迅、列宁、日丹诺夫和马克思来炫耀自己的学识,只引用了一个中国人的话。①

非官方立场可以看做是一些非正统作家的观点,他们在若干方面观点不一致,但至少有一点能达成共识,即认为自由文学思想能够进入中国的唯一通道是经由苏联。从马雅可夫斯基那里寻求支持的何迟、景仰尼科拉耶娃的王蒙都属于这类人。或许这些作家比"文化设计者"还要讨厌苏联官方文学中的清规戒律,②但他们想借苏联作家更为异端的观点,来利用官方立场模棱两可的漏洞。所以,他们应该会热情

---

① 沈同衡的漫画《"批评家"的游戏》,见《文艺报》1956年第11期,第36页。
② 苏联官方与非官方文学界之间的区分要比中国明显得多。参见 George Gibian, "The Personal Realm vs. the Official", *The New Republic*, 144(1961), 7, pp. 11-14.

欢呼苏联卷帙浩大的《诗歌日》(The Day of Poetry),它出版于1956年9月,中国媒体也有报道。① 可人们会在"文艺茶馆"(毫无疑问,裴多菲俱乐部的作家在匈牙利起义中扮演的角色会成为"文艺茶馆"讨论的话题)谈论这部引起激烈争论的《诗的时代》吗?② 我们只能猜测。但我们确实知道,一度被日丹诺夫严厉批判过但在1956年8月部分平反的讽刺作家左琴科(Zoshchenko)的作品被译成了汉语。③ 围绕杜金采夫的小说《不仅仅为了面包》的争论,也通过《译文》的报道呈现在中国读者面前,既说明了小说对官僚主义者的传神刻画,也谈到了小说发表后接踵而至的激烈争论。报道还提到1956年10月22日莫斯科作家协会召开了一次会议专门讨论该书,发言者普遍为作者辩护,有的人说作者试图承接俄国古典文学尤其是果戈理的传统。④ 更重要的事件是1957年2月爱伦堡论毕加索(Pablo Picasso)一文的中译文的发表。⑤ 这些报道和翻译作品的发表,表明苏联文学中的新动态是经由"非正

---

① 尽管可能没有译成汉语,但《文艺报》1956年第21期第11页刊载了一篇《莫斯科读者和诗人的会见》,报道了1956年9月30日莫斯科举行的"诗歌日"活动与诗集《诗歌日》一书的出版情况。《诗歌日》是一部由许多作家共同参与编著的诗歌与散文合集,其中包括茨维塔耶娃(Marina Tsvetayeva)、阿利格尔(Margarita Aliger)、帕斯捷尔纳克(Pasternak)和雅辛(Yashin)等有争议的作家。

② "文艺茶馆"是一个作家俱乐部,1957年1月底成立于北京(《人民日报》1957年1月28日)。从后来批判冯雪峰和其他作家时较多地涉及匈牙利起义可以看出,中国作家的确谈论过匈牙利事件。毛泽东1957年2月27日在最高国务会议上的讲话《关于正确处理人民内部矛盾的问题》中说:"匈牙利事变让我们的一些知识分子动摇。"参见1957年6月19日《人民日报》。

③ 他的小说《火灾》、《不同的真实》和《不平常的事故》刊载于《译文》1956年第10期,第46—60页。关于日丹诺夫对左琴科的批判以及其他作家对左琴科的关注,参见《学习译丛》1956年第10期上的中译文。

④ 《苏联文艺界热烈讨论杜金采夫的〈不仅仅为了面包〉》,载《译文》1957年第2期,第192页。这篇报道还提到[苏]《文学报》上的一篇编者按反对该小说的片面性及其虚无主义倾向。杜金采夫的小说发表于[苏]《新世界》1956年第8、9、10期。

⑤ 《论巴布罗·毕加索的绘画》中文节译《谈毕加索》,载《译文》1957年第2期,第186—192页。俄语原文载[苏]《外国文学》1956年第10期,第243—254页。

统作家"在中国传播开来的。①

尽管爱伦堡对毕加索的刻画相当片面,在西方读者看来革命性也不强,但中国读者却认为它具有划时代的革命意义。在探讨了毕加索画作的形式问题后,爱伦堡明确指出毕加索从来没有为形式而形式,他引用毕加索的话:"我画的并不是我看到的世界,而是我想到的世界",借以说明他绘画的方式完全取决于自己的思想。在共产主义语境下,把主观思考作为创造性作品的唯一准则的确是具有革命性意义的。虽然这个主观主义的概念是由一位画家提出来的,但并不意味着它仅限于绘画方面,因为这一观念可以很容易地移植到其他艺术领域。爱伦堡否认毕加索是形式主义者,但从共产主义者的角度看,他的立论并不是非常有说服力。他并没有试图解释毕加索那些更加抽象的作品,一定是发现谈论抽象作品的普遍性很困难,或者毫无意义;纵观全文,他都没有提到这个字眼。他最强有力的论据是马雅可夫斯基理解他的作品,无论对中国人还是苏联人这都是有价值的论据。当然文章也恭维了毕加索"进步"的方面:他是共产党员,他对生活持积极态度。但这些关于毕加索政治观点的评论仅仅说明了在共产党的文艺理论中思想性要重于艺术形式;它们无法掩盖一个反常现象:尽管毕加索选择并真正创造了自己的艺术形式,爱伦堡仍将他看做该世纪最伟大的艺术家。

中国官方与非官方在对待苏联文学态度上的区分,并不是相当严格的。在引用或评论苏联作品,纪念苏联作家的某些方式上,很难辨别

---

① 自1957年到1958年《译文》编辑部由戈宝权、茅盾(主编)、陈冰夷(副主编)、董秋斯、楼适夷、罗大冈、丽尼组成。作为主编,茅盾一定赞同刊载爱伦堡的文章。这与他在和陈其通讨论时,对百花齐放方针相当自由的解读一致(参见第四章第二节)。爱伦堡论毕加索的文章中提到自己曾到过中国,作为著名作家,他很可能借此机会与茅盾会见过。

是官方的还是非官方的。法捷耶夫逝世在中国备受关注①,高尔基逝世 20 周年纪念得到更广泛的关注。② 田间写过一篇纪念马雅可夫斯基的文章③,特瓦尔多夫斯基(Tvardovsky)的史诗《瓦西里·焦尔金》(Vasilii Tyorkin)受到罗叶的高度赞扬。④ 艾芜的《我与苏联文艺》⑤一文表明苏联文艺在多大程度上会成为一个作家的楷模。阿英则编纂了20 世纪以来被译成汉语的俄苏文学书目。⑥

在文学理论领域普列汉诺夫(G. V. Plekhanov)的论著受到重视。为纪念他诞辰 100 周年,《译文》副主编陈冰夷将他的《从社会学观点论 18 世纪的法国戏剧文学和法国绘画》⑦译成汉语,并附上很有意思的作者介绍。陈冰夷在很大程度上赞同苏联人的观点,他说尽管普列

---

① 法捷耶夫在中国广为人知,尤其他的小说《毁灭》和《青年近卫军》,前者译于 1931 年,后者译于 1946 年以后。茅盾称后者中的主人公已经成为中国青年效仿的榜样(《文艺报》1956 年第 10 期,第 6 页)。郭沫若除忠实记录法捷耶夫的嗜酒及 1956 年 5 月 13 日的自杀外,还提到他文学理论方面的作品(《人民文学》1956 年第 6 期,第 116 页)。法捷耶夫在苏共十九大上的讲话原载 1952 年 10 月 8 日[苏]《真理报》,中译文《苏联文学艺术工作的任务》,收入《文艺理论学习小译丛》,第 2 辑(上海:新文艺出版社,1953 年)。法捷耶夫至少 1949 年访问过中国一次。苏联对法捷耶夫的观点可参见西蒙诺夫的纪念文章,原载[苏]《新世界》,中译文载《文艺报》1956 年第 15 期,第 32—35 页。

② 《高尔基选集》,包括小说《母亲》、《俄罗斯的童话》、《意大利童话》和他的自传性小说《童年》、《在人间》和《我的大学》,人民文学出版社 1956 年 6 月开始陆续出版。巴金写过论高尔基中短篇小说的文章,见《文艺报》1956 年第 11 期,第 3—5 页。留里科夫为《文艺报》(第 11 期,第 5—9 页)写的一篇文章代表了苏联官方对高尔基的评价。吴祖光在《六月的北京舞台》一文中提到苏联专家曾到中国帮助排演高尔基的一些戏剧(《文艺报》1956 年第 13 期,第 10 页)。

③ 《海燕颂:永远向马雅可夫斯基学习吧》,载《文艺报》1956 年第 21 期,第 12—15 页。

④ 罗叶:《质朴的诗、激情的诗——读特瓦尔多夫斯基的长诗〈华西里·焦尔金〉》,载《文艺报》1956 年第 21 期,第 16—21 页。该诗被梦海译成中文(上海:新文艺出版社,1956 年)。

⑤ 《文艺报》1956 年第 22 期,第 17 页。

⑥ 《文艺报》1956 年第 21 期,第 21—24 页。阿英只提到汉语译名与苏联作家姓名,并没有提到版本、出版年份及译者。

⑦ 中译文见《译文》1956 年第 12 期,第 132—159 页。译者介绍见第 159—164 页。1961 年、1962 年,普列汉诺夫《哲学著作选集》三卷本由北京三联书店出版。

汉诺夫晚年公开发表的政治与哲学作品中表现出孟什维克主义倾向，但他在美学领域做出了卓越贡献。他的功绩之一是宣传别林斯基和车尼尔雪夫斯基的思想：关于文艺与生活之间的密切关系、文艺的思想性与社会意义。陈冰夷还提到了普列汉诺夫的重要观点——艺术来源于劳动而不是"思想美学"认为的那样来源于游戏。因此在早期人类社会，文艺的内容和形式直接取决于人类的生产方式，艺术与经济生活紧密相关。普列汉诺夫注意到在更高级的社会阶段，许多"中间因素"诸如宗教、政治、哲学夹杂在艺术和经济生活之间，这就使得两者间的关系复杂化。但陈冰夷说，特别是1903年以后，普列汉诺夫的孟什维克倾向变得更加明显，他的美学论著随之受到影响。明显的例子就是他表现出对泰纳(Taine)和康德思想的同情，在1910年研究别林斯基时，不承认艺术具有服务的作用，反对列宁的"党性"原则。他对文学批评作用的评价也不高，称尽管批评家可以给出某部作品创作的背景并加以注解，但他无权进行评判。根据陈冰夷的说法，普列汉诺夫最大的错误之一，是他把艺术看成是现实的被动反映，从而否认艺术可以成为改变世界的工具。这种观点的危险之处在于它容许唯心主义理论和"为艺术而艺术"的观念传播。①

---

① 陈继的《多给我们以文艺理论的食粮》一文对马克思主义和苏联文艺理论著作的译介做了总体性的概述，载《文艺报》1956年第14期，第24页。陈继支持重印普列汉诺夫的《艺术和社会生活》，该书1929年由冯雪峰译成汉语。这本书后来确实在中国重版，不过不是冯雪峰的译文，而是陈冰夷重译的，见《世界文学》(1960年第2期，第110—128页；第3期，第132—149页；第4期，第147—166页)。陈继还提到别林斯基、杜勃罗留波夫、梅林(Mehring)、拉法格(Lafargue)和卢森堡(Luxemburg)等人的主要著作都还没有中译文。他强调要多翻译苏联作品，否则胡风集团会填补这一空白，用一种歪曲的方式介绍所谓进步的苏联思想，达到他们的反革命目的。他说缺乏马克思主义文学理论著作将会给资产阶级理论的传播带来便利。

《译文》编辑不是只对苏联和马克思主义思想感兴趣,①对十月革命以前的作家,如契诃夫、席勒、司汤达和左拉比以往任何时候都更感兴趣。《人民文学》根据最近的苏联版本翻译出版了托尔斯泰的日记片断,培养读者对19世纪文学的理解。② 甚至还大量依赖苏联的资料来源来获取关于海涅(Heine)、易卜生、萧伯纳等西欧作家的情况。③ 中苏两国作家在需要更广泛地学习西方伟大作家作品方面似乎达成了共识。莫蒂廖娃(T. L. Motylyova)大力提倡更深入地学习西方文学,这篇文章随即被译成中文发表。④

　　中国作家在多大程度上引用苏联同行作为权威,这在总体评价苏联文学理论的影响时相当重要。中国作家不仅引用苏联作家普遍的观点,而且个别作家的观点也常被用来支持自己的论点。既然这种对苏联作品的依赖可以很好地用来作为衡量苏联影响的标尺,那么中国作家对西蒙诺夫的接受值得关注。后来被打成右派的秦兆阳和黄秋耘都

---

① 《译文》也刊载了车尔尼雪夫斯基的《当代美学概念批判》(1956年第9期,第150—182页),奥泽洛夫(V. Ozerov)的一篇文章(1956年第12期,第164—172页),马卡连柯(A. S. Makarenko)的《教育诗》片断(1957年第1期,第75—151页),还有巴乌斯托夫斯基(K. G. Paustovsky,1956年第10期,第37—46页),特罗耶波尔斯基(G. N. Troyepo'sky,1956年第11期,第9—45页),安东诺夫(S. P. Antonov,1956年第12期,第68—108页)和伏隆科娃(L. F. Voronkova,1952年第2期,第89—94页)的中短篇小说。也继续刊载肖洛霍夫《被开垦的处女地》第二部的译文(1956年第5期,第10—27页;第6期,第3—33页;第8期,第57—82页)。《译文》还刊载了索波列夫(L. S. Sobolev,1956年第7期,第148—156页)、列昂诺夫(1956年第7期,第156—167页)和多宾(Ye. S. Dobin)的讲话稿和批评文章,还和其他期刊一样,都继续关注典型化问题的讨论。

② 杨敏的翻译包括几个片段,可以直接用来反对毕加索的艺术或者反对任何用"与普遍用法相反"的晦涩语言写成的文学作品:"如果人们不理解,那就是说,这个艺术作品不好。因为文艺任务就是让人们理解那些他们不理解的东西。"参见《列夫·托尔斯泰日记摘录》,载《人民文学》1957年第1期,第74—78页。

③ 梅塔洛夫(Ya. Metallov):《海涅论》,载《译文》1956年第2期,第124—146页;契恰文(Cherchavin):《易卜生论》(北京,1956);布拉肖夫(Brashov):《肖伯纳评传》(北京,1956)。许多西方作家作品的中译本都借助苏联的俄译本转译。

④ 《西方的现实主义作家》,载《译文》1956年第10期,第177—182页。俄语原文载1956年8月5日[苏]《文学报》。Deming Brown的 Soviet Attitude towards American Writing (Princeton, N. J. Princeton University Press, 1962)论述了莫蒂廖娃在苏联文学界中庸的自由姿态(第175、199页)。

引用过西蒙诺夫1954年12月在苏联第二次作家代表大会上的讲话。西蒙诺夫关于散文的讲话是这次作代会的主要成果之一,自然很容易被中国作家引为权威,尤其苏联批评家自己也觉得它无懈可击。乔治·纪彬称西蒙诺夫"非常善于在特定时刻支持党的主导观念"。① 西蒙诺夫的报告尽管没有强烈批判爱伦堡的《解冻》,但实质上指出了任何形式的悲观主义都是与社会主义现实主义不相容的,这可以看做是当时苏联中间路线的典型产物。他的一些观点,诸如对"粉饰"现实的批判,反对无冲突论的观点,在中国人看来似乎都是很大胆的,虽然周扬在(1956年)2月27日也表达过类似的观点。

秦兆阳以笔名何直发表的文章《现实主义——广阔的道路》影响很大,他表示自己为西蒙诺夫的勇气所折服,敢于公开讨论社会主义现实主义的本质,敢于批判1934年第一次苏联作代会上对此概念定义的用词。秦兆阳引述西蒙诺夫相关的段落作为自己立论的起点,西蒙诺夫重新评价了社会主义现实主义,秦兆阳比他走得更远。他引述的文字摘录如下:

> 在第一次代表大会上通过的我们的会章里,对于社会主义现实主义方法的本质给了最简单的定义。那里这样说:
> "社会主义现实主义,作为苏联文学与苏联文学批评的基本方法,要求艺术家从现实的革命发展中真实地、历史地、具体地去描写现实。"
> 这个定义是完全正确的,经得起时间的考验,并且表达出我们的社会向文学作品提出的最主要的要求的实质。

---

① Gibian, *Interval of Freedom, Soviet Literature during the Thaw, 1954-1957*, p. 17. 纪彬的这一观点与西蒙诺夫1956年10月对杜金采夫小说《不仅仅为了面包》的批判有关。后来,1957年3月,西蒙诺夫在杜金采夫和他的批判者之间采取了调和的姿态(Gibian书,第18页)。西蒙诺夫的报告载[苏]《文学报》1954年12月18日;中译文见《人民文学》1955年第2期,第1—17页。

但是在会章里接着这样说:

"同时艺术描写的真实性和历史具体性必须与用社会主义精神从思想上改造和教育劳动人民的任务结合起来。"

我觉得这……第二句是不确切的,甚至反而容许有歪曲原意的可能。它可能被了解为一种附带条件:是的,社会主义现实主义要求艺术家真实地描写现实,但是"同时"这种描写必须与用社会主义精神从思想上改造人民的任务结合起来,那就是说,好像真实性和历史具体性能够与这个任务结合,也能够不结合;换句话说,并不是任何真实性和任何的历史具体性都能够为这个目标服务的。正是对这条定义的任意的了解在战后时期在一部分我们的作家和批评家的作品里特别经常地发生,他们借口现实要从发展的趋向来表现,力图"改善"现实。①

西蒙诺夫的讲话听起来没有什么有害性,但秦兆阳的论述却包含着危险因素,比如他对社会主义精神这一主观概念的贬低。秦兆阳像西蒙诺夫一样,也不愿废除"社会主义现实主义",但认为它只是马克思主义世界观的一部分,在观察生活和写作过程中本身就具有一定的功能。其次,他在批判苏联教条和马林科夫、日丹诺夫的观点方面有自己的创见。第三个引起争论的观点是认为"掌控了文艺的教条主义"是一个世界性问题,这表明他同情自己的苏联同行,他们在自己国家向教条主义堡垒发动了进攻。

黄秋耘则在苏联观点的掩护下,提出了更为大胆的观点。② 黄秋耘援引前面提到的西蒙诺夫的报告,对近期小说(如赵树理的《三里湾》)中缺乏爱情描写表示了不满。我们可以推断,按照前文所述,秦

---

① 《现实主义——广阔的道路》,载《人民文学》1956年第9期,第1—13页。
② 黄秋耘:《谈爱情》,载《人民文学》1956年第7期,第59—61页。黄秋耘也公开表达他对刘宾雁有争议的"纪实性"报告文学《本报内部消息》的敬重,因为它揭露了我们日常生活中的矛盾和冲突(《文艺报》1956年第13期,第3页)。

第三章 非斯大林化(1956年4月—1957年2月) *111*

兆阳和黄秋耘都代表非官方立场。

我们可以从秦兆阳和黄秋耘的论述中推断,不仅东欧与苏联的政治形势造成了有利于中国文化自由化的局面,而且借助这个时机,一些苏联作品助长了中国非正统文学思想与文学批评的发展。当然,西蒙诺夫不是唯一提供苏联文学资源的人。前文提到过的莫蒂廖娃的文章和普列汉诺夫的观点,也许都成为了中国独立的文学批评观的催化剂,爱伦堡论毕加索的文章或许也应当包含在内。被西方思想强烈吸引的中国作家,退而求其次,学习苏联所有的自由思想资源,同时试图尽量避开斯大林的教条主义。在那些大力介绍苏联文学的人中间寻找官方立场的代表是一件困难的事情,或许他们当中的大多数人都像陆定一那样,去求助于古典文学遗产了。①

----

① 1956年间中国古代文学理论得到相当多的关注,当然不仅限于那些希望与官方立场合拍的作家和学者。许多人学习中国古代文学是因为他们感觉新文学中流行的观点与精神令人困惑。褚斌杰的《重视我国美学著作的研究工作》(《文艺报》1956年第14期,第43页)一文很有意思,它表达出这样一个观点:学习刘勰的《文心雕龙》和白居易的《与元九书》可以帮助社会主义现实主义文学的发展。

第四章 双刃剑(1957年2月—6月)

研究1957年上半年中国文学的情况,必须要考虑到三个非文学因素:一是1957年2月毛泽东发表了《关于正确处理人民内部矛盾的问题》的讲话,它是百花齐放政策的延伸;二是4月底发动的整风运动,推动了批评与争议的进程;三是赫鲁晓夫5月份对苏联文坛的干涉,至少影响了中国反击右派的时间,当时右派在政治上已走得相当远,开始质疑中国共产党的地位。

第一节 毛泽东论人民内部矛盾和整风运动

毛泽东1957年2月27日在最高国务会议扩大会议上所作的《关于正确处理人民内部矛盾的问题》的讲话,既不能看做是一个陷阱,也不是对形势的低级误判。自2月至5月,讲话分三个阶段公诸于众,可以推测,其意义在此过程中发生了相当大的变化。我们可以对比1957年4月13日和6月19日的《人民日报》。前者是毛泽东讲话的摘要,后者则在刊登毛泽东讲话时,标有"这是一九五七年二月二十七日最高国务会议第十一次扩大会议上的一篇讲演。现在经本人根据当时记录加以整理,并且作了若干补充"的字句。① 对比可以发现,后者更清晰、更细致,也更详尽,特别是涉及匈牙利事件的那一部分。但就整体而言,两者的思想非常一致:农业、工业和工商业的社会主义改造已基本完成,广大人民群众与他们的领导者之间形成基本联盟;但这并不意味着社会主义不再存在矛盾:领导和群众之间甚至也会存在矛盾,不过

---

① 1957年4月13日《人民日报》社论,题为《怎样对待人民内部的矛盾》。

这种矛盾具有非对抗性的特点,因为它们是在利益基本一致的基础上发展起来的,与对抗性的敌我矛盾完全不同,后者是在相互冲突的基础上发展起来的。4月份发表的摘要认为,只有具备联盟的愿望,领导与被领导者间的矛盾才能解决;而6月19日刊登的讲话却声称,如果民族资产阶级不愿接受"联盟政策",像工人阶级与民族资产阶级之间的非对抗性矛盾,也会转变成对抗性的矛盾。4月份的摘要曾鼓舞了非共产主义者,它承认党和政府的某些工作人员有官僚主义作风,用粗暴方式压制群众的想法和要求;它也强调加强群众思想政治工作的必要性,因为没有正确的思想和政治观点就不可能很好地理解个人与国家的关系。然而6月19日的版本表述得似乎更准确,因为它把"右倾主义或者右倾机会主义"称为比教条主义更危险的资产阶级倾向。

讲话最早是在一个1800人大会上所作的报告,一些与会代表随后在3月份的多次会议上对讲话进行了讨论,但我们了解到的仅是片言只语,很难和公开发表的两个文本进行比较。人们不禁猜测,毛泽东2月份的讲话原稿中或许并没有对大鸣大放的尺度进行明确的限定。①当然这种观点很难自圆其说。毛泽东在最高国务会议上的讲话一石激起千层浪,引发了无数的反应与评论。有的对毛泽东提出的政策全心拥护,将之归结为必须镇压一切反革命、惩前毖后,治病救人等;也有的强调毛泽东提出的时刻不忘阶级斗争具有很强的现实意义:

> 毛主席的讲话,我也是亲自听过的。毛主席说有鲜花,也有毒草,农民每年都要锄草,下一道命令禁止毒草不准长,事实上是不行的,你锄就是了。又说,应该对于辩证唯物主义的对立面——唯心论给以批评,不批评是不对的;文艺作品中反映资产阶级、小资

---

① 参见 Dennis J. Doolin 对 Theodore H. E. Chen 的 "Thought Reform of the Chinese Intellectuals" (*The China Quarterly*, 1962, 11, pp. 242-244) 的评论。也可参见 Doolin, "Both Red and Expert: The Dilemma of the Chinese Intellectual" (*Current Scene, Developments in Mainland China*, 2 (1963), 19, pp. 1-12.)。

产阶级倾向的东西,也应该给以批评,不批评是不对的,但是批评要适当,要有说服力,否则就不能解决问题。①

即便将这两种评论置之一边,如果毛泽东确实表达过言论自由毫无限制的意思,那作家与知识分子在批评领导时仍然心存犹疑又当如何解释呢?显然,1957年2月27日以后两个月内的批评并不比之前多多少。

这样,另一个问题随之而来:在4月到6月的第二个星期这样一个短时期内,是什么原因导致了大量批评和独立观点的出现?尽管4月中旬官方公开发表的关于矛盾问题的讲话在一定程度上推动了大鸣大放,但1957年4月27日中共中央发起的整风运动无疑与此关系更大。开展整风运动的原因是,一些党员在新政权下仍残留着旧社会和国民党的作风,在新时期也搞特权制。整风运动以毛泽东《关于正确处理人民内部矛盾的问题》为思想指导,主张以"和风细雨"的方式开展思想教育运动。虽然整风运动是专门针对党员进行的,由党的领导来指挥,但非党员也被邀请加入到批评的行列。许多人第一次开始相信共产党是真心要放松控制,引进更多的民主,有人甚至还想让共产党履行之前的种种承诺。

为什么要进行这样一场整风运动,其原因一直不太明了,似乎至少有两种解释,因此,整风运动的作用也就像一把双刃剑。一方面,党的高层领导显然相信,对玩忽职守的基层党员采取严厉措施,可以借此获得民心,人民会更信赖他们。尽管中共觉得赫鲁晓夫发表的秘密讲话走得太远,但他们也意识到必须采取措施,防止匈牙利式的动乱在中国发生。另一方面,党也非常需要改革,比如部队的党员就反对并试图阻止百花齐放政策,这是让人无法容忍的。

整风运动的另一个特点是,它能让激烈批评新政权的人相信言者

---

① 见邓初民发表于《光明日报》(1957年4月26日)上的文章。

无罪,无所顾忌地表明他们的立场,从而最终暴露其真正面目。只有在这层意义上,整风运动才能说是一个陷阱,但只是一个次要意义上的陷阱,因为整风运动的目的不止在于发现少数几个右派分子。也不能简单地把整风运动说成对形势的错误估计,当局对可能出现的麻烦后果还是有充分认识的。

许多中国人都希望有机会公开发发牢骚,现在党请他们批评,牢骚就纷至沓来,问题也就随之而来,甚至共产党的地位问题也成为讨论的对象。《光明日报》主编储安平严厉批评共产党要求所有部门都由党员负责的做法,还对毛泽东的政府组成方式提出了异议。① 另一位批评家葛佩琦也于5月底在媒体发表自己的看法,以极为激烈的言辞告诫党的领导。② 就是苏联的"解冻"也没有达到这种程度,会允许如此激烈的观点见报。苏联的自由化主要是在文化与科学领域。政治方面的言论自由是不被允许的,共产党的垄断地位也从来就不是公开讨论的话题。并且,赫鲁晓夫1957年5月13日和19日两次讲话,认为有必要给作家设定清规戒律,这一点亲如兄弟的中国共产党一定也会深为赞成。③ 6月9日《人民日报》的社论告诫大家,不要出现削弱社会主义事业的批评,并呼吁"反批评"。第二天同一份报纸报道,一些工人已经开始实行反批评,谴责带有反社会主义思想批评者的"右倾因素"。"没有共产党就没有新中国"的口号被重新提出来,6月11日《工人日报》社论称"工人阶级和共产党的领导权,人民民主专政,和社会主义是全国六万万人的幸福的保障;这只能加强,不能削弱"。《人民日报》也发表类似的文章,称匈牙利事件使得"资产阶级右派分子"认为,在所有制方面已经建立了社会主义基础的国家,仍然可以被推翻,

---

① 《人民日报》1957年6月2日。
② 参见 Theodore H. E. Chen, "Thought Reform of the Chinese Intellectuals", *The China Quarterly*, 1962, 11, pp.164-165。
③ 赫鲁晓夫的讲话连同他7月初一次会议上的讲话一起,8月底发表于[苏]《共产党人》1957年第12期,第11—30页,题为《文学艺术要同人民生活保持密切的联系》,中译文载《文艺报》1957年第24期,第1—5页。

可以变质。①

只有这时,当局才敢于让毛泽东论人民内部矛盾的讲话见报,因为到这个时候才不致引起误解。郭沫若明确地说将继续实行百花齐放政策,但他却对此作出了新的解读:

> 反击右派,是不是就是"收"? 不是!"百花齐放、百家争鸣"是长期的政策。……只有把右派分子苗发出来的毒草铲除干净,才能更好地更健康地贯彻"百花齐放、百家争鸣"的方针。②

到6月底的时候出现了一种新局面,反击右派的"反批评"浪潮汹涌澎湃,许多作家有足够的理由担心自己会像胡风那样,最终被贴上反革命的标签。

第二节　对双百方针范围的讨论:陈其通和茅盾

陆定一1956年5月宣布了新的文化政策,但有些同志执行时仍心存疑虑,特别是部队文艺部门对新政策有些反对意见,有人担心一旦允许百花齐"放",再控制就很困难了。在一次相关负责人座谈会上,有人提到一个例子,1956年举行的一次文学节上,一位负责审查的官员竟然命令撤掉写有"百花齐放"的标语牌。③

中国人民解放军总政治部宣传部副部长(1956年3月起兼任作家协会理事)陈其通的一篇文章值得重视。他与陈亚丁、马寒冰、鲁勒三人合作的《我们对目前文艺工作的几点意见》发表于1957年1月7日的《人民日报》。

他们一方面承认百花齐放政策在文学艺术领域颇有成效,另一方

---

① 《人民日报》1957年6月22日。
② 《光明日报》1957年6月28日。
③ *NCNA*, April 29, 1957; *SCMP*, no.1526, pp.4-5.

面关切的是,1956年一年的时间里,对社会主义现实主义和为工农兵服务的目的提得越来越少。他们批判了一种错误观点,即认为既然官方已经宣布社会主义现实主义不是唯一的创作方法,那么就没有必要再坚持。他们还批判了在文学创作中只讲"现实主义"的做法和"社会主义时代的现实主义"①的"混乱的概念"。他们教条主义的思想在下面这段话中表现得很典型:

> 我们认为怀疑主义和取消主义(即取消"社会主义现实主义"的限定词"社会主义"的观点)是小资产阶级文艺思想的产物。随着党的"百花齐放,百家争鸣"方针的实施,文艺思想和创作方法不同的派别可以并存。但是党的文艺工作者必须拥护和宣传文艺为工农兵服务的宗旨和社会主义现实主义的创作方法。因为虽然并不是所有的人都承认这是正确的,但在我们看来这是唯一正确的方式。

作者抱怨往往一提到文学的唯心主义特征或者一用政治术语分析一部作品的教育意义,就会被指责是"公式主义和抽象概括"。他们苦恼的是在最近的自由化过程中,文学作品的主题发生了变化:家务事、儿女情和惊险故事取代了社会革命、解放斗争和令人敬佩的社会主义英雄们。他们也看不惯讽刺作品的增多,认为它们往往表达不满和失望之情:"讽刺作品当然是必要的,但如果不明确区分对社会主义制度的保护和攻击,讽刺作品就会虚假、片面、有害。"他们还特别告诫,要反对"局限于描写生活琐屑和个人情感的庸俗圈套"。

陈其通的立场在国际上都有所耳闻。1957年9月李超在一份苏联杂志上发表文章,批评陈其通的教条主义态度,说他试图说服共产党

---

① 这个概念是由秦兆阳提出来的,见《人民文学》1956年第9期,第4页。

取消百花齐放方针。① 李超用一种有趣的思想曲解法论证说，陈其通不乐于接受百花齐放方针，是因为他错误地相信"社会主义文化只有在完全适应它的经济基础时才会发展，换句话说，'放'只应限定在社会主义现实主义文艺范围内"。李超的这种立场似乎相当保险，因为毛泽东在论人民内部矛盾的讲话中已经指出，社会主义社会上层建筑和经济基础之间有存在矛盾的可能性。

陈其通的文章引发了陈辽和许多其他作家的驳斥②，其中最重要的反对者是茅盾。他的《贯彻"百花齐放，百家争鸣"，反对教条主义和小资产阶级思想》一文发表在3月18日《人民日报》上，文章开头提到了右倾主义的危险，说明右倾主义是怎样利用文学的特性做借口，来削弱文学作品的思想性的：

> 在文学创作中，出现了"为恋爱而写恋爱"的，乃至色情气味相当浓重的作品，也出现了顾影自怜、欣赏"身边琐事"、几乎没有任何思想性的作品。
> 　　也出现过这样的怪论：文艺作品的公式化、概念化之根源，在于工农兵方向云云。

茅盾夸大事实只是为了强调自己的论点，尽管他也可能把王蒙的《组织部新来的青年人》考虑在内了。虽然茅盾似乎站在陈其通及陈的同道一边，但同时又承认"他们的文章是缺乏说服力的，批评方法是教条主义的"，甚至会给读者以"百花齐放，百家争鸣"原来是弊多利少的印象。茅盾称自己不同意"今天有些人认为社会主义现实主义应当被看作'怀疑论、取消论，是小资产阶级艺术思想的产物'"的断言。相反，

---

① 《在中国剧院里》，载[苏]《外国文学》1957年第9期，第230—241页。李超此文可能写于1957年6月以前。

② 1957年3月1日《人民日报》发表了陈辽《对陈其通同志"意见"的意见》一文。其他文章的摘要载《人民日报》1957年4月4日。

他提倡在百花齐放政策指导下,让大家来"放"、来"鸣",开展自由讨论以"加强马列主义的思想教育"(特意加了此句)。似乎对主流路线的服从是一个前提,然后茅盾才提出自己的主要观点,即作家应当自由写作而不必在乎马克思主义理论:

> 如果我们今天就要求我们的作家都应当先具有马克思主义世界观而后写作,那就是不切实际,要求过高。并且一个作家如果(即使出于至诚)先来估量一下自己的世界观够不够马克思主义水平,然后下笔写作,那他将不是自信自欺,就会踌躇彷徨。……作家的自己的努力的方法,是不断地学习、不断地体验生活、参加斗争、不断地写作。帮助作家的方法,是对他的作品进行科学的批评。

终于4月10日《人民日报》的社论提出了党对这个问题的看法。社论一方面与陈辽和茅盾一样批评陈其通,同时又表明百花齐放方针不会影响马克思主义在思想领域的绝对地位。社论并没有解决所有问题,因为党的意图似乎就是要维持一块"无人区"的存在,以便进可攻、退可守。

第三节　关于现实主义与社会主义现实主义的国际论争

何其芳在纪念《在延安文艺座谈会上的讲话》发表15周年的一篇文章中驳斥了对社会主义现实主义的批评,尤其批驳秦兆阳在《现实主义——广阔的道路》一文中试图用"社会主义时期的现实主义"取代现实主义的做法。① 何其芳认为对社会主义现实主义的怀疑是受到了

---

① 何其芳:《回忆,探索和希望——纪念毛泽东同志在延安文艺座谈会上的讲话十五周年》,载《文学研究》1957年第2期,第1—12页。

国外观点的影响。虽然秦兆阳从西蒙诺夫那里得到了些启发,何其芳却不愿将这位苏联作家看做是怀疑社会主义现实主义的始作俑者,他对苏联文坛非常了解,知道西蒙诺夫虽然偶尔受到党的批评,但绝非真正意义上持非正统见解的人。何其芳说他已经知道是哪些人在怀疑社会主义现实主义的,这些人反对过去30年来的苏联文学,贬低社会主义现实主义,认为它与艺术不相兼容,这种荒诞说法来源于对高尔基某些思想的错误表述。可惜何其芳并没有点名,所以他谴责的人是谁仍是个谜。他所指的可能包括古巴廖夫(V. Gubaryov),古巴廖夫在莫斯科作协一次戏剧讨论会上提出不要仅仅满足于对社会主义现实主义进行拓宽和重新界定,而是要废除它。1957年1月此次会议的报告译成中文发表,但只字未提古巴廖夫的极端提议。[1]

苏联媒体曾就古巴廖夫的观点进行过讨论,所以懂俄语的中国读者可能受到影响。掌握俄语的中国作家也很容易获悉波兰文学批评的发展情况,苏联杂志《文学问题》5月号上,奥泽罗夫(V. Ozerov)批判科特(Jan Kott)和其他波兰批评家,称他们试图"埋葬"社会主义现实主义。[2] 事实上,既然中国希望将自己的观点输入东欧国家,[3]波兰和匈牙利的文学经试验在中国也很可能广为人知。我们可以大胆推断,曾于1957年6月前三周访问过中国的南斯拉夫作协主席维德马尔(Josip Vidmar)会告诉中国同行华沙和布达佩斯的情况。[4] 即便有人不愿强

---

[1] 《译文》1957年第1期,第187—188页。有关古巴廖夫的情况参见 Gibian 书,*Interval of Freedon*, *Soviet Literature during the Thaw*, 1954-1957,第17页。也可参见 Harold Swayze, *Political Control of Literature in the USSR*, *1946-1959*, Cambridge, Mass., Harvard University Press, 1962, p. 150。

[2] 《猜测要毁灭,事实始终存在》,原载[苏]《文学问题》1957年第2期,第144—165页;中译文见《译文》1958年第2期,第122—140页。

[3] Tamás Aczél, "Hungary: Glad Tidings from Nanking", and Leopold Labedz, "Poland: The Small Leap Sideways", both in *The China Quarterly*, 1960, 3, pp. 89-97 and 104.

[4] NCNA, June 24, 1957; SCMP, no. 1559, p. 27. 中国文联武汉分会副主席,后来被打成右派的李蕤1956年11月参加了波兰作家代表大会,他可能是中波作家沟通的另一座桥梁。参见 NCNA, November 4, 1956(SCMP, no. 1407, p. 35);《文艺报》,1957年第37期,第10页。

调直接影响,但却不能否认波兰和中国这两个一东一西的共产主义国家争论的议题是如此惊人的相似。波兰作家德洛兹多维斯基(Bohdan Drozdowski)声称:"但是我想写真实,写什么是善什么是恶的真实"①,这样一来就避开了反党倾向的指责。中国两个年轻作家刘绍棠和从维熙同样认为"写真实"是社会主义现实主义的生命核心。② 他们的立场颇受关注,但也没想到招致了秦兆阳的否定评价。③

从另一个意义上说,关于现实主义的争论也是"国际性"的:中国学者为了全面有效地理解现实主义的概念,在研究中国古典文学的同时,还要研究外国文学。杨绛6月初发表了一篇深入细致地研究菲尔丁(Henry Fielding)的文章,这种研究只有在自由讨论文学终极价值的语境下才有意义。④ 著名美学家蔡仪3月份发表了一篇文章,对现实主义的阐述更全面,同时还探讨了中国和欧洲的文学。⑤ 蔡仪反对苏联重要文学理论家艾利斯伯格(Ya. Ye. El'sberg)有关现实主义的观点,艾利斯伯格不认为现实主义早在原始社会就已经存在⑥,他认为这种观点是"反历史主义的",是从反对"庸俗社会学"的斗争中派生出来的。艾利斯伯格仔细描述了现实主义的本质特征,坚持认为符合这些特征的现实主义是随着文艺复兴的到来才出现的。

蔡仪试图驳斥这一观点,他引用马克思的话,说古希腊艺术具有永恒的魅力,并且在某种意义上还是不可企及的标准与模范。蔡仪还引

---

① 转引自 E. Stillman, *Bitter Harvest*, p. 40。
② 《文艺学习》1957 年第 1 期,第 17—18 页。
③ 或许秦兆阳试图弥补自己《现实主义——广阔的道路》一文缺乏正统性的缺憾,又用何直的笔名发表了《关于"写真实"》一文,载《人民文学》1957 年第 3 期,第 1—3 页。他认为判断某事物是否真实的标准是它对"人民"有利还是有害。
④ 《菲尔丁在小说方面的理论和实践》,载《文学研究》1957 年第 2 期,第 107—148 页。杨绛显然非常熟悉西方文学研究的情况,甚至赞同并引用了韦勒克(René Wellek)的《近代文学批评史》。对杨绛研究的批判,见《文学研究》1958 年第 4 期,第 16—24 页。
⑤ 《论现实主义问题》,载《文学研究》1957 年第 1 期,第 1—21 页。
⑥ 艾利斯伯格《现实主义和所谓反现实主义》一文的中译文,载《学习译丛》1956 年第 7 期,第 32—38 页。俄语原文载[苏]《文学报》1956 年 5 月 10 日。

述亚里斯多德的《诗学》来说明希腊艺术注重对人物个性的描述,比如荷马(Homer)创造出阿喀琉斯(Achilles)和赫克托尔(Hector)等数千年来人们不会忘记的典型。蔡仪更进一步认为现实主义描写中的"真实性",而不是个性描写,是现实主义艺术创作的基本评判标准。通过引述但丁、莎士比亚和塞万提斯,蔡仪强调指出,在艺术中对自然的真实模仿很早以前就出现了,在文艺复兴时期得以延续。就整体而言,蔡仪是在为文学史上现实主义(也包括浪漫主义)的连续性作辩护,和高尔基一样,甚至认为神话基本上也是现实主义的。

蔡仪像刘大杰一样反对"就像破西瓜似的"把中国文学史切成两半,一半是现实主义,另一半是非现实主义。由于显而易见的原因,蔡仪和刘大杰都不同意艾利斯伯格的观点,即认为(欧洲)文艺复兴是现实主义的摇篮,因为这等于贬低了中国古代文学的价值。刘大杰认为从唐朝诗人杜甫和白居易开始,现实主义已经成熟;蔡仪在陶渊明的诗作甚至《诗经》的部分诗歌中就发现了现实主义的手法。①

蔡仪有意淡化了现实主义的概念,这么做也许是出于对中国古典文学的喜爱,也许是因为担心根据恩格斯"表现典型环境里的典型性格"的定义,现实主义有可能变成一种教条。蔡田的文章《现实主义,还是公式主义?》②似乎也有这种担心。蔡田有意尽量避开"典型化"理论,而将人们的注意力引向"恩格斯的其他说法",恩格斯曾告诫人们"我们不应该为了观念的东西而忘掉现实主义的东西,为了席勒而忘掉莎士比亚"。③ 他选择这样一条告诫的格言作为文章题记,一起出现

---

① 参见《文艺报》1956 年第 16 期,第 9—14 页;第 22 期,第 21—25 页。蔡仪还注意到《孔雀东南飞》和《陌上桑》中的现实主义。这些诗的英译文见 Arthur Waley, *Chinese Poems*, London(Allen and Unwin, 1961, pp. 58-59、78-87)。李长之部分地同意蔡仪的说法,认为现实主义在广义上说始于《诗经》,从狭义上说始于《金瓶梅》。

② 《文艺报》1957 年第 8 期(5 月 26 日),第 1、5—9 页;第 9 期(6 月 2 日),第 7—11 页。

③ 《恩格斯致拉萨尔》(1859 年 5 月 18 日)。译注:中译文见《马克思恩格斯选集》,第四卷,北京:人民出版社,第 345 页。

的还有恩格斯写给考茨基著名的信中的一段:

> 悲剧之父埃斯库罗斯和喜剧之父阿里斯托芬都是有强烈倾向的诗人,但丁和塞万提斯也不逊色;而席勒的《阴谋与爱情》的主要价值就在于它是德国第一部有政治倾向的戏剧。现代的那些写出优秀小说的俄国人和挪威人全是有倾向的作家。①

恩格斯在这样宽泛的意义上使用"倾向性",实际上使这个词变得没有意义了,正如辛克莱(Upton Sinclair)断言"凡文艺必有所宣传"中的"宣传"没有意义一样,作家的政治信仰变得理所当然了。如果我们试图理解蔡田引用恩格斯信的真实意图,就应该读一下恩格斯从自己的陈述中得出的结论:

> 可是我认为倾向应当从场面和情节中自然而然地流露出来,而不应当特别把它指出来;同时我认为作家不必要把他所描写的社会冲突的历史的未来的解决办法硬塞给读者。②

蔡田的论点是有针对性的,他反对的是陈荒煤和陈沂(两人的文章都发表在《解放军文艺》上)等批评家的观点,指责他们是教条主义和公式主义。③ 尤其是陈荒煤顽固地坚持已过时的理论。蔡田说西蒙诺夫和爱伦堡几年前即已放弃了"理想人物"概念和"无冲突论",但陈荒煤仍然为一贯正确或几乎一贯正确的主人公的抽象观点辩护,而且持这种观点的还大有人在。蔡田认为对相声《买猴儿》和王蒙《组织部新来

---

① 《恩格斯致敏·考茨基》(1885年11月26日)。译注:中译文见《马克思恩格斯选集》,第四卷,北京:人民出版社,第454页。
② 同上。蔡田没有引用这一段。
③ 陈沂是中国人民解放军总政治部文化部长,少将军衔。后来他被指控为右派分子,被开除党籍、军籍(《人民日报》1958年3月1日、29日)。

的青年人》的批评,就是基于"无冲突论"而生发的。蔡田两次提到1953年西蒙诺夫和爱伦堡对"理想人物"的批评以支持自己的观点,这为愿意从苏联学习更加自由的思想思潮的作家提供了很好的范例。但这种做法,似乎与官方政策相违背,因为政策要求避免不加批判地吸收苏联观念。①

这篇理论文章本身就是一个危险的媒介。茅盾由于他的职位而可能更多地了解党的领导人心目中的计划,所以对这篇文章认识得更清楚。他建议有创造力的作家"不断写作"。如果说他希望中国文学创作的质量有所提高,那这应当是那些有天赋、创造力旺盛的艺术家的责任。茅盾在纪念毛泽东延安讲话的文章中再次鼓励作家:

> 今天文艺界所提出而探索的那些问题,就其性质来说,主要是创作方法问题,这是从创作实践中产生,而也应当在实践中求得解答。②

与苏联的情况不同,中国这段自由期时间太短,写作并出版一部相对较长、较复杂,并与主流作品判然有别的作品是不可能的。1957年5月仅仅产生了少数几朵稀疏的花朵,很快就枯萎在藤蔓上。

第四节 五月至六月初早谢的"百花"

与前几个月的文章不同,1957年5月发表的一些文章打破了正统术语的种种限制。五、六月份持续进行的关于现实主义的理论争论扩大了范围,提出美的起源与功用等问题。③ 然而这场学术式的争论,远

---

① 《文艺报》除萧乾以外的主编与副主编,在后来的一篇自我批评文章中称他们不同意蔡仪文章的观点(《文艺报》1957年第15期,第1页)。
② 《人民文学》1957年第5—6期,第2页。
③ 《文艺报》1957年第6期,第2页。

不如徐懋庸、林希翎、刘绍棠和姚雪垠等人的强烈信念给人印象深刻。与其说他们的思想是反马克思主义的,倒不如说更信奉普遍的人道主义思想,人道主义思想比马克思主义古老,在某种程度上还被吸收进马克思主义,但本质上独立于任何政治思想体系。这些作家在1957年5月所提出的异议实质上都是道德层面的问题,他们坦言自己对自由的渴望和对恐怖的畏惧。他们希望浪漫爱情在社会中只承担其自然作用,而不要对它的社会功能进行辩论分析;他们也直面个性问题。这些人的道德关注只有部分涉及政治需求,极少运用于文艺作品。

探讨这一时期的情况,最大的困难在于许多材料从没有公开发表过,能在国外看到的就更少了。就目前所知作家们所表达的很多愿望,大部分是通过下半年反右运动的揭露间接得知的。这些材料并非都真实可信,下一章将对这一主题进行深入探讨。

这一时期,百花齐放方针所引发的讨论,开始与严格的马克思主义概念产生分歧。著名的老一代短篇小说作家姚雪垠嘲笑马克思主义者总是追求事物的"本质"的做法,以及教条主义地推出片断式公式,比如"党员是特殊材料制造的,难道也会落泪么"①。程千帆补充说,这个公式暗示着像鲁迅和郭沫若等杰出的共产主义者不是共产党员,就不是由特殊材料制成的。② 李凤在《宁"左"勿右》一文中指出,在论及"左"及"右"时,有人故意含糊其辞两个术语的意思。③ 这篇文章是5月份开始的"价值重估"的一个例证,就像清华大学徐璋本教授试图将共产主义理想脱离开马列主义的教义,称"共产主义是全人类的理想,不只是马列主义的理想",印度对其崇高理想的追求不是也广为人知吗?④

---

① 《打开窗户说亮话》,载《文艺报》1957年第7期,第10—13页。
② 《文艺报》1957年第7期,第14页。郭沫若直到1958年才成为中共党员(*NCNA*, December 27, 1958)。
③ 《文艺报》1957年第9期,第11页。
④ 《人民日报》1957年5月25日。

普遍的人道主义价值以惊人的速度取代马克思主义公式。1956年余振曾提到陀思妥耶夫斯基的人道主义,一年后萧三详细阐述朗费罗(H. W. Longfellow)呼吁全体人类兄弟相待的思想。① 5月底6月初中国作协组织的关于整风的座谈会上,臧克家对北京党员作家和非党员作家间缺乏亲密友谊的情况表示遗憾。② 徐懋庸勇敢地发表了一篇论"同志之爱"的文章③,完全不顾毛泽东《在延安文艺座谈会上的讲话》对此主题的看法,而此前萧军也曾在1942年论述过同一主题。当时还是学生的林希翎,据说也要求"民主的"和"真正的社会主义",谴责当局按级别确立等级制度,干部听报告、看文件分等级,有的机关给干部发家具也分等级等等。实际上她这是旧话重提,王实味早在1942年就抱怨过这种情况。④

诚实和尊重个体是老生常谈的道德理想。出乎意料的是年轻的党员刘绍棠反而对文学领导层的批判最为严厉。1955年刘绍棠反映农村合作化的短篇小说《运河的桨声》深受好评,周扬和茅盾在作协第二次理事会的报告中都称赞过他;⑤他却在1957年4月发表了一篇大胆的文章,加入到关于现实主义的争论中,指出1934年苏联作协界定的社会主义现实主义概念是文学教条主义的主要根源。5月份,他又发表《我对当前文艺问题的一些意见》⑥,这篇文章的题目令人想起陈其

---

① 见他在纪念布莱克(William Blake)和朗费罗活动上的讲话,载《文艺报》1957年第6期,第14页。

② 《文艺报》1957年第11期,第2页。此次座谈会发言的片断有英语译文,见R. MacFarquhar, *The Hundred Flowers*, pp. 177-178。

③ 徐懋庸:《同志》,载《文艺报》1957年第3期,第4页。这篇杂文受到程千帆的热烈欢迎,见《文艺报》1957年第7期,第14页。

④ 《毒草识别记——中国人民大学学生驳倒了林希翎的谬论和谎言》,载《人民日报》1957年6月30日。她的《试论巴尔扎克和托尔斯泰的世界观和创作》一文见《文艺报》1955年第21期,第32—36页。

⑤ 《文艺报》1956年第5—6期,第10、17页。

⑥ 《文艺学习》1957年第5期,第7—10页。部分内容的英译文见 MacFarquhar, *The Hundred Flowers*, pp. 178-180;《现实主义在社会主义时代的发展》,载《北京文艺》1957年第4期,第9—12页。

通1957年1月7日《人民日报》上的文章,但整体而言,刘绍棠表达的思想感情与陈其通恰好针锋相对。按照刘绍棠的说法,文学工作萧条的根源不是毛泽东《在延安文艺座谈会上的讲话》本身,而是对讲话的教条主义运用。用他的话说,"公式化概念化的根源,就在于教条主义者机械地、守旧地、片面地、夸大地执行和阐发了毛主席指导当时文艺运动的策略性理论"。刘绍棠并没有像林希翎那样完全放弃马克思主义术语。比如,他仍接受文学作品具有阶级性的说法:

> 文艺为政治服务,并不表现在机械地为某一政策或某一方针的服务上,也并不表现在根据宪法、党章和法律条文的创作上;它主要表现在作品的阶级性、对人民的鼓舞作用以及对人们道德品质的美育作用上,也就是说,表现在人类共产主义灵魂工程的建设作用上。
>
> 否认政治标准第一,事实上就是否认艺术的阶级性,否认艺术是武器,是工具,而把艺术看做是花瓶。

但在回应陈其通反对将儿女情长作为文学主题时,刘绍棠变得措辞激烈:

> 必须说明,我所指的题材,并不像陈其通等同志那样,把"家务事、儿女情"的题材跟工农兵生活的题材势不两立地对立起来。其实这种论调是可笑得很的。难道工农兵就没有"家务事、儿女情"吗?难道写工人只能写:"炉火通红,机轮转动,铁锤叮当响"的题材吗?难道写农民是只能写:"唉咳唉咳哟,努力加油干,生产长一寸"的题材吗?难道写士兵只能写:"端起冲锋枪!冲呀!杀呀!"的题材吗?难道能够把"家务事、儿女情"和劳动、生产、战斗截然割裂吗?
>
> 不应该在"现实底革命发展"的名义下,粉饰生活和改变生活

的真面目。这种生活真实,必须具有时代的特征和时间的痕迹;而不能把一九五七年的真实等同于一九六七年的真实。①

刘绍棠的最后几句话,实际上表达了对"革命发展过程中"现实再现的怀疑,从而再次削弱了社会主义现实主义的基础。刘绍棠要求在文学作品中不要回避家务事、儿女情的话题,正表示他对个人生活的尊重,显然在陈其通和其他作家那里就缺乏这种尊重。

这些讨论已经超出"双百"方针的范围,事实上已变成个性不相容的作家之间的争论和冲突。党的高层文化领导优先考虑党变动不定的政策,而作家的个人兴趣,甚至他们自己的文学感性退居次要地位,这是可以理解的。可很多作家对这种情况的反应是激烈的批评。刘绍棠称陈其通的论证"极其可笑",张葆莘驳斥陈其通的狭隘之见,后者曾说过契诃夫的《万尼亚舅舅》今天看来不再有趣。② 文化部副部长刘芝明也受到人身攻击;③唐挚(唐达成)质疑周扬的权威性,不满他1953年9月第二次文代会上讲话的部分内容,比如周扬在讲话中明确规定了如何创造英雄人物。④ 从《文艺报》对作家座谈会的报道中也可以清楚地看出,黄秋耘和李诃也敢于公开批评周扬。⑤ 因为掌权的文化官员现在成为人身攻击的目标,一度被官方打倒的胡风受到了人们的敬仰和同情。⑥ 对俞平伯的批判也受到了重新审视,对他的"围剿"策略被指责为与百家争鸣方针相违背。⑦

---

① 《文艺学习》1957年第5期,第8、9页。
② 《文艺报》1957年第9期,第3页。
③ 王正:《文艺报》1957年第9期,第4页。
④ 《繁琐公式可以指导创作吗——与周扬同志商榷几个关于创造英雄人物的论点》,载《文艺报》1957年第10期,第1—3页。有关周扬的报告,参见第一章第六节。
⑤ 参见《文艺报》1957年第11期,第2页。
⑥ 林希翎称胡风的意见基本上是正确的,参见1957年6月30日《人民日报》的一篇报道。也可参见 Dennis J. Doolin, *Communist China*, *The Politics of Student Opposition* (The Hoover Institution on War, Revolution, and Peace, Stanford University, 1964), pp. 23-27。
⑦ 参见对历史学家顾颉刚的采访,载《光明日报》1957年4月21日。

最具危险性的问题绝对是精神层面的问题,人们或许想知道文学的形式问题在5月至6月初是否被提出来;如果被提出来了,它是否会导致形式、想象、结构和语言方面的变化,或者从俄国形式主义借用一个术语,在"文学策略"方面有所变化。尽管自由化时期非常短暂(尤其将它限定在1957年5月至6月初),但至少还是有改变美学策略的意图,这一点在抒情诗和杂文方面表现得尤为明显。对统一性要求的降低使得许多作家要求在文学创作中体现更多的个性,李汗认为文学出版物就需要"个性解放"。① 以长、短篇小说著称、时任教育部副部长的叶圣陶(叶绍钧)称,文学事业跟行政工作不一样,跟工农业生产不一样,"文学事业到底是个人的劳动"②。

1957年初爱情诗得到一些关注。林庚赞扬古典诗人,特别是陶渊明、王维(699—759)和屈原处理爱情题材的方式。③ 秦兆阳认为,没有一部古典的现实主义作品在描写爱情时不是依赖于其他主题或从社会视角出发,据此驳斥了可以单独处理爱情主题的观点。他认为爱情是生活的一部分,必然与生活的其他方面有关联。④ 周和虽然基本同意这种观点,但在1957年3月的一篇文章中他又提出了一些有趣的针锋相对的看法。⑤ 他说许多爱情诗倾向于公式主义,因为诗中没有明确交代爱或被爱的人是工人、农民、学生还是干部,也因为他们一成不变地传达一种羞涩或不安的感觉,致使他们的语言单调地局限于忸怩、心动和不安等状态中。从他的文章可以看出,一些诗人忘记了狭隘的思想规定,总是用"俗套子"(周和语)描述爱情,很可能也依靠某种特定的想象和结构方式。人们也许推断周和与其他正统批评家不仅反对某些特定的术语,而且反对爱情诗所用的整套的诗歌策略,因为这些策

---

① 《文艺报》1957年第9期,第2页。
② 《文艺报》1957年第10期,第2页。
③ 《从爱情诗说起》,载《文艺报》1957年第6期,第6页。
④ 何直(秦兆阳):《关于"写真实"》,载《人民文学》1957年第3期,第1—3页。
⑤ 《摘下奖章以后——对爱情诗创作的零星意见》,载《人民文学》1957年第3期,第7—11页。

略偏离了大家熟悉的社会主义模式。只有少量爱情诗发表于国家级刊物上。周和引用了一首1957年2月号《星星》上的诗歌片断作为反面例证,节录如下:

> 窗台上有一盆樱草花,
> 在严冬,也开得十分鲜艳;
> 象蜜蜂冲入花间,
> 我俯首凑近粉红的瓣片。
>
> 唉,没嗅到一点芬芳,
> 恰像那位"吝啬"的姑娘;
> 从不把她那甜蜜的嘴唇,
> 轻易地赐予别人……

按照周和的说法,这些"空虚"的感情并不能填补读者的精神,因为诗人甚至没有提到应该如何看待爱情,所以它们只能带给读者空虚。周和认为有一些诗人正是遵循着这样一条错误的道路。①

除抒情诗外,杂文也是自由时期获得繁荣的文体之一。为交流杂文发展的意见还专门召开过一次座谈会②,可作家们并不满足于简单地诉说自己的意图。徐懋庸、刘绍棠等人写过一些激烈的杂文。正是由于文学气候的转变,黄药眠才能说:

---

① 周和认为有必要驳斥《江淮文学》1957年1月号发表的一篇批判文章的观点。该文认为只要世界上还有生命,爱情就不会消失,因为所有的正常人都知道他们需要爱情,爱情一定对所有人都别具意味,应当属于所有人(爱具有"全民性")。共产党人反对这一观点,认为只要生活在阶级社会,爱情就不应该超越阶级差别。周和认为谈论爱情的"全民性"是"不科学的"、"有害的";他认为资本家对爱情的观念和工人对爱情的观念不会一样。
② 《文艺报》1957年第4期,第4—5页。

几年来我写的文章很少,但就这一点点经验来说,也就不难体会到写批评文章之难!不能粗鲁,不能讽刺,不能说俏皮话,要照顾到权威,要照顾到大作家,要照顾到新生力量,要照顾到领导首长,要照顾到老先生,要照顾到统战,要考虑主编的意图,要考虑苏联目前杂志上流行的意见,要考虑将来政策转变时为自己留退步。脑子里这样许多的"照顾",许多"考虑",于是自己的主意就会越来越少。①

从文学观点看,黄药眠最重要的意见是现在不能用尖锐的或俏皮的语言写文章;使用尖锐或俏皮的语言,显然与《在延安文艺座谈会上的讲话》避免使用非通俗语言的主张相冲突。黄药眠认为自己现在可以公开抱怨,作家们一定普遍感觉他们不再被这些"考虑"紧紧束缚。或许有人猜测,语言选择方面一定的自由,也影响了杂文语言的讽刺挖苦的特性。

迟至1957年5月中旬,《文艺报》的一篇社论称:"在意识形态的领域内,没有党的领导是不可想象的。"②但是,困扰中国作家的最大问题是,如果党的指引和马列主义的无上权威地位不再被普遍接受会发生什么情况。值此重要关头,一些作家相信或装作相信毛泽东是中国共产党最开明的领导人之一。姚雪垠和刘绍棠相信当前文学界被严格限制的状况,不能总是追究到毛泽东《在延安文艺座谈会上的讲话》。他们还批评低级官员对毛泽东1942年立场的理解过于狭隘。

但是没有人想到要毛泽东放弃中国共产党的领导权。1957年5月所发生的事情是对官方政策的有意误解,目的是削弱党员的地位,并进一步探索人们对当局的批判能达到什么程度。1957年6月初文化

---

① 《解除文艺批评的百般顾虑》,载《文艺报》1957年第9期,第1页。也可参见MacFarquhar, *The Hundred Flowers*, p.183。

② 《文艺报》1957年第7期,第3页。

政策的完全改变不仅因为政府感到了作家意见和行为的威胁,更进一步说,是因为有些作家轻易地跳出了马列主义对知识分子限定的框架,当局担心其他社会领域的人也会受到影响。新闻界和民主党派中普遍存在着一种批判政府政策的立场,是否源于他们与文学界的接触还不明确。尤其在学生那里,许多迹象表明学生们从本质上与当局不合,并且由来已久、根深蒂固,如果允许这种批评之潮泛滥的话,可能会引发像匈牙利那样的动乱。因此6月19日毛泽东论人民内部矛盾的讲话发表时,其中有"似乎一度人们渴望的马克思主义现今也不流行了"的抱怨,也就丝毫不奇怪了。毛泽东决定,在还能轻松调整的情况下,全盘改变自己的政策。

下文讨论反右运动时,会提到艾青、陈企霞、冯雪峰、萧乾和丁玲等作家,他们事实上被看做发端于1957年5月的文学修正主义的领军人物。他们在文学界身居要职,除萧乾真正写作政治题材外,其他人的作品并不多。他们的错误包括曾计划退出作协,或者不经过审查发表文学作品,但事实上,最严重的错误在于他们没有用手中的笔为党5月份的文艺政策辩护,这等于是以默许的方式允许人们对党的政策进行激烈的批判。

第五节 "社会主义时代的现实主义"遭到否弃

毛泽东在《关于正确处理人民内部矛盾的问题》的发表稿中,谨慎地改变了中国对苏联文化态度的措辞:"主要还是向苏联学习……吸收一切对我们有用的经验。"如果说1956年到1957年初中国的"文化设计者"还相当蔑视苏联文学的话,那么这里毛泽东只是改变了说话的语气,并没有要逆转共和国成立初期所制定的政策。毛泽东对官方立场的重申,表明他意识到在文学领域保持政策长期有效的必要,也说明不可能在一夜之间改变现行政策。事实上,俄苏作家关于思想意识的激烈讨论长达一个世纪,并分为两大阵营,一派提倡唯物主义和集体主义,另一派维护唯心主义和个人主义。这一似乎无休无止的争论,可以说是世界性的,它也影响到了其他国家的文学发展。① 正是思想争论的世界性和连续性,推动着中国向苏联,甚至向十月革命前的俄国历史学习。因此,翻译车尔尼雪夫斯基,听起来好像很奇怪,却可以为反对胡风的思想斗争提供弹药。事实上是有一位批评家试图将胡风的观点等同于车尔尼雪夫斯基反对者的观点。②

虽然在我们所探讨的这段时期内一些作家抱怨他们被迫跟在苏联文学模式后面亦步亦趋③,但是当他们从其他国家比如从美国文学中寻求灵感时④,也很少完全忽略苏联文学。这次萧乾又是个例外,他在一篇论短篇小说的文章中提到了契诃夫、流亡(émigré)作家布宁(I. A. Bunin)、莫泊桑(Guy de Maupassant)、欧·亨利(O Henry),却没有举苏联作家的例子。总体来说,苏联文学的发展还是得到了很深入的研究。《译文》和《文学研究》都报道了高尔基世界文学研究所1957年三、四月份组织的关于现实主义的讨论。⑤《文学研究》发表了邦元的《外国讨论现实主义和社会主义现实主义的情况》一文,其中很多信息都来自阿尼西莫夫发表在苏联媒体上的报告。⑥ 从此后中国文学理论的发展情况来看,阿尼西莫夫强调过去浪漫主义被一些批评家所忽视的说法就显得相当有趣了。他认为人们如果要理解巴尔扎克、司汤达或者狄更斯的作品,就必须考虑到19世纪现实主义形成过程中浪漫主

---

① Rufus W. Mathewson 称围绕"正面人物"展开的持续讨论始于19世纪中叶俄国激进民主主义者,见其 The Positive Hero in Russian Literature, New York, Columbia University Press, 1958.
② 智量评论车尔尼雪夫斯基《果戈理时代的苏联文学研究》中译本的文章,见《文学研究》1957年第1期,第177—181页。
③ 金人:《文艺报》1957年第11期,第2页。
④ 诸如考德威尔(Erskine Caldwell)、刘易士(Sinclair Lewis))、芬克斯坦(Sidney Finkelstein)等作家都分别被译介,见《译文》1957年第4期,第32—36页;第5期,第178—187页。
⑤ 《译文》1957年第3期,第191页;第6期,第190页。
⑥ 《文学研究》1957年第2期,第158—160页。

义的作用。邦元 1957 年 3 月发表于《新世界》的文章进一步评论了西蒙诺夫的贡献。这篇文章被称做是"对社会主义现实主义的坚定的支持",也是希望对以前的观点做出补充修正。① 西蒙诺夫反对将"社会主义现实主义"简化为"资产阶级现实主义"或"批判现实主义"的一个分支,因为这样无异于在旧的框架限制下研究新的社会主义的现实。他更愿意把社会主义现实主义与共产主义意识形态紧密联系,将社会主义现实主义文艺家确定为"相信建设社会主义的人们改造世界、改造自身的能力"的代表者。②

西蒙诺夫和中国的正统批评家一样反对"社会主义时代的现实主义"概念。③ 何其芳称,要了解从国外输入的这一概念在多大程度上影响了中国关于现实主义的争论,可以从王若望《评"社会主义时代的现实主义"》④一文中略见端倪。王若望说《长江文艺》上周勃的文章就支持秦兆阳,赞成"社会主义时代的现实主义"这个概念。尽管这场争论的确是从苏联移植到中国的,但是只有当王若望引用西蒙诺夫的话支持自己的论点时,才可以看出它的苏联原型。王若望对这一新概念的批评并不严厉,甚至还赞扬秦兆阳的大胆想法和勇气,只是在对文学要严格控制这一点上,王若望不同意秦兆阳的观点。王若望还引述了陆定一 1956 年 5 月关于社会主义现实主义的讲话:

---

① Swayze, *Political Control of Literature in the USSR, 1946-1959*, p. 194. 西蒙诺夫的《谈谈文学》发表于[苏]《新世界》1956 年第 12 期,第 239—258 页,1957 年第 1 期《共产党人》上即有文章对他提出批评。西蒙诺夫文章的中译文见《学习译丛》1957 年第 3 期。西蒙诺夫在分析批评近年来苏联文学的一些缺点和错误时,非常诚恳地再三提到自己在这方面也应负不少责任,毫不犹豫地批评了自己的一部社会主义现实主义的作品,号召对自己的错误进行彻底的审查。徐中玉提到了这一点,认为对那些倾向于教条主义的中国作家来说,无疑起到了很好的表率作用(《文艺报》1957 年第 8 期,第 10 页)。西蒙诺夫 1956 年 12 月发表思想自由的文章或多或少地与他 1957 年 3 月发表的正统文章互为补充。

② 《文学研究》1957 年第 2 期,第 159 页。

③ 西蒙诺夫反对新概念的情况参见《译文》1957 年第 1 期,第 188 页。

④ 《文艺报》1957 年第 6 期,第 6—7 页。

第四章　双刃剑（1957年2月—6月）

> 社会主义现实主义,我们认为是最好的创作方法,但并不是唯一的方法;在为工农兵服务的前提下,任何作家都可以用任何自己认为最好的方法来创作、互相竞赛。

王若望对这段话的解读为其他"思想流派"开辟了生存空间。他并不反对秦兆阳(何直)的理论和周勃出于偏见对非社会主义现实主义作品的否定,但他的确批判了两人理论表述上的含糊不清:

> 按照他们俩的解释:作家既然生活在社会主义的时代里,只要作者忠实于现实主义的原则,他写出来的就是合乎社会主义的现实主义,或者说客观上与社会主义精神相通的。可是事实并不如此简单。即便生活在社会主义的国土里,并不是每个作者都能体现社会主义精神和反映社会主义的真实……如果照周勃和何直的逻辑推论下去,那就是:在中国已经进入社会主义建设的时期,一切作者都可以运用社会主义时代的现实主义了。表面看来这条道路广阔得很,而实质却是把社会主义现实主义消失在没有任何原则区别的汪洋大海中,降低了对文学的要求。

从上文可以看出,王若望在一定程度上是追随西蒙诺夫的。西蒙诺夫也反对"社会主义时期的现实主义"这一新概念,因为它可能包含用非社会主义的观点写成的作品。王若望质疑"社会主义时代"能否适用于英国、美国等"非社会主义"国家。如果不能,是不是美国或英国作家就不可能创作出社会主义时代的现实主义作品呢?相反,如果可以,那么新概念的自相矛盾就显而易见了。

秦兆阳降低了作家世界观的作用,认为在创作过程中,世界观只是作家观察生活和写作时的一个有机组成部分,王若望对此表示异议。事实上秦兆阳相信作家的世界观必须和他的"真实、艺术的描写"方法完全结合在一起。王若望希望世界观能发挥更大、更灵活的作用。虽然从西方观点来看秦兆阳的看法是完全合理的,但它永远不会被正统的共产主义文学理论家所接受,因为它否认作家世界观与作品的普遍意义之间存在矛盾的可能性。正是因为不考虑世界观,才使得保守的巴尔扎克和基督徒托尔斯泰的作品被奉为经典。王若望提到恩格斯和列宁对巴尔扎克与托尔斯泰作品的分析,借以支持自己对秦兆阳和林希翎的批判。与秦兆阳相反,林希翎在研究巴尔扎克和托尔斯泰的时候高估了世界观的作用,试图让世界观与文学作品间的任何矛盾都合理化。①

王若望反对秦兆阳还有其他方面的原因。秦兆阳认为世界观与描写方法应该保持一致,王若望担心这样会导致不断把马克思主义价值观与文学相结合的无谓的尝试:

> 我知道有一位老作家,他已经找到了马克思主义的世界观,但他在若干年中还是不能在文学创作中艺术地体现出来。有时想"结合"一番,结果弄出了公式化概念化的作品。这说明有了进步的世界观并不等于解决了创作问题。

按照马克思主义文学理论,这不是正统思想。为避免发生为"落后"作品辩护、对马克思主义思想却口惠而实不至的情况,作家的政治信仰与其作品的普遍意义相矛盾的理论,一般不会用于评价现代作品。因此,虽然王若望的文章批判了秦兆阳的修正主义思想,但是他的正统思想并没有给我们留下什么印象。

与前一章一样,我们可以再次关注对待苏联文学方面非官方立场的一些迹象。除了蔡田引述爱伦堡和西蒙诺夫的言论与正统批评家相抗衡外,还必须提到年轻诗人邵燕祥的著名建议,他建议苏联编辑一批当代诗歌、小说及戏剧作品选,再由中国翻译出版。② 这是否表明邵燕

---

① 《试论巴尔扎克和托尔斯泰的世界观和创作》,载《文艺报》1955年第21期,第32—36页。

② [苏]《外国文学》1957年第9期,第253页。

祥觉得这是持不同意见的苏联作家的作品得以在中国面世的唯一方法？他当然不希望这本书的命运会重蹈《文学的莫斯科》第二卷的覆辙。第二卷因为收录了纳吉宾、雅辛和日丹诺夫的小说而引发争议，中国读者通过1957年5月号《译文》上的报道对这些苏联作家已有所了解，他们被指责在批评苏联现实时，犯了片面性和虚无主义的错误。①《译文》读者还了解到围绕杜金采夫《不仅仅是面包》而展开的旷日持久的争论，特别是杜金采夫拒不接受对小说的批评意见等有关情况。②《译文》还报道了为已故讽刺作家伊里夫(I. A. Il'f)和彼得罗夫(Ye. P. Petrov)恢复名誉。③ 但1957年3月到6月间，除了爱伦堡关于印度文化的文章和肖洛霍夫的一篇文章外，《译文》没有发表任何近期的苏联作品和文章。④

《译文》编委会对苏联文学的修正主义倾向采取了小心谨慎的态度。它所做的只是不作评论地简要介绍苏联那些持异议的作家。后来，《译文》变得更加谨小慎微，对欧美古典作品的关注减少，而对亚洲、拉丁美洲和非洲文学的关注增多。苏联文学翻译又时见发表。《译文》编委会在"双百"方针全盛期间谨慎从事，在6月份文化政策逆转时又适时作出调整，因此在反右运动中毫发无损。事实上，并没有人成为2月份翻译爱伦堡论毕加索文章一事的替罪羊。《译文》编委会成员在所谓的"反击"中幸免于难的另一个原因可能的是，罗大冈(法国文学)和戈宝权(苏联文学)等专家不易被取代，而且主编茅盾的地位影响也不容忽视。

---

① 《关于〈文学的莫斯科〉丛刊》，载《译文》1957年第5期，第188页。
② 《译文》1957年第5期，第187—188页。
③ 《译文》1957年第6期，第200页。
④ 爱伦堡《印度印象》原载[苏]《外国文学》1956年第6期，第196—223页，中译文见《译文》1957年第3期，第149—167页和第4期，第139—159页。肖洛霍夫的文章原载《真理报》1956年12月31日和1957年1月1日，中译文载《译文》1957年第3期，第96—100页。伊萨柯夫斯基创作于1935年的一首长诗载第6期，第56—63页。

第五章　反右运动(1957年6月—1958年2月)

考察一下轰轰烈烈的"双百方针"的直接后果,以及自由作家对文学正统思想所造成的伤害,某种程度上可以看出中国作家的地位受到了社会与政治发展的双重影响。1957年11月,12个社会主义国家的共产党联合召开会议,认定修正主义比教条主义更具危害性。由此,中共领导层开始不遗余力地将作家置于党和国家的完全掌控之下,以便让他们为未来的使命做好准备,而这个未来使命是需要绝对臣服的。

第一节　修正主义,主要的危险

1957年6月,对右派的反击以极大的声势开始发动。斗争矛头直指报界人士储安平,三位内阁部长章乃器、章伯钧、罗隆基,社会学家费孝通,作家丁玲、冯雪峰以及许多其他的人。对他们的批判似乎的确过火了,可是人们不应该被这样一些词语所误导,什么"顽固的、无耻的反党小集团"、"阴谋活动",还有"反动观点",这些词通常是用来形容党的路线的对立面的。只要当局还没有使用"反革命"这个词,那就说明当局还没有感到右派的严重威胁,还是可以通过"思想改造"和"劳动改造"来得到有效的控制。但是一旦提出"反革命"的指控,终生监禁和死刑判决,也就随之而来。

当时的报纸对这类事件的报道相当少[①],且极少涉及文学界人士。

[①] 《浙江日报》1957年10月25日报道了15名反革命分子自1957年6月起组织了一个武装反革命集团,被判处死刑。《陕西日报》1957年12月12日报道了一个5人反右集团被判重刑。《甘肃日报》1958年2月4日报道抓了10名反革命分子和罪犯,其中的2名反革命头目被处死。《陕西日报》1958年2月11日报道有18人因在陕西发动反革命叛乱而被处死。

武汉的一家报纸登过两起相关新闻,算是一个例外。1958年1月7日报道了一个反革命集团,试图与学生作家林希翎确立联系,领头的人以前是一个记者,现为武汉大学经济学讲师。第二天该报又报道说另一群人在海鸥剧社组织反革命活动。他们反对行政干预,认为干预造成了戏剧创作的公式化和抽象化。为了避免触及社会现实,海鸥剧社只上演古典戏剧和两次世界大战期间写的戏剧。报道说,这些人错误地认为马克思主义只适用于19世纪的欧洲,现在已经过时了,当时中国根本没有真正的言论自由,尽管宪法赋予了公民这一权利。为了应对党对其活动的干预,剧社成员还故意使障眼法搞内部的互相批评与攻击,并计划与在香港的台湾特务机构取得联系。①

在全国范围内发起的大规模的反右斗争中,中国作家们很少被定性为"反革命分子",由此可以推断中共领导层在1957年5月前还认为控制作家易如反掌。中共在反右运动中的一些宣传深有用意,实际上就是要把作家紧紧笼络在党的周围,从而让这些人今后能服从党的指引,这正是党内理论家对进行反右斗争的解释。

从理论上来讲,反右斗争是1957年4月27日发动的整风运动的一部分。1957年9月时任中共中央总书记的邓小平称:运动要继续深入和开展,不能草率收兵,因为它"必须经过四个阶段,即大鸣大放阶段(同时进行整改),反击右派阶段(同时进行整改),着重整改阶段(同时继续鸣放),每人研究文件、批评反省、提高自己阶段"。②

整风运动第二阶段显然从1957年6月上旬持续到年底,在一定程度上受到了《莫斯科宣言》所传达的中苏两国兄弟情深之精神的鼓舞。宣言是1957年11月14日—11月16日在莫斯科召开的12个社会主义国家共产党和工人党的会议上通过的。毛泽东亲往莫斯科参加大会。《莫斯科宣言》指出的修正主义是"当前形势下最主要的危害"的

---

① 参见《长江日报》1958年1月7、8日。
② 邓小平1957年9月23日在中国共产党第八届中央委员会第三次扩大会议上所作的《关于整风运动的报告》,《人民日报》1957年10月19日。

观点,显然得到毛的认同。那时苏联正在庆祝十月革命、第一颗人造卫星上天、中苏结盟。《人民日报》11月25日的社论这样颂扬苏联在社会主义阵营中的中心领导地位:

> 莫斯科会议指出了苏联作为社会主义国家的团结的中心的作用,这是有重大意义的,团结必须有一个中心,有一个头。……苏联的这种团结中心的地位是历史形成的客观事实,不是任何人人为地造成的。

中国对苏联这种近乎恭维的态度颇费思量。也许是因为毛泽东认为赫鲁晓夫已经开始弥补之前在1957年6月镇压马林科夫(Malenkov)及其他反党集团时所犯的错误。赫鲁晓夫1957年8月发表了关于"文学艺术要同人民生活保持密切的联系"的讲话①,毛泽东可能据此认为苏联领导人是反修斗争中可以信赖的忠诚战友。不管出于何种原因,1957年秋中苏关系比起1956年初赫鲁晓夫发表反斯大林声明时要缓和得多了。

1958年1月整风运动进入第三阶段,并提出在5月以前争取整风运动在各个战线上取得完全的胜利。② 这实际意味着政府机关工作人员与知识分子将开始被下放到农村与工厂。③ 下放运动的目的是要通过体力劳动来改造知识分子,同时也能提高生产力。作家和艺术家通常被派到与他们的专业知识相关的领域去劳动,文化部1958年1月11日下发的"文化下乡"的指示对这些知识分子的命运尤为重要。文件明确规定,春节后"文化娱乐活动必须结合兴修水利、积肥、除四害等

---

① 《文艺报》1957年第24期,第1—5页。
② 《人民日报》1958年1月1日社论《乘风破浪》。
③ 下放运动在1957年10月已经全面展开,参见《到农村去!到劳动战线上去!》,《人民日报》1957年10月6日。

项任务"。① 这是随后开展的群众文化运动的一个序幕。将文艺界人士下放到农村的功利目的是显而易见的,文化部在指示中说,下放要完成的最重要的一个任务,就是为实现农业生产的大跃进和建设一个新的社会主义农村而奋斗。

与此同时,右派分子被从有影响力的位置上赶下台。据报道,1958年1月,章伯钧、罗隆基承认了他们"对共产党、对人民、对社会主义所犯的罪行",与章乃器一起相继被解除了所担任的民主党派领导职务。他们三人与费孝通、丁玲、冯雪峰及其他一些右派还被撤销了全国人大代表资格。② 从理论上讲,此时"百花齐放,百家争鸣"方针仍在继续,这可以从邓小平1957年9月关于整风运动的报告和1958年2月文化部副部长钱俊瑞在第一届全国人民代表大会第五次会议上的发言得到印证。③ 但此时的文化气氛已与1957年5月完全不同了,钱俊瑞在报告中声称大批作家和艺术工作者已经或正在下厂下乡,帮助工农发展文化活动。他指出,全国业余文化中心和文化站已经有大约100万个,成为新文化发展的良好基础。

显然,当局打算通过大量的群众文化、生产运动来使作家们放弃创作个性,宣称大跃进的根本目标就是反浪费、反保守,贯彻多快好省的基本方针。④ 从一开始,大跃进就是一个"生产和文化领域里的大跃进"。⑤

第二节 文学大辩论始末

由于批判右派作家的相关材料相当浩繁,故而有效的研究方法是先考察操纵大辩论的总体原则,对不同作家进行批判的先后时间,以及

---

① 《人民日报》1958年1月12日。
② NCNA, January 19, 1958(SCMP, no. 1699, pp.27-31); NCNA, January 31, 1958(SCMP, no.1706, p.3); NCNP, February 1, 1958(SCMP, no. 1706, pp5-6)。
③ 钱俊瑞:《鼓足革命干劲,促进文化高潮》,《人民日报》1958年2月9日。
④ 见《人民日报》1958年2月18日社论。
⑤ 《中共中央决定在全国进一步展开反浪费反保守运动》,《人民日报》1958年3月4日。

一些人事组织方面的事情,诸如文学杂志编辑委员会的调整等等,然后再来考察对个体作家进行的具体的批判。

林希翎的反党行为很容易就被揭露,到 6 月底她已被认定为一个危险的右派分子。7 月中旬《文艺报》开始批判刘绍棠,并在 10 月份一次持续数天的会议上达到高潮,一批老作家包括茅盾、老舍都表达了他们的愤慨。由于林希翎与刘绍棠当时还是青年作家,很容易就被剥夺了相关的资格,但是对像丁玲和陈企霞这样有相当地位的作家的批判,还是要谨慎从事的。1957 年 8 月 11 日《文艺报》的一篇评论说,从 6 月 6 日到 8 月 7 日中国作协党组召开了 13 次扩大会议来处理"丁陈反党集团"事件。这些对右派问题的讨论都由当时的作协副主席、党组书记邵荃麟主持,在当时的整个文学界,他可谓是党最忠实的拥护者。8 月底,冯雪峰成为重点批判对象,被打入所谓的"丁陈反革命集团"。那段时期,较之其他作家,媒体对丁玲和冯雪峰的报道最受人关注。到了 9 月上旬,又一批新的"有罪之人"被揭发:艾青、罗烽、老作家李又然,这些人早在 1942 年延安整风时期就已经被批斗过。除了他们之外,还有一大批人受到了批判。① 同时,邵荃麟起草了一份关于反右斗争进程的报告。

1957 年 9 月 7 日《人民日报》发表了《文艺上两条路线的大斗争》一文,邵荃麟在文中引用了陈企霞的观点来论证,"丁陈集团"的文学观如果真有什么思想焦点的话,那就是他们对文学应该为工农兵服务持保留意见。争论的基本点围绕在文学创作是否该有相对个性,还是完全为政治服务上。关于这一问题的争论,作家们分成了两大阵营:文学性倾向与政治性倾向。老一辈作家如巴金、茅盾、老舍和叶圣陶都尽力避免卷入争论,但党却想利用老作家去管束青年作家。比如茅盾,既没有因为阐释陈其通的意见而受到批评,也没有因为他讲一个作家开始写作前并不需要考虑他的世界观是否符合马克思主义这些话而受到

---

① 比如萧乾、姚雪垠、黄药眠、陈涌、吴祖光、刘宾雁、王若望等人。

第五章　反右运动(1957年6月—1958年2月)　　143

非难。

除了纯理论的争论,政治手段也被运用了进来。由于持异议的作家人数众多又大多身居要职,故而作协要动用有影响的名人来批判他们。邵荃麟把早年文学运动的两大健将郭沫若和茅盾也拉进了争论队伍,这两人在20年代就创办了《创造》和《小说月报》。党对两位中国文学实权人物的忠诚的回报就是出版他们的文集。① 实际上这场争论与其说是逻辑论证的相互辩论,不如说是观念和坚定信仰的碰撞,即应该从纯美学的角度来看文学,还是仅仅将它视为政治领域的一个部分。这个问题根本无法得到逻辑上的解决,因为双方争辩的前提大相径庭。这就是为什么要借助重量级人物施加影响的另一个原因。

针对一些异议作家抱怨党缺少自由与(人性)温暖的说法,邵荃麟回应说,对于那些极端的个人主义者,就算党给予他们最大限度的自由,他们也是不会满足的,因为这些人要的是"绝对自由",也就是放纵。他引了高尔基的一段话:

> 众所周知,一个人一旦失去真正的社会与文化价值观,让潜藏于自己身上的落后、庸俗的个人主义任其发展,那么他就由自由走向了放纵。他呼喊:"我是如此的不同凡响,别具一格,可我却不能随心所欲地生活。"如果他只是喊喊,那也没有太糟糕,可如果他真的随其所愿地去行动了,那他一方面就成了反革命,另一方面就成了流氓,而这几乎是一样的堕落和有害。②

高尔基的话以及苏共对付反对者的方法,为邵荃麟从道德层面诋毁反

---

① 郭沫若的文集从1957年起开始出版,茅盾、叶圣陶、巴金的文集1958年开始出版。其他对右派进行批判的老作家还有端木蕻良、冰心和沈从文。
② 高尔基:《谈谈小市民习气》, in M. Gorky, *Sobraniye sochineniiv tridtsati tomakh*, XXV(Moscow, Gos. izd. khudozhestvennoi literatury, 1953), pp.18-31.

党分子提供了合理依据。于是自我中心、狂妄自大、无政府主义等等标签不仅被邵荃麟,也被其他批评家挑出来贴到了右派分子身上。根据邵荃麟的说法,冯雪峰对国民性的不同看法也被视作又一大反党罪行。

在最后给右派定罪时,道德范畴的错误成为重要依据。当然政治上所犯的错误也是重要的,但这些政治错误常常模糊不清、意向不明,而且主要只是道听途说。比如谈到错误的政治立场,邵荃麟就提到一些对匈牙利事件的不同反应以及对霍华德·法斯特(Howard Fast)的同情(霍华德·法斯特是美国的左翼的流行作家,1957 年 2 月因为反对苏联镇压匈牙利起义,不满苏联真正公民权的缺乏而退出共产党)①,冯雪峰就是如此。邵荃麟最后将右派的"反党罪行"归结为:"一、反对党的领导,二、在文艺界搞分裂,三、在文艺领域建立反党思想阵线。"认为最终目的就是要让文学脱离党的领导,形象地说,就是要建立一个文艺"独立王国"。

邵荃麟的文章于 9 月 7 日发表,十天后,作协党组召开最后一次扩大会议,集中讨论对"丁陈反党集团"的斗争。自 6 月 6 日至 9 月 17 日共召开了 27 次扩大会议,先后有 140 多人次发言。② 尽管这些会议宣称对"丁陈反党集团"的斗争获得很大胜利,但对"反党"作家的批判并未停止。在 9 月 16 日和 17 日的总结大会上,陆定一反复强调了斗争的持续性以及国际上资产阶级知识分子思潮的蔓延。③ 从托洛茨基(Trotsky)到匈牙利的裴多菲俱乐部(Petofi Club)的领导人物,到中国文学界的造反派,都被他称做资产阶级知识分子。他试图表明,像冯雪峰、丁玲这些组织上入了党的人,跟刘绍棠、刘宾雁这些新中国成长起来的年轻知识分子一样,都有可能变成资产阶级右派分子。他提出一个值得深思的问题:为什么在社会主义社会里,还会产生具有资产阶级意识的知识分子?他试图作出回答,提出了以下原因:一是由于意识经

---

① Deming Brown, *Soviet Attitude towards American Writing*, p.292.
② 《文艺报》1957 年第 25 期第 1 页。
③ 《文艺报》1957 年第 25 期第 1—2 页。

常落后于存在,旧社会里有民主主义思想的知识分子,没有经过思想改造;二是由于资产阶级思想的影响,这种影响还会长期存在;三是由于在社会主义社会里,在生活资料的分配问题上,还存在着"资产阶级法权",还不是按照需要来分配,而是按照劳动,以商品等价交换的原则来分配生活资料。

既然尚未进入共产主义社会,那就有可能出现具有资产阶级意识的知识分子,所以,在可预见的将来,反右斗争也不能有丝毫松懈。不过到9月底反右运动的高潮部分已经过去,接下来是要准备十月革命胜利40周年庆典。《文艺报》出了好几期苏俄文艺专号。但就像后面将要论述的那样,苏联文学的光辉成就并不妨碍中国作家用社会主义现实主义之外的方法进行创作。

对右派作家进行批判的一个直接结果就是他们不再可能担任文学杂志的编辑。《文艺报》的编委会在11月10日到17日之间做了变动:华山、陈涌、康濯、黄药眠、钟惦棐被公木、严文井(此前为《人民文学》主编)和陈荒煤(同年早些时候被指控为有教条主义倾向)取代,副主编萧乾也被撤职。① 而从1954年起就不断推出新作家并刊载刘绍棠作品的《文艺学习》则完全被撤并。在该杂志主编韦君宜和编委会成员黄秋耘在作协党组会上被批斗过几次后,《文艺学习》从1958年1月起就被并入《人民文学》,韦君宜成为合并后杂志的副主编。②

之所以要对《文艺报》的编委会做大调整,是因为当局认定右派分子试图要成立一个"同人刊物"。据反右运动中披露的材料,《文艺报》

---

① 1957年11月(第32期)到1958年10月(含第18期),《文艺报》编辑委员会包括总编辑张光年,副总编辑侯金镜、陈笑雨,及编辑委员巴人、公木、王瑶、严文井、陈荒煤。自1958年1月起,《文艺报》恢复为半月刊。

② 《作家协会大整大改》,见《人民日报》1957年11月12日及其社论,还有《人民文学》1958年第1期编者的话。从1956年1月到1957年11月(包括第11期),《人民文学》编辑委员会包括:主编严文井,副主编秦兆阳和葛洛,编辑委员何其芳、吴祖缃、张天翼。12月成立了新编委:主编张天翼,副主编陈白尘、葛洛,编辑委员艾芜、吴祖缃、赵树理、周立波、袁水拍,1958年1月又增补韦君宜为副主编。

前主编冯雪峰早就授意为成立"同人刊物"作秘密准备,其他参与人员还有《文艺报》编委会成员陈涌,总编室令人尊敬的正副主任唐因和唐达成。邵荃麟认为这些人的目的就是要让《文艺报》脱离党的指导,建立一个反马克思主义的文艺阵营。① 而且《文艺报》圈子之外,也有这种企图成立"同人刊物"的计划。据说梅朵(《文汇报》北京办事处的负责人,负责文化艺术方面的报道)和唐因、唐达成一起策划了出版计划,准备自己出任主编,把它作为《文汇报》的一个增刊来出版。他的这些活动仅是这份备受攻击的上海报纸所犯的若干错误之一。②

值得注意的是,通过文学刊物编委会的改组,赵树理和周立波这两位以写农村题材而闻名的作家,也成了《人民文学》这份全国发行量也许最大的文学刊物的编辑。③ 身为作家,他们两人与上面的政策相对保持着一致。自从做了编辑,周立波就显示出了他的特点,从1958年第1期开始连载他的关于农村集体化的小说《山乡巨变》。据1957年11月的一篇报道,赵树理是第一批参加下放运动的作家,回到了他的家乡山西。④ 同一篇报道也说周立波打算返回湖南老家的乡村从事合作社的体力劳动。同一时期,一大批作家,包括张天翼、田间、康濯、杨朔、蒋牧良、舒群、李季、华山、闻捷、秦兆阳都受下放运动鼓舞打算离开北京。

与此同时,对修正主义的批判仍在继续,矛头指向了黄秋耘、徐懋庸、秦兆阳和陈沂这样的右派分子。而且,更多的旧案被翻出来,加以再批判,以此来强调党在1942年对丁玲、艾青、罗烽、萧军和王实味的

---

① 《人民日报》1957年9月7日。
② 《人民日报》1957年9月8日。自1956年10月1日在上海恢复出版后,《文汇报》成为一份发行量很大的报纸,日发行数达10万份。
③ 到1955年年中时,由中国作协主编的《人民文学》发行量是13万份。《文艺报》是中国文联的刊物,当年的发行量是8万份。赵树理和周立波于1952—1953年担任过《人民文学》的编辑。
④ 《北京大批文艺工作者决心长期深入工厂农村和连队》,《人民日报》1957年11月12日。

第五章 反右运动(1957年6月—1958年2月)

批判的正确性,又重印了一些被批判的小说和文章,配以批判性的文字,以此来证明党一贯的正确性。再批判运动和下放运动把作家们搞得忙碌不堪,本应在1957年秋季召开的第三届作家代表大会也没开成。1957年10月13日的《文艺报》披露,虽然早在3月就宣布过要开作家代表大会,但是由于"再批判运动和反右斗争正在深入开展中","各文艺机构组织在斗争中肩负着重要任务",①所以不得不推迟到1958年。推迟的另一个原因是,据传丁玲、陈企霞以及其他一些人企图利用这次大会来公开他们对党的文学政策的不满,并宣布退出作协。② 因此,作家代表大会只有等到那些异己作家都被训服了才能召开,而这种情况似乎一直到1960年夏天中国文联第三次全国代表大会召开时才终于出现。

就在大跃进开始前,周扬在1958年2月28日的《人民日报》上发表了《文艺战线上的一场大辩论》一文,总结了他对反右运动的看法。③ 他把苏共第20次代表大会后苏联和东欧出现的文化上的松动和中国1957年5月"双百方针"指导下的文艺全盛期做了一个对比:在苏联和中国文艺政策相对宽松的时期,反动势力都妄图抓住一切机会来攻击社会主义。一些中国右派分子甚至兴奋地做着中国也搞一场"匈牙利式起义"的白日梦,匈牙利的反动分子就是利用了柯苏特(Kossuth)和裴多菲(Petofi)等名人的影响来进行反革命活动的。周扬认为1957年中国,右派分子妄图利用党的整风运动,搞一场反社会主义的"新的五四运动";匈牙利和中国的这些异己分子都想复辟到共产党之前的时代。

---

① *NCNA*, March 20, 1957 (*SCMP*, no. 1496, p. 8) 及《文艺报》1957年第27期,第8页。

② 《文艺报》1957年第19期,第3页。

③ 根据1957年9月16日在中国作协党组扩大会议上的讲话整理、补充并和一些同志交换了意见之后写成,后又在《文艺报》1958年第5期第2—15页上再次发表。苏共中央意识到了这篇文章的重要性,将其译成俄文,发表于[苏]《共产党人》1958年第7期,第106—125页。

值得注意的是,周扬在文中尽量避免使用苏联文学评论家所用的"社会主义现实主义"这一术语,在很多情况下都是用"社会主义文学"来代称。比如,他谴责修正主义者力图否定苏联和中国的"社会主义"文学艺术。他在颂扬社会主义文学成就时,引用了冯雪峰的观点作为反面例证。冯雪峰认为,在苏联文学中,社会主义斗争精神远未达到19世纪俄国文学中人道主义精神的高度。周扬反驳道,社会主义文学是历史上前所未有的,"过去任何时代的文学都不能和它相比"。他反问,过去有哪一种文学能如此关注人类,在人民大众中拥有广泛的基础?事实上,"我国的文学,在共产党的领导下,从来都把社会主义现实主义(这是周扬使用这个术语的极少处场合之一)当作最正确的创作原则"。他接着说,但是"社会主义文学"还是比较年青的文学,苏联的社会主义文学从高尔基1907年发表《母亲》算起,到现在不过50年出头一点。中国的新文学从"五四"到现在还不满40年,严格来讲,中国文学只是1942年后才有意识地走上了为工农群众服务、为社会主义服务的道路。秦兆阳和其他修正主义者否定社会主义现实主义文学和过去一切时代的现实主义文学的原则区别,由此来贬低社会主义文学发展的意义。周扬更进一步批评了一些作家的观点,这种观点认为只有表现生活黑暗面的文学作品才是真实的,而颂扬光明的作品是粉饰现实因而是不真实的。周扬认为这些人是不能也不愿用发展的革命的观点来看待社会主义文学的真实性,也就是说他们拒绝接受这样的观点:"革命浪漫主义是社会主义现实主义的一个重要组成部分。"

周扬之所以不愿意用"社会主义现实主义",应该是和他特别强调"革命的浪漫主义"有一定关系的。"革命的浪漫主义"这一概念后来在周扬介绍新民歌的文章中以及郭沫若论浪漫主义和现实主义的文章中得到详细阐述。这两篇文章分别发表于1958年6月和7月的《红旗》杂志,下一章将对此有所论述。

就当时的情况而言,不仅仅是要在文学理论上强调革命的浪漫主义,共产主义思想必然也会强调这种浪漫主义,要把人们对现实的关注转向对更加美好的未来的向往,对共产主义社会的梦想取代了对现实生活的批判。因此对浪漫主义的提倡不仅是对社会主义现实主义已经过时、社会主义现实主义的概念自相矛盾等说法的一种回应,也不仅是对混淆现实主义与社会主义现实主义区别这一倾向的回复,而更是为了满足当时的政治需求。

第三节 "丁陈事件"与冯雪峰

反右运动针对的主要问题就是作家们一直在努力将文学创作活动从党的控制下解放出来。最典型的例子是丁玲、陈企霞和冯雪峰,这三人在建国后的五年里在文学界身居要职,拥有反对党的文化政策的平台。① 他们的影响从 1955 年起一直下跌,到了 1957 年,经过几次严厉批斗,已经完全消解。

1954 年《文艺报》编辑委员会重组后,陈企霞的副总编一职被撤,还受了党纪处分。1955 年 4 月,陈企霞给中共中央写了三封匿名信,他认为《文艺报》一案没有经过全面的调查,仅凭一面之词就下了定论,要求重新审查该案件,并撤销相关处分。② 直到 1957 年 8 月 3 日,在中国作协的一次党委会议上,陈企霞才公开承认他曾写过上述三封信,这是《文艺报》一事得以旧案重翻的原因之一。在此过程中,还发现当年对《文艺报》一事进行审查时,表面看来丁玲是指责陈企霞所犯的错误,实则是在为他辩解开脱。在镇压反革命分子运动中,丁、陈二

---

① 丁玲从 1949 年起担任《文艺报》编辑,1952 年—1953 年 7 月担任《人民文学》主编。冯雪峰继丁玲之后担任《文艺报》主编直至 1954 年 12 月。陈企霞任《文艺报》副主编直至 1954 年 12 月。1957 年冯雪峰成为人民文学出版社社长。他和丁玲都是中国作协的副主席。同时丁玲还是中宣部文艺处的领导。早在延安时期,丁、陈、冯三人就在文学界位居要职,还一同编辑《解放日报》的文学版。

② 此事与后续事件见《文艺界反右派斗争深入开展,丁玲、陈企霞反党集团阴谋败露》一文,《文艺报》1957 年第 19 期,第 1—4 页(8 月 11 日出版)。对陈企霞的党纪处分也许还包括了不许发表文章。

人在1955年8月、9月的作协党组会议上都受到了严厉的批判。应该说丁、陈二人对自己的言行从来没有悔改之意,因为在匈牙利起义后,陈企霞说过,形势变得对他们有利了,也许有可能翻案。

1957年春天之前及期间,丁玲一直处在一种不太安全的状况中。她受着严密的监视,一个共青团员住在她家。她只好通过艾青和丈夫陈明来与陈企霞保持联系。据报道,丁玲拒绝接受《文汇报》一位记者的采访,因为事先没有得到作协党委邵荃麟和郭小川的同意。可丁玲还是接受了陈骥的采访,登载在1957年5月的《文艺报》上。然而陈骥后来被指责歪曲了丁玲的话,还故意漏写了丁玲对整风运动的看法。①

根据以上情况,可以肯定地推断出丁玲和陈企霞是没有出版自由的。中共散布了大量丁玲所犯的旧罪行,力图证明她是个彻头彻尾的资产阶级,她的"复辟"阴谋是不明智的行为。茅盾认为丁玲还带有莎菲女士的特征。莎菲女士是丁玲1927年小说《莎菲女士的日记》中的女主角。这其实是对丁玲人格道德的攻击。② 为了达到诋毁丁玲声誉的目的,又有报道称丁玲在1943年时曾承认,她在10年前于上海被捕时背叛过党组织。1957年8月上旬,《文艺报》称丁玲1942年发表的《三八节有感》是反党文章,由此开始了对丁玲作品,包括发表于1941年的两篇短篇小说《我在霞村的日子》和《在医院中》的大批判。从发表于1958年初的批评(有部分是再批判)文章来看,总体上显出过于简单化的趋向。比如说张光年因受茅盾看法的影响,说一读到《在医院中》,他立刻就想到了莎菲女士的形象。③ 这种把作者与作品人物划等号的思路贯穿于张光年的评论文章中,他比较了莎菲和陆平,最后谴

---

① 黎之在1957年第12期《新观察》上发表了对陈骥的指责,陈骥和马铁丁又著文反驳,见《文艺报》1957年第15期,第4页。

② 莎菲被认为是"专门玩弄男性以达到自私自利的目的的女人"。见《文艺报》1957年第19期,第3页。

③ 张光年:《莎菲女士在延安——谈丁玲的小说〈在医院中〉》,《文艺报》1958年第2期,第9—11页。王燎莹也对《在医院中》发表过评论文章,《文艺报》1957年第25期,第11—12页。

第五章　反右运动(1957年6月—1958年2月)

责丁玲在小说中所写的陆平和她的朋友们有反党思想。张光年没有区分虚构与现实，他没有看出小说人物的虚构性，没有把小说看做是战争时期延安生活的文学叙述。这种混淆虚构与现实的批评思路在反右运动中非常普遍。陆耀东批评《我在霞村的日子》的思路也是如此。① 毫无疑问，这种做法与"文学和报道是不同的"的观点背道而驰。

另有评论家根据丁玲在《三八节有感》一文中宣扬的人道主义原则，来探寻莎菲女士的真面目，声称：这不是党的原则，而是极端个人主义的原则，像丁玲这样道德败坏的女人怎么可能懂什么是人道主义呢？② 这种批判方法是反右运动中另一个反复出现的特征，就是竭力贬低人道主义思想，将之逐出马克思主义理论框架，从而使之无法与主流意识形态为敌。

但丁玲在1949年创作的关于土改的小说《太阳照在桑干河上》，却没有遭到非难。因为这部小说获得了斯大林文学奖，批判此书将会触怒苏联。不过，何其芳还是绕开小说本身，指责丁玲不愿承认小说之所以成功，很大程度上应归功于中国革命的胜利。相反，她试图凭借这部小说的成功建立其个人威望，从而可以对党发起进攻。这指的是丁玲的《一本书主义》一文。③

冯雪峰，中国作协副主席，有40年党龄，参加过长征，1957年8月

---

① 陆耀东在《评〈我在霞村的时候〉》中说："丁玲是通过作品中这个'我'来表现自己的见解的，而'我'又与贞贞的一切十分合拍，所以，我认为：作者丁玲和'我'、贞贞之间就呈现着这样的关系，丁玲通过'我'去歌颂贞贞。而她歌颂的不是别人，正是丁玲自己。"见《文艺报》1957年第38期，第4—5页。夏志清也写过对《我在霞村的时候》的评论，见 The China Quarterly, 1963, 13, pp. 241-242。

② 王子野：《种瓜得瓜，种豆得豆——重读〈三八节有感〉》，《文艺报》1958年第2期第7—8页。

③ 《文艺报》1957年第20期第6—7页。其他批丁玲的文章可在1957年《文艺报》第20期第1—10页、12页，第21期第1—7页、第9页，第22期第1—8页、11页，第23期第3—5页等找到。王燎莹后来说丁玲的小说在本质上不是反革命的，与她其他的作品相比，这部小说从总体上来讲还是好的。见《〈太阳照在桑干河上〉究竟是什么样的作品》，《文学评论》1959年第1期，第67—84页。Peggy Durdin 在 The Atlantic (1959, 12, pp. 105-108)上报道了丁玲在中国东北某地进行了两年劳动改造的事情。

上旬被指控是丁陈集团的支持者。冯雪峰究竟在什么程度上认为文学应该脱离党的干预,还很难确定,不过在一些场合,他确实反对过来自党统治阶层的权威。邵荃麟认为"其他一些反党的人都有这种思想(极端的无政府主义思想),但雪峰作为一个理论家,这种思想的危险性是更加深刻的"①。不过邵荃麟的意思并不是说冯雪峰对革命漠不关心或反对革命。

根据9月1日《文艺报》的说法②,冯雪峰早在1936年—1937年居留上海期间就与共产党官方文艺政策分庭抗礼,但《文艺报》并没有指出当时他与鲁迅一起,反对党根据"抗日民族统一战线"制定的文艺政策。③《文艺报》只是说他因为不满"党内的负责同志"(即周扬)的观点和做法,自作主张离开了党,回到老家浙江的村子里。报纸特别强调了冯雪峰的文学观点在许多地方都与胡风一致。他跟胡风都不看好所谓的对民族形式的有效利用,认为传统的和大众的形式,不过是一种民间形式。1940年冯雪峰在《民族性与民族形式》④一文中,倡议民族形式的"国际化"。五年后他又撰文说文学的旧有形式"可利用的有效的是非常的少",把利用民族旧有形式看成是"迎合小市民"的"市侩主义",⑤由此可见冯雪峰对党的官方文艺政策的反对立场。

冯雪峰从鲁迅那里找到了证据来支持他对民族遗产的看法。冯雪峰说,鲁迅研究中国传统文学,目的是要吸取旧文学的教训。这显然不被正统学术观点所接受。⑥ 在研究鲁迅著作和1919年五四运动后的中国文学时,冯雪峰对民族遗产都持这一看法。1949年在《鲁迅和俄

---

① 《人民日报》1957年9月7日。冯雪峰1961年12月被摘掉右派帽子。
② 《冯雪峰是文艺界反党分子》,《文艺报》1957年第21期,第2—3页。
③ 见 C. T. Hsia(夏志清)评论丁玲的《我在霞村的时候》的文章,见 The China Quarterly,1963,13,pp. 292-300。
④ 冯雪峰:《过来的时代》,《文艺报》1957年第21期,第2页。
⑤ 冯雪峰:《论艺术力及其他》(收入论文集《有进无退》),《文艺报》1957年第21期,第2页。
⑥ 韩长经:《批判冯雪峰的关于鲁迅与俄罗斯苏维埃文学的谬论》,《文史哲》(济南)1958年第4期,第10—15页。

第五章　反右运动(1957年6月—1958年2月)

罗斯文学的关系》一文中,冯雪峰认为鲁迅主要是受了外国尤其是俄罗斯文学的影响,他跟中国古典文学的关系甚小。文章中有这样一段结论性话语:

> 鲁迅,我们能够肯定地说,他的文学思想并非中国传统文学所培植成的。他自然最深通中国旧文学,而且也很注意中国的民间文学和艺术,但无需怎样证明也可以断定:停滞在中世纪阶段的中国旧文学,和散漫而未能发展的、一样停留在中世纪农业社会里的民间文学,都不能产生这个崭新的伟大的作家。

到了1952年,冯雪峰依然持这样的观点:"现代中国文学的内容和形式都源自欧洲。"这就是"全盘西化"观,是百分之百的"反爱国"。① 冯雪峰声称五四运动可以看做是批判现实主义的一个遥远的支流。王瑶认为冯的这一观点完全等同于胡风对五四运动的看法,即五四运动是"以市民为盟主"的。②

冯雪峰在不同场合反对过官方文艺政策。在1945年重庆地下党召开的文艺界座谈会上,胡风反对毛泽东《在延安文艺座谈会上的讲话》中关于政治标准和艺术标准的提法,自然,党对胡风提出了批评。不久之后冯雪峰在《题外的话》一文中,公开响应胡风的观点,讥笑"政治性"、"艺术性"的说法经不起"一连反问三次"。按照《文艺报》的说法,冯雪峰承认这篇文章是正面反对毛泽东《在延安文艺座谈会上的

---

① 韩长经:《批判冯雪峰的关于鲁迅与俄罗斯苏维埃文学的谬论》,《文史哲》(济南)1958年第4期,第10、12页。
② 王瑶:《关于现代文学史上几个重要问题的理解——评雪峰〈论民主革命的文艺运动〉及其它》,《文艺报》1958年第1期,第30—41页。王瑶引用了冯雪峰《鲁迅和俄罗斯文学的关系及鲁迅创作的独立特色》一文,这是前面提到的《鲁迅和俄罗斯文学的关系》的修订版,见冯雪峰:《论文集》第一卷,北京:人民出版社,1952年,第118—157页。王瑶引用的内容见《论文集》第30页:"中国'五四'以后的新文学,如果从近代资产阶级民主革命的世界范畴上说,那当然可以说是18、19世纪那以所谓批判的现实主义和否定的浪漫主义为其主流的世界资产阶级民主文学之一个最后的遥远的交流。"

讲话》的。① 在 1946 年《论民主革命的文艺运动》一书中,冯雪峰进一步支持胡风"主观战斗精神"的观点,反对共产党对胡风的批判。当时党认为胡风利用"主观性"来"在反教条主义的幌子下,散布唯心论毒草",冯雪峰因为在反胡风运动中,没有写过一篇谴责胡风文学观的文章而受到批判。冯雪峰反对主流文学观还表现在他贬低苏联文学的成就,颂扬旧俄文学的人道主义精神,认为社会主义文艺没有什么真实性。② 冯雪峰还建议《诗刊》编辑臧克家办 19 世纪的诗刊或 21 世纪的诗刊,从而远离当前的政策和变化无常的现实。③

除了反对党领导文学事务,冯雪峰还因为崇尚欧洲现实主义文学巨著中的人道主义精神而受到批判。人道主义,姑且不管它在不同的文本中的准确含义,就因为它的超阶级内涵,而为正统批评家所不容。冯雪峰在《论友爱》一文中的超阶级思想受到了马克思主义者马铁丁的批判。④ 马铁丁认为,工人阶级的友爱应该而且必须从属于革命的利益、阶级的利益、社会主义的利益。像马克思和恩格斯,列宁和高尔基,瞿秋白和鲁迅。按照马铁丁的说法,尽管冯雪峰假装渲染什么"广大的人类的友爱",但他所爱的是些反党、叛党的人,他爱丁玲、胡风,对真正忠诚于党的人却是仇恨。

官方公布的冯雪峰 1937 年的脱党事件成为他道德污点的证据。由于所谓的政治和道德立场不坚定,冯雪峰还在苏军占领柏林之后关心这座城市的命运。冯雪峰的读者也许会对他十多年前的立场问题不以为然,党又举出了冯雪峰在"匈牙利事件"后的反应为例:他同情美

---

① 《文艺报》1957 年第 21 期,第 2 页。冯雪峰的《题外的话》用"画室"的笔名发表于 1946 年 1 月重庆的《新华日报》上。
② 周扬根据冯雪峰 1953 年第二届作家大会上的发言草稿整理而成,见《文艺报》1958 年第 5 期,第 8 页。冯的发言稿被中央中宣部和作协党委撤下了。
③ 《文艺报》1957 年第 21 期,第 8—9 页。
④ 冯雪峰的《论友爱》发表于他 1945 的文集《有进无退》,《文艺报》首先对此文发起批判,见《文艺报》1957 年第 21 期第 3 页。马铁丁的《驳〈论友爱〉》发表于《文艺报》1957 年第 29 期,第 11—12 页。

国作家法斯特的叛党行为,甚至对陈企霞说:"人类没有希望。"①

就以上这些对冯雪峰的严厉指责,也许人们会疑惑为什么国家在很长一段时间里将他放在很高的职位上。必须记住的是,从1957年8月起中国报刊报道的冯雪峰的生活与思想只是一面之词,更有夸大的成分。即使是从共产主义的观点来看,冯雪峰仍有可取之处,就像邵荃麟曾指出的那样。然而,从1953年他给第二届作家大会的发言稿被拒绝起,他的命运早已注定。与其他人一样,他在中国作家中的声望的跌落经历了缓慢的过程,完全有理由相信,和丁玲、陈企霞一样,从1957年春天起,冯雪峰的声望开始走下坡路。

第四节 艾青与其他遭再批判者的反抗

1957年9月上旬,李又然、艾青、罗烽和白朗被揭发为丁、陈反党集团的成员,艾青是其中份量最重的一位。②

李又然是中共党员,1951年以来一直在中国作协文学讲习所担任教员,十多年间没有发表什么作品。1956年初茅盾指责讲习所的教员对青年作家产生了坏影响。对李又然所犯错误的指控已超过了文学创作的范畴:他与陈企霞、丁玲的丈夫陈明有来往,煽动右派分子、《诗刊》编辑吕剑和与《文汇报》有关系的历史反革命分子唐祁。李又然被描绘成丁、陈反党集团的爪牙,在反党活动上多方奔走,不辞劳苦,但对党分配给他的工作,却是饱食终日、无所用心,他不曾讲法国文学,每个月却领干薪200多元。早在1928年至1932年他在法国期间就参加了共产党,但很快完全同情托洛斯基,一回到上海即成为托匪头子、创造

---

① 参见《文艺报》1957年第21期,第3页。当时发表了许多关于冯雪峰事件的文章,如《文艺报》1957年第22期第4,6—8页;第23期第13页。后来还有姚文元的文章,见《文艺报》1958年第4期第35—40页;还有《文学评论》1959年第1期第39—63页的巴金的文章,63—67页的王子野的文章。

② 《李又然、艾青、罗烽、白朗反党面目暴露》,《文艺报》1957年第22期,第1—2页。

社成员王独清的追随者。在延安时期,他就加入了陈企霞、丁玲的小圈子。

作家罗烽、白朗夫妇也是在延安认识丁玲的。毛泽东《在延安文艺座谈会上的讲话》中有一段话,就是针对罗烽的《还是杂文的时代》进行批评的。1957年罗烽夫妇又一次引起了党的注意,因为他们不仅站在丁玲这一边,还试图让党对他们四年前在东北所受的批判给予平反。①

1958年初,罗烽、白朗和其他一些人被列为再批判对象。林默涵批评了王实味②;马铁丁批评了已很少发表作品的萧军,针对他1942年写的《论同志之"爱"与"耐"》,③还揭露了冯雪峰《论友爱》一文中的小资产阶级友爱观。

1956年2月,艾青,这位1941年入党的中共党员,建国后最杰出的诗人之一,被周扬揭发出犯有严重罪行:"双百"方针期间,他是右派活动的中心人物,在作家丁玲和陈企霞、江丰领导的画家造反派、吴祖光牵头的演艺界右派集团之间充当联络员。《文艺报》指责他到处乱说1955年丁、陈事件是以不公正的和宗派的方式处理的。艾青还跟陈企霞一样,要求《文汇报》记者(梅朵、姚芳藻夫妇)报道丁陈事件。作为一个男人,生活中的艾青被描述成一个堕落糜烂的人,追求金钱、地位、欢娱。他曾因为不正当男女关系的错误,被处以留党察看一年的处分;时隔不久他又犯了一次更严重的类似的错误,党决定给他留党察看两年的处分,同时被法院判处了半年劳役,缓期一年半执行。他跟吴祖光说过这样的话:"党是无情的","在党内有一批人是专门整人的,有一批人是专门挨整的"。艾青对同行诗人的作品很失望,避免与那些躲

---

① 《文艺报》1957年第22期,第2页。参见第二章第一节。周立波指出罗烽在30年代末发表了名为《故乡集》的十个短篇,但从那以后就再没有发表过任何作品(《文艺报》1957年第27期,第6页)。严文井也著文批判罗烽(《文艺报》1958年第2期,第20—30页)。1961年12月,罗烽和白朗被摘除右派的帽子。

② 参见本书第二章第一节。

③ 《斥〈论同志之"爱"与"耐"〉》,《文艺报》1958年第2期,第17—19页。

第五章 反右运动(1957年6月—1958年2月)

过反右运动的同事接触。①

在文学领域,艾青所犯的错在于反对毛泽东对文学功利主义的理解,提出文学的主要目的是自我检查与自我尊重。艾青在《理解作家、尊重作家》一文中强调作家的重要作用,这给主流批评界带来了混乱。艾青在1955年8月的《寄广岛》一诗中,以其深重的政治意蕴显示着自己的特色:

> 爱情、艺术、诗和音乐
> 瞬息间都化为灰烬……

对艾青而言,艺术是生命的核心,作为《诗刊》的编委和《诗论》的作者,他在作家中有着极高的声望,故而有些作家不顾党对艾青的批判,依然表示出对他的崇敬。但也有一些名诗人,比如冯至,就在1958年初的再批判运动中,成功地与党保持了一致,要求把艾青搞下台。虽然冯至也承认早期艾青写过一些优秀的、感人的诗作,但他认为艾青一直没有脱离小资产阶级的个人主义,在延安这个"革命的圣地"生活时,他对人生的看法就很消沉,在党批判丁玲时还保护过她。冯至说艾青夸大了作家在社会中的重要性,尤其是他在谈论瓦莱里这个"在'我'是谁,世界是什么,我和世界的关系是怎样等等空洞问题上绕圈子的怀疑主义者"时,而且还专注于思考人在无法容忍的非马克思主义哲学或道德语境中的命运。②

两个月后,冯至在《文学研究》上发表长文《论艾青的诗》再论艾青的诗歌。③ 这篇文章是一个著名诗人评论另一位杰出诗人的作品,份量上似乎与欧美半学术性的文学杂志上最优秀的论文相媲美,关注的

---

① 郭沫若、臧克家、田间、柯仲平和萧也牧(《文艺报》1957年第2期)。
② 冯至:《驳艾青的〈了解作家,尊重作家〉》,《文艺报》1958年第2期,第23—25页。艾青于1961年12月摘去右派帽子。
③ 《文学研究》1958年第1期,第9—23页。

也是文学形式与文学内涵。当代西方批评最好的模式是分析文学作品然后再作归纳,而这篇《论艾青的诗》以及一般的中国文学批评是演绎式的,从一个既定的假设与价值观念开始,批评家试图将独特的创造性作品纳入他自己的(或党的)哲学、美学和政治模式之中。于是,冯至的这篇文章就先对形式主义作了一番概念上的界定,他说:"形式主义是二十世纪欧美资产阶级没落时期的颓废文学里各种派别的一个共同的特点(当然,它在过去的文学史上也是存在着的)。……它拒绝文艺的思想内容,使文艺脱离现实的生活,当前的重要问题和人民的利益。它否定内容产生形式的原则,追求抽象的形式、空虚的意象和自作聪明的艺术技巧。甚至形成一种文字游戏。它轻视民族文化遗产;它本质上是反动的、反人民的、世界主义的。"最后的这个"世界主义"一词尤为关键,似乎形式主义不是来自一种特定的诗的理念,而是一种思想立场。虽然形式主义与诗的形式有关,但冯至明确地说,它主要并不在于是否遵守一种严格的诗歌格律或形式,只要它们有丰富的思想内容,并不能说是形式主义的。换言之,如果仅有丰富的思想内容而无形式,也是诗。一首诗是否是形式主义取决于它的内容而不是形式特点。当冯至说到"抽象的形式"、"空虚的意象",他主要指诗的形式和意象对人民是无意义的,或者不符合"人民的利益"。

冯至认为艾青是一个典型的形式主义者。虽然他承认艾青在抗日战争时期曾写过一些比较优秀的诗篇,起过"一定的进步作用",但是他相信后来艾青坠入了"反动的形式主义"的泥淖。冯至引用了艾青1957年10月出版的新诗集《海岬上》中的《月宫里的明镜》一诗来证明他的观点,说这首描绘杭州西湖边景色的诗没有一句与新中国有关。其实这是一首赞颂自然美景的抒情诗,但冯至却认为这样写是不行的,因为除了一个"巧妙的比喻以外,并没有思想内容。这样的诗若放在二十五年前新月派或现代派的诗集里,倒是恰如其分,不会显出有什么不同"。他认为艾青的这些诗跟那些写于1956年底到1957上半年、在风格写法上都有所变化的诗差不多,之所以说是形式主义,就是这些诗都与"人民"无关。

艾青其他的诗也不符合冯至的标准,因为这些诗带有胡风式或尼采式的态度,表达了诗人对波德莱尔(Baudelaire)与兰波(Rimbaud)的喜爱。艾青早期的诗模仿过维尔哈仑(Enuke Vergaeren)、惠特曼(Walt Whitman)和超现实主义派的阿波里奈尔(Apollinaire)。然而,当艾青终于找到自己诗歌的形式,描写"劳动人民"时,却从未在诗里成功地创造出过感人的正面形象。艾青的长诗《他死在第二次》,描写了一个农民出身的普通士兵,伤势严重,痊愈后再次被派上战场,最终成为战场上一个无名的死者。对冯至而言,这首诗的抒情依然过于主观。即使是在1956年得到过周扬赞赏的诗《向太阳》和诗集《火把》,现在看来也是不能令人满意的,因为艾青根本是在贬低工人的形象,他让工人们"发出缓慢而沉洪的呼号",脸上是煤灰,眼是瞪着的,嘴是张着的,这些描写根本不符合积极向上的正统文学观的标准。

从根本上说,冯至反对艾青的主要原因就是,艾青不承认"人民"(即其先锋:共产党)是国家的主人,文学理所当然也应为他们服务,因此,他们可以要求诗人"写反映国家大事和宣扬政治热情的诗篇"。

第五节 追随者与独立作家

邵荃麟1957年9月7日在《人民日报》撰文指出,丁玲、冯雪峰等人的行为对青年人产生了很坏的影响。有相当一批青年作家否定党对文学事业的领导。反对得最厉害的有陈涌、林希翎、刘宾雁、刘绍棠,不太出名的有陈子君、郑秉谦、蓝芒、唐因、藤鸿涛。他们的情况简要陈述如下:

陈子君,中共党员,《中国少年报》(发行量超过100万份的周报)文艺组组长,他称"强调文学为政治服务,教育人民是片面的"。他相信"教条主义来自中央,来自周扬"。他热衷于读刘宾雁那些更大胆的文章。他的政治理念是,官僚政治不仅是意识形态的问题,而且是牵涉

《文艺报》揭露郑秉谦是受郑伯永支持的浙江反党集团的一分子,郑伯永时任浙江省文联秘书长兼《东海》月刊主编。在浙江作协召开的一次会议上,郑秉谦引用罗隆基的话:"全国文教工作中的主要矛盾,是无产阶级小知识分子和资产阶级大知识分子之间的矛盾",并将罗隆基的话解读为外行和内行的矛盾,他企图以"外行"之名把文联副秘书长林辰夫等党员干部赶出文联,然后由他们反党小集团的人物上台。②

1957年的蓝芒是个27岁的专业作家,一次他向业余青年作家宣称:"文艺主要不是为了教育人民,而是给人一种享受。"云南省文联以为他有"才华",多方面加以培养,让他先后担任《文艺生活》和《边疆文艺》的编辑,让他体验生活,并到上海深造,却产生了始料未及的后果。③

藤鸿涛是一名由党精心培养起来的"工人作家"。但是,尽管他深受党的提携,却谩骂中共甘肃省委负责领导文艺工作的同志是"土包子",并质疑党何以对文学如此感兴趣,称:"谁管过李白?谁管过杜甫?"④

唐因,中共党员,《文艺报》编辑室主任,前文叙述《文艺报》办"同人刊物"时曾提到过他。虽然茅盾在1956年初认为他是一个颇有前途的文学批评家,但一年半后,侯金镜指认他带头与杨黎、侯民泽、唐达成等人在《文艺报》内部搞抵制活动。除了杨黎,这些人都是冯雪峰和陈企霞的手下,一直到1957后仍在《文艺报》编辑部工作。⑤ 侯金镜说1957年6月1日,唐因建议《文艺报》主编召开一次会议,重新讨论

---

① 《文艺报》1957年第22期,第12页。
② 同上书,第13页。
③ 同上,第112—13页。
④ 同上,第12页。
⑤ 侯金镜:《1954年检查〈文艺报〉的结论不能推翻》,《文艺报》1957年第22期,第6—8页。

第五章 反右运动(1957年6月—1958年2月)

1954年对该报编辑们进行调查的事件。9天后唐因和他的三个同伙要求推翻1954年对《文艺报》所做的调查结论。1957年《文艺报》发生的许多事件使侯金镜认为有必要澄清1954年调查的主要结论。他认为,《文艺报》编委的错误在于:一、对资产阶级思想的容忍与妥协;二、轻视打击文艺新生力量;三、对党的管理和压制文学批评中的自由讨论,采取粗暴恶毒的回击态度。唐因等人对此采取了直接的回击,对于第三点,他们指责党的专制,对第二点,他们认为根本就不值一提,且侯金镜的指责软弱无力。侯金镜试图平息《文艺报》风波的努力并没有成功。① 就在文章刚发表,影响尚在时,《文艺报》编辑部所犯的一些小小的失误依然导致冯雪峰的降职和陈企霞的离职。

陈涌又名杨思仲,1955年12月底至1957年11月中旬任《文艺报》编辑。虽然侯金镜的文章里没有提到他,但有报道说,陈涌认为冯雪峰1954年错误处理"红楼梦"问题之后党对冯的态度是不公平的。虽然陈涌十几岁就到了延安,但他一直有个人主义思想。1957年5月底6月初,在《文艺报》组织的一次座谈会上,陈涌的发言已经清楚地表明他站到了党的路线的对立面上。就在这次会议上,陈涌提出党内主管文学的一些高层是"教条主义者","根本就不懂文学"。在中国作协一次党组会上,何其芳指出陈涌的话是针对周扬的。② 据说陈涌是冯雪峰的崇拜者,参与了冯雪峰搞"同人刊物"的活动。另一位批评家在会上就陈涌的两篇文章《关于艺术和政治》和《关于社会主义时代的现实主义》指出了他的右派思想。③ 后一篇文章只是在标题上与秦兆阳和周勃提出的"社会主义时代的现实主义"这一概念相同,实际上这是一篇支持胡风"写真实"文学观的文章。之所以这么说,是因为陈涌

---

① 侯金镜的第二点指的是冯雪峰对李希凡和蓝翎批俞平伯的文章(见第一章第八节)和李琮《不能走那条路及其批评》一文的介绍。侯金镜认为李琮完全忽视了李準小说中的社会主义内容,而只是关注小说缺少美学性的一面。
② 《文艺报》1957年第20期,第7页。
③ 这两篇文章分别发表于《中国青年》1957年第14期第22—24页和《文艺报》1957年第2期第11—13页。

在文章中说道:"在艺术上是真实的作品,它便至少在客观上能够教育群众,能够帮助群众认识现实生活的面貌和动向,因而便有助于先进的阶级。"在文中他还援引果戈理等人的话,强调作家虽然站在反动立场,也能写出思想好的作品,强调作品的客观和作家的主观方面的矛盾。①

1957年5月,21岁的林希翎已是一名党员,是北京学生圈中的活跃分子,她的演讲比写作更有名。不管怎样,她的文学趣味是显而易见的,她认为胡风的观点基本上是正确的②,还在1955年底的《文艺报》上发表过两篇关于巴尔扎克与托尔斯泰的文章。《中国青年报》对她的揭露并不是因为她的文学观点,而是因为她自称是一个有野心、有计谋的女生,吹嘘自己的工人阶级意识和就读中国人大法律系前的部队经历。她被形容为一个诋毁党和苏联的狂热右派分子,还是沉溺于烟酒的瘾君子。③

刘宾雁也是一名中共党员,据说他同情林希翎,但他自己的文学成就远在林希翎之上。评论家甘惜分认为刘宾雁的报告文学《本报内部消息》使他在文学界和学生中声名鹊起④,他早期的小说《在桥梁工地上》是1956年文学圈内的讨论热点。⑤ 甘惜分仔细分析了《本报内部消息》的情节,一个叫黄佳英的漂亮团员,满怀热情想改变报社办公室里的冷漠气氛和官僚作风。黄佳英的个人主义作风使她不愿等到中共中央发布改革的通告,而是在一次采访矿区的任务中,揭发了矿工无休

---

① 毛星:《陈涌反党的文艺思想》,《文艺报》1957年第2期,第11—13页。
② 《毒草识别记——中国人民大学学生驳倒了林希翎的谬论和谎言》,《人民日报》1957年6月30日。
③ 《中国青年报》1957年7月12日。
④ 甘惜分:《〈本部内部消息〉是一篇反动的特写》,《文艺报》1957年第34期,第7—8页。该小说发表于《人民文学》1956年第6期和第10期。C. T. Hsia(夏志清)也分析过这篇作品,见其"Residual Femininity: Women in Chinese Communist Fiction", *The China Quarterly*, 1963, 13, pp. 158-179.
⑤ 参见《文艺报》1957年第34期,第7—8页;《文艺报》1956年第14期,第13—16页。刘宾雁的小说发表在《人民文学》1956年第4期。

第五章　反右运动(1957年6月—1958年2月)

止劳动的真相,虽然明知她这篇大胆的报道是不可能刊发的。黄佳英这样看待文学:

> 为甚么许多小说里把生活和人物都写得那么平常、那么清淡又那么简单呢,好像一解放,人们都失去了强烈的喜怒哀乐的感情,一下子都变成客客气气、嘻嘻哈哈、按时开会和上下班的人了。

甘惜分认为刘宾雁在小说中将黄佳英塑造成一个积极的女主人公形象,但作为一个评论家,他从黄佳英身上看到的是资产阶级个人主义与无政府主义作风的典型形象,她人格上同样是完全消极负面的。显然,这里的"积极"与"消极"虽然是文学评论,但纯粹是政治意涵。甘惜分指责刘宾雁有无政府主义倾向,还引用了克鲁泡特金、列宁、斯大林等人的话来指出小说的这些倾向。然而,甘惜分似乎不无困惑的是,其实刘宾雁本人非常熟悉苏联文学,尤其推崇 V. V. 奥维奇金(V. V. Ovechkin)的著作与思想,V. V. 奥维奇金以"记录"苏联集体农庄的生活而闻名,刘宾雁曾采访过他。① 正像甘惜分文中所说,奥维奇金本人也发表过关于"党性"的正统意见。虽然奥维奇金为人活跃率直,但比起刘宾雁,他更忠于党的政策,而刘宾雁走得更远,认为是社会主义体制导致了官僚政治,周扬是阻碍伟大文学产生的最大绊脚石。②

刘绍棠的右倾思想在前面的章节中已经稍有提及。虽然党对这位22岁就已经蜚声文坛的年轻作家寄寓厚望,但陆定一提醒人们,尽管完全是受党的教育成长起来的,可刘绍棠已蜕变为资产阶级的核心人物。陆定一所能提出的唯一的补救,就是希望年轻作家要与工农大众

---

① 刘宾雁:《和奥维奇金在一起的日子》,《文艺报》1956年第8期,第29—33页。甘惜分揭露刘宾雁将自己比作"中国的奥维奇金"。

② 刘宾雁在《上海在沉思中》一文中写道:"今天所以不可能有一个二十年前胆敢与周扬抗衡的鲁迅,乃是由于一个作家与党委宣传部长的关系不同",见《文艺报》1957年第16期第4页。关于Ovechkin,参见 Vera Alexandrova, *A History of Soviet Literature*, translated by Mirra Ginsburg (Garden City, N.Y., Doubleday, 1963), pp. 295-306。

亲密接触,而老一辈作家则要响应毛泽东的号召,能有70%的人在11年的时间内分批到工厂和农村去,为年青一代树立榜样。① 到7月中旬对刘绍棠的批判渐渐升温,比如周和与萧也牧也在《文艺报》发表文章对他加以谴责。② 但是真正的高潮是在10月,由共青团中央宣传部、中国作协青年作家工作组和《中国青年报》联合发起,召开了一千位"青年文艺工作者"出席的大会,从不同的方面来批判刘绍棠的"反党"、"反社会主义"的立场。茅盾、老舍、严文井、郭小川及许多作家都参加了这个持续了数天的大会。③ 他们的批判基本上是这些内容:刘绍棠出身地主家庭,一心想要成为一个有钱的名人。他说中国15年来没有产生伟大的作家和伟大的作品,早期苏联文学较之30年代的要好。④ 茅盾质疑刘绍棠是否读过大量苏联文学,认为他对党的攻击不过是对"老牌右派和国际修正主义"的浅薄模仿。刘绍棠反对社会主义现实主义这一概念,要用"写真实"来取代。这些错误的思想导致他在近期所写的小说《田野落霞》和《西园草》里讥讽党的干部,就像严文井指出的那样,这些小说"在政治上是错误的,从艺术观点看也不够成功"。针对刘绍棠鼓吹小说应描写男女之情的观点,严文井提出文学需写"永久的主题",如爱情与死亡,过去和现在很多作家都成功处理过这些永久的主题,问题不在是否要写,而在于怎样写。他引用高尔基的话来阐明自己的观点:

在创造无阶级多方社会主义的条件下,文学的"永久的"主题,一部分正完全死灭,一部分正在变更它的意义。现代正提出了比个人死亡更有千百倍意义的悲剧的主题,不管那个个人死亡的

---

① 参见《文艺报》1957年第25期,第2页。
② 周和与萧野牧都针对刘绍棠的文章《形式主义在社会主义时代的发展》、《我对当前文艺问题的一些意见》作了批判,见《文艺报》1957年第15期第5—6页和第8—9页。
③ 茅盾等人的发言发表在《文艺报》1957年第28期,姚文元的批判文章发表在第18期第2—3页,康生的则发表在第19期第10—12页。
④ 《文艺报》1957年第28期,第2、3页。

第五章　反右运动（1957年6月—1958年2月）

社会价值是如何大。

严文井也想以相似的方式将"爱情"这一主题加以提升，以此反对刘绍棠在文学中描写性欲或女性的美丽。他说：

> 拿爱情的主题来说也是一样。爱情这个事儿，差不多人人都有份，当然可以写，也应该写。反对写爱情固然不对，可是认为天下大事只有一个爱情，我看也很不高明。事实上，从来没有人反对谁写爱情。问题是有些作者不愿意看见比爱情更有千百倍意义的主题，没有在社会主义的新的条件下看出这一类主题的新的意义。①

我们这一章的大部分内容是讨论反右运动中受到批判的作家，其中有九位是青年作家。但是除了丁玲、陈企霞的朋友和这些青年作家，1957年下半年又有很多作家被打成右派，比如老作家陈梦家、蹇先艾、施蛰存、孙大雨和姚雪垠。② 此外还有一些诗人，如对干部进行了不恰当批评的李白凤③，见形势不对立即转变了原先右派观点的邹荻帆④，因写哲理诗《更相信人吧》而闻名的张明权⑤；还有对中国"新文学"进行公开指责的戏剧评论家吴祖光⑥，宣称能从西蒙诺夫那里学到真诚的徐中玉。⑦ 除此之外，还有写了一篇对话嘲讽陈其通的赵森林⑧，攻

---

① 《文艺报》1957年第28期，第6—7页。
② 对这五人的批判文章分别见《文艺报》1957年第37期第11页，第22期第8页，第16期第4页，第17期第13页，第13期第8—9页。
③ 《文艺报》1957年第23期，第8—9页。
④ 《文艺报》1957年第15期第10页，第17期第7页，第19期第14—15页。
⑤ 《文艺报》1957年第17期第10—11页，第19期第7页。
⑥ 《文艺报》1957年第14期第3页，第15期，第9、13页，第16期第6—7页，第18期第6页，第19期第4页。吴祖光在1961年12月摘去右派帽子。
⑦ 《文艺报》1957年第16期，第5页。
⑧ 《文艺报》1957年第24期第11页。译注：原文中笔误为赵森木（Chao Sen-mu）。

击"军事文学"的陆放①,解放军总政文化部前部长陈沂(他长期是正统思想的坚定拥护者,1958年3月却被打成右派)②。徐懋庸的许多杂文以繁荣马克思主义术语为名,宣扬的却是"共同的人性"这种非正统的概念,他和他的拥护者洛雨都被狠批一通。③ 1957年7月《人民文学》发表了李国文的《改选》和丰村的《美丽》,引起轩然大波④。天津相声作家何迟在长期而成功的自我辩白后,逃过反右风波,现在又被揭发出来。⑤

虽然很难对上文提到的所有右派分子的职业和当时的批判文章做详细的考察,但秦兆阳、萧乾、黄秋耘和黄药眠值得特别关注。这四位批评家有几个共同点:1957年之前,他们都是很有名气的文学批评家,都是著名杂志的编辑,都没有受到西方思想的影响,都非常熟悉欧洲文学或苏联文学。他们都被指责看不起"新文学"的成就,怀疑党掌控文学事务的智慧。其中萧乾和黄药眠表现出对政治的兴趣。

虽然萧乾是《文艺报》的老编辑,也是一个成功的短篇小说家,但可以从他的职业生涯找出他受到政治冲击的原因。萧乾在1939—1946年担任《大公报》驻伦敦记者时,"拜在工党幕后军师拉斯基门下,受到系统的反动教育的'洗礼'"⑥。从那以后,他成了"二洋鬼子",根本瞧不起人民,也表现出反苏倾向。和黄药眠一样,萧乾也是民盟成员,他们与章伯钧、罗隆基的关系,也成为罪行之一。和黄秋耘一样,萧乾也关注"人性"的问题。1957年4、5月和6月上旬,萧乾正好负责《文艺报》主编室,那几个月就负责揭批右派的版面。他自己的批判文

---

① 《文艺报》1957年第21期,第10页。
② 《文艺报》1958年第5期,第19—21页。
③ 《文艺报》1957年第20期第10页,第23期第7页,第34期第4—6页,第35期第2—3页,尤其值得注意的是第34期第4页。徐懋庸是霍华德·法斯特的维护者,他于1961年12月平反。对洛雨的批判文章见《文艺报》1957年第16期第3页。
④ 小说分别载于《人民文学》1957年7月号第1—7页,第26—37页。批评文见《人民文学》9月号第123—126页,10月号第32—34页。《文艺报》1957年第21期第13页。
⑤ 《文艺报》1957年第24期第13页,第35期第11页。
⑥ 《文艺报》1957年第21期,第8页。

第五章 反右运动（1957年6月—1958年2月）

章特别关注人民文学出版社的组织机构和立场态度。在北大西方文学的讲座上，他放胆直言，鼓动学生写反动大字报。从对萧乾的批判来看，较之他的文学观点，党对他的政治思想、编辑工作和其他社会活动更加警觉。①

黄药眠是北京师范学院的中国文学教授，专攻马列主义文学理论，也是《文艺报》和《文学研究》的编辑，此时也被揭露出来了。作为一名人大代表，他似乎在5、6月份卷入了一些政治活动，因此，他也在8月成为民盟五百右派分子之一。② 他最近的文学观点受到批判，尤其是前面提到过的那篇发表在6月上旬《文艺报》的文章《解除文艺批评的百般顾虑》。在这篇文章里，他坚持说虽然中学生还能接受新中国文学，但大学生却不满足，转而阅读外国文学。张光年不同意这一说法，指出赵树理就是广受欢迎的作家。③ 还有人披露黄药眠看不起赵树理的《三里湾》和杨朔的《三千里江山》，上课时的作品分析也从来没有比对茅盾作品的分析更为深入。④

秦兆阳和黄秋耘的修正主义观点值得引起注意。秦兆阳是党员，以描写乡村生活而闻名，比如《农村散记》(1954)、《在田野上，前进!》(1956)。1956年2月周扬在赞许秦兆阳的小说时，有所保留地指出他有意给生活渲染上一种牧歌式的情调。⑤ 到了1958年初，另一位批评家认为周扬说的"牧歌式的情调"正是秦兆阳小说的"基调"和风格。⑥ 于是，对秦兆阳的攻击主要集中在针对他所写的《现实主义——广阔

---

① 据说萧乾曾在日记中将"革命队伍"比喻为狗窝："一个人在狗窝呆久了，没有狗性也要失掉人性。"参见《文艺报》1957年第21期，第9页。萧乾比较重要的政治文章是《放心·容忍·人事工作》，发表于《人民日报》1957年6月1日，文章涉及言论的民主自由及其他问题。批判萧乾的重要文章见《文艺报》1957年第17期第7页，第23期第4—5页。
② 《光明日报》1957年8月19日。
③ 《文艺报》1957年第19期，第6—7页。
④ 《文艺报》1957年第23期，第1—2页。黄药眠在1961年12月摘去右派帽子。
⑤ 《文艺报》1956年第5—6期，第10页。
⑥ 《人民文学》1958年第3期，第122—126页。

的道路》一文。1957年5月王若望曾批判过此文,但王若望本人最后也成为反右运动的牺牲品。① 李希凡也像王若望那样要求大家注意到,秦兆阳降低了文学作为政治号角的要求,还认为秦兆阳虽然没有明说,但他反对毛泽东提出的政治标准高于文学标准的原则。李希凡的依据就是秦兆阳写过以下这段文字:

> 一切进步的杰出的文学作品,都有着强烈的思想倾向和政治倾向,这早就证明了文学为政治服务的问题上具有必然性和极大的能动性。但是,我们也应该看到,这些作品其所以有如此巨大的说服力,还是由于作者重视客观真实并充分地表现了客观真实,充分地发挥了文学艺术的特性,而达到了高度的艺术性和真实性的;当然,这跟他们世界观的积极因素也是分不开的。②

黄秋耘跟秦兆阳一样,也欣赏刘宾雁的《本报内部消息》,③也持跟党相反的思想,但他却是少数几个能挺过反右风波的作家,并在五年后重新发表作品。④ 他发表于1956年9月的散文《不要在人民疾苦面前闭上眼睛》⑤,被认为是他最反动的文章之一。其他被批的文章有《刺在哪里?》、《锈损了灵魂的悲剧》,⑥在后一篇文章中黄秋耘认为"长期以来我们的文学作品里充斥着太多空洞的说教和廉价的赞扬,使人都生病了"。虽然他说刘宾雁的小说令他叹息,感到"沮丧和悲哀",但他

---

① 《文艺报》1957年第21期第10—11页,第22期第11页。
② 李希凡引自《人民文学》1958年第3期,第120页。
③ 秦兆阳在给刘宾雁的一封信中写道:"你的这篇《内部消息》,至少给我们的创作开始打开了一条新路,开始使作家们去注意,去描写我们周围生活中人们的灵魂深处,而不仅仅去注意那些工人农民。"(《人民文学》1958年第3期第121页)
④ 黄秋耘:《古今集》,北京:作家出版社,1962年。
⑤ 《人民文学》1956年第9期第58—59页。收入《苕花集》时改名为《肯定生活与批判生活》。
⑥ 分别发表在《文艺学习》1957年第6期第8—11页和《文艺报》1956年第13期第3页。批判文章见《文艺报》1957年第17期第12—13页,第36期第5—6页。

第五章　反右运动(1957年6月—1958年2月)

又加上一句,"沮丧和悲伤是对一个尚未丢失全部热情的人的一种鞭答和激励,是转折点和新生活的开始"。邵荃麟就引用了最后这句来解读黄秋耘的哲学观,来说明他为何喜爱罗曼·罗兰早期的作品,以及他的怀疑主义倾向,这点可从黄秋耘将爱伦堡小说的一句话"十磅怜悯与一磅信心"奉为箴言可见一斑。① 邵荃麟将黄秋耘的意识形态错误归结为"人道主义"。邵荃麟将西方人道主义价值观贬斥为与阶级斗争相悖的堕落的观念,以此奠定了中共在人道主义方面的立场。

1957年初作家们的抗争主要还是思想层面的,但在一些事件里也牵涉到权力斗争。这些作家们很少有政治上的目的,当然不会联合起来反对党对文学事务的掌控,相反,他们各自为营。当1954年底冯雪峰遭批判时,胡风作壁上观,到第二年胡风被斗时,冯雪峰则默不吭声,置身事外,1957年大部分作家都是在孤军作战。虽然也有一些欠思量的"同人杂志"计划,但所谓作家们的阴谋活动,大部分是捏造出来的,目的就是要证明修正主义的危害,从而可以让文人完全顺从于党的领导。

这些对党的文学政策持异议的作家缺乏合作性:"修正主义者"萧乾攻击人民文学出版社的管理方式,而同为"修正主义者"的冯雪峰正是该社的领导。在部队主管文化的陈沂既被非正统作家指责为是教条主义,后又被中共打成右派。而批判过秦兆阳的王若望后来也同样被打成右派。更重要的是,这些反抗的作家们立场并不坚定。一篇评秦兆阳的文章就注意到他1956年9月写的《现实主义——广阔的道路》和1957年3月的《关于"写真实"》两篇文章中,立场发生了根本改变。② 当然,人们完全有理由据此质疑秦兆阳的忠诚,但却很少能由此深入下去指出作家们抗议背后有什么宏大计划,是出于某种不可告人

---

① 邵荃麟:《修正主义文艺思想一例——论〈苔花集〉及其作者的思想》,《文艺报》1958年第1期,第12—19页。爱伦堡的话引自其小说《巴黎的陷落》(The Fall of Paris, 1942)。

② 《人民文学》1958年第3期,第123页。

的目的来攻击他人。再批判运动第一阶段始料不及的结果,说明作家们的抗争根本就不是有计划有组织的,就是中共也没有说作家们背后有一股反党势力,只是说有几个小集团而已。

党的控制使得忠诚与否成为一个至关重要的问题。在批判修正主义者或右派分子时,不仅仅是要反对这些人的思想,更重要的是"谁"批判了他们,并通过这种批判来表达对党的忠诚。所以,并不是所有的批判都是令人信服的,这些批判也不是总建立在对被批判者及其作品全盘了解的基础上。郭沫若在批丁玲和冯雪峰时,就承认自己只读过他们很少的作品。① 但这并不是问题,因为批判的真正目的是显示党统治下的团结一心,说明党对文学刊物的完全掌控,最终对所有作家在文化和生产上的大跃进进行总动员。

1957 年中共起码明白了一件事,就是,即使在共产党统治下,西方文学、人文主义的巨大魅力也丝毫无损。共产党认为"真正的人道主义,只有在社会主义社会中才能实现"。② 与资产阶级的人道主义观念作斗争,是迈向共产主义理想社会的否定性的一面,对西方价值的学习其实是推动了社会主义的实现。无论如何,1958 年及之后的数年中,中国意识形态的斗争的两极逐渐明晰:一边是马列主义,另一边是存在于文学哲学领域内的修正主义即人道主义。

第六节　赫鲁晓夫文学理论受到肯定

在前一章里,论述了赫鲁晓夫 1957 年 5 月 13、19 日对苏联作家的两次谈话,影响了中国反右运动的开展时间和深入程度。赫鲁晓夫在这两次谈话和 6 月上旬另一次谈话的基础上,写成了《文学艺术要同人民生活保持密切的联系》一文,中译文 9 月下旬刊登在《文艺报》上。

---

① 《文艺报》1957 年第 25 期,第 6 页。
② 《文艺报》1958 年第 1 期,第 15 页。

这篇文章以及当年庆祝苏联十月革命的活动,显示出中苏文化关系自1956年以来越来越紧密,尽管中国对苏联成就还有所批评,对青年作家的态度还有所保留。

毫不奇怪,为什么赫鲁晓夫的文章会在中国广受肯定,因为文章的内容与毛泽东或周扬的观点如出一辙。① 跟毛泽东的《讲话》一样,赫鲁晓夫继列宁之后,把文学看成是人民为建设共产主义而奋斗的不可缺少的一部分。因为"文学和艺术在我们党的思想工作中和对劳动人民进行共产主义教育时起着重要作用",赫鲁晓夫规定苏联文学必须"与共产党的政策紧密相连",而这并不会限制作家的创作自由,因为在社会主义社会,"对于任何一心为人民服务的人而言,创作是否自由的问题根本就不存在"。遵循自己的良心,从党的宗旨出发,作家就能真实地描写生活。为了消除一切可能的质疑,赫鲁晓夫宣称党性与通俗性并不冲突,因为在苏联,"共产党和人民是合一的"。中国的文化官员一定也非常赞同赫鲁晓夫提出的"作家在文学写作上要有正确的立场,要写生活中的积极面"(尽管有人错误地称之为"粉饰太平"),认同他排斥一切外来思想影响的做法,以及他对斯大林较为缓和的看法。虽然斯大林并没有细论"社会主义现实主义",但他指出社会主义现实主义的写作方法为作家们提供了无尽的可能,来反映为人民所理解的对工人阶级的热情。他建议作家"尽可能深入到我们国家和民族的生活中去",鼓励成立"俄罗斯联邦共和国作家协会"以削弱"莫斯科分会",其目的就是要通过强化外省力量以控制首都的"先锋派"。苏联的这种发展地方文化与地方势力,以此削弱反对派的做法,在中国得到更为广泛、更为成功的运用,这就是下放运动和全国范围内的业余文化运动。赫鲁晓夫还在文章中谈到了经济与文化的关系,认为"物质文明的发展是精神文明进步的基础",因此,"低水平的物质文明不可能

---

① 周扬在北京文艺界庆祝十月社会主义革命40周年大会上的讲话《十月革命和建设社会主义文化的任务》:"不但对苏联的作家,而且对全世界一切进步作家都有极大的教益。"见《人民日报》1957年11月7日。

有全社会发达的精神文明"。赫鲁晓夫在文章里大谈苏联经济的成功,因此非常不满作家们所取得的成绩,说他们"对人民还抱着怀疑态度"。①

赫鲁夫对现代派作家如马格丽特·阿里盖尔(Margarita Aliger)和弗拉迪米尔·杜金采夫(Vladimir Dudintsev)并不认同,中国的正统批评家也持相同观点。《译文》1957 年 11、12 月特别号中,刊登的全是苏联文学,青年作家的作品却寥寥无几。主要作家有:别德内依、勃洛克(Blok)、布留索夫(Bryusov)、爱伦堡(附有 1942 年致戈宝权的一封信)、费定(Fedin)、高尔基、拉夫列尼约夫(Lavrenyov)、列昂诺夫(Leonov)、马雷什金(Malyshkin)、马雅可夫斯基、普里什文(Prishvin)、绥拉菲摩维奇(Serafimovich)、苏尔科夫(Surkov)、阿·托尔斯泰(A. N. Tolstoy)和叶赛宁(Yesenin)。20 世纪出生的作家只介绍了法捷耶夫和特瓦尔多夫斯基,后者已经 40 多岁了。1957 年中国庆祝十月革命胜利 40 周年时,译介的苏联小说也是一样的格局。北京的人民文学出版社再版了法捷耶夫的《毁灭》、富尔曼诺夫的《恰巴耶夫》、绥拉菲摩维奇的《铁流》、肖洛霍夫的《静静的顿河》②,同时还翻译了马卡连柯(Makarenko)的《教育诗》③、马雷什金(Malyshkin)的《来自穷乡僻壤的人们》④、阿·托尔斯泰的《苦难的历程》。⑤ 这些作家中只有法捷耶夫生于 20 世纪。虽然《静静的顿河》的第四卷和结尾篇 1940 年才发表,阿·托尔斯泰的"苦难三部曲"到 1941 年才完成,但这些作品早在二三十年代就开始构思了。

---

① 引文来自赫鲁晓夫发表在 1957 第 12 期《共产党人》上的文章。
② 鲁迅译《毁灭》,葆煦译《恰巴耶夫》,早期译成《夏伯阳》,曹靖华译《铁流》,金人译《静静的顿河》。
③ 磊然译《教育诗》。
④ 钱诚、王雨译《来自穷乡僻壤的人们》。
⑤ 朱雯译《苦难的历程》,1957 年的译本是节选本。

第五章 反右运动(1957年6月—1958年2月)

《译文》其他各期①和1957年11月的《文艺报》几乎全部介绍苏联文学的专号也都采取了同样的模式。有趣的是,当中国把注意力转到青年一代苏联作家时,却选择了拉齐斯(V. T. Latsis, 1904—)和柯切托夫(V. A. Kochetov)。拉齐斯时任拉脱维亚苏维埃社会主义共和国总理,也是苏共中央委员会成员,拥有相当高的政治地位。柯切托夫和自由主义者特瓦尔多夫斯基年龄差不多,但反对特瓦尔多夫斯基对党的文艺政策的解读。作为《文学报》主编,柯切托夫于1957年10月应邀访华,他的小说《茹尔宾一家》——用张光年的话来说,是一篇"劳动者的颂歌"——也被译成中文。②《译文》1957年8月出版了一期专门介绍日本、印度、波斯及其他亚洲国家的文学的专号,编辑部发表了一篇意义含混的自我批评的文章③,把读者的注意力从当前的苏联文学分散开来。不过,对西方文学和苏联自由主义思想的排斥也不是绝对的。波德莱尔、威廉·布莱克(William Blake)、凯瑟琳·曼斯斐尔德(Katherine Mansfield)、斯坦贝克、茨威格(Stefan Zweig)这些人的作品这一时期也有翻译或评论,④有时苏联的修正主义思想作为反面教材,也有相关引述或评论。1957年8月《译文》上有一篇关于深入批判《文学莫斯科》和《新世界》杂志的报道,把杜金采夫、卡维林(Kaverin)、田德里亚

---

① 《译文》1958第1期第3—38页,第2期第51—93页,第3期第117—134页译介了里亚希柯(1884—1953)的小说,1957年第7期第3—26页继续翻译萧洛霍夫《被开垦的处女地》第二部。1957年第9期第124—132页发表了19世纪诗人柯尔卓夫的诗,1957年第7期第167—178页发表了里别进斯基的文章,第9期第161—167页和1958年第1期第38—52页发表了阿·托尔斯泰的文章。1957年第9期第167—176页发表了费定的作品,1958年第2期第122—140页发表了奥泽罗夫的作品,1958年第2期第140—154页发表了比亚里克的作品。

② 拉齐斯为《文艺报》专门写了篇文章,发表于1957年第30期。柯切托夫的小说译为《茹尔宾一家》,张光年写了评论,发表于《文艺报》1957年第33期,第6—7页。

③ 《译文》1958年第1期,第200页。

④ 列维克:《波德莱尔和他的〈恶之花〉》,原来发表于[苏]《外国文学》,中译文发表于《译文》1957年第7期,第162—167页。威廉·布莱克的诗选登在《译文》1957年第9期,第132—146页。凯·曼斯斐尔德的三个短篇发表于《译文》1957年第9期,第58—83页。斯坦贝克的《珍珠》发表于《译文》1958年第2期,第3—51页。斯·茨威格的小说发表于《译文》1957年第9期,第3—47页。

柯夫(Tendryakov)、罗德内依(Rudnyi)等人拒不接受对他们作品的批判等情况透露给了中国读者。①

赫鲁晓夫在《文学艺术要同人民生活保持密切的联系》一文中，也提到了《文学莫斯科》丛刊及它的编者们拒不接受批评意见的态度。他特别指责玛格丽特·阿里盖尔作为一名党员，也袒护那些暗中传播异端思想的作品。②赫鲁晓夫对杜金采夫的批评异乎寻常的尖锐③，比起他1959年5月第三届苏联作家大会致词中的评论要激烈得多。

1958年1月《文艺报》发表了一篇《译文》副主编陈冰夷全面论述，当然是批评性论述《不是单靠面包》的文章。陈冰夷与苏联批评家的反对之声遥相呼应，并策略性地在文章的开头和结尾引用了赫鲁晓夫对杜金采夫的批评。④陈冰夷着重分析小说主人公洛巴特金的社会地位和思想立场。巴特金是中学物理教员，反对科学权威、政治家德罗兹多夫的官僚作风。陈冰夷认为德罗兹多夫及其同伙固然要批评，但他不赞成洛巴金特反对的方式，因为作为一个个人主义者，洛巴金特错在没有让党出面发起反对官僚作风和任人唯亲的斗争。陈冰夷还进一步指出杜金采夫没有能在小说中描写出党的作用，也没有描写"苏联人民"以启迪读者。由此，他认为《不是单靠面包》是一部片面的、歪曲的、极端不真实的小说，它对现实生活中阴暗面的"揭露"，也是违反历史真实的，因为苏联经济在小说发生的1947—1951年期间取得了巨大成功。陈冰夷对小说的政治性分析得很多，却丝毫没有提及小说的美学问题。⑤

---

① 《译文》1957年第8期，第225—226页。
② [苏]《共产党人》1957年12期，第24页。阿里盖尔因为1957年6月11日给莫斯科作协写来了一封信，表示不考虑接受批评并承认错误，因而受到指责。参见《译文》1957年第8期，第226页。
③ [苏]《共产党人》1957年12期，第24页。阿里盖尔没有出席联席会议，只是写来一封信，并没有表示要考虑接受批评并承认错误。参见《译文》1957年第8期，第226页。
④ 《文艺报》1958年第2期，第36—43页。
⑤ Mark Slonim 在一篇文章中指出《不是单靠面包》的结构是："松散的，叙述是累赘的，风格乏味，女主人公形象苍白"。见 *New York Times*, October 20, 1957。

第五章　反右运动(1957年6月—1958年2月)

经正统批评家的一番筛选，中国读者对国际修正主义的问题有了相当的了解。苏联和中国批评家都认为，南斯拉夫作家约希普·维德马尔(Josip Vidmar)是一个大修正主义者，他的修正主义思想正开始被中国读者所认识，中国翻译了他的日记片断，又译了鲍里斯·齐赫尔(Boris Zikherl)和里夫希茨(Mikhail Lifschitz)对他的批判①。列夫·托尔斯泰的作品又再一次成为争论的话题。维德马尔读了列宁评价列夫·托尔斯泰的文章后，得出结论说："一部文学作品的意识形态倾向，根本无关其艺术价值。"②这让正统理论家大为尴尬。维德马尔指出，列宁认为虽然托尔斯泰的作品具有乌托邦性质和反动性，但他是一个艺术上的天才，由此维德马尔推论出，反动思想并不会阻碍伟大作品的诞生。他还进一步推论说，文学追求的是"人类永恒的情感"，因而是超越阶级界限的。维德马尔的理论否定了以艺术与思想标准相结合的方式来衡量文学作品艺术价值的可能性，而艺术与思想标准相结合正是共产主义国家批评家广泛采用的方法，里夫希茨批评维德马尔的《日记片断》时就曾为此辩护。里夫希茨坚决反对生活的某些部分(这里指艺术)可以游离于马列主义的意识形态的观点。他断言"艺术的目的是为了满足审美需要"这句话是有误导性的，③这只是一种同义反复，他的结论是："艺术作品积极的思想内容与艺术价值同样重要"，"文学作品的艺术价值直接取决于其思想内容"，这是不容忽视的。④

---

① 《译文》1958年第1期第170—180页译载了约希普·维德马尔《日记片断》，从俄文稿转译。原作发表在(南)《劳动》杂志1956年第5期和(南)《当代》杂志1956年第4期。鲍里斯·齐赫尔《艺术与思想性》，载(南)《当代》1956年，译载在[苏]《外国文学》1957年第8期第204—211页。《译文》1958年第1期第158—170页据俄文稿转译。齐赫尔的《艺术与思想性》的重要性在于它赞同卢卡契的"思想性"一说，从而让当时的中国读者对卢卡契有了一个正面的认识。里夫希茨的评论文载《苏联文学》1957年第9期第139—151页和第10期第125—138页。《译文》据俄文稿转译，载1958年第2期第154—168页，第3期第168—183页。
② 《译文》1958年第1期，第172页。
③ 《苏联文学》1957年第10期，第125页。
④ 同上，第136页。

且不论里夫希茨的推理方法,他的文章的确回答了很多问题,是对马克思主义文艺理论的一次详细阐释。比起毛泽东《在延安文艺座谈会上的讲话》,里夫希茨对艺术与思想,或者文学与哲学的关系问题论述得更为明确。值得注意的是里夫希茨写这篇评论的目的,也许不仅仅是因为几个月前维德马尔刚访问过中国,《译文》决定发表他修正主义的言论,而且还因为维德马尔如此清晰、明快地表述了自己的观点并为中国的一些修正主义者所认同。维德马尔像秦兆阳那样反对用思想或政治标准来衡量文学价值,他所提出的"人类永恒的情感"多少让人想到了徐懋庸和刘绍棠的言论。文学修正主义的问题的确已成为一个国际性问题了。

第六章 大跃进(1958年3月—1959年12月)

1958年和1959两年中,中共政策继续高度关注文学,人们对此已相当适应了。当局的政策可以归结为要求"又红又专",尤其强调"红"。无数事例表明,在这段时期内,真正起决定作用的是政治上的"红",而不是工作表现上的"专"。1958年2月毛泽东指出,共产党好社会主义之大,急社会主义之功,正是"轻视过去,迷信将来",①鼓励业余文艺和民歌创作,就是因为不能迷信专家价值、要求党的官员来引导文艺创作的一个例子。

第一节 人民公社与"不断革命"

如果可以取消专家,那么人人都可以做专家的工作。作家可以炼钢,炼钢工人也可以写作。下放作家和提倡业余文艺是互为补充的,目的是为了取消脑力劳动和体力劳动之间的界限。虽然以前没有在实践中证实过知识分子的危险性,但是有理论上的支持。早在1848年马克思、恩格斯发表《资本论》的时候,就将消灭体力劳动和脑力劳动的差别、消灭城乡差别作为共产主义理想的内在要求。毛泽东提出"轻视过去,迷信将来",是想让人们忽略马克思主义者在中国只占少数的现状,并试图直接超越社会主义阶段,在最近的将来确立共产主义制度,从而避免走苏联逐步发展经济的道路。② 人民公社于1958年4月出现雏形,6月全面推广,它被认为是通向共产主义的捷径。1958年8月通

---

① 参见郭沫若《关于厚今薄古问题》,《人民日报》1958年6月11日。
② 石西民1959年10月8日发表于《光明日报》的文章中写道:"不错,在全国人口中间,在知识分子中间,马克思主义者暂时还是少数。"

过的党的一个正式决议称:"我们应该积极地运用人民公社的形式,摸索出一条过渡到共产主义的具体途径。"①"共产主义是天堂,人民公社是天梯"成为流行口号,甚至连令人尊敬的《政治学习》杂志也认为"向共产主义过渡与社会主义建设正在同步进行"。② 一些过激的基层干部在"自觉自愿"的基础之上,又增加了"按需分配"的制度,以期在两年多的时间完成向共产主义的过渡。尽管这种做法受到阻止③,但建设人民公社的热情持续高涨,成为中国建设共产主义独特方式的生动例证。

众所周知,中国的人民公社问题再次令中苏关系复杂化,苏联在30年前曾进行过人民公社的试验,但很快中止。赫鲁晓夫在苏共二十一大上的讲话中称,中国共产党发展了另一种社会主义建设方式,但他没有使用中国提出的"通往共产主义的天梯"这一说法。④ 赫鲁晓夫提出了所有社会主义国家应该在同一时段实现共产主义的新观念,苏联驻华大使尤金(Pavel Yudin)对此作了详细阐释,从而排除了中国先于苏联进入共产主义的可能。⑤ 人民公社是个试验品,它显示出北京和莫斯科既是同盟者又是竞争对手,在共产主义阵营内外争夺权力和声望。人民公社表明了两国在政治道路和革命热情方面存在着分歧。

中苏两国革命道路的分歧也反映在中国的文化与文学发展上。中国共产党喜欢强调其革命的持续性特征,称之为"不断革命",这是一

---

① 1958年发表了两个关于建立人民公社的决议:中共中央8月29日通过了《关于在农村地区建立人民公社的决议》;12月17日通过《关于涉及人民公社问题的决议》。第一个决议热情更高一些,其中说建设人民公社的根本目的是加快社会主义建设,而建设社会主义的目的是为了主动向共产主义过渡做准备。在中国实现共产主义不再是遥远的事情。第二个决议的出台是基于巩固已取得的成果和防止过激行为的需要。
② 见田生的文章,载《政治学习》1958年第10期。
③ 如许立群文章,载《红旗》1958年第12期,第20—25页。
④ [苏]《真理报》1959年1月28日。
⑤ [苏]《真理报》1959年2月6日。

个从托洛茨基的"永远革命"(Permanent revolution)翻译过来的术语。① 中国共产党强调自己革命的不可中断性特征,与他们强调社会主义现实主义中革命的浪漫主义一面,有相同的政治(或心理)倾向。② 由于对政治和文艺方面的现实主义道路没有耐心,他们打算通过梦想天堂,以华丽诗性的语言激起人们的热情,以加快共产主义的到来。文学和意识形态领域对毛泽东的崇拜在1958—1959年达到最高峰。这当然与苏联批判个人崇拜的倾向相矛盾。在中国,人民公社中匿名的集体文艺创作价值被认为远远超过个人的成就,这种趋势也与苏联的态度相反,苏联对下放作家到农村持保留态度,③在是否推动业余文学创作的问题上犹豫不决,因而其业余创作从没有像中国那样繁荣过。因此也不用说,在吸收西方文艺方面,苏联和中国的官方政策在理论与实践方面都判然有别。④

1958年10月在塔什干(Tashkent)召开的亚非作家大会上,"出口"极端反西方的观点成为中国政策的核心内容。茅盾在大会报告中强调"西方殖民者"带给亚非人民的是使被压迫者精神堕落的作品。⑤ 周扬

---

① 参见 Stuart R. Schram, "La 'revolution permanente' en Chine, Idéologie et réalité", Revue fran,caise descience politique, 10(1960),3, pp.635-658. 据此说托洛茨基主义在中国不再受谴责是不正确的,事实上,中国通常把"不断革命"的理论仅仅与革命发展的阶段论联系在一起。中国对"不断革命"理论的强调,给赫鲁晓夫1962年12月12日指责中国犯了托洛茨基主义的错误提供了口实。

② 1960年周扬承认毛泽东"根据马克思主义关于不断革命理论和革命发展阶段论相结合的思想"提出革命现实主义和革命浪漫主义相结合的艺术方法。见《文艺报》1960年第13、14期,第25页。

③ 苏联第二次作家大会上,奥维奇金和肖洛霍夫提出将作家下放到农村([苏]《文学报》1954年12月23、26日)。1961年苏联文化部长福尔采娃(E. A. Furtseva)仍称许多苏联作家的文学水平不高,主要是因为几乎所有作家都生活在莫斯科或其他加盟共和国的首都。但是他们的建议并未得到肯定的回应,甚至正统派的科切托夫还在苏共二十二大上驳斥了福尔采娃的观点([苏]《真理报》1961年10月31日)。

④ 比如塞林格(J. D. Salinger)的《麦田里的守望者》(Catcher in the Rye)是一本出色地反映个人主义、无聊、孤独、痛恨虚伪的小说,在中国显然是不可能翻译出版的,但1960年苏联出了俄文译本。

⑤ 《文艺报》1958年第19期,第4页。

认为西方势力通过把人们的注意力引向落后的一面而破坏东方文明:

> 在摧残东方民族文化的同时,他们又极力宣传东方文化中的封建糟粕。这两件事是并行不悖的。东方的那种过时的消极的所谓"精神文明",就是他们大力推广的糟粕之一种,其目的是要麻痹东方人的斗争意志,使他们陶冶在这种空洞的、消极的"精神文明"之中,安于现状,不思进取,不去反抗,实际上是自己随便任人宰割。①

"公社文学"的兴起并不妨碍继续推行旧政策,中共出于权宜之计继续模仿苏联,1958年、1959年又在口头上重提"百花齐放,百家争鸣"的方针。但这一时期已与1957年大不相同。下面的引文是黄药眠的自我批评中的一段话,而前面的章节中同样引用过他的话,反映的是1957年5月文学气候的特征,两者对比可以看出文化形势的深刻变化:

> 组织上之所以要我参加体力劳动,其主要目的在于培养我的劳动观点和劳动习惯,使我具有劳动人民的思想感情,从而逐渐地树立起劳动者的立场和观点。了解到这一点后,我才逐渐感到劳动中的艰苦和快乐,逐渐学会分析自己在劳动过程中的一点一滴的思想活动,体会到劳动者的伟大和智慧。开始知道种一棵萝卜、一株西红柿不是一件容易的事情,它需要积肥、沤肥、施肥、追肥,要育苗、移苗、定植,要锄土、开畦、平地、耪地、薅草。过去我看见萝卜只知道吃它,现在我才知道它包含着多少劳动人民的力和汗。②

---

① 在同一篇报告中,周扬这样评价林语堂:"早被中国人所唾弃的无耻文人林语堂,就是竭力鼓吹中国的所谓'精神文明'的。"(《文艺报》1958年第19期,第7—9页)
② 黄药眠在全国政协三届一次会议上的发言《我的体会和决心》,载《人民日报》1959年4月29日。

第二节 革命的现实主义与革命的浪漫主义

1957年许多著名理论家都遭到挫折,其观点也湮没无闻。这样就在文学批评和文学理论界形成了不易填补的真空。另一方面,文学创作却猛增,至少在数量上如此,"文化上的大跃进"和业余文艺的发展造就了一种新形势,需要一个新口号。因此,据说是由毛泽东创造的"革命的现实主义与革命的浪漫主义相结合"的新提法应运而生,并立即占据了文学批评家的想象力。

周扬在1958年第1期《红旗》上发表了《新民歌开拓了诗歌的新道路》一文,指出新提法"是对全部文学历史的经验的科学概括,是根据当前时代的特点和需要而提出来的一项十分正确的主张,应当成为我们全体文艺工作者共同奋斗的方向"。除了强调浪漫主义外,新提法的重要性还表现在它与中国文学史联系起来。不论"革命的现实主义与革命的浪漫主义相结合"与社会主义现实主义的关系多么紧密——我们下面会论述这个问题——新提法强调了中国文学发展的历史连续性。周扬认为现实主义与浪漫主义相结合的先声出现在屈原等伟大诗人的作品中:

> 我国历史上最伟大的诗人屈原,就是一位最大的浪漫主义者。后来的诗人在这一点上表现得特别突出的还有李白。他们两个在创作上都和民间文学有血肉相联的关系。在一千多年以前,刘勰用"酌奇而不失其真,玩华而不坠其实"这样两句话来探索屈原诗歌的风格,可以说是我国关于文学中幻想和真实相结合的最早的朴素思想。①

周扬还把新提法与中国民歌的复苏及毛泽东诗词联系起来,称毛

---

① 《红旗》1958年第1期,第33—39页。

泽东为新理论"提供了好榜样",这样,新理论的提出背景就完全中国化了,而其苏联文学理论的源头就变得很遥远。颇有意味的是,《文艺报》报道周扬讲话的标题,是《建立**中国自己的**马克思主义的文艺理论和批评》①。人们还到中国传统文学中寻找浪漫主义的源头,于是一些古代的英雄,比如以洞察事理、有着神奇力量著称的战略家诸葛亮又被提起。②茅盾走得更远,甚至称现实主义的民歌源自中国的神话传说。他在《夜读偶记——关于社会主义现实主义及其他》一文中,反对现实主义是在(欧洲)文艺复兴时期形成的理论的观点,认为中国文学史说明现实主义自古有之,他说:

> 神话传说的片断——射日、补天、移山、填海——都表示人类改造自然、征服自然的坚决意志和伟大气魄⋯⋯都是不承认宇宙间有全能的主宰(天帝,至高无上的尊神),而确认人是宇宙的主宰。我们的初期文学(诗经)中所表现的人道主义和现实主义的精神就这样有了它的渊源。③

在新理论的支持下,中国文学遗产的研究步伐大大加快。不过,毛泽东1942年就说过,对传统的东西必须是批判地吸收。周扬重新表述了这一说法:"我们应当从我国文学艺术传统中吸收现实主义和浪漫主义相结合的丰富经验,并且在共产主义新思想的基础上发扬而光大之。"④他的意思是说只要有助于产生新的"社会主义"的文学,就可以学习过去的文学。在此前提下,盛大的纪念13世纪戏剧家关汉卿的活

---

① 《文艺报》1958年第17期,第7—12页。
② T. A. Hsia(夏济安)在 *Metaphor, Myth, Ritual and the People's Communes*(Berkely, Center for Chinese Studies, University of California,1961)中探讨了诸葛亮和其他旧小说中的主人公近年来在中国走红的情况。
③ 茅盾的《夜读偶记》发表在《文艺报》1958年第1期,第3—11页;第2期,第26—31页;第9期,第36—42页和第10期,第38—43页。
④ 《红旗》1958年第1期,第36页。

动得以进行。关汉卿的戏剧被誉为"向封建社会猛烈进攻"的艺术武器。郭沫若称他出于真正的民主精神而同情、歌颂被压迫者,强调他的贡献在于将现实主义与浪漫主义结合在一起。郭沫若补充道:"人道主义和乐观主义精神,在关汉卿身上是统一的。现实主义和浪漫主义精神,在关汉卿的作品中也是统一的。"① 至于陶渊明和陈子昂,他们有时被看做浪漫主义诗人,但根据"革命的现实主义与革命的浪漫主义相结合"的论点,就不能说他们的作品是"消极的"或"落后的"。② 新理论事实上起到了恢复文学遗产名誉的作用。

尽管新理论在评价传统中国作品方面有重要作用,但它实际上是苏联文学理论的分支,并与社会主义现实主义紧密相连。很奇怪,周扬1959年3月解释说,"革命的现实主义与革命的浪漫主义相结合"和"革命的现实主义与革命的理想主义相结合"完全是一回事。③ 早在1953年周扬即已提倡"革命的理想主义",这是一个直接从苏联文学理论中借用的概念,用于指称肯定人物的"理想人格",而"革命的理想主义"和"革命的浪漫主义"都是苏联文学批评所使用的术语。日丹诺夫时代苏联杂志《布尔什维克》上发表了一篇很有影响的编者按,其中所讲的艺术家的创作方法在某种程度上接近中国的提法,它说:"在运动中而不是静止地再现现实要求现实主义与革命浪漫主义相结合。"从这段话的语境来看,现实主义与浪漫主义相结合就是社会主义现实主义。④

---

① 郭沫若纪念关汉卿的一篇讲话,载《人民日报》1958年6月28日。
② 有人认为陶渊明是一个现实主义诗人,有人认为他是反现实主义诗人,还有人认为他是浪漫主义诗人(《文学评论》1959年第2期,第125页)。有关陈子昂,请参阅林庚的文章,载《文学评论》1959年第5期,第138—149页。
③ 《文汇报》(上海)1959年3月28日,英译文见 SCMP,第1993号,第10—12页。
④ [苏]《布尔什维克》1946年第19期,第9页。季莫菲耶夫(L. Timofeyev)和文格罗夫(N. Vengrov)编写的《文学术语小词典》(Moscow, Gos. Uchebnopedagichekoye izd. Min. Prosvesheniya SFSR,1955)中说,高尔基早期作品的特征是"革命浪漫主义的",且内在于"革命的现实主义"。词典中并未收录"革命的理想主义"一词,但迪姆希茨(A. Dymshits)评论爱伦堡的回忆录时把马雅可夫斯基的诗和阿·托尔斯泰的散文称作"革命理想主义的"作品(Oktyabr' 1961,6, pp. 194-198)。

人们不禁疑惑,中国的理论家是否也把"革命的现实主义与革命的浪漫主义相结合"等同于社会主义现实主义。事实上他们当中许多人都这样认为,比如郭沫若在《浪漫主义和现实主义》一文中说,社会主义现实主义是革命的现实主义与革命的浪漫主义的结合体,还说如果有人要找社会主义现实主义的新作品,就应该去农村、工厂和工地去找,在那里,大跃进就代表了革命的浪漫主义时代和革命的现实主义的时代。① 但这并不表明它们就是同义词。郭沫若的文章表明,这个术语实际上比社会主义现实主义的意义更宽泛,它包含着对浪漫主义的重新强调。郭沫若本人对浪漫主义一直很有兴趣,他把自己对新提法的解读当成是自己的一大功绩。毛泽东诗词出版后,郭沫若大胆承认自己就是个浪漫主义者,从成立创造社和出版《女神》以来就一直是浪漫主义者。②

《文艺报》的编辑汇总了关于新提法与社会主义现实主义关系的种种不同意见,结论是华夫、刘芝明、井岩盾和贺敬之认为革命的现实主义与革命的浪漫主义相结合是"对社会主义现实主义的丰富和发展"。还提到艾耶则、艺军、郭沫若和茅盾相信革命的现实主义与革命的浪漫主义相结合与社会主义现实主义是完全相同的。但这一总结似乎太过笼统,无论是郭沫若还是茅盾都认为"现实主义的创造方法加上革命的浪漫主义创作方法"并不必然会产生社会主义现实主义,茅盾认为至少还有一个因素,即马列主义世界观,是创作符合马列主义的作品时不可或缺的。③ 这一论述以马克思主义教条者的观点看来当然是正确的。因此,更准确的说法似乎应该是,既然有作家认为新提法比社会主义现实主义含义更丰富或实际上"完全相同",那么茅盾则代表

---

① 《红旗》1958 年第 3 期,第 6—7 页。
② 用他自己的话说:"比如我自己,在目前(即毛泽东诗词发表以后)就敢于坦白地承认:我是一个浪漫主义者了。这是三十多年从事文艺工作以来所没有的心情。"(《红旗》1958 年第 3 期,第 4 页)
③ 《文艺报》1958 年第 21 期,第 29—30 页。

第六章　大跃进(1958年3月—1959年12月)　185

着另一种观点,即革命现实主义与革命浪漫主义相结合"不如"社会主义现实主义全面。

没有统一的解决方案。1959年4月《文学评论》再次总结了新提法与社会主义现实主义关系的不同意见。他们引用茅盾的话,但并没有指出茅盾认为革命的现实主义与革命的浪漫主义相结合不如社会主义现实主义全面。他们总结出的多数中国作家对新提法的看法如下:

> 另一种意见是,革命的现实主义与革命的浪漫主义相结合是丰富和发展了社会主义现实主义。很多同志认为这个丰富和发展表现在强调了革命的浪漫主义,而这,过去高尔基和日丹诺夫虽然都曾解释过是社会主义现实主义的组成部分,但在后来人们的实践上和理论上却没有得到足够的重视。①

这段话传达出这样一种观点,即后来的作家们背离了社会主义现实主义的原意。我们可以推断这个观点主要是针对苏联作家的,因为,首先上下文只涉及苏联人;其次中国人不应受到指责,因为他们在革命的现实主义与革命的浪漫主义相结合的新提法中找到了一条新途径。因此这段话认定,新提法是为促使中国作家以一种不同于当代苏联的方式进行创作而提出的。

在一个社会主义国家,生活的不同方面是紧密相连的。因此,新提法可以看做是应对大跃进挑战所做出的回应。② 我们可以看到新提法的出台是出于强调中国文学史连续性的愿望,同时他们也希望勾画出自己的文艺政策,至少与苏联强调的重点有所不同。但促使新提法出台的深层原因远非是为了与苏联不同那么简单。一位发言人在谈到"国际修正主义"时认为对革命浪漫主义的强调应追溯到"社会上个人

---

① 《文学评论》1959年第2期,第124页。
② 如井岩盾的观点,见《文艺报》1958年第21期,第29页。

崇拜因素的活跃,导致了经济上的主观主义和唯意志论"。这是住在匈牙利的卢卡契1958年在德国发表的观点,卢卡契的观点部分地解释了下文将要论及的为何中国文化官员如此激烈地反对他的思想。"唯意志论"概念确实为我们理解1958—1959年的中国状况提供了一把钥匙。在这几年里,中国人,或者说中国领导人被到达共产主义阶段的强烈愿望所牵引,被不顾现实条件实现理想社会的英雄主义所感动,为即将到来的天堂生活的浪漫信念所陶醉。

第三节　群众文艺创作运动与诗歌形式问题

1958—1959年,中国的文化政策在两个极端中变换,相比较而言,苏联却要温和得多。中国对那些持个人主义怀疑论、坚持道德原则、沾染上世界主义倾向的作家的作品一概否定。这常常是这些思想观念过分泛滥的必然结果。这些作家因为倾向于西方,倾向于苏联出现的更先进的思潮而受到指责,与此同时,中国的文化官员又欢迎作家们回到毛泽东1942年所说的"为中国老百姓所喜闻乐见的中国作风和中国气派",即将诗与日常工作融合,回到半传统、半民间的无名的集体创作状态,从而把对共产主义未来的梦想与对过去的马克思主义式的怀旧结合到一起。①

传统的有价值的东西当然要批判地继承。"封建残余"和"迷信"因素被抛弃,但又十分强调神话概念,尤其是超人力量的神话,这或许被认为是对人文主义和知识分子方式的一种有效回答。周扬说过"劳动人民"破除了迷信,但是一种新的、对超人的迷信取代了旧迷信:

---

① 周扬说:"劳动成了新民歌的支配一切的主题。诗劳动化了,劳动也诗化了。"(《红旗》1958年第1期,第36页)。他看到了中国文化乌托邦的未来,"民间歌手和知识分子诗人之间的界线将会逐渐消泯。到那时,人人是诗人,诗为人人所共赏"(同上,第38页)。

第六章 大跃进(1958年3月—1959年12月)

不再迷信鬼和神,相信自己有力量克服任何困难。他们不再在盲目的自然力面前屈居奴隶的地位,而要作自然界的主人,向自然发号施令了。在不少的新民歌里,就突出地表现了工人阶级和劳动人民改造世界、征服自然的雄伟决心。人们带着尊敬和怀念想起了治水的大禹和移山的愚公,想起了历史和传说中的许多英雄人物。但是歌唱者并没有在古代的英雄面前拜倒。"社员个个赛古人",就是他们豪迈的结论。①

周扬引用了一首集体创作的民歌,其中就包含这种思想:

天上没有玉皇
地上没有龙王
我就是玉皇
我就是龙王
喝令三山五岭开道
我来了

周扬解释说诗中的"我"并不仅仅指一个人,而是指整个"集体农民"。在公社文学中处于中心位置的超人,是人们控制世界的欲望的神话式体现。除了"集体农民"和传说中远古的英雄外,只有一个活人可以体现超人方方面面的魔力,那就是毛泽东。毛主席的形象在这些民歌中无所不在,并被赋予各种各样的超人品质。尽管把所有力量和智慧都归结到他身上的现象,在此之前已经屡见不鲜,但是现在愈演愈烈。毛泽东的眼睛被比作夜空中的星星,远在深山的人们都能望见。② 他的画像挂在墙上如同太阳一样照亮了房间、给人们温暖。他能排山倒海,

---

① 《红旗》1958年第1期,第34页。
② 《文学评论》1959年第1期,第15页。

在地球上顺手一画,就变成公路和铁路。①

毛泽东之所以能够在人们心目中变成一个神话,是因为他自己在诗中激情昂扬地令传说中的英雄和造物主复活,并认同了神话思维;许多诗人向他学习,在自己的诗作中也引入神话概念。在这里,我们可以清楚地看到毛泽东的个人方式如何影响了文学史的进程。在"向毛主席诗词学习"口号的带动下,郭沫若、臧克家和一些其他诗人都来讨论毛泽东用格律体写的《蝶恋花》词的意蕴。② 为说明神话人物在他词中被表现的程度,引录全词如下:

蝶恋花·答李淑一

我失骄杨君失柳,
杨柳轻飏直上重霄九。
闻讯吴刚何所有,
吴刚捧出桂花酒。

寂寞嫦娥舒广袖,
万里长空且为忠魂舞。
忽报人间曾伏虎,
泪飞顿作倾盆雨。

除神话概念的运用外,词中还有一些民间诗歌的传统因素。郭沫若在1958年4月接受采访时强调,古代的采风与1958年对民间诗歌的搜集

---

① 《人民文学》1958 年第 8 期,第 53 页。
② 《文艺报》1958 年第 11 期,第 26—30 页;第 7 期,第 1—6 页;《红旗》1958 年第 3 期,第 3—4 页。

整理非常相似,①但是,古代诗歌与现在的诗歌有着本质的不同,前者常常批评当权者或表达人民的苦难,而后者则仅仅歌颂统治者。②

但是新民歌在形式方面与传统诗歌很相近。在谈到对民族传统的吸收时,郭沫若严厉谴责艾青和胡风,说他们那一套都是从外国学来的,"老百姓不能接受"。他称赞这些年来令人欢欣鼓舞的民间文学:

> 从文学史上看,一种新的体裁出现,都是民间文学走在前头。中国的诗,很长时期都是四言的。五言诗到建安(196—219)和正始(240—248)的时候才固定下来,但是民歌里已经先有了。七言诗的产生更迟。三国时代(222—265)大都是五言诗,只有曹丕写过一首较好的七言诗。但是七言在民间歌谣谚语里早就有了。《后汉书》里引了许多民间谣谚,大都是七言的。③

言下之意就是只有在民间诗歌中出现的诗体革新才是被允许的,聪明的诗人应该向民间诗人学习。事实上,1958、1959年创作的民歌一般是五言或七言的,这与中国古典诗歌的五言与七言诗占主要地位是一样的。④ 如果说真有什么革新的话,就是其保守性。郭沫若提出的革新实际意味着倒退,或至少在形式上要远离他所轻视的胡风、艾青及其他诗人向欧洲学习后写出的诗作。

诗人应该向民歌学习的政策制定起来容易,但要确定在多大程度

---

① 早在1958年4月郭沫若就引用过两本诗集《农村大跃进歌谣选》和《工矿大跃进歌谣选》,见《人民日报》1958年4月21日。《红旗》1958年第1期(6月1日)上,周扬引用安徽出版的《大跃进民歌》中的作品。1958年第8期的《人民文学》辟为民歌与业余文学专号。当年晚些时候又有无数的诗集发表,其中郭沫若和周扬主编的《红旗歌谣》是最重要的文本之一,与《诗经》一样,它也包含300篇。

② S. H. Chen(陈世骧), "Multiplicity in Uniformity, Poetry and the Great Leap Forward", *The China Quarterly*, 1960, 3, pp. 1-15.

③ 《人民日报》1958年4月21日。

④ 参见 S. H. Chen(陈世骧), "Metaphor and the Conscious in Chinese Poetry under Communism", *The China Quarterly*, 1963, 13, pp. 39-60。

上,以何种方式让民歌成为榜样就困难了。从郭沫若和其他人的观点中可以清楚地看出,文化官员更喜欢格律诗。虽然这些格律诗主要是五言或七言的,与"群众文艺创作运动"[1]有着直接的联系,但从未强制"文人诗歌"的作者都写这种格律诗。只要文人政治上不犯错误,他们在诗体选择上相对自由。比如郭小川写的诗在形式上与胡风的相似,闻捷则选了马雅可夫斯基的诗歌形式为祖国的反右斗争辩护。[2] 冯至在评论艾青的诗时,把思想上是否正确作为决定诗人是否是形式主义者的标准之一。思想上正确也是唯一可以为作者没有按照格律体写作诗歌进行开脱的理由。

不仅只是政治上的权宜之计,使官方对诗体形式采取了宽松的姿态,更因为诗歌形式还涉及纯技术性困难,就像《文学评论》上的讨论所说的那样。统一的意见是,写作格律诗必须考虑节奏问题,但节奏由哪些因素组成,却众说纷纭。罗念生称"节奏是指一个声音单位(顿或音步)在同等时间内的重复出现",强调节奏的等距离性。[3] 围绕"平仄"是否作为构成节奏的因素之一,也展开了激烈争论。何其芳和林庚否认现代汉诗中音调的区分有任何功能性意义,他们相信,如果不去考虑它们音的高低、长短,平仄的对比根本上是不明显的。林庚坚持即便在古典诗歌中,平仄也只起装饰作用,各行字数相等(五言或七言)才是节奏最基本的组织原则。他公开表达了一个非常合理的观点:节奏的组成因素主要取决于特定语言的内在规律,并指出汉语中节奏的困难在于轻重对比不明显。还有人指出韵脚的位置也是构成节奏的重要因素,但大家普遍认为押韵不足以确立一个格律体系。

虽然都认为汉语中持续与重音的区分不够明显,但节奏的另一构

---

[1] 有关群众文艺运动,见《文艺报》1958 年第 18 期,第 19—23 页。

[2] 如郭小川的《月下》(载《人民文学》1959 年第 3 期)押韵却各节行数不等,在形式上类似胡风的长诗《时间开始了》。郭小川并非一贯正确,他的《望星空》招致华夫的批评,但没有被批评其形式方面的问题(《文艺报》1959 年第 23 期,第 11—13 页)。闻捷的《祖国,光辉的十月》发表于《文艺报》1957 年第 26 期,第 2—3 页。

[3] 《诗歌格律问题的讨论》,见《文学评论》1959 年第 5 期,第 149—154 页。

第六章 大跃进(1958年3月—1959年12月)

成要素音高更是个问题,因为汉语中有太多的方言,当我们考察群众文艺创作运动时这一点更是不能忽略。这样就只剩下诗歌创作的两大规律:各行字数相等和押韵。中国文化政策的制定者对此倒没有做出规定。何其芳只是说毫无疑问律诗必须注重节奏,却没有说明节奏由哪些因素构成。不过他明确表示了对提倡诗句须整齐划一的怀疑,就像现代汉语中"的"、"了"等功能词并不把整个音节都读出来一样。何其芳是现代格律诗的热心支持者,提倡发扬五四文学运动的传统,他说:"劳动人民的诗歌和进步的革命作家的诗歌都是主流,都是主流的组成部分。"①诗歌权威袁水拍表述得更精确,认为新诗需要讲究节拍的规律化,但如果要解决新诗的民族化、群众化问题,不是只要解决一个节拍问题就够了,新诗应该整齐、有韵、精炼,简单地说,它应该在古典诗歌和民歌的基础上发展。他提倡各行字数相等,同时承认除五言诗与七言诗外,各行音节为奇数的诗也是符合传统的。②

人们大都倾向于接受袁水拍的观点,比如1959年在《人民文学》上发表的绝大多数诗都各行字数相等且又押韵。但袁水拍的观点未必就是教条,仍有可能存在例外情况,尽管只占少数;自由诗的提倡者,如丁力和陈业劭也能自圆其说。③尽管如此,让"群众"写自由诗毫无意义,因为教他们写自由诗远比押韵和数字数困难得多。

中国人努力创作出数以百万计的诗歌,这通常被看做是一个奇特的历史事件,事实的确如此。但是也应该记得其他社会在其他时代也有组织类似创作活动的情况,尽管规模相对较小。类似于低教会派④国家在文艺复兴前夕,所谓的"唱诗班"(Chambers of Rhetoric)如雨后

---

① 《诗歌格律问题的讨论》,也可参见《文学评论》1959年第2期,第74页。何其芳因为这些观点,尤其是发表在《诗刊》上的诗评而受到激烈的攻击。
② 《文学评论》1959年第5期,第153页。
③ 丁力说:"自由诗不讲究押韵,不讲究音节的整齐,也有鲜明的节奏。节奏是为了增加诗的语言的美,能合乎语言的自然规律,念起来顺口。"(《文学评论》1959年第5期,第152页)
④ 译注:低教会派是圣公会的一派,在信仰和礼仪方面与罗马天主教差别最大。

春笋般出现。这在许多方面都与中国1950年代末的业余诗人俱乐部类似。只是"唱诗班"最初可能有宗教功能,之后往往沦为政治工具。这些"唱诗班"类似互助会或群众组织,在社会上显赫人士或专业诗人的监督下,生产出数量庞大的诗,包含赞扬地方或宗教管理者的陈词滥调。中国也有这样的文学社团,起着类似的宣传作用,用类似的方式生产和传播诗歌,赞颂党和最高领导人。当然这并不意味着中国在模仿欧洲中世纪末期的"唱诗班"。但要强调的是,1958年中国的领导人为半文盲找到一种文化消遣和受教育的方式,迅速改变着他们生活其间、不乏理性的社会。如果这些业余文艺社团成立的背后没有党施加的压力,如果他们没有用歌功颂德的陈词滥调代替思想上不合要求的文人诗歌,业余社团或许还是满足人们文学需求的不错的方式。

第四节　文艺与物质基础的新关系:周来祥的解释

文学生产的大跃进不仅仅体现于诗歌创作高潮的出现,诗歌以其短小精悍而易于流行,但数以十万计的业余文学社团也在创作散文、小说、厂史之类的作品,许多文学社团早在1958年以前就存在了。天津和上海也许是最著名的工人作家中心。1958年春天,天津工人开始写工厂史,这在苏联早有先例,高尔基是肇始者。[①] 另一种与工厂史相似的作品类型是公社史,它与新民歌和工厂史一道,成为劳动人民政治斗争和生产斗争的武器,又是工农群众自我反映和自我欣赏的艺术作品。[②]

文学创作的数量十分惊人。从1958年3月到5月短短三个月里,

[①] 参见《文艺报》1958年第13期,第11—12页;第2期,第5—16页;1959年第23期,第2—11页。迟至1962年9月还有一篇报道谈及高尔基最早写作工厂史的情况,还提到那时中国作协会员中12%为工人作家(*NCNA*, September 28, 1962; *SCMP*, no. 2831, pp. 15-16)。苏联坚定的正统作家柯切托夫后来也提倡写工厂史,英译文见 *Current Digest*, 7(1955), 17, pp. 8-9。

[②] 康濯:《公社史作品选集·序》,载《文艺报》1959年第22期,第5—10页。

第六章 大跃进(1958年3月—1959年12月)

上海工人、农民创作出 1,000,000 篇"短篇小说和其他作品"。不用说，这些作品的文学价值相当低，甚至毫无文学价值可言。它们通常都是纯粹说教性或宣传性的，比如房子的《不要随地吐痰》，就是为宣传卫生运动而写的街头剧。① 这些"创作"，包括非文学性的艺术创作，1958年1月到10月共计880,000,000件(篇)。② 群众投入到文艺创作运动尤其是歌曲创作的精力确实令人叹为观止。1959年1月，《人民日报》一位名叫吕明的读者抱怨说，群众的首要责任是经济生产，让他们花大量的时间创作歌曲是不现实的，专业作曲家要为群众写出更多更好的歌曲。③ 此时，群众文艺创作运动似乎已达到高峰。

文学上的大跃进变得让人不可理解，需要一定的美学理论对这一现象进行说明。涉及的一个中心问题就是，文化的发展是否要与刚起步的经济繁荣保持一致；文学产品数量的激增，其质量是否随着进入社会主义并最终达到共产主义阶段而必然地达到较高水平。

尽管共产主义和文化天堂即将到来的信念有所谓的客观历史规律作支撑，但不幸的是马克思对文艺及其物质基础的关系却表述得相当模糊。看到古希腊在经济发展水平还比较低的情况下，艺术达却到"难以企及"的高度，马克思得出的结论是艺术的发达未必与物质基础的高度发展相对应。④ 这一结论隐含着这样一种危险性，即物质基础发展到极致，进入社会主义阶段并最终实现共产主义时，文化可能仍然滞后，提供不出比资本主义社会更多、更好的东西来。在东欧，卢卡契已经持有这一怀疑姿态："并非所有的经济增长和社会进步必然带来艺术、哲学等方面的前进；处于经济高度发达阶段的社会，其文学、艺术、哲学等未必一定超出经济水平发展较低阶段的社会。"但是卢卡契

---

① 见《人民日报》1958 年 4 月 20 日。英译文见 SCMP, no.1767, pp.27-30。
② NCNA, November 30, 1958; SCMP, no.1910, pp.23-24.
③ 见《人民日报》1959 年 1 月 6 日"读者论坛"的吕明来信。
④ Marx und Engels, *Ueber Kunst und Literatur*, ed. M. Lifschitz, p.35.

在许多场合也被迫声明这一限定并不适用于苏联。①

苏联方面关于文化与其物质基础不同步发展理论的最新表述,是前一章引述过的赫鲁晓夫的话,即"物质文化处于较低发展水平,则不会在全社会形成精神文化遍地开花的局面"。通过增加"全社会"三个字,赫鲁晓夫避免了与马克思对古希腊社会与文艺关系所作的解释发生冲突。或许马克思会同意赫鲁晓夫的观点,即不是古希腊全社会都对文化的繁荣有贡献。毫无疑问,赫鲁晓夫想以此来削弱马克思关于文化与物质基础发展不平衡理论的重要性。因为,从赫鲁晓夫的观点看,物质文化的发展是精神文化发展的基础。随后他称赞苏联的经济成就,却批评作家取得的成果,我们可以推断他可能不愿把不平衡发展的理论应用在社会主义的苏联身上。

中国的文化官员也认为拘泥于马克思的不平衡发展理论是不明智的。周来祥在《马克思关于艺术生产与物质生产发展的不平衡规律是否适用于社会主义文学》一文中,认为马克思这一理论不适用于社会主义和共产主义阶段。②《文艺报》编辑在周来祥的文章前加了整页的长篇按语,称作者并没有任何新观点,因为马克思和恩格斯都早就预见到社会主义和共产主义社会里人类智力的全面发展、科学和艺术高度繁荣的前景。列宁也预言新社会将产生"真正新兴的、伟大的艺术,一种共产主义的艺术"。毛泽东也表达过类似的看法,他说:"随着经济建设高潮的到来,不可避免地将出现一个文化建设的高潮。"③不过这无损周来祥文章的重要性,因为在中国直接讨论马克思关于文化及其物质基础不平衡理论的人还是很少的。

周来祥找到了各个时期文化发展与社会因素间的密切关系,这一

---

① Gyula Borbándi 在他的文章"György Lukács"(*East Europe*,10,1961,5,p. 29)引用了这段话。引自卢卡契(Lukács)的 *Karl Marx und Friedrich Engels als Literaturkritiker*(Berlin, 1952)。

② 《文艺报》1959 年第 2 期,第 20—24 页。

③ 引自毛泽东在全国政协第一届全体会议上的开幕词。

关系又是经济体系与社会意识之间相互作用的结果。但是像马克思一样,周来祥也否认文化发展与单纯的经济体系之间存在相互关系。虽然他对莎士比亚现象的解释别出心裁,但他对古希腊艺术与社会间关系的解释却差强人意。他在论证时引用马克思和高尔基的话,中心观点就是古希腊文艺是神话式的。当社会发展的低级阶段原始共产主义社会被稍高阶段的社会所取代时,人类对自然的态度也随之改变,由仅仅是控制自然的空想转变为控制自然的现实尝试,神话丧失了赖以存活的土壤,神话式的文艺彻底消失。这就是周来祥关于古希腊文明的全部观点,他并没有解释为什么一直以来,古代艺术受到包括马克思在内的不同时代人们的景仰。他也没能给我们提供关于另一个问题的线索,即为什么一个远古社会的艺术,像马克思说的那样,会散发出"永久的魅力",并能给工业化时代的人们以乐趣。① 艺术的"永久的魅力"问题不是周来祥提出来的,或许因为任何对它的讨论都是冒险的:若承认某个文艺作品具有永久或近乎永久的价值,则意味着超越了阶级界限,如欧洲资产阶级艺术家与苏联或中国社会主义大众间的界限;而否定这一说法,则无异于否认先前世界上大多数文艺作品的价值。

用历史唯物主义来研究天才式的莎士比亚是困难的,所以周来祥避开了这一点。这种做法值得赞赏。他说莎士比亚是作为资产阶级革命的文艺复兴的杰出代表,文艺复兴时期艺术和文化发展的高潮,发生在资产阶级联合了农民向封建阶级展开尖锐斗争的时候,斗争是因为经济基础面临崩溃的边缘。真正伟大的艺术家都与那个时代最先进最革命的思想紧密相关。因此莎士比亚的伟大性可以理解为他生逢其时,正处在资本主义革命的初级阶段。当资产阶级的革命性逐渐丧失,转为反动阶级的时候,艺术在资产阶级手里就走上颓废的和非现实主义的道路,伟大的艺术就不可能再产生。周来祥进而指出,只有对阶级

---

① 译注:参阅马克思《〈政治经济学批判〉导言》,《马克思恩格斯选集》第二卷,第114页,北京:人民出版社,1972年。

斗争有一个清醒的认识或亲身参加进去,才能促进文学艺术的繁荣发展,尽管19世纪俄国的现实主义艺术与经济发展水平不平衡,但那是俄国革命运动蓬勃发展给作家以巨大的鼓舞造成的。

同样的推论也适用于中国文学史。他说李白处身于社会矛盾激荡的时代,20世纪的伟大的鲁迅产生于经济异常贫困的时期。楚辞并没有诞生在经济发展水平最高的秦国,而是出现在阶级斗争最尖锐的楚国。汉朝物质生产发展的顶峰期,不过导致了"形式主义的'汉赋'的产生,而真正的艺术却是反映阶级斗争的'乐府'"。赋在公元前2世纪及其后兴盛,这里的"形式主义"指的不仅仅是或者主要不是赋的形式方面,而是指它的主题和作者的媚上态度。周来祥似乎认为形式主义与反映阶级斗争是相抵触的,前者是反艺术的,而后者是艺术不可或缺的特征。因此,他的理论成了一种诡辩:他希望证明古代真正的艺术与阶级斗争同步或紧随其后,而现在他似乎表明只有反映阶级斗争的作品才是真正的艺术。他的理论的最大缺陷就在于没有解释清楚伟大艺术的特征究竟是什么。

周来祥继续解释说,尽管在历史上经济形势与文化发展之间存在矛盾,但现在这个矛盾正在逐步消失。毛泽东说随着经济建设的高潮的到来,不可避免地将要出现一个文化建设的高潮,这就是"社会主义时代文化生产、艺术生产和物质生产的发展相一致"的规律。周来祥认为,马克思关于整个艺术领域的生产和物质生产发展不平衡的学说已经过时,因为产生这个规律的剥削制度已经被推翻,产生这个规律的条件已经或正在消失,新的条件已经出现:

> 生产大跃进的出现,是人们破除迷信、解放思想的结果,是人们响应和实践毛主席及党中央提出的鼓足干劲、力争上游,多、快、好、省地建设社会主义的总路线的结果,总之是思想、精神大跃进的结果。同时,生产的大跃进,又推动了思想的大跃进,要求人们的思想必须赶上形势,走在形势的前面,在带动生产的大跃进。思

想的大跃进,文艺的大跃进和物质生产的大跃进是辩证地发展着,是完全相适应的。

这一切都源于取消了脑力劳动和体力劳动之间的分离,文艺生产和物质生产结合在了一起。周来祥称这种结合为共产主义的萌芽。马克思曾预言过这种发展,他写道:"在共产主义社会里,将没有画家,而只有从事绘画工作的人。"①

尽管周来祥在知识分子当中或统治集团内部没有多高的职位,但他的文章却意义非凡。那些更清醒地意识到思想陷阱的人们或许永远不会这么直率地表达自己的见解。周来祥的文章几乎没有引起什么反应:没有激烈的争论,没有座谈会,只有微乎其微的反对呼声。② 因此我们无法把他的分析看做由党的权威确定的不可动摇的真理,如同周扬和邵荃麟的论点一样,但是,另一方面,在中国共产党看来,周来祥认为一旦进入共产主义阶段后,文化天堂马上就会到来,这样的观点毫无疑问是正确的。

第五节　盲目乐观主义的需要:对巴金等人的批判

周来祥称,随着生产的大跃进,社会主义的文学也在大跃进,这要求美学理论也必须来个大跃进。但除了他自己的文章,并没有多少人去研究马克思主义美学的基本问题。文学批评领域确实有一些运动,但仍像反右运动时那样,紧跟着政治,甚至有过之而无不及。梁斌和"革命妈妈"陶承都是那时最受欢迎的作家,③他们讲述共产党的斗争

---

① 以上参阅周来祥文章,见《文艺报》1959年第2期。
② 参阅张怀瑾:《马克思关于艺术生产与物质生产发展不平衡规律是"过时"了吗?》,载《文艺报》1959年第4期,第5—9、15页。
③ 梁斌的《红旗谱》1958—1962年间共印刷1,000,000本,其评论文章见《文艺报》1958年第5期,第25—34页和第9期,第12—19页。陶承的《我的一家》广受赞誉,到1959年3月印数已超过1,000,000,参见《文艺报》1958年第21期,第9—13页。

史,歌颂爱国志士和革命先烈为了新中国的诞生而不惜献出生命,这些沉重的代价造就了新的时代。在这个意义上,他们的作品跟群众文艺创作运动中那些简单的农民歌曲一样,是对党的智慧和领袖的赞美。其他广受欢迎的作者还有艾芜、赵树理、周而复、周立波、曲波和杨沫。①

与此同时,对丁玲、冯雪峰、萧军、陈涌和秦兆阳等人的批判还在继续,②还增加了新的替罪羔羊:共产党员方纪的作品《来访者》③被指责是对极端个人主义的称赞;杨履方的通俗喜剧受到批判;④诗人蔡其矫受到袁水拍的严厉攻击,因为他的《雾中的汉水》一诗只描写了普通百姓的悲惨遭遇,而没有按照革命浪漫主义的要求指出光辉灿烂的未来。⑤

一首短短29字小诗的发表导致了《文艺报》编辑公木的下台。这首名为《根》的诗,以笔名北方发表,全文如下:

　　春天了
　　人们都来赏花
　　也赞美绿的叶子
　　但是有谁记起
　　根正忙碌在地下

---

① *NCNA*, April 8, 1959; *SCMP*, no. 1992, p. 31. 有关曲波的情况参见《人民文学》1958年第1期,第108—112页。杨沫的见《人民文学》1959年第7期,第101—107页。

② 有关丁玲和冯雪峰的情况参见前文。严文井和公木在《文艺报》1958年第7期继续对萧军进行再批判。《文艺报》1958年第11期再次指责陈涌。《人民文学》1958年第4期和第9期的文章继续对秦兆阳的批判。

③ 发表于《收获》1958年第3期,批判文章见《文艺报》1958年第13期,第31—33页和第17期,第14—15页。方纪时任中共天津市委宣传部副部长,中国作协天津分会主席。对他的批判并不严厉,因为1959年11月还要他为一本《工厂史选集》写序。参见《文艺报》1959年第23期,第8—11页。

④ 《文艺报》1958年第22期,第30—32页。

⑤ 《文艺报》1958年第9期,第8—9页。袁水拍全文引录了蔡其矫的诗。

第六章 大跃进（1958年3月—1959年12月）

袁水拍将这几行诗理解为对社会现状的抱怨,甚至将它归结为对人民内部矛盾主题的暴露。当然,这首诗不是导致公木1958年10月初退出《文艺报》编辑委员会的唯一原因。公木1957年夏天出版了文化政策相对宽松时期写成的《谈诗歌创作》一书,从而将自己推到批判的前台。书中他毫不掩饰对右派分子公刘和邵燕祥诗作的热爱,更糟的是,该书又非常畅销,1957年7月到1958年3月先后印行四次。①

与公木一起被排挤出《文艺报》编辑委员会的还有另一位著名文学批评家王瑶。王瑶1953年完成的《中国新文学史稿》遭到北京大学中文系学生的集体攻击。② 公木和王瑶的命运表明,尽管创作活动与党的方针保持一致相当的困难,但是文学批评更成问题。写小说和诗歌时可以在某种程度上避开政治,或者含糊其辞,但在进行文学批评或写作文学史时,就不可避免地要随着变动不定的党的文艺政策作昧心之言。因此,1953年写出的文学史,事隔五年后可能就是有缺陷的;"双百"方针全盛时期所做的理论阐释,是不可能考虑到1958年后半年文艺政策的急剧变化的。当然,并不是所有以前出版的批评和理论作品都在1958、1959年受到指责,受指责的作者必须满足另一个条件,即他应当在读者心目中有相当的影响力,他的作品应该广受欢迎。王瑶和公木都符合这个条件。

任何一个在高级知识分子中享有较高声望的作者对党来说都是一个潜在的危险,因为他可能成为多变策略中危险因素的一个汇聚点,或者用党的术语说,成为一个"根据地"。反对者会说,赵树理的作品很受欢迎,可从未给人们忠诚于党带来危害,这种说法似乎也站得住脚,但是根据黄药眠和他的批评者所说,人们不能不怀疑,赵树理在受过大

---

① 公木的《根》一诗发表于《文艺报》1958年第5期第16页上。对它的批判文章发表于第6期,第34—36页。对他谈诗歌创作一书的批判见《文艺报》第17期,第23—25页。

② 《文学研究》1958年第3期,第4—15页。也可参见《文艺报》1958年第17期,第18—23页。

学教育的读者和其他高级知识分子中是否真的受到欢迎。不管怎么说,1958年批判老舍和巴金的主要目的在于降低他们原本极高的声誉。

在一次有关净化文体风格的发言中,老舍嘲笑老掉牙的宣传方面的陈词滥调"为什么什么而斗争",因而受到荒谬的攻击。有一个批评家也同意不要滥用这种语句,但是他不认同老舍说这种语句没多大意思而要彻底废除。① 对老舍这一说法的反对,意味着根本不可能脱离思想内涵来谈论语言的形式。

一场旨在压制巴金名声的运动轰轰烈烈地开始了,它以《法斯特的悲剧》的出版为导火索。该书是针对霍华德·法斯特1957年初退出美国共产党所做出的同志般的善意反应。巴金在文章中就法斯特的叛党表示惋惜,他并不怀疑法斯特过去的诚实,希望法斯特承认自己的错误。文章以一句佛教的祷告"回头是岸!这是最后的机会了"作结。然而官方的立场是,这并不是悲剧,而是"工人阶级内部的一小撮动摇分子,终于叛变出去,露出自己的真面目"。《文艺报》的编辑认为对革命来说这是好事。官方立场与巴金的分歧还在于巴金认为霍华德·法斯特的错误可以改正。一位批评家说:"'错误'的概念意味着是人民内部矛盾",而叛徒的概念显然意味着敌我矛盾。因此,霍华德·法斯特已经跌进资产阶级的万丈深渊,不能自拔。②

巴金不是中共党员,我们在对巴金进行辩护时,可以看到要做出与党的路线方针一致的评价,必须既要全面了解共产党的方针政策,又要掌握霍华德·法斯特事件前前后后的情况。首先应该考虑苏联对法斯特脱党事件的最新反应。法斯特的著作在苏联大受欢迎,印行了2,500,000册,几乎与他的同胞马克·吐温(Mark Twain)、西奥多·德莱塞(Theodore Dreiser)和杰克·伦敦(Jack London)齐名,甚至还获得

---

① 《文艺报》1958年第4期,第7页;第7期,第13页。
② 《文艺报》1958年第8期,第28—31页。批判巴金的文章见《文艺报》1958年第11期,第30—32页。

第六章　大跃进(1958 年 3 月—1959 年 12 月)

过 1953 年斯大林文学奖。① 这就不难理解为什么苏联领导人对法斯特出人意料的脱党特别恼火。苏联对法斯特退党的最初反应直到 1957 年 8 月才公开，随后 1958 年 1 月格里巴乔夫(N. Gribachov)的一篇文章对法斯特展开了更激烈的批判。格里巴乔夫称法斯特宣扬空洞的兄弟关系，从来没有能够进行逻辑思考，他的脱党只是形式上的，因为他从来就不曾是党的一分子。从政治观点看，法斯特过于关注匈牙利的武装暴动而对苏伊士运河冲突不闻不问，把马克思和基督耶稣结合在一起，将圣经与《资本论》混为一谈。他的脱党对群众有益无害，应对它"辩证地理解，乐观地评价"。他称法斯特是一个修正主义者、资本主义秩序的崇拜者，根本上就不是马克思主义者，而是好战的犹太复国主义者。② 至此，格里巴乔夫文章的反犹倾向也达到了高潮。格里巴乔夫的文章还包含一个因人废书的套路：法斯特以前大受欢迎的书，也因他本人明显背弃信仰而招致唾弃。一位批判巴金观点的人承认法斯特以前写过一些"进步的文学作品"，例如《斯巴达克思》也曾在中国赢得读者，接着他又赞同地引用了格里巴乔夫诬蔑性的论断："就连您过去的一些书，如今正直的人也不屑一顾了，——您自己一头栽在臭水和污泥里，这样就把您的书也溅满了脏东西。"③

遗憾的是，巴金在写评论法斯特的文章时没有读到格里巴乔夫文章的中译文，因为它们刊登在同一期《文艺报》上。在给《文艺报》编辑的一封短信中，巴金解释自己对整个事件的看法存在不足，写这篇文章时只参阅了有限的材料，很明显受到波列伏依(Boris Polevoi)1957 年上半年致法斯特信(该信的态度更宽容)的影响。另外，巴金还认为自己文章批评的立脚点是有道理的，他希望法斯特能改过自新，只是把他当成了一个作家的堕落，而不是一种叛党。④

---

① Deming Brown, *Soviet Attitude towards American Writing*, p. 294.
② 格里巴乔夫:《法斯特是修正主义的讴歌者》，载[苏]《文学报》1958 年 1 月 30 日。
③ 《文艺报》1958 年第 11 期，第 30 页。
④ 同上书，第 32 页。

巴金对所受批判的回应不能令反对者满意,更多的攻击接踵而至。一年多以后,《文汇报》还有一篇文章对巴金1957年初一次会议上讲过的一句话进行了令人难以置信地审查式的一字一句的分析。作者余定墨守共产主义的成规,将巴金"把文艺交还给人民"的要求,理解成"把文艺的领导权从党的手里拿过来,拿到资产阶级知识分子手里,实际上也就是拿到资产阶级手里"。巴金自己对1957年春会议上讲话的解释也很有意思。余定用实例证明了党只要愿意,就可以政治挑刺到什么程度,巴金的解释尽管措辞谨慎但仍反映出作家四周布满陷阱的状况:

> 我在去年那次作协的座谈会上讲到海人艺参加全国话剧会演的节目没有得到好评,我说对于剧本的艺术价值应当交给群众去考验,不要由少数领导同志凭个人的好恶来决定。说到最后我忽然讲出了一句"把文艺交还给文艺工作者!"话讲完,自己觉得不对,马上站起来声明那句话是错误的,改成"交还给人民"。后来我还是觉得不对……①

即便巴金重复说自己是经过再三考虑的,仍不能免于被批判。与其说上述引文是悔过书,不如说是一份辩护状。它表明不管巴金怎样努力争取不出错,最终都不可能做到。

对巴金的批判变得变本加厉:巴金早期作品中的"无政府主义和虚无主义"受到批判,其目的一是要提醒读者,二是检验1958年3月开始出版的巴金文集的销售情况。② 令人吃惊的是,尽管反对巴金及其作品的呼声不断,巴金的地位却并没有受到根本的影响。他仍然是中国作家协会上海分会的主席和《收获》杂志的主编,在他被批判过程中

---

① 参阅《文汇报》(上海)1958年6月14日。英译文见 SCMP, no. 1808, pp. 15—17.
② 李希凡与其他人对巴金早期小说的批判见《文学研究》1958年第3期,第34—52页;第4期,第44—65页。

第六章 大跃进(1958年3月—1959年12月)

和批判之后,1958年以前他仍被选派参加访问苏联和东欧的代表团,照样进行他的出国访问。①

或许有人疑惑为什么巴金在1959年没有彻底下台。答案似乎是,经过反右运动中的普遍审查和对重要批评家公木、王瑶的批判后,中共达到了有效批判的最大限度,当局可能认为将巴金彻底赶出文学舞台也没有什么好处。另外,巴金在不久前闹事的上海作家群中很有人缘,他也愿意为适应党的方针政策而做出必要的调整,所以巴金似乎是负责作协上海分会的折衷人选。巴金事件表明部分文化官员在加强公社文学创作和"红而不专"的批评方面心存犹疑。巴金对法斯特脱党事件的看法受到了大学中文系学生、实验室技术员、护士和与工人疗养院有关人士的广泛驳斥。这些普通人的意见得到了足够重视,全部刊登在一般只刊登官方文学政策的《文艺报》上。党本可以领导一些类似的"红"批评家作出更多、更严厉的攻击,这是易如反掌的事情,但它最终没有这样做。

1959年是一个优柔寡断和令人失望的年份。大跃进的梦想没有实现,右倾仍然继续,文艺创作的目标也没有达到。1958年初茅盾曾许诺一年中写一个长篇、三个短篇;巴金称要写一个长篇、三个短篇,还要翻译几部外国作品;曹禺希望写五个独幕剧,这些计划一个都没有实现。② 期望值颇高,失望就在所难免。本章前面提到的读者吕明的来信,十分发人深省。他在信中公开质疑,期望业余作者创作出的作品质量高于职业作家是否明智。显然对党的文艺政策持保留态度的不仅仅他一人。群众文艺创作运动的全部结果是有天赋的作家的声音淹没在群众的噪声中。开始时群众创作在压制右派观点时还可能有着政治上的优势,但很快一切个人的富有魅力的表达,不管是什么内容,全部都销声匿迹了。1959年5月,《文学评论》和从属于《光明日报》的《文学

---

① 巴金和靳以是1957年夏天创刊的《收获》的主编,靳以1959年末逝世后,巴金是唯一的主编。

② 《文艺报》1958年第6期,第20页。

遗产》的编辑公开表示了他们对文学批评质量的担心。萧涤非在《光明日报》编委会会议上说:"目前有些老专家不肯下笔写文章,他们一方面是心虚,觉得自己的意见不够成熟,不愿公开发表出来。另一方面也有实际情况:工作忙,没有时间写文章。"另一位同志发言说有些人对"争鸣"缺少勇气,需要多发表一些从各个角度出发的不同看法的文章。①

1958年6月,冯至详细论述了从伊拉斯慕斯(Erasmus)到尼采的欧洲人文主义,他自然反对后者的超人概念,认为它是资产阶级人文主义最新的衍生物。②但是许多民歌所颂扬的集体超人观念(尽管没有用这个概念),也不是一个很好的选择。与周来祥的理论正好相反,还没有迹象表明文化生产方面存在质的增长,当局可能也没期望此时进一步改造作家会有什么用。既然大多数右派分子已经被训服,盘点得失的时机已经成熟,接下来就是准备召开在1957年就宣布过的第三次作家代表大会。

第六节 对帕斯捷尔纳克与爱伦堡的批判

1958年人民公社的成立,革命现实主义与革命浪漫主义相结合的理论的提出,都清楚地表明了中国当局欲在政治与文化方面寻求独立发展道路,但中国对苏联文学的一贯立场没有改变。毛泽东在1957年6月的讲话中称向苏联学习至关重要,"吸收一切对我们有益的经验"仍然有效,如果说强调的侧重点有所变化的话,是面对苏联文学中国变得更自信、更世故。新中国已经长大,而且更为明智。他们强调中国传统文学的价值,但不是不加批判地吸收;他们报道苏联文学大事,翻译苏联文学作品,也是有批判地进行;他们倾注很大精力于南半球的"进

---

① 《光明日报》1959年5月24日。
② 《略论欧洲资产阶级文学里的人道主义和个人主义》,载《文艺报》1958年第11期,第38—43页。

步"文学上,同时对西方文学也不再是全面封锁。尽管四个方向的大门开的大小不一样,但都保持着打开的状态。

《译文》杂志的变化也显示了部分文化官员更多的自信。1959年1月起,它更名为《世界文学》,与以前显著的不同是发表的翻译文章变少,中国作者的评论增多。以前编辑只能按照他们的选择标准来决定哪些外国文学作品需要翻译,而现在杂志对外国文学的介绍则服从于更高程度的"中国化"原则。更名的同时还调整了编辑委员会,茅盾虽然仍是编委之一,其主编位置却被曹靖华取代。

作为权宜之计,中国再次效仿苏联的做法。中国文化官员紧随苏联的控诉之后宣布与霍华德·法斯特断绝关系,法斯特的命运对中国作家来说也是个教训。中国还借鉴苏联给文学创作制定计划,甚至做得比苏联同行还勤奋,还翻出了高尔基的工厂史写作来激励群众文艺创作运动。① 1958年3月是高尔基诞辰90周年,中国举行了大规模的纪念活动,尤其注重他对革命浪漫主义的解读及其他的反西方观点,后者在高尔基1896年论保尔·魏尔伦(Paul Verlaine)②的文章中就有所体现。因此,也就不难理解,《译文》还发表过苏联与其他国家的民歌选和《马克思、恩格斯论革命民歌和政治诗》的片段③。奇怪的是,马克思主义的创始人也被附会成探讨过大量革命浪漫主义的问题。1958年出版的小册子《马克思恩格斯论浪漫主义》对与封建主义相生相伴的浪漫主义进行了严厉的批判,不过,还是值得研究该书对浪漫主义的分析,它可以帮助对当前中国方兴未艾的革命浪漫主义获得更深刻的

---

① 高尔基关于工厂史写作的两篇文章译载于《译文》1958年第11期,第40—46页。
② 再次特别指出,按照高尔基的看法,革命的浪漫主义是革命的现实主义的一部分(《世界文学》1959年第3期,第121页)。高尔基《保尔·魏尔伦和"颓废派"》(Paul Verlaine and the Decadents)一文见《译文》1958年第3期,第40—53页。
③ 后者的中译文见《译文》1958年第12期,第1—17页,依据的是两卷本的1957年俄文译本《马克思恩格斯论艺术》。同一期《译文》上还翻译了民歌(第20—57页)。

理解。① 他们还找到另一位权威柯罗连科(Vladimir Korolenko)以支持中国"丰富"了马克思文艺理论这一说法,柯罗连科早在毛泽东出生以前就提出现实主义和浪漫主义结合的问题。②

对苏联文学的关注分为几种倾向,这与反右运动期间几乎一模一样。《译文》和《世界文学》主要关注出生于19世纪、20世纪二三十年代开始发表作品的作家群。对中国读者来说,像格拉特珂夫的《水泥》(1925)、里亚希珂(N. N. Lyashko)的《炉火正红》(*Blast Furnace*)(1926)等小说,别德内依和马雅可夫斯基的战争诗,以及索波列夫(L. S. Sobolev)的作品,比最近的苏联作品都重要。③ 而在苏联人看来,老一辈作家中的一些人,如马雅可夫斯基和索波列夫,后者是赫鲁晓夫正统观念坚定的支持者,是有很高地位的,其后的里亚希珂却几乎被遗忘。但是,只要他们的观点与自己的信仰一致,中国的批评家就予以赞扬。这样一来,《译文》和《世界文学》上发表的许多作品的文学价值就很低,甚至根本不是文学作品,比如克鲁普斯卡娅(N. K. Krupskaya)关于如何在文艺作品中表现列宁的讲义也被译成汉语发表,其实都是一些关于十月革命的史料的收集还有其他人的纯粹的政治解说。

中国文学杂志上也有对苏联年轻一代作家的翻译和评论,但是为读者挑选的作品并没有表现出多少自由或新颖的观点。如果说纳吉宾、雅辛和日丹诺夫有争议的短篇算现代小说的话,楚柯夫斯基(N. K. Chukovsky,1904—)的战争小说《波罗的海天空》(*Baltiiskoe nebo*),尽

---

① 这本小册子由人民文学出版社出版,也是依据的1957年俄文译本《马克思恩格斯论艺术》。相关评论见《世界文学》1959年第2期,第160—161页。
② 柯罗连柯的日记、书信片段见《世界文学》1959年第8期,第121—139页。
③ 格拉特珂夫的《水泥》(《士敏土》),见《世界文学》1959年第2期,第130—135页。别德内依的中译文见《译文》1958年第4期,第97—102页。马雅可夫斯基的情况见《世界文学》1959年第4期,第113—123页;第10期,第113—123页;第11期,第109—121页和第12期,第128—137页。索波列夫1945年发表的长篇小说《绿光》,相关评论见《世界文学》1959年第2期,第135—139页。刘白羽曾对他进行过采访,同上,第146—153页。

管在中国得到全面的分析,却不能算是"现代"。① 扎鲁克特金(V. A. Zakrutkin,1908—,)的小说《向日葵》从《真理报》翻译过来,长篇小说《水上乡村》(Village on the Water)也已在中国出版,他的作品也是保守的。② 然而,在中国杂志上出现的一些名字确实表现出了当前苏联文学中的自由倾向,如1962年柯热夫尼科夫(V. M. Kozhevnikov,1909—)发表的反斯大林主义的短篇小说《逝去的日子》(Passing Days),给人留下很深刻的印象,但该小说译成汉语后,却变成了关于十月革命及之后的故事,这个主题很轻松地避开了当代的一些争议。③ 特瓦尔多夫斯基(A. T. Tvardovsky,1910—)思想进步,是苏联文学自由思潮的坚定支持者,多年来一直是《新世界》编辑,他的作品的中译本也显得相当保守:他的代表作成了关于体力劳动与脑力劳动相结合的说教,《世界文学》还评论他1936年开始发表的关于农村集体化的叙事诗。④ 与此相似,尼林(P. F. Nilin,1908—)热情呼唤诚实和信任,却以悲剧告终的《残忍》没有被翻译,被翻译的却是情感较弱的讲述集体农庄问题的《认识了季什科夫》。⑤ 苏联最年轻的一代作家中,尼基丁(Sergei Nikitin,1926—)的一个短篇,更年轻的库兹涅佐夫(Antolii Kuznetov)的长篇小说《传说的续篇》都被译成汉语。后者生动地表现了一个年轻人在安加拉(Angara)河上帮助修建水电站的经历、困惑和最终失败,得

---

① 分析《波罗的海天空》(1955)的文章见《世界文学》1959年第1期,第119—125页。

② [苏]《真理报》1958年2月12、14、和16日发表了小说《向日葵》,中译文见《译文》1958年第7期,第1—24页。

③ Den' letyashchii 发表于[苏]《旗》(1962,第105—150页),柯热夫尼科夫时任主编。小说《迎着朝霞》的第一部由佟轲译为中文,1959年中国青年出版社出版。相关评论见《世界文学》1959年第10期,第158—159页。多

④ 特瓦尔夫斯基的自由立场从他在苏共二十二大的讲话也可看出,见[苏]《真理报》1961年10月29日。他的小说《炉匠》,最初发表在[苏]《火星》(Ogonyok)1958年第7期,第9—16页,中译文见《世界文学》1959年第10期,第6—30页。对他的诗作《春草国》(Strana Muraviya)的评论,见《世界文学》1959年第3期,第123—129页。

⑤ 《认识了季什科夫》,译自[苏]《火星小丛书》(Biblioteka Ogonyok,1956),中译文见《译文》1958年第5期(译注:原作者误作第4期),第3—45页。

到一些肯定性的评价。①

中国文化官员希望公众了解符合其文学模式的苏联老一代作家和更正统一些的作品,同时继续,至少在某种程度上,依靠苏联获取外国文学的最新的进展情况。罗曼诺娃(Yelena Romanova)评论威廉·福克纳作品的反战主题的文章,与他的两篇短篇小说一起被译成汉语,苏联批评西方研究现代俄国文学的文章也被介绍了进来。② 梅特钦科(A. I. Metchenko)反对"马雅可夫斯基作品的主观臆造"的声明被迅速发表在《译文》上。③ 苏联研究欧洲文学的权威伊瓦谢娃(V. V. Ivashova)帮助中国人了解到近至艾米斯(Kingsley Amis)的英国小说,但这种帮助似乎不再是不可或缺的,因为几个月后一个中国作者就写出了资料翔实的研究《愤怒的青年》的文章。④

在对待外部世界的文学上,中国人开始越来越依赖自己的调查研究。布莱希特(Bertolt Brecht)在苏联长期得不到重视,其剧作也没有被搬上舞台,他去世后中国却推出他的选集,他的一部戏剧1959年10月也在上海上演,一时声名鹊起。⑤ 朱光潜继续他的西方美学研究,翻

---

① 尼基丁的小说《危机》,最初发表于[苏]《星火》(Ogonyok)1958年第35期,第20—24页,中译文见《世界文学》1959年第7期,第53—70页。对库兹涅佐夫《传说的续篇》的评论,见《世界文学》1959年第11期,第162页。

② 有关福克纳的情况,参见《译文》1958年第4期,第59—97、172—182页。参阅Deming Brown, *Soviet Attitude towards American Writing*,第180—181页。谢尔宾纳(Shcherbina)对辛蒙斯、斯洛尼姆(M. Slonim)和哈尔金斯(W. E. Harkins)等美国学者做过评论,见[苏]《共产党人》1958年第11期,第86—98页,题为《驳捏造者》,中译文见《译文》1958年第12期,第153—163页。

③ 《译文》1958年第5期,第146—161页。原载[苏]《共产党人》1957年第18期,第69—83页。

④ 曹庸:《英国的〈愤怒的青年〉》发表于《世界文学》1959年第11期,第121—129页。伊瓦谢娃的文章见《译文》1958年第6期,第178—189页;《世界文学》1959年第2期,第123—130页。1958年,她的《十九世纪外国文学史》(Moscow, Izd. Moskovskogo Universiteta, 1955)至少第一卷由人民文学出版社出版了中译本。

⑤ 《布莱希特选集》1959年由人民文学出版社出版,冯至译。相关评论见《世界文学》1959年第11期,第158—159页。有关上海演出其戏剧的情况,见 NCNA, July 21, 1959; SCMP, no. 2063, p. 5。

译了在西班牙内战中牺牲了的克里斯托夫·考德威尔(Christopher Caudwell)的作品,还有爱克曼与歌德的对话录片断。① 在此背景下,纪念罗伯特·彭斯(Robert Burns)诞辰200周年也变成自然而然的事。彭斯是18世纪著名的苏格兰"农民作家",他对民间歌谣的喜爱推动了中国的民歌运动。② 有限的几个事例不足以说明中国研究西方文学的全貌,甚至也反映不出大致情况,但是,足以说明中国人力求满足自己对外国文学的翻译和了解的需求,并且他们自己有能力做到。一般说来,他们的翻译和了解的倾向与实用主义的政策一致,比方对彭斯的关注就引人注目,但考虑到他们的最初目的就是为政治服务,这些也就可以理解了。

换一个角度来看这个问题,苏联对待那些非正统作家的态度在中国是怎样被反映的呢?爱伦堡被他的同行严厉批判,1958年帕斯捷尔纳克被授予诺贝尔文学奖却遭到诽谤。1959年5月的第三届苏联作家代表大会重评杜金采夫的《不仅仅为了面包》,从很多其他方面来加以揭露。那么中国公众对这些情况了解吗?

在帕斯捷尔纳克(1890—1960)事件上,中国只是重复苏联的反应。1958年12月的《译文》上发表了《日瓦戈医生》事件中最重要的材料,包括《新世界》编辑为他们拒绝出版该书所做的辩护。中国不可能在这个事件上表现出独立的态度,因为该书的原稿从来没有在北京流传过。因此华夫、臧克家和其他作家写的文章基本上都是从苏联的陈述中寻章摘句。③ 出版这些苏联材料,尤其是《新世界》编辑们(阿加波夫[B. N. Agapov]、拉夫列尼约夫[B. A. Lavrenyov]、费定、西蒙诺夫和克里维茨基[A. Krivitsky])所写的信件,是对正统文学批评的一

---

① 《译文》1958年第5期,第161—187页;《世界文学》1959年第7期,第111—124页。
② 参阅《世界文学》1959年第1期,第144—153页;《文学评论》1959年第2期,第39—55页。
③ 《文艺报》1958年第21期,第21—23页;《世界文学》1959年第1期,第34—44页。

大贡献,并为中国作家设立了另一种标准。实质上,信中关于文学的论述只有最后一页,占全部篇幅的百分之五。引录如下:

> 直到现在,我们几乎还没有接触到您的小说的艺术性方面。要是说到这一点,那就应该指出,由于情节和结构比较松散,从小说中这些或那些篇章中得出的印象便不能合成一幅整个的图景,而始终是支离破碎的。
>
> 小说里有不少篇章写得很好,这首先就是那样的地方,在这里您以惊人的准确并富于诗意地看到俄罗斯的自然风光,对它留下了深刻的印象。
>
> 小说里也有很多显然很贫乏的篇页,它们缺乏生命,被说教弄得枯燥无味。这种篇页在小说的下半部特别多。
>
> 然而,我们不想在问题的这一方面多费笔墨,正如我们在信的起头就指出过的,我们和您的争论,其实质并不在美学上的争执。您写了一部小说,它首先就是一部政治性的说教小说。您把它创作成了这样一部作品,它被十分露骨地、完完全全地用来为一定的政治目标服务。而这个对您说来是最主要的一点,自然也就成了我们所注意的主要对象。
>
> 不管这是多么令人难受,我们不得不直言不讳地说出一切。我们觉得,您的小说在描写革命、国内战争以及革命以后的年代这些方面是不公正的,从历史上看来是不客观的,它完全违反民主精神,与任何对于人民利益的理解都是格格不入的。①

较之帕斯捷尔纳克事件,爱伦堡和正统批评家之间的论战较少涉及政治含义,但论争很激烈,最重要的是涉及争夺文学价值的话语权。

---

① 原载[苏]《文学报》1958年10月25日。中译文见《译文》1958年第12期,第65—81页。英译文见 Current Digest, 10(1958), 43, pp.6-11, p.32.

从爱伦堡论司汤达的文章和他 1959 年 8 月接受《文学与生活报》(Literatura i zhizn)的采访中都可以清楚地看出,他对文学理论已经形成了明晰而系统的看法,正是由于爱伦堡的看法有相当的理论性,才被认为比他的创作(如中篇小说《解冻》)更具危险性。然而,爱伦堡作为宣传和平的国际人士,又代表了苏联领导人对文艺的自由倾向,他的份量太重了,打倒他只会对当局有利。

《司汤达的教训》中译文有一条注释提到爱伦堡在给女诗人茨维塔耶娃(Marina Tsvetayeva,1894—1941)和短篇小说作家巴别尔(Isaac Babel, 1894—1941)的选集写的序言中探讨过文学创作的特征,这引发了诸如创作方法、思想性和艺术性的关系等基础性问题的讨论,也影响了社会主义现实主义的定性。《译文》编辑选择《司汤达的教训》及其批评介绍给读者,因为"爱伦堡的不正确的文艺观点在这个问题上表现得比较完整",同时《红与黑》这部小说"在我国近年来流传颇广"。①爱伦堡对司汤达及其时代的分析研究勇气可嘉,因为它很容易反映他自己的状况以及苏联的整体形势。这从他为世界主义所做的辩护中似乎也可略见一斑。他说在司汤达时代,世界主义与 18 世纪人文主义者"天下大同"的理想紧密相连,他评论说对于司汤达而言"政治是人类的激情之一——巨大,但并非无所不包",他宣称"小说世界与哲学概括、国家计划和统计数据"截然不同,这些表述都可以很容易解读成对苏联文化政策的批判。

这最后一个观点将文学与生活中的其他方面相区别,爱伦堡所有的其他信念都是从这里衍生而来。比如,它透露出爱伦堡试图偏离批判现实主义与社会主义现实主义之间的传统区分:

在改变比例和变化视角的过程中,作家受到艺术真实性法则的严格限制……司汤达创造出的世界尽管真实,但不过只是 1830

---

① 《司汤达的教训》中译文见《译文》1958 年第 7 期,第 132—154 页。

年代、1840年代存在的世界的翻版。如果那是批判现实主义的话,我将用我毕生的心血和精力来找出它和现在世界上的进步作家正在为之奋斗的革命现实主义与人道主义现实主义的区别在哪里。

我们应当注意,这里用了"革命的现实主义与人道主义现实主义"一词,很明显爱伦堡用以指称社会主义现实主义。"人道主义"一词在中国人听来,总有一种很不好的感觉,但此处的"人道主义"概念以及在上下文中与社会主义现实主义连在一起,并没有亵渎苏联正统教义的意味,尽管文章没有提及批评家克尼波维奇(Ye. F. Knipovich)也反对社会主义现实主义的概念。克尼波维奇的文章也发表于《译文》,主要批判爱伦堡试图将司汤达与他所处的时代分离,因而消解了其"历史局限性"。爱伦堡被指犯了一个错误,即过于关注这个法国小说家的"永恒"方面,甚至把司汤达认作了当代人。①

1959年秋天,爱伦堡的名字再次出现在新闻中,起因是1959年8月16日《文学与生活报》发表了对他的访谈,苏联的批评文章接踵而至,《文艺报》刊登了中译文。爱伦堡说,作家的责任不是说教,也不是为新的工业化成就唱赞歌,他们应该像以往时代的作家一样,探索人类丰富复杂的内心世界。批评家迪姆希茨回应说,艺术不是独立的,它应该为"人民"服务。简单地说,按照迪姆希茨的看法,爱伦堡的观点与社会主义现实主义毫无共同之处。② 在评价爱伦堡的地位时,我们不能把对他作品的批评看得太重。苏联在那些年里,批评不再是谴责的同义词,也不再是毁灭性的。这就是为什么爱伦堡尽管受到不少攻击,

---

① 以上参阅《译文》1958年第7期。克尼波维奇的文章原载[苏]《旗帜》1957年第10期。

② 《文艺报》1959年第23期,第26—32页。相关评论见第32—43页。迪姆希茨的文章原载[苏]《文学与生活报》1959年9月14日。

第六章 大跃进(1958年3月—1959年12月)

却在70岁生日时因"服务苏联文学发展"而获得列宁勋章。① 中国人很难理解苏联政府何以这么宽容。

中国和苏联都试图传达这样一种印象：1959年5月18—23日召开的第三次苏联作家代表大会无论对当局还是对正统文学都是一个胜利。然而两国报道这次大会的方式却大相径庭。中国的报道很全面，全文翻译了苏尔科夫的报告和赫鲁晓夫的讲话。② 按照一位苏联文学专家的说法，特瓦尔多夫斯基的讲话"与赫鲁晓夫的讲话不同，是唯一有意思也可能有意义的"，《世界文学》也发表了特瓦尔多夫斯基讲话的主要片断，但星辉在对会议的综合报道中却只是一带而过，③因为特瓦尔多夫斯基的讲话极力否定早期苏联文学的成就，显然与中国官方对苏联文学的赞颂相抵触。中国人是否完全赞同赫鲁晓夫的讲话还是个问题。星辉赞赏赫鲁晓夫支持作家强调生活的积极方面，也明显倾向于对生活中消极面的批判，但他不承认讲话的主旨是取消文学界的思想斗争，虽然赫鲁晓夫在讲话中称，针对修正主义作家的斗争已经结束，和谐一致的时代已经到来。中国批评家矢口不提赫鲁晓夫对《不仅仅为了面包》的评价，因为这个评价较之1957年的时候要宽容得多。

中苏两国对这次会议的评价最根本的差别，是知识背景的差别。对会议感兴趣的苏联公民注意到，一些重要的、历来直言不讳的作家们如肖洛霍夫、奥维奇金（V. V. Ovechkin）、爱伦堡、巴乌斯托夫斯基（Paustovsky）等在会上没有发言，甚至根本没有出席会议。苏联读者对相伴而来的一些事情也会印象深刻，如赫鲁晓夫讲话的前两天，巴乌斯托夫斯基在1959年5月20日的《文学报》上发表文章。巴乌斯托夫斯

---

① ［苏］《真理报》1961年1月26日。值得注意的是，此时中国仍在继续攻击维德马（Josip Vidmar）（《世界文学》1959年第2期，第5—10页）并发表了东德批判卢卡契的文章（《译文》1958年第8期，第150—158页）。

② 分别见《世界文学》1959年第6期，第5—43页和《人民日报》1959年5月27日。赫鲁晓夫的讲话与他1957年的讲话一起重印于《赫鲁晓夫关于文学艺术问题的讲话》这本小册子中(北京：人民文学出版社，1960年版)。

③ 《世界文学》1959年第6期，第43—49页。

基是"非官方路线"的著名代表,敢于对"粉饰"文学问题表明立场。有趣的是,他并没有受到尖锐批评,文章听任发表。从巴乌斯托夫斯基的一段话中可以看出中苏意识形态气候的差异:

> 作家像马戏团的演员一样试图讨好公众。这意味着他们在工作中强调生活中光明的方面,确保光明和阴暗间的关系明晰,光明的(浅蓝和粉红)的语调占绝对优势。幸运的是列夫·托尔斯泰在这一传统确立之前就成功地完成了《安娜·卡列尼娜》的写作……
>
> 我们通常不怎么写自己的缺点,这一惯常做法坚持在革命胜利42年后,仍在说服苏联读者相信我们的社会制度比资本主义优越,似乎我们自己对它还持怀疑态度,甚至吃惊,好像那是一个不大可能发生的奇迹……那些因与文学不合而被迫指鹿为马的作家的命运真可怜。

如果说了上面这段话而不受批判,人们也许会认为苏联作家不需要赫鲁晓夫或其他人对他们严加训诫。截至目前,苏联"非官方路线"的代表们某种程度上只是口惠而实不至地进行不现实的、甚至完全理想化的努力。但中国的情况并非如此,中国公众被误导以至于错误地理解苏联所发生的真实情况,并且中国作家发现,可以离开原有语境引用苏联的说法来支持自己的文化立场。星辉说绝大多数苏联作家赞成作家为获得对生活的深入了解必须"深入到厂矿、田间、建设现场"的观点,他没有必要去歪曲本来要说的意思,但是苏联读者不会据此认为许多作家,特别是重要的作家会真的与工人农民一起生活。两国在公式化的官方文艺政策中所用的语句几乎一模一样,但各自对应的意思和潜台词却有相当大的差异。中国对苏联第三次作代会的报道,以及事实上1958、1959年中国发表的所有苏联文学理论,都折射出这种差异。

第七章 第三次文代会及其前奏
（1960年1月—8月）

1960年夏天召开的第三次全国文学艺术工作者代表大会，似乎标志着一个时代的结束。它对反修正主义运动做了一个总结（修正主义被定义为资产阶级企图篡改马克思主义，抽掉马克思主义的革命本质），重申了党的文艺政策，初步评价了文艺大跃进的成果。① 第三次文代会以后，无论是1957年5月的个人鸣放现象，还是公社文学的集体统一性都表现得不再像原来那么强烈。实际上第三次文代会跟前两次大会一样，是将中国文学政策"法典化"，就像毛泽东、周扬和邵荃麟分别在其关于文学的论述中所做的那样。我们甚至可以称1960年为"法典化年"，除了文艺领域的"法典化"外，还有许多总体思想意识形态的著作在这一年出版。

第一节 后斯大林时代的正统性

在探讨人民公社和不断革命的主题时，我们简单涉及了中苏之间初露端倪的争议及其与文化领域的关系。然而在这里我们不应夸大这种争端，因为尽管中苏两党沿着各自的方向发展，但它们之间的一致性远远超过差异性。通过一些具体的例子，我们可以注意到新赫鲁晓夫式的正统地位得到了加强，比如1958年《政治经济学教科书》和1959年《联共党史》等基本著作的出版。这些著作经过改写和"去斯大林化"出现在中国公众面前时，正值中苏两党就人民公社和其他问题等

---

① 修正主义的定义见《文艺报》1960年第1期，第16页。

开始产生争议。① 分析中国共产党对苏联的态度时,不应该忘记起码的事实:中苏两党都信奉共同的马克思主义经典。1953年《斯大林全集》中文版第一卷发行,1955年《列宁全集》中文版开始出版,1956年《马克思恩格斯全集》中文版第一卷也开始出版,甚至赫鲁晓夫的著作也被译成中文;除了在苏联第三次作代会上的发言外,赫鲁晓夫在1959年初苏共二十一大上作的关于苏联七年计划的报告和其他文件也都有了中文版。②

正是考虑到中苏两国有着明确的一致的背景,我们才可以注意到,以赫鲁晓夫讲话的中译本和后斯大林时代教科书的形式呈现给中国读者的赫鲁晓夫的正统地位,却因为1960年9月《毛泽东选集》第四卷的出版而受到了削弱。《毛泽东选集》立即被称颂为是马列主义辩证法的重大发展,有人更是绕过苏联理论家,称毛泽东为"当代最伟大的马克思列宁主义者"。③ 虽然具体剖析中苏冲突的原因不在我们的讨论范围,但应该强调指出,争端早在1960年以前就已经在若干方面有所显现。1959年9月中国国防部长彭德怀的下台,可能是毛泽东为应对苏联干涉中国事务而采取的措施。1960年8月《真理报》的一篇文章说苏联一直在坚持不懈地努力让中国正确理解基本的国际问题,这等于是公开让中国蒙羞。④ 在意识形态领域,苏联和东欧似乎都不能容忍人民公社。苏联媒体很少提及它,赫鲁晓夫1959年7月18日大力夸奖波兰通向社会主义的合作化方式,可他从未以类似的口吻提到中国及其人民公社。一家东德共产党报纸也著文反对中国竭力宣传人民公社的做法,并称德国的农村合作社与中国的人民公社之间的竞争不

---

① K. V. Ostrovityanov 主编:《政治经济学教科书》,苏联科学院经济研究所出版,1958年。中译文及评价文章载《红旗》1959年第15期,第36—42页。《联共党史》,B. N. Ponomaryov 主编,Moscow, Gos. Izd. Politicheskoi literatury,1959年。中文版1960年由人民出版社出版。

② NCNA, February 17, 1959; SCMP, no.1958, p.32.

③ 傅钟,国防委员,全国人大委员,见《人民日报》1960年10月6、7日。

④ 朱可夫(Ye. Zhukov),载[苏]《真理报》1960年8月26日。

值得讨论。①

我们似乎离题太远。但如果不考虑政治形势和意识形态因素,则无法理解中国对苏联文学的态度,及苏联对中国文学影响的性质。在中国,毛泽东被宣称为当代最伟大的马列主义者,中国共产党认为他们确立的人民公社的社会组织形式,超越了合作社和集体农庄。中国共产党认为自己在理论和实践方面都比苏联共产党优秀。周恩来曾指责赫鲁晓夫缺乏"严肃的马列主义态度"。② 这是中国第三次文代会开过一年以后的事情,无数事例都表明早在1960年中国领导人就已经预料到周恩来迟早会这样说的。

1960年中国对苏联文学理论的态度不再是有保留地尊重。像政治和意识形态领域一样,中国文化官员开始表现出完全的自信来。当他们提出革命现实主义与革命浪漫主义相结合的理论时,他们跨入了一条与苏联不同的道路。通过具体解释人性和人道主义——它们都与对文学作品的官方评价有关——中国越来越与苏联相背离。作为1960年文代会准备工作的一部分,文学评论界对人道主义概念的关注超过了1956年以来的任何时期。

中国文化官员借助文代会牢固确立起他们自己的正统性地位,从而与赫鲁晓夫对马克思主义的解读并驾齐驱,但中国作家对后者的了解依然有限。

第二节　人道主义与艺术"永久价值":对巴人的批判

表面看来,人道主义对马克思主义者来说似乎是一个简单的问题。因为,根据马克思主义原理,道德价值取决于其是否能推动阶级斗争,在"资本主义"和"社会主义"两个世界的关系中,根本没有人道主义的

---

① *Neues Deutschland*, June 17, 1960.
② 指赫鲁晓夫对阿尔巴尼亚共产党的攻击,见 *NCNA*, October 20, 1961。

容身之地。即便在同一阵营里,人道文主义这一概念,不论有没有"社会主义的"或"革命的"这样的修饰语,都被缩减为一个价值体系,以增强斗志、确保完全战胜敌人的需要为条件。工人阶级有自己的共产主义道德,反对压迫,反对剥削,把自己的幸福和集体的幸福联系在一起,为"全人类的解放"而斗争,并在斗争中解放自己。① 事实上,共产主义道德要求个人幸福完全服从于理想的共产主义社会的未来目标。只要还没有达到共产主义阶段,就不应该寻求个人幸福,用悖论式的说法,就是只有将个人的利益和欲望升华为无条件地为集体利益而斗争,才能实现个人幸福。

但是还有一个复杂的因素。尽管毛泽东在《在延安文艺座谈会上的讲话》中明确否定了阶级社会存在超越阶级界限的人性,并反对不顾阶级立场去爱所有的人,但始终存在着这样一个观点:人类并没有完全分裂为资产阶级和无产阶级两个阵营,相反,人类不分阶级,始终有着共同的思想感情或模糊的观念。这意味着人们可以制定出某种普遍的行为规则。我们已经看到反对这种思想界线的萧军、冯雪峰和徐懋庸等人都被指控为修正主义。或许他们的背离正是由于马克思主义本身,马克思主义以普遍的道德原则为基础,有时也承认存在某种与阶级斗争无关的习以为常的社会规律。正如列宁所说,这些基本的社会规律已经流传了几千年,还会在未来没有阶级的社会里自然地存在下去。② 因此,尽管它们源自远古时代,但到共产主义社会仍将适用。这样一来,列宁似乎倾向于相信人性在某种程度上并没有随着历史发展而发生变化,这些道德观念在初创时期与在将来的理想社会里是一致的。

为表明在这个问题上的立场,中国共产党认为有必要向文学批评界的常青树——巴人——展开批判。巴人是《文学论稿》的作者,《文

---

① 《做一个道德高尚的人》,载《工人日报》1959 年 7 月 18 日。
② 列宁的原话见 V. I. Lenin, *Sochineniya*, 4th ed., XXV, p. 434。K. van het Reve 在 *Sovjet-annexatie der klassieken*(p. 17)中,曾提到列宁这篇文章。

学论稿》在1957年初又出版了两卷本的修订版。① 1960年1月,刚刚退出《文艺报》编委会的巴人因重新发表短文《论人情》而身陷批判的汪洋,据说此文虽然简单,却代表了他重要的修正主义观点。② 该文开篇就指出当代文学作品不能吸引读者,因为它们缺乏人情或人道主义。巴人将人情描述为"人和人之间共同相通的东西",如同饮食男女、花香鸟语一样。巴人说人一要生存,二要温饱,三要发展,这些要求、喜爱和愿望是出于人类本性的。在表明自己这一姿态的过程中,巴人将自己与毛泽东早在1942年就谴责的"人性论"③仔细区分开来,他还机敏地引用马克思在《神圣家族》一书中有关人性的(早期)观点:

> 有产阶级和无产阶级同样是人的自我异化。但有产阶级感到自己在这种自我异化中是满足的和稳固的,它把这种自我异化看作自己的强大的证明,并在异化中获得人的生活的外观。而无产阶级则感到自己在这种异化中是被毁灭的,并在其中感到自己的无力和非人生活的现实。这个阶级,用黑格尔的话来说,就是在被唾弃的状况下对这种状况的愤恨,这种愤恨是由这个阶级的人类本性和他的生活状况之间的矛盾必然地引起的,这个阶级的生活状况是对它的人类本性的公开的、断然的、全面的否定。④

毛泽东反对该文对"人性"的这种抽象使用,拒绝承认存在共同的或永恒的人性。巴人却成功地利用了青年马克思与毛泽东在思想上的差

---

① 上海:新文艺出版社出版。评论文章见《文学研究》1957年第3期,第164—168页。该书第一版的书名为《文学读本》,1939—1940年出版。
② 《文艺报》1960年第2期,第41—43页。巴人(王任叔)的文章原载《新港》1957年第1期。
③ 《毛泽东选集》,第三卷,第892页。
④ 这段引文实际上是巴人从列宁《马克思和恩格斯〈神圣的家族〉一书摘要》中节录的。该文见 V. I. Lenin, *Sochineniya*, 4th ed., XXXVIII, p. 9; Karl Marx und Friedrich Engels, *Werke*, II (Berlin, Dietz Verlag, 1959), p. 37。

别,甚至在阶级斗争依然激烈的年代试图提倡重新恢复最初的人性,称阶级斗争的目的不仅在于解放全人类,而且还要解放人性。巴人这样描述这一过程中文艺的作用:

> 文艺必须为阶级斗争服务,但其终极目的则为解放全人类,解放人类本性。忘记这一点是不行的。描写阶级斗争为的叫人明白阶级存在之可恶,不仅要唤起同阶级的人去斗争,也应该让敌对阶级的人,看了发抖或愧死,瓦解他们的精神。这就必须有人人相通的东西作基础。而这个基础就是人情,就是出于人类本性的人道主义。①

这种说法并不正统,因为,正如一位批评家提醒巴人所说的那样,他忘记了马克思主义规定阶级斗争的胜利在先,而对人性的解放在后。但巴人却希望无产阶级立刻响应它自己的人性,并丰富、发展这一人性,他的文章以"人有阶级的特性,但还有人类本性"作结。

对巴人的批判集中在文章最后这句话和他断言的马克思相信阶级社会存在共同的人性上。姚文元否认这是马克思的观点,并且认为恰恰相反的是,马克思所说的人的自我异化恰恰是说在阶级社会里,"只有阶级的人,阶级的人性,没有抽象的、超阶级的人或人性"。② 这种对马克思的解读当然完全符合毛泽东关于"人性论"的态度。

李希凡指出,巴人引用的马克思和恩格斯的著作写于1844年,当时他们刚刚开始形成科学社会主义理论,有时还在使用经典哲学的一些术语。此处的"人性"概念恰巧就借用自费尔巴哈(Ludwi Feuerbach),马克思恩格斯在后来的著作中对费尔巴哈的人本主义进行了批判。③ 李希凡还强调巴人写《文学论稿》时就采用了人性论的观点。尽

---

① 《文艺报》1960年第2期,第42页。
② 同上书,第38页。
③ 《驳巴人的"人类本性"的典型论》,载《文艺报》1960年第7期,第35—43页。

管李希凡承认巴人名义上反对普遍人性,但指出他实际上还是有所保留。李希凡从《文学论稿》中找出具体例证:巴人称"任何一个具体的人,除了他具有一定的阶级特性和社会意识之外,还有人类一般的共同性和共同意识";他还引录了巴人推导出的结论,"分裂了的阶级社会还是出现了民主主义和人道主义的思想感情",他愤慨地质问巴人这是什么意思,"难道民主主义、人道主义没有阶级性吗?难道可以把旧民主主义、新民主主义、资产阶级人道主义、无产阶级人道主义混为一谈吗?"

巴人试图表明人在某种程度上可以超越自己的阶级,他认为文学的任务就是帮助人类实现这种超越。他说文学应该通过描写人类共同的情感,"让敌对阶级的人,看了发抖或愧死",只有通过这种方式才会产生伟大的文学作品,因为文学的发展史已经表明"最伟大的作品中人道主义占主导地位"。我们应当注意到巴人所做的就是要割断文学中最伟大的作品与产生作品的阶级之间的关系。不过巴人没有明确这样说,而是用人道主义作为衡量文学价值的标尺,这里的人道主义与阶级划分和阶级社会无关。这样他就触及了马克思主义美学的一个两难问题:美学价值是否像上层建筑一样随着经济基础的变化而改变,或者并不受历史进程的支配,因而可以理所当然地谈论文艺的"永久价值"?巴人似乎倾向于支持后者。

1960年2月李金波在一篇短文中具体阐述了这一美学的两难境地,随后北京师范学院中文系的一些学生也作了进一步的论述。李金波提到巴人所说的"花香、鸟语,这是人所共同喜爱的",认为这种欣赏会因欣赏者的阶级不同而不同。① 他引述的例证是共产主义者罗莎·卢森堡(Rosa Luxemburg)在《狱中书简》中用"昂扬"的激情表现夜莺的歌唱,与之形成对照,夜莺撩人的歌喉却引起资产阶级诗人济慈(John Keats)向尘世诀别的念头:

---

① 《文艺报》1960年第3期,第42—43页。

> 你仍将歌唱,但我却不再听见——
> 你的葬歌只能唱给泥草一块。

李金波的论证自然不能令人信服,因为济慈和罗莎·卢森堡都被夜莺打动,并达到忘我境界,因此也可以说他们在审美方面有共同之处,而且李金波也没有证明对夜莺歌声的欣赏不同是由于聆听者分属不同阶级这一事实。

北京师范学院的学生所写的《谈古典作品的艺术生命力与所谓的"普遍人性"》一文,就伟大的古典文学作品如何保持"激动人心的艺术魅力"这一问题,提出了更加具体的解决方案。① 作者们小心谨慎,因为他们清楚这一领域还没有被马克思主义文艺理论家系统研究过。他们把这个问题一分为二,首先,他们探讨"是不是不同时代、不同阶级、不同观点的人们对同一部伟大的古典作品,对同一个作家抱着完全一致的态度";其次,他们讨论为什么伟大的古典作品会经得起时间的考验。

之所以把第一个问题表述成"是否不同时代、不同背景的人以同样的方式欣赏同一部作品",是为了得到一个否定的回答。毛泽东的"各个阶级社会中的各个阶级都有不同的政治标准和不同的艺术标准"②这一断言,强化了这一问题的否定答案。作者们很容易地断定对《诗经》、《楚辞》、莎士比亚和列夫·托尔斯泰的欣赏因时代变化和读者的阶级差别而不同。他们说,所谓"永恒的主题"在伟大的古典作品中从来不是以单纯的形式出现的,而总是与社会因素相联系,只有一些短小的爱情诗除外。他们不否认男女之爱是建立在人类本能的基础之上,但认为艺术又超越了本能。甚至认为另一个"永恒主题"——死亡也有阶级性,在描写死亡时必须与阶级社会相连,因为"一个人对死的

---

① 《文艺报》1960 年第 11 期,第 10—19 页。
② 《在延安文艺座谈会上的讲话》,见《毛泽东选集》,第三卷,第 890 页。

看法完全决定于他对生的看法。而一个人对生的看法又取决于他的阶级立场、世界观和人生观"。总之，他们认为，修正主义者，尤其是巴人，相信古典作品反映的是"普遍人性"，而正统的批评家坚持相信它们反映"阶级性"。然而，这群学生作者却并没有考察这两种不同的态度是否会导致人们意识到"伟大"和"经典"的作品有所不同。因此在文章的前半部分，他们避而不谈对伟大的经典作品的具体艺术欣赏问题，只是泛泛地谈人性或"永恒主题"与社会或历史环境的关系。他们似乎采用历史学家、哲学家或者没有经过美学价值区分训练的普通读者的立场来考察文学。

在文章的后半部分，美学标准所起的作用更小。作者讨论的第二个问题是为什么古典作品有经得起时间考验的生命力，甚至马克思都认为古希腊史诗是"一种标准和不可企及的规范"。实际生活提供了一个基本上是道德层面的答案：

> 实际生活表明：人们所以喜爱伟大的古典文学作品，是因为这些作品能够不同程度地吸引他们的心灵，他们在古典作品中认识遥远的古代社会生活的同时，还吸收了不少的东西，丰富或提高他们自己的精神生活，鼓舞他们对美好事物的向往，也激起他们对不合理事物的义愤。

读者当然也要注意作品的艺术形式和技巧，但是，"如果作品不能感动读者，一般读者也就不会去研究它的技巧了"。这实际上意味着文学作品感动或可能感动读者的主要是道德方面，而不是美学方面。这种不可或缺的道德品质具有"进步"的特征：

> 伟大古典作品之所以动人，首先是因为这些作品除了反映一定历史时代的社会生活以外，还反映由这种社会生活的矛盾所激发而产生的先进的理想和幻想，高尚的道德和品质，斗争的经验和

传统。所有这些,都是属于古典文学的内容。

伟大的文学作品必须要有艺术形式,因为毛泽东早就在《在延安文艺座谈会上的讲话》中就指出,人民需要艺术是因为文艺作品所反映的社会生活更有集中性和普遍性,因此就更带着普遍性,而作者又明确补充道,艺术形式和技巧的重要性只是第二位的。

虽然这篇文章由北京师范学院中文系的学生们集体创作,"集体创作"保证了文章观点思想上的正确性,但他们提出的马克思主义概念是相当模糊的。作者实际上反对艺术的"永久价值"的观点,认为对古典作品的欣赏随历史发展而变化,但他们还不至于走得更远,要将作为上层建筑的古典文学,连同它们封建的或资本主义的经济基础一起毁灭。他们好像非常熟悉苏联对相关问题的非常复杂的讨论,所以避免遽下结论。① 事实上他们并没有就文学是否属于上层建筑这一问题做表态,甚至文章当中根本没有出现"上层建筑"这个术语。

借助于含糊其辞的表述,作者们走了一条中间路线,避开了连周来祥都无法摆脱的两难境地,即接受文艺具有"永久价值"的观念还是否定所有古典文学作品。他们承认历史和社会生活的发展,承认被剥削人民的理想和幻想,以及他们的道德和经验,还要求当代读者学习文学遗产中那些能为革命提供有价值的道德激励的部分。②

---

① 在斯大林宣称语言不属于上层建筑之后,一些苏联学者开始质疑艺术与上层建筑的关系。1952 年,《哲学问题》的一篇编者按指出不把艺术置于上层建筑是不正确的(Swayzw, pp. 73-75)。陆定一在第三次作协会议上的讲话,也指出"文学艺术属于意识形态的范畴,是社会上层建筑的一部分"(《文艺报》1960 年第 13—14 期,第 3 页)。

② 还有很多文章批判巴人的观点,如林默涵的(《文艺报》1960 年第 1 期,第 7—20 页)、华夫的(《文艺报》第 2 期第 21—22 页),还有发表在《文学评论》1960 年第 1、2、3 期上几个批评家的文章。1958 年上半年茅盾和郭沫若仍然把人道主义作为古典文学的正面特征(参见第六章第二节),那时党还没有强调对这一概念的具体理解。

第三节　中国文学艺术工作者第三次代表大会

中国文学艺术工作者第三次代表大会于1960年7月22日—8月13日召开,有2300多位代表参加。会议的议题与前两次大致一样,同时还总结了文学与文学批评领域近年来的经验。但仔细审视不难发现,在对待战争文学、人道主义概念方面都有新的发展,对社会主义现实主义的强调进一步减弱。因为作家无论在数量还是重要性方面都大大超过其他艺术家,中国文学艺术工作者第三次代表大会可以简称为第三次作代会。文化部副部长林默涵和钱俊瑞分别发表在1960年1月和4月的《文艺报》上的讲话,还有对巴人和其他作家的批判,都在很大程度上预先奠定了会议的基调。

在会议召开前几个月,《近二十年中国文艺思潮论》(1939)和《关于中国现代文学》(1957)的作者、文学批评家李何林受到了批判,罪名是恢复早已过时的"写真实"概念、重提已遭唾弃的"胡风分子"、右派分子和修正主义者的理论。① 孙谦、于黑丁等人发表在《长江文艺》上的一些文章受到激烈批判,②甚至多产的正统诗人郭小川也没能逃脱同行的审查。郭小川的错误在于,他在一首诗中把广阔无垠的星空与人生的短暂和浮生若梦作对照。批判他的人认为,这不是马克思主义对人生的态度,而是"小资产阶级和虚无主义"的观点,因为马克思教导人们要改造世界、主宰宇宙。③

---

① 批判的矛头集中于李何林的《十年来文学理论和批评上的一个小问题》一文,载《文艺报》1960年第1期,第38—43页。批判李何林的有张光年(《文艺报》1960年第3期,第33—40、43页)和李希凡(《人民文学》1960年第3期,第122—129页)等人的文章。
② 《文艺报》1960年第3期,第9—17页;第4期,第22—28页。
③ 见萧三的文章,《人民文学》1960年第1期,第11—13页。被批判的诗《望星空》,载《人民文学》1959年第11期,第90—94页。也可参见《文艺报》1960年第7期,第7—9页。

尽管有这种激烈的批判,尤其是有巴人事件,但是郭沫若、茅盾、老舍、巴金等作家及其他在大会上发言的人,比如周扬,都试图把1953年第二次文代会以来直到1960年间的中国文学发展描绘成一幅美好的图景。周扬强调指出,在此期间,百花齐放方针得以顺利实施;革命现实主义与革命浪漫主义相结合的提出是对马克思文艺理论的一大贡献;集体创作已经成为文学艺术创造活动的一种重要形式;革命回忆录和工厂史、公社史的写作,"在干部、知识分子和工农群众的合作下",①得到了广泛的开展。在他的报告《我国社会主义文学艺术的道路》中,周扬列举了一长串根据党的标准创作的作品,并将它们作为优秀作品推荐给读者。② 其中有周立波的《山乡巨变》、梁斌的《红旗谱》、柳青的《创业史》、草明的《乘风破浪》、吴强的《红日》和杨沫的《青春之歌》,它们都在1957年5月以后首次出版。

这一切听上去都充满了自信,但这种自信在很大程度上是对革命潜能和革命意志的一种信心。正如《人民日报》重复毛泽东的说法,称中国仍然"一穷二白"。③ 陆定一在第三次文代会的致辞中也提到这句话:"伟大的中国人民,生气勃勃,斗志昂扬,改变着祖国'一穷二白'的落后面貌。"④除了给读者推荐了一长串书目外,周扬还提到了自1951年以来受到批判的重要的右派分子和修正主义者,从中可以看出,反对胡适和胡风、丁玲和陈企霞、冯雪峰和秦兆阳、刘绍棠和巴人等人思想的斗争仍在继续。他说修正主义仍然是一个严重危险,因为尽管随着经济基础的改变,上层建筑也必然改变,但是属于上层建筑的意识形态

---

① 《文艺报》1960年第13—14期,第23页。
② 周扬的报告刊载于《文艺报》1960年第13—14期,第15—38页。
③ 《人民日报》1960年8月13日。
④ 《文艺报》1960年第13—14期,第4页。

第七章 第三次文代会及其前奏(1960年1月—8月)

的改变,要比经济基础的改变缓慢得多。① 周扬称修正主义者拼命鼓吹资产阶级人性论、资产阶级虚伪的人道主义、"人类之爱"和资产阶级和平主义等谬论,这是修正主义的政治观点和哲学观点在文艺上的表现。他说修正主义者试图以此来调和阶级对立,否定阶级斗争和革命,散布对帝国主义的幻想。

陈亚丁在大会期间发表的一篇文章进一步阐述了这一主题,明确指出,战争文学中的人道主义观念尤其有害。他单独挑出三篇文章进行批判:刘真的《英雄的乐章》、海默的《人性》和王群生的《红缨》。② 陈亚丁称《英雄的乐章》的主人公是一个只关心自己前途和幸福的小资产阶级,希望住上华盛顿那样的房子,和一个漂亮的姑娘一起唱歌、欢笑。他也很清楚战争的可怕,当他解释自己怎样成为连长的时候,他说:"你别觉得奇怪,那连长的位置,是用一个十九岁的青年,流了太多的鲜血凝结成的。"至于海默小说中的主人公,陈亚丁称之为资产阶级人性论的完美化身,他不顾阻隔他们的前线战场去同情一个日本兵。至于第三篇小说的不足,陈亚丁引用王群生自己的评价,称小说为"人类苦难的挽歌"。陈亚丁引录斯大林致高尔基信中的一段话来支持自己的论点:

至于描写战争的小说,在出版之前要仔细挑选。书市出现了

---

① 《文艺报》1960年第13—14期,第20页。并非所有的上层建筑都被认为是同样缓慢地改变着,毛泽东在《关于正确处理人民内部矛盾的问题》中指出,"还有上层建筑和经济基础的又相适应又相矛盾的情况。人民民主专政的国家制度和法律,以马克思列宁主义为指导下的社会主义意识形态,这些上层建筑对于我国社会主义改造的胜利和社会主义劳动组织的建立起了积极的推动作用,它是和社会主义的经济基础,即社会主义的生产关系相适应的;但是,资产阶级意识形态的存在,国家机构中某些官僚主义作风的存在,国家制度中某些环节上缺陷的存在,又是和社会主义的经济基础相矛盾的"(《人民日报》1957年6月19日)。

② 陈亚丁的《斥伪装的社会主义文学》一文是他在中国作协第三次理事会(扩大)会议上讲话的一部分,载《光明日报》1960年8月6日。刘真的短篇故事原载河北《蜜蜂》1959年第24期附刊。王子野也对该小说进行了批判,见《文艺报》1960年第1期,第36—28页。

许多描写战争"可怕"的文学作品,这导致了对所有战争的厌恶(不仅帝国主义战争,而且还包括各种其他战争)。也有一些没有多大价值的资产阶级和平主义者的小说。我们要做的就是把读者从对帝国主义战争的恐惧中拉出来,而让他们读另外一种小说,这样的小说鼓舞他们推翻发动这种战争的帝国主义政府。

陈亚丁期望看到的正是这样一些小说,而不是上面提到的刘真等人的小说。周扬似乎也在寻求同样的小说,因为他痛切地感到,有些作家对历史上正义和非正义的战争都持相同的悲观态度,"这些作家不厌其详地描写战争的残酷和恐怖,描写所谓'战壕里的真实',片面地夸张战争中不可避免的牺牲和死亡……把人民的正义的战争写得那么阴郁凄惨,充满绝望的情调,只是对于这种战争的历史真实的严重歪曲"。

周扬这里所指的似乎不仅仅是中国的文学作品,他的评论也适用于苏联最近的战争小说,特别是巴克拉诺夫(G. Ya. Baklanov)的《一寸土》(The Foothold)。小说中真实描绘了驻扎在德涅斯特河(Dnestr)右岸进步一方的战士,他们在战争最后的日子里的恐惧、对家的思念和对爱情的渴望,他们的勇气和怯懦,逃生的企图,还有不愿为战争献身的情绪。小说在1959年5、6月份发表以后,在苏联引发了长时间的讨论,讨论的问题是应该如何描写伟大的卫国战争及参战的战士。中国作家对这场讨论很清楚,因为1960年1月《世界文学》译介了三篇评论巴克拉诺夫小说的文章。我们下一节还将详细讨论《一寸土》,这里说得简单点,《世界文学》译介的文章指控巴克拉诺夫有"自然主义"和"雷马克主义倾向",追求"战壕里的真实"。周扬在讲话中也用到"战壕里的真实"这句话,这表明他所指的不仅仅局限于中国文学,而且还包括《一寸土》。尽管《一寸土》遭到否定性的批判,苏联仍于1960年初出版了单行本。

另外还有一个原因支持我们猜测为什么周扬要转弯抹角地涉及苏联战争文学中的某种倾向,他攻击"战壕里的真实",其实是为了公开

第七章 第三次文代会及其前奏(1960年1月—8月)

表达中国对苏联文化政策的不满,居然允许像《一寸土》这样的作品出版。到1960年,中国文化官员对苏联文学更多地持批判态度。前已提及,两年多以前,周扬在1958年2月28日《文艺战线上的一场大辩论》一文中就避免使用"社会主义现实主义"的概念。在第三次作代会上的报告中,他再次刻意避免使用这个概念。实际上这个概念周扬只用过三次,都是在提及修正主义者攻击这个概念或是提到马克西姆·高尔基时使用的。总体而言,他的报告旨在强调"革命的现实主义与革命的浪漫主义相结合"这个当代苏联作家不熟悉的概念。因此他对苏联战争小说隐含的批判,与总体上对苏联文艺政策的有所保留的立场完美地融合在了一起。

周扬反对描写"战壕里的真实"是有一定的道理的。不同于批判巴克拉诺夫的苏联批评家,周扬批评这个概念是因为他认为它源自人道主义。周扬相信"现代修正主义者"对正义战争与非正义战争不加区分,他们认为所有战争都是反人性的,因此是不合人道的。这反映出中苏对人道主义解读的差异,有必要就此加以仔细的考察。尽管周扬没有公开攻击苏联的人道主义思想,但是他讲话中那些谴责人道主义的话,其潜台词当然也包括对苏联特色的人道主义的谴责。只有一些间接证据可以支持这一观点。让我们首先阐明中国的人道主义概念,这可以从中国对卢卡契和维德马尔(Josip Vidmar)两个"国际修正主义"典型的批判入手。

1960年林默涵将巴人的修正主义与卢卡契的理论联系在一起。卢卡契据说是认为社会主义思想和资本主义思想可以和平共存,这样就"歪曲列宁的不同社会制度在一定条件下可以和平共处的原理"。① 随后,在一篇综述文艺中的国际修正主义的文章中,卢卡契被指控为宣传"抽象人道主义",混淆社会主义现实主义和批判现实主义,并且倾向于后者。"卢卡契本人在1956年匈牙利反革命叛乱中扮演的可耻角

---

① 《文艺报》1960年第1期,第16页。

色"证明了他的哲学中蕴涵着所谓的危险政治意图。① 最后,周扬又把卢卡契"普遍人性"理论与胡风联系起来,他称胡风为"在我国最早贩卖卢卡契这一套理论的,他说'社会主义精神就是人道主义精神',也就是'仁爱的胸怀'"。

这种人道主义精神还可以在南斯拉夫的维德马尔的理论及南斯拉夫铁托集团的纲领中找到其他例证。周扬和其他一些批评家瞧不起南斯拉夫作家,因为后者据说是竭力宣扬人与人之间的人道主义关系,把社会主义说成人道主义。他们激烈反对南斯拉夫纲领中的论断:"社会主义不能使人的个人幸福服从任何最高目的,因为社会主义的基本目的,就是个人幸福。"②

尽管从以后发生的事情来看,可以推断周扬提到南斯拉夫和其他"现代修正主义者"的论点,只是意在告诫苏联领导人或者警告中国公众苏联教导的危害性,如果没有更多的迹象支持,这一推断依然是假设性的。然而,考虑到如下两个事实,它就变成了一个有价值的推断。

首先,中国领导人普遍反对苏联官方对人道主义和战争之间关系的看法。事实上周扬反对在战争问题上的任何人道主义考虑,这种观点与权威的《苏联大百科全书》(*Great Soviet Encyclopaedia*)中人道主义(gumanizm)词条的解释迥然不同。1952 年版的百科全书中认为,广义上的人道主义,与社会主义现实主义不同,据说起源于文艺复兴,在别林斯基的作品中可以发现,目前在世界和平运动中起着重要的推动作用。这种人道主义渊源甚早,其意义具有普遍性和抽象性,它不是无产阶级的专利。

其次,也是更具体的事实是,周扬在作代会上引用苏联对人道主义

---

① 《文学评论》1960 年第 2 期,第 8—26 页;《文艺报》1960 年第 8 期,第 10 页。中国人对卢卡契的思想是从一些课堂上了解到的,比如 1956—1961 年北京大学哲学系开设过卢卡契哲学著作的课程(《光明日报》1961 年 4 月 4 日,*SCMP*, no. 2494, pp. 19-22)。在匈牙利起义事件中,卢卡契担任纳吉(Imre Nagy)政府的文化部长。

② 周扬引述,见《文艺报》1960 年第 13—14 期,第 30 页;钱俊瑞引述,见《文艺报》第 8 期,第 4 页。

概念的解释来攻击人道主义时,措词居然与赫鲁晓夫的讲话惊人地相似。周扬概括地指责"马克思主义者的队伍中,有些人"竟把共产主义和资产阶级人道主义混同起来,说共产主义是人道主义的最高体现,社会主义学说是"最仁爱"的学说。他嘲笑这样一种观点,即存在"一种不可捉摸的'人道主义',它是永恒不变的绝对真理,而共产主义是其最后的表现形式"。我们可以准确地回忆起,就在周扬第三次文代会报告的前五天,赫鲁晓夫在一次讲话中对苏联知识分子说:"共产党的政策在于实现人类最崇高的理想。事实上也可以说这是最仁爱的政策。"①

总之,很有可能中国人实际上越过南斯拉夫领导人和其他"现代修正主义者",批评的是苏联对人道主义的观点;中国人对人道主义和战争的看法与《大苏维埃百科全书》明显矛盾;周扬关于人道主义的讲话与赫鲁晓夫措辞的相似,明确表明他在作代会上的讲话意在批判苏联的人道主义概念。

周扬在作代会上讲话的一部分任务是尽可能彻底地粉碎人们认为苏联绝对正确的错觉。他采取了两种方式:第一种方式是消极的,他避而不提社会主义现实主义这一概念,指责苏联的战争小说,批判苏联领导人普遍持有的对人道主义的理解;第二种方式是积极的,他盛赞毛泽东提出的革命的现实主义与革命的浪漫主义相结合的方针所取得的成果,赞扬中国人民的革命热情和战斗精神,赞美中国悠久丰富的文化传统。在报告的结语部分,他转向中国博大精深的过去,相信产生过屈原、司马迁、杜甫、关汉卿、曹雪芹和鲁迅的民族,一定会继续产生千万个光辉灿烂的文学艺术天才。尽管中国现在还是"一穷二白",但有着强大的基础,周扬相信,既定的革命目标一定会实现。

---

① 赫鲁晓夫1960年7月17日的讲话直到1961年5月才发表,载[苏]《共产党人》1961年第7期,第3—16页,题为《走向文艺新胜利》。这是他1960年7月17日会见苏联知识分子代表暨表彰苏联作家、作曲家招待会上讲话的节略。不能排除一种可能性,即周扬在作代会作报告时已经通过某种途径获悉赫鲁晓夫讲话的大意甚至见到了讲话文本。

第四节　双重真实

中国的文化官员对赫鲁晓夫的文艺政策有许多保留。周扬在作代会上的报告中谨慎地建议："一切外来的艺术形式和手法移植到中国来的时候都必须加以改造、融化，使它具有民族的色彩，成为自己民族的东西。"这个建议也适用于来自苏联的文学概念。在与"现代修正主义"的不懈斗争中，马克思、恩格斯、列宁、斯大林和毛泽东的相关论述成为斗争的武器。因此，第三次文代会筹备之际，出版了一批他们论文学及相关主题的著作。1960年第1期《文艺报》封底刊登了出版《论艺术》一书的广告，它是马克思、恩格斯相关论述的汇编；列宁、斯大林和毛泽东的相关著作则汇编为《论文学与艺术》一书。① 此外，还采取了有助于巩固文学正统的一些措施：《文艺报》发表了关于恩格斯论倾向性的文章，从包括斯大林、毛泽东在内的马克思主义经典著作中选出了一些论批判地继承文化遗产以及论"资产阶级人道主义"的文章。高尔基和鲁迅论人道主义和人性论的文章也得以重印。② 重新发表这些历史上革命巨人的精辟论述，其动机是遏止"国际修正主义思潮"，否则，按照周扬的说法，它不可能不在中国发生影响。③

我们在前面几章已经证明，中国人喜欢苏联老一代作家胜过年轻一代。继毛泽东1942年的评价之后，周扬在报告中也称赞法捷耶夫1927年写的《毁灭》，还评价了绥拉菲摩维奇的《铁流》(1924)、富尔曼诺夫的《恰巴耶夫》(《夏伯阳》)(1923)、奥斯特洛夫斯基的《钢铁是怎

---

① 均由人民文学出版社出版。四卷本马克思、恩格斯《论艺术》第一卷1960年6月出版；列宁的两卷本《论文学与艺术》(1000多页)1960年4月出版；斯大林论文艺的小册子首版于1959年10月；毛泽东的《论文学与艺术》首版于1958年11月，1960年4月第4次印刷。

② 分别刊载于《文艺报》1960年第6期，第2—16、40—43页；第9期第4—18、18—27页。

③ 《文艺报》1960年第13—14期，第21页。

样炼成的》(1934)、法捷耶夫的《青年近卫军》(1945)和波列沃依(Polevoi)的《真正的人》(1946),因为这些作品都表现了"苏联人民不可摧毁的革命意志和他们对祖国、对共产主义事业的无比忠诚"。周扬早在1952年已经提到过另一些也为中国共产党所欣赏的早期苏联作品。

尽管中国对苏联文学的态度存在着某种一致性,但自1942年以来,尤其是1950年代初以来,还是有一些基本的变化。当然,其中一个变化与时代发展有关。到1960年的时候,中苏两国的形势与前些年相比已有所不同。自从中华人民共和国成立以来,苏联的发展方向开始与中国不同,如果要确立一个两国在文化和政治上开始疏远的起点,那当然是斯大林逝世以后。周扬在1960年仍倾心于1920年代、1930年代的苏联文学,足以表明他对后斯大林时代的苏联文学颇多忧虑。因此《世界文学》对发表年轻一代作家(出生于20世纪)的近作格外小心,这也就不足为怪了。虽然他们的确发表过柯热夫尼科夫(V. M. Kozhevnikov)的《潜水者》,作者是《旗帜》杂志的主编,后来持相当自由的立场,但这部描述英雄劳动的作品无论在主题还是表现上都符合中国的要求。①

对苏联年轻一代作家的怀疑也解释了中国对苏联讨论巴克拉诺夫小说《一寸土》的态度。中国杂志译介了四篇评论该小说的文章,其中三篇是谴责性的。这些文章使该小说在中国呈现出片面的、歪曲的形象,它们使人们相信小说在苏联受到了普遍谴责。但事实并非如此,因为它在《新世界》连载之后,1960年初又出版了单行本。

对《一寸土》的不同意见最先在一篇译自苏联的文章中提到,文章发表于1959年12月份的《文艺报》,②它关注的远不只是对"雷马克主义"的评价。作者拉扎列夫(L. Lazarev)是小说的支持者,他承认巴克

---

① 中译文载《世界文学》1960年第2期,第29—53页。
② 《文艺报》1959年第23期,第32—36页。

拉诺夫毫无顾忌地刻画了现代战争中的恐惧、死亡和毁灭性,但他又说,战争已经结束多年了,这些年来人们一直在为争取和平而不懈斗争,人们有权利详细了解战争的性质。① 从政治观点看,拉扎列夫的观点很有趣,因为他像周扬一样,把巴卡拉诺夫等人的作品看成是反战宣传材料。但拉扎列夫进一步赞扬巴克拉诺夫,说他从参战士兵的视角来描写战争,而不是对前线进行全景式描写,也不提部队指挥员的历史性决策,所以这一方面巴克拉诺夫正确继承了涅克拉索夫(V. P. Nekrasov)《在斯大林格勒战壕里》的传统。拉扎列夫驳斥了划分两种真实的倾向:伟大的和渺小的、表面的和深层的、真正的和貌似真实的。相反,他认为只有一种真实,所谓的"战壕里的真实"不容否认。

最重要的是,拉扎列夫对《一寸土》的看法,事实上是对社会主义现实主义这一概念不点名的批评。于是,柯兹洛夫(I. A. Kozlov)和巴拉巴什(Yurii Barabash)站出来捍卫他们所认同的更伟大的真实——"党性的真实",用社会主义现实主义的方式作保障的真实。② 他们要求对战争开始阶段苏联经受的挫折给出一种"源头式的解释",这是一个委婉的要求,其实是希望掩盖苏联初期的挫折而放大最后的胜利。他们说文学必须提供这样的解释,以便人们从中吸取教训。文学的确有这种教化功能,因为"任何知识,包括以艺术形象为手段的知识在内,它的目的就是为了武装人,使其进一步改造生活"。③ 柯兹洛夫说巴克拉诺夫否定了这一奠定共产主义美学基本原则的原理,并进而指出,对恐惧和死亡的描写变成为描写而描写了,这就背离了作家的基本使命,即表现苏联人民的坚定意志。柯兹洛夫和巴拉巴什试图通过假设双重真实——"源头式的"或理想化的真实及与之相对的日常生活

---

① 《世界文学》1960 年第 1 期,第 137—142 页。拉扎列夫的文章原载[苏]《文学报》1959 年 6 月 18 日。

② 分别载《世界文学》1960 年第 1 期,第 142—148 页(原载[苏]《文学报》1959 年 7 月 23 日)和第 148—152 页(原载[苏]《消息报》1959 年 11 月 13 日)。

③ 《世界文学》1960 年第 1 期,第 144 页。

的真实,来保持英雄主义的战争理想。周扬本身也服膺于双重真实,站在这些苏联正统的支持者一边,他说把人民的"正义"战争写得阴郁凄惨,充满绝望情调,是对于这种战争的"历史真实的严重歪曲"。

中国对列夫·托尔斯泰的评价也值得注意。1960年11月托尔斯泰逝世50周年,中苏两国都进行了大规模的纪念活动。中国第三次文代会前对托尔斯泰著作与才华的评价,对我们的研究来说很有意思。

中国批评家和理论家经常分析托尔斯泰。前面已经提到过林希翎和王若望的文章以及里夫希茨和维德马尔论托尔斯泰文章的中译文。① 中国评论界对托尔斯泰感兴趣的原因之一是,自20世纪初他的大部分作品都有中译本,建国后还重印了其中的一部分。② 作为一个很有争议的作家,他身上几乎包含了共产党文艺政策的所有问题:反动思想与社会批判间的冲突、资产阶级思想观念与伟大作品之间的矛盾、批判现实主义与社会主义现实主义间的差异以及文学中人道主义思想的功用等等。

就在1960年,托尔斯泰作品中的人道主义引起了特别关注。林默涵和钱俊瑞在批判托尔斯泰时引用列宁对他的评价以支持自己的论点。尽管列宁的引文说明托尔斯泰的重要性与艺术的历史局限性相互依存,但是他们则表明托尔斯泰是站在家长制的小生产者的观点来揭露资本主义的灾难的;批判者认为,托尔斯泰批判资本主义制度,不是要实现社会主义,而是要建立一种自由平等的小农社会制度;③因为托尔斯泰迷信基督教,所以应该把他看成是一个傻头傻脑的地主,一个疲惫的、歇斯底里的、多愁善感的人,他鼓吹不用暴力去抵抗恶,鼓吹世界上最坏的一种东西,即宗教。钱俊瑞认为尽管列宁对托尔斯泰作过类

---

① 参见第四章第五节和第五章第六节,也可参见卞之琳论巴尔扎克和托尔斯泰的文章,载《文学评论》1960年第3期,第4—26页。

② 参见 A. Shifman, *Lev Tolstoi I vostok*(Leo Tolstoy and the East)(Moscow Izd. Vostochnoi literatury, 1960)。

③ 林默涵的文章,见《文艺报》1960年第1期,第18页。

似的指责,并称未来属于社会主义和共产主义,但中国仍有人大喊大叫托尔斯泰是"伟大的人道主义者"、"伟大的导师"、宣传他的"良心论"和"普遍的爱"。①

这种对托尔斯泰的歪曲达到荒谬的地步。托尔斯泰私下里被中国人尊称为伟大的人道主义作家,却被官方的文学领导冠之以贬义的"人道主义者"。20世纪后半叶的中国与19世纪的欧洲之间大有差别,托尔斯泰的宗教倾向和道德理想被随意地归结于一个共同的要素,即人道主义。中国人说列宁最先指责了托尔斯泰的人道主义,可是列宁(他本人在1960年的苏联也被称为"伟大的人道主义者")虽然反对托尔斯泰的社会思想和宗教思想,但是他的文章中却根本没用"人道主义者"这个词。② 马尔科夫(G. Markov)1960年晚些时候在《共产党人》上发表的纪念文章中也没有指责托尔斯泰为人道主义者,相反,他认为托尔斯泰的天赋部分地归功于他的人道主义思想。③ 对托尔斯泰的不同评价只是中苏两党批评家观点歧异的一个例证,尽管他们都将自己的观点追溯到列宁的权威论述。总之,中苏争论的歧异主要还是在对人道主义的不同解读上。

除托尔斯泰和人道主义问题外,在诠释马克思主义教义的过程中,中苏两国还有一些不那么突出的分歧。中国不愿再继续亦步亦趋地跟着苏联的观点,他们的选择由两部分组成。一方面,中国人选择了马克思主义经典中某些章节和苏联社会主义现实主义创作中长期受欢迎的作品,根据中国共产党的主流政策进行解读;另一方面,他们经过审慎斟酌、严格界定和谨慎措辞,断然拒绝当代苏联的文艺观念。中国文化官员与他们的苏联同行在太多的基本观点上意见分歧,当代苏联的文

---

① 《文艺报》1960年第8期,第13、15页。
② 邵荃麟的文章,见《中国青年报》1960年9月27日。D. Moldavsky称列宁为"伟大的人道主义者",见[苏]《旗》1960年第10期,第208页。
③ [苏]《共产党人》1960年第16期,第88—89页。Markov文章的开头是:"列夫·托尔斯泰! 耀眼的作家,这个世界无可超越的艺术家,人道主义者……列夫·托尔斯泰,俄罗斯文学的骄傲和光荣。"

艺思想不再可能成为中国遵循的榜样。如果说苏联的确对中国文学产生过直接影响的话,那么到 1960 年这种影响最多只是间接的。许多当代苏联作家成了反面的典型,苏联文学批评的新思潮,如果说没有被彻底忽略的话,也是断章取义地出现于中国公众面前。对巴克拉诺夫小说的评价问题和中国对托尔斯泰的态度都可以作为例证,清楚地说明了这一过程。

第八章 结 论

要评价1956—1960年间的中国文学理论,理想的方法似乎是对"文学"的概念同时进行分析的与历史的描述,但研究对象本身决定了这种方法并不可行。研究共产主义思想指导下的创造性文学的地位和作用,就必须审视中国官方所宣扬的"纯文学"概念。但是,无论是文化官员还是文化主管部门,都回避了"纯文学"的确切定义,倒是胡风、冯雪峰、艾青、朱光潜、公木、王瑶、李何林和巴人等人说出了自己对文学的意义和任务的理解,不过这些人从未能掌管文学事务,还因为"离经叛道"的观念而相继受到了批判。① 因此,中共领导层认可的构成文学理论的原则体系,一直都是模糊不清、貌似单一的,这或许是有意为之。表述的模糊、含混与矛盾可以给自己留有余地,以便在风云变幻的政治形势下随机应变。这就是文学理论含混不清背后的基本的和实用的原则,这也是为什么这些年来,甚至自1942年以来,中国共产党的文学理论难以进行详细的分析性描述的主要原因。

解释中国文学理论中的含混性,并不需要借助于马克思主义术语,即便套用共产党的术语,结论也是一样的:文学,按照马克思主义理论,属于历史唯物主义范畴,是由历史发展水平决定的,因而随着历史的发展而不断变化。相应地,文学和文学理论的概念和功用也不断变化。共产党的理论家通常认为马克思主义理论,当然也包括文学方面的理论,无论就部分还是就整体而言都不会过时,而是会不断地"创造性地发展",这种婉转的说法,意指理论的新重点或全盘的变化。理论变化

---

① 前文已提及的出处本章中不再重复列出。

的正当理由是理论不能与(政治)实践脱节。① 这也是马克思列宁主义的一条原则:只要实现最终目标——消灭资本主义和建设共产主义——马列主义原则本身能够也应当进行修正。中国和苏联的理论家对这一点都心照不宣,这也解释了为什么灵活适应不同形势是马克思主义理论中必不可少的因素。既然变化比本质更重要,那么"党性",即与党的立场保持一致并对不断变化的政策保持忠诚,成为马克思主义理论的基石。

对政策的解读常变常新,而对变化的忠诚远比理论原则的体系化或理论知识的学术性的法典化来得重要,那么也就可以理解,为什么无论在中国还是苏联,马克思主义美学的研究一直处于较低水平。1954年晚些时候,格拉特珂夫称:"尚没有一部论述马克思主义美学和写作心理学的基础性著作出现。"② 四年以后,苏联重要杂志《哲学问题》的一篇编者按也表达了这种遗憾,认为马克思主义美学的发展落后于生活需要和艺术创作实践,从社会主义艺术创作中获得的经验也没有得到充分的总结。③ 在中国,相关研究同样不尽如人意。陈继呼吁要多翻译出版苏联的文学理论著作,1960年北京师范学院的学生讨论过"古典文学有经久的或'终极'的价值"与"古典文学属于早已废弃的上层建筑"两种提法的相互矛盾,他们敏锐地意识到这个问题还没有马克思主义理论家作过系统分析。

不过,当时中国还是出版了一些马克思主义美学的简明小册子,周来祥与石戈合写了一本,苏联女学者瓦·斯卡尔仁斯卡娅(V.

---

① 参见 Gustav A. Wetter, *Dialectical Materialism, A Historical and Systematic Survey of Philosophy in the Soviet Union*, Peter Heath 译自德文(New York, Frederick A. Praeger, 1960),第256—268页。毛泽东1937年在《实践论》中涉及这一问题,见《毛泽东选集》第一卷,北京,人民出版社,1951年10月版,第281—296页。

② [苏]《文学报》1954年12月22日,英译文见 Current Digest, 7(1955), p.31。

③ [苏]《哲学问题》1958年第10期,第14页。

Skarzhinskaya)也出过一本。① 这些书并没什么影响力,因为它们很少被引用或提及,但是,就目前所知,它们也没被批判过。这些著作,连同毛泽东、周扬、邵荃麟等人更为权威的论述,都一致确认,党性,或者说对党不断变化的立场保持忠诚的原则,是文学理论和美学问题的根本基础。除此之外,这五年(1956—1960)期间还提出了其他一些概念,应该视之为文学理论的一部分。

第一节　中国文学理论的实质与变化

周来祥、石戈的著作及瓦·斯卡尔仁斯卡娅论的著作,都把"艺术是一种社会意识形态"②作为论述的前提。这是纯粹的马克思主义命题的变体——艺术属于意识形态的上层建筑,中共理论权威从未作过任何更改。另一位作者在对美进行定义时同样强调美的社会特征,称美属于社会范畴,绝不会脱离人类社会和人的实践活动而存在;美是人类活动的结果,是一种社会现象,但是美又必须具备一种物质形式,因而只能说美是具体事物在与人的具体关系中表现出来的一种特质。③

马克思主义美学,与一般的马克思主义一样,强调"具体性",或者要求将所有现象与社会、阶级背景相联系,并引以为自豪。因此,马克思主义美学认为,所有艺术必须表达特定社会阶层在特定历史环境下的观念和信仰,否认一切试图超越历史发展与社会阶级的界限,或者超

---

① 周来祥、石戈:《马克思列宁主义美学的原则》(武汉:湖北人民出版社,1957),该书主要是对胡适与胡风观点的批判。瓦·斯卡尔仁斯卡娅:《马克思列宁主义美学》(北京:中国人民大学出版社,1957),系作者在中国人民大学做访问学者时讲座的翻译稿。值得注意的是,在其所列的近百种参考书目中,仅有四种是中国的,即两部毛泽东著作、一篇刘少奇的报告和一些中共八大文件。

② 周来祥、石戈:《马克思列宁主义美学的原则》,第25页;瓦·斯卡尔仁斯卡娅:《马克思列宁主义美学》,第244页。

③ 吴汉亭:《美是什么》,见《文史哲》(济南)1958年第4期,第29—34页。作者给出如下辩证的定义:"美应该是事物的社会性质与自然性质的统一,即内容与形式的统一。"

越人类时空限制的种种"抽象"的努力。任何外在于社会阶层和历史需求这张普罗克鲁斯忒之床(Procrustean bed)的个别的、纯粹创造性的试验,对于马列主义的唯物主义来讲,都是要加以驱逐的。人的讲话都带有他那个阶级的声音,必须在阶级斗争中表明立场。正如列宁的经典格言称:"唯物主义事关党性,因为我们对任何公开、直接发生的事情进行评价时,都不得不采用特定阶级的立场。"①

阶级斗争和党性原则将作家和他们的文学作品划分为反动的和进步的、资产阶级的和共产主义的两大阵营。尽管这事实上是一种政治性的划分,但是对中国共产党称为"文学"的理论却必不可少,既然我们正在考察"文学"一词在中国的含义,那么这种政治性的划分与其文学的意蕴是紧密相关的。

中国的文学理论对反动作品与进步作品的关注度是不一样的,用来阐述"资产阶级"作品时,不是语焉不详,就是完全言辞含糊。但是从根本上讲,中国的批评家面对那些对革命持敌对态度的作品时,还是能挖掘其艺术价值的。毛泽东《在延安文艺座谈会上的讲话》中说:

> 有些政治上根本反动的东西,也可能有某种艺术性。内容愈反动的作品而又愈带艺术性,就愈能毒害人民,就愈应该排斥。处于没落时期的一切剥削阶级的文艺的共同特点,就是其反动的政治内容和其艺术的形式之间所存在的矛盾。②

引文的最后一句似乎在暗指,现代资产阶级文学可以拥有巨大的艺术价值。这倒是符合毛泽东对文学既讲艺术性又强调政治标准的两分法。但是,正统批评家并不认同瓦莱里或魏尔伦的作品,也不认为艾青

---

① 引自列宁 *The Economic Content of Populism* (1895),见 R. N. Carew Hunt, *A Guide to Communist Jargon*, New York, Macmillan, 1957, p.10. 其中 Hunt 译本中 party-mindedness 一词在文中换成 party spirit(党性)。

② 《毛泽东选集》第三卷,第 891 页。

的诗或冯至的十四行诗有什么价值,因为毛泽东还说过,政治标准高于艺术标准,所以全部现代资产阶级的艺术都不值得称道。如果文学被规定从属于政治并且"艺术与政治相统一",那么艺术标准(被法定地置于第二位)还有什么意义呢?所以有必要把两种标准融合起来,进步与反动、艺术性与非艺术性的两分法也不是独立发挥作用的。实际上,它们既融合又混杂:过去的名著被称为进步的,当代过气作家的作品则因缺乏艺术价值而被抛弃。

中国文学遗产中最重要的那些作品都以其"大众性"而被归为进步作品。《诗经》、《楚辞》、李白和白居易的诗,《琵琶记》和关汉卿的剧作,《三国演义》、《西游记》、《红楼梦》等小说及许多其他作品,都得到了正面的评价并作为伟大传统的一部分为人们所接受。这种正面评价,就算不是基于政治立场,也是建立在道德基础之上。出于政治的原因,大多数的文学遗产也迫切需要得到继承吸收。因为若抛弃传统文学,不仅会伤害民族感情,损害民族身份认同感,而且会形成一个危险的文学真空。倘若广大读者对当代中国作家的文学创作不满意,那他们就会要求译介更多的西方现代文学或苏联文学。从政治上讲,当然不希望出现这种情况,因为现代文学思想意识形态的不正确不能都简单解释成"历史的局限性",或反动的世界观与现实主义描写之间的矛盾,尽管恩格斯曾这样评价过巴尔扎克。所有对民族文学遗产太过苛责的批论家,如胡适、胡风、俞平伯和冯雪峰等,都受到严厉的批判,被指责为"虚无主义"。

关于古典作品的艺术生命力问题,最重要的文章是北京师范学院的学生们所写的《谈古典作品的艺术生命力与所谓的"普遍人性"》一文。他们试图就艺术标准和政治标准的统一进行理论论证,并指出了政治标准的优势所在:"现实生活"的具体性使得文艺技巧在事实上成为多余。他们认为,一部伟大的经典作品不会放弃"高尚的道德",这种"高尚的道德"能打动人们的心灵,只有当作品表现了这种高尚的道德,艺术技巧才值得关注。其潜台词是说,如果一部旧作品不能在道德和政治双重层面上首先被认为是伟大的、经典的,那么对其艺术性的评定就毫无意义。这些学生把自己欣赏的作品称为"美好"的作品,指的就是美学价值和道德价值的合二为一。

通过对比作家被指有右倾主义前后对他们作品的不同评价,也可以看出政治评价和艺术评价间的相互作用。丁玲被打成右派后,她获得斯大林文学奖的长篇小说《太阳照在桑干河上》尽管没被彻底否定,但也被指出包含若干可以商榷之处。周扬在1956年对艾青诗的看法较之1958年冯至的评价要宽厚得多。关于主流批评家如何在政治风向转变后对待以前受欢迎的作家,刘绍棠是一个很好的例子,他于1956—1957年间出版的短篇小说就被指为"政治上错误,从艺术观点看也不出色"。我们还要提到法斯特,他的命运同样如此,正如一位中国批评家所说,法斯特过去曾写过一些得到高度评价的"进步"文学作品,但后来他退出了共产党,这些作品也随之被"作者浸淫其中的污泥浊水溅污了",变得毫无价值。这些事例表明,对一部文学作品的艺术评判会因作家的政治问题而改变。

在政治机会主义的影响下,以党性为最高原则,各种各样的、更为具体的文学原理和文学概念,其重要性与内涵阐释都随政治变化而变动。比如,社会主义现实主义这一概念,在1956年5月,陆定一宣称它是"最好的创作方法,但决不是唯一的方法"后,丧失了其重要地位,到1958年又基本上被"革命的现实主义与革命的浪漫主义相结合"的新提法所取代。

另一个例子是刻画英雄人物的理论。1953年周扬提倡要掩饰理想人物的不足(近似于典型化),但1956年初他又反对这种所谓的粉饰主义。到1957年11月周扬又高度赞扬了赫鲁晓夫的讲话,赫鲁晓夫是支持"粉饰"的,周扬似乎又回到他1953年的立场。

周扬一度对公式主义大加挞伐,而在1956年2月27日的讲话中却只字不提公式主义,这都是由当时的政治形势决定的。"双百"方针提出的最初阶段,周扬点名要党内公式主义分子进行改造;1957年1

月陈其通抱怨有人过于随便地指责他是公式主义。几个月后,蔡田受周扬态度的鼓励,发表了一篇文章,矛头指向陈荒煤和陈沂的公式主义。"形式主义"这个术语经过修正后,被用来形容右派诗人的创作特征,比如艾青的诗。然而这两个术语内涵不明确,在使用中往往前后意思不一致,被笼统用来指那些政治性、艺术性不够好的作品。于是政治标准再次占据支配地位,这样一来,政治运动即可决定公式主义或形式主义作家是否应当受到批判。尽管1956年末陈其通的一部作品被视为公式主义(即忽略了艺术性而过分局限于意识形态框架,这在当时与党的政策相冲突),但到1958年时他的作品又不被认为是公式主义了,因为那时党的政策发生了变化,不再与作者的意识形态框架和写作计划相冲突。形式主义也有过类似的前后变化。1957年初还允许在思想方面有一定的自由度,所以对形式主义(即过度关注艺术形式而较少注重意识形态)的批判并不严重,但到了反右运动时,对形式主义的攻击又变得相当厉害。正是这种政治标准决定一切的状况,使我们有必要对中国文学理论中那些更具体的概念进行分析,比如在特定历史政治环境中出现的公式主义、形式主义、典型性、粉饰及社会主义现实主义等概念。

党性原则贯穿了全部中国文学理论,并达到这样一种程度:它的基本主题普遍具有政治性。钱俊瑞在总结社会主义文学艺术的创作方法时对此表述得非常清楚,他列举了以下十条方针:

(1)文艺为工农兵和其他劳动人民服务,
(2)为社会主义服务,
(3)普及和提高结合,
(4)思想性和艺术性的统一(政治标准第一,艺术标准第二),
(5)文艺工作者和工农群众相结合,
(6)百花齐放、百家争鸣,
(7)批判地继承遗产和革新创造相结合,

(8) 革命的浪漫主义和革命的现实主义相结合,

(9) 政治挂帅,

(10) 群众路线。①

这十条方针没有一条涉及创作的艺术性问题,而且为了将那些相互抵触的条目放在一起形成一个整体,只好言辞含糊模棱两可。其中第3、4、7 三条原则贯穿于 1956—1960 年,甚至早在毛泽东《在延安文艺座谈会上的讲话》中即有所论及,它们要求重视文学理论中的语言的作用,强调文学的功用。

普及是指文学创作中使用简单的语言、吸收民间传统,提高是指提高读者的文化水平,普及与提高相结合,实际上是要以此来叫停提高,早在 1942 年毛泽东就提出普及的任务重于提高。尽管当时他补充说该方针只是暂时的,但从未被正式取消。后来普及和提高逐渐并重,只是 1957 年时右派分子,比如黄药眠,呼吁要更重视"提高"。我们仍然记得起他曾抗议限制使用"直白语言",理由是这与毛泽东提倡使用通俗语言相违背。

经过十几年的努力,作为文艺基本材质的语言获得了长足发展,在能够被大众理解的基础上,创造出了新的语言学、文学形式和结构,从而丰富了人们的交流方式,开辟了新的表达途径。也许,对文学形式创造性的运用,还有对没有出现过的表达方式的运用,正是文学的主要功用之一。但是正统的中国作家在创作时必须对读者的理解能力有充分的认识,必须采用群众语言,用群众"喜闻乐见"的方式写作,并努力使自己的作品最大限度地被读者理解。由于作家表达的思想内容在马列主义经典作品中都有,所以中国文化官员并不想看到超越熟悉的知识范围的语言和艺术方面的新尝试。语言和语言艺术不过是一种手段,

---

① 《文艺报》1960 年第 8 期,第 4 页。序号为作者所加。关于"群众路线",可参考 Bowie and Fairbank,同上,pp. 148—149。

将知识传达给尽可能多的人,从而达到深化革命、早日实现共产主义的目的。

尽管在分析中国文学理论规范时,我们把艺术概念和政治概念区分开来,但也不能据此就认定,把明显属于政治范畴的概念归到一边之后,剩下的全是描述文学贡献的美学理论。根据毛泽东宣称的功利主义来分析,政治概念被筛选掉之后,余下的基本上是如何利用文学来深化革命的理论。中国共产党的文学理论对文学的态度,不是文学本来是什么的问题,而是文学应该是什么的问题;换句话说,不把文学看成一种独立的现象,而是看重它在实现共产主义方面的社会功用。总之,中国文学理论是规定性的,而不是描述性的。

与普及和提高相结合的方针一样,思想性和艺术性相统一(其中政治内容胜于艺术形式)的方针,以及批判地继承传统与革新创造相结合的方针都说明了中国文学理论的规定性特征。诸如"提高"、"艺术性"、"革新创造"等概念都与非美学概念相连,不单独使用。相应地,美学范畴就与政治范畴相连且从属于政治。这样一来,文学在中国就不再是自主的,而那些坚持文学自主,并试图将它从党的控制中解放出来的作家们,遭到了激烈的批判。早在 1942 年艾青在赞许性地引用"反功利主义"者戈谛耶(Théophile Gautier)的言论时,就被批判过。后来,冯雪峰和秦兆阳也被迫承认他们质疑文学的功用是错误的,爱伦堡和维德马尔在中国受到批判也是因为同样的原因。

那种认为所有传统小说都意在娱乐的观点(据说俞平伯曾这样讲过),连同云南作家篮芒认为文学的首要目的不在教化人民而在于给人以快乐的看法,都受到猛烈抨击。中国文化官员的职责就是捍卫文学的教化功能、道德提升功能和政治工具的功能。朱光潜就从正统观点出发,指出乔伊斯和普鲁斯特属于反面的典型,因为普鲁斯特深信,艺术创作就是为了艺术本身,它遵循自身的规律,没有任何其他目的,拒绝任何功利功能,这与中国的主流观点,即文艺能推动历史进程直至实现共产主义的观点截然不同。① 按照中国的马克思主义文艺理论，艺术创作不能以它们在人类世界中的传统地位为评定标准，因为人类生活并不是所有事物的评价标准，而且它本身还服从于理论上的更高理想。这样一来就颠倒了帕斯捷尔纳克的名言："人生来是为了生活，而不是为生活做准备。"生活本身太广阔、太复杂、太可怕了，就像周扬曾指出的那样，生活的危险，如同波涛汹涌的大海要吞噬共产党人。只有以马克思主义为指南针，以共产党为舵手，作家们才不会迷失方向。②

中国文学理论对文学素材的关注主要集中在其社会和政治功用上，这不禁使人怀疑还能不能合法地讨论真正的文学理论。中国文化官员对文学的看法难道仅仅只是关于普通写作的政治的或社会的理论吗？

中国也使用"文学理论"（literary theory）这个术语，并把文学方针的体系看做包罗万象的政治理论的一部分，如果我们忽略了这一事实，就不能对许多极为核心的问题给予合适的关注，尽管这些问题在中国文学理论中相对地被忽略。实际上，中国的文学理论家也不会忘记，他们的研究对象是文学，是比"普通写作"更为特殊的文学。文学创作的动因及其社会作用，或许可以用政治术语来分析——必须承认，这种政治分析确实构成了中国文学理论的主体，但是文学文本本身起码还具有最低限度的文学性，一种将文学与其他形式的写作区分开来的"特质"。中国的文学理论家原则上承认文学作品具有特定的艺术性，他们可以从文学性方面研究文学素材的客体，不过这是不够的。基于这个原因，我们必须承认中国指导文学的方针体系本质上还是一种文学的教义（literary doctrine）。

不管中国的文学理论家如何混杂美学概念与政治概念，但毕竟还

---

① 有关普鲁斯特的情况，参见 Randall Jarrell, *Poetry and the Age*, New York, Alfred A. Knopf, 1953, pp. 26-27。

② 参阅《文艺报》1953 年第 19 期，第 10 页。

是用了美学的术语。毛泽东意识到存在一个"艺术科学的评判标准",相信艺术高于日常生活,具有普遍性。1956年周扬仿照别林斯基的话,称艺术通过具体、生动的意象反映现实,在个别中包含普遍性,从而将艺术与科学的、推论式的表达方式区别开。尽管这一定义远非完美,只要要求形象的"典型性",政治和道德的意涵就能轻易地介入文学,但他毕竟认识到了文艺区别于直白宣传口号的必要性。

政治因素可以影响文学的表现形式,但不能完全压制其自身的内在规律。中国的文化官员看来也明白这一点。虽然发动一场群众文艺创作运动是一个政治决定,但活动该怎样搞才最有成效,这还是由作家和文论家来决定的。只有作家们才知道文学作为工具的特有的特点,也只有他们才能确立合适的进程。这方面的例子就是在党没有直接介入的情况下,经过持久的讨论后,袁水拍建议让群众用押韵文和顺口溜等形式进行文学创作。

在某一时期内,中国的作家和批评家不仅把服从政治命令,而且把最大限度地克制艺术性作为自己的责任。这就是群众文学创作运动迅速销声匿迹的原因,也是并非每个文化人都自然而然被视为作家的原因。这样,捍卫文学艺术特性的任务就落在了那些有独创性的作家身上。没有一个文学理论家对文学本质的定义比周扬更准确,因为对艺术性的精确定义与掌控文学创作的变化不定的党性原则是相悖的,后者的特点恰恰是模糊和含混。

尽管中国作家在理论上不能明确说明文学的艺术特性,但在文学创作的实践中还是常常能遵从艺术性的。如果低估了文学实践的重要性,我们就不能正确理解中国的具体形势及其意识形态的特殊性。

第二节 中国对苏联文学与文学理论的态度

谈到文学的影响问题,首先需要弄清何为"影响"。文学间的影响涉及影响源、受影响的地区,影响者与被影响者之间有可循的联系。历史上不同因素间的不断混合,创造出了前所未有的新现象,如果影响源不确定或者与被影响者之间无可循的联系,那就不是文学的影响问题。在这些情况下仍然谈论影响会妨碍对新事实的认识,一个新现象可能是多个因素共同作用的结果,也可能在不同的时间和地点有多个源起,但如果主要是由可循的外部力量生成或在其影响下出现,那就不能称其为前所未有的新现象。

因此,对外国观念和现象的有意识的吸收,就要慎用"影响"一词,要将这种情况与作为影响结果的外来概念的变形和移植区分开来。就移植来说,因为融入了新环境,所以与影响源之间的联系就被淡忘。影响和移植的差别是程度的不同。在探讨不同文化间偶然出现的类似现象时也最好避免使用"影响"这一术语,因为这种情况下两种现象之间并不一定存在着联系。事实上,这种偶然的相似通常是有着共同本质属性的不同文化平行发展的结果。

我们对文学影响的理解或许可以用如下的反面事例来说明。在群众文艺创作运动中涌现出许多半调子的文化人,若在他们的诗作中寻找惠特曼的影响踪迹则毫无根据。尽管惠特曼的《草叶集》早有中译本,而且郭沫若的《女神》也受到了惠特曼的影响,[①]但中国民歌的发展不应归功于惠特曼,郭沫若自己倒是发起群众文学创作运动的领导人之一。惠特曼、郭沫若与许多无名群众一样强调人的奋斗,在他们的诗篇中都可以发现集体的或个人的"我"。人们也可以正确地指出诗篇中的民族自豪感与对劳动的赞美,它们正是激发惠特曼和群众创作诗篇的动力。但我们并不能据此就认定,群众诗篇中的这些重要思想是来自惠特曼的影响,实际上群众创作运动中的绝大多数群众和干部对

---

① 惠特曼:《草叶集》,高寒译,上海:晨光出版公司(1949年前)。楚图南曾选译过《草叶集》的一部分,以《草叶集选》的名字出版(北京:人民文学出版社,1955年版)。在1955年11月25日的一次纪念惠特曼(和塞万提斯[Cervantes])的大会上,周扬指出惠特曼除对郭沫若以外,还对"许多其他中国诗人"起过不小影响。参见《文学研究》1958年第2期,第148页。

他们的美国先驱一无所知。

过度强调惠特曼对新民歌的意义可能导致一些无根据的结论,以至忽略中国民间文学和传统文学模式对群众文学的作用。主观臆测西方文学经由惠特曼对中国产生影响,会妨碍人们对共产党整体文化政策有一个清楚的认识。共产党的文化政策力求在运用语言、吸收民间传统及颂扬劳动方面做到"民族形式"。那种试图在惠特曼和群众诗作中找出一个直接的、有意义的关系的做法是完全不可取的,因为根本不存在这样一种关系。如果说在我们探讨的这段时期内有任何可以称之为"中国式"的文学现象的话,那恰恰就是 1958 至 1959 年间的群众诗歌创作。说它是中国式的,不仅因为传统文化因子贯穿于这场运动的始终,而且它还是几股错综杂糅的力量共同作用下产生的一种前所未有的现象。

限制了"影响"一词只能用于那些影响源与被影响地区有着确凿无疑的联系的情况,我们还得再做一番基本性的评述,才能对苏联文学加之于中国的影响得出有效的结论。在对苏联文学的态度上,我们必须区分中国官方的正统的立场与民间的非正统的作家、批评家的立场,还要进一步区分苏联官方认可的苏联文学和文学理论与非官方的苏联文学和文学理论。最后还要考虑到斯大林时代与赫鲁晓夫时代文艺政策的差异。我们首先来看一下中国官方对斯大林时代与赫鲁晓夫时代苏联的文艺政策所持的立场。

1942 年毛泽东《在延安文艺座谈会上的讲话》确立了中国共产党文学理论的基本原则,这一点非常重要。那时毛泽东的文学导师是列宁,他接受了列宁的理论,同时也接受了斯大林—日丹诺夫主义者(Stalinist-Zhdanovian)的阐释。毛泽东提出了文学的目的在于促进革命的观点,提出政治标准第一,艺术标准第二,强调民间文学的价值,同时以苏联为例,引述了苏联文学理论的三大要素——社会主义现实主义、党性和典型性,来反驳对共产党的标准和革命的阴暗面的指责。正是《在延安文艺座谈会上的讲话》确立了中国文学理论的主要命题。

第八章 结 论

当斯大林时代文艺政策的创造者去世后,苏联对文艺政策进行了重新审视,但中国文化官员却紧紧依附毛泽东的教导,《在延安文艺座谈会上的讲话》依然占据着经典地位。

中国人在接受斯大林—日丹诺夫的文艺方针体系的同时,也对这一方针的背景和起源有了相当的了解。像苏联人一样,他们也赞美别林斯基、杜勃罗留波夫、车尼尔雪夫斯基等人的某些观点,车尼尔雪夫斯基的《艺术对现实的审美关系》由周扬译成中文。虽然一位批评家在 1956 年遗憾地表示,别林斯基或杜勃罗留波夫的主要著作没有中译本,但它们还是常常被引用。19 世纪的俄罗斯小说在中国很受欢迎,虽然在官方的圈子里它们不如 20 世纪二三十年代的小说流行,但在中国文学与文学理论中俄苏的影响是有迹可循。奇怪的是,中国文化官员也欢迎果戈理、陀思妥耶夫斯基、托尔斯泰和契诃夫等人的作品在中国传播,须知这些作家所持的人道主义倾向、对普遍人类价值和自由原则的关注,常常是与马列主义的基本要义相悖的。

早有人注意到俄国经典作品对当代苏联文学的巨大影响。① 伟大的俄国现实主义作家们的影响在当代作家身上体现得很明显,帕斯捷尔纳克的《日瓦戈医生》继承了 19 世纪的传统,爱伦堡宣称自己无法区分批判现实主义和现在的革命的和人道主义的现实主义,巴乌斯托夫斯基从《安娜·卡列尼娜》获得勇气,毅然蔑视"粉饰"现实的做法。托尔斯泰长篇小说的文体与心理分析在苏联仍然代表了完美的标准,准确地说,对"资本主义现实主义"传统的高度仰慕,使苏联作家重新回到用现实主义方式描写人的需要,而不是忽视人的需要去空想浪漫化的共产主义未来。当代苏联作家并没有把浪漫主义看成是社会主义现实主义不可或缺的组成部分,19 世纪传统的影响是原因之一。

1958 年以前,当代苏联文学中纯粹现实主义的复苏,并没有明显

---

① Avrahm Yarmolinsky, *Literature under Communism*, The Hague, Mouton, 1957, pp. 152-157; Maurice Friedberg, *Russian Classics in Soviet Jackets*, New York and London, Columbia University Press, 1962, pp. 155-157.

影响中国官方对苏联文学和文学政策的态度。按照惯例,中国领导人继续依循苏联模式。周扬坚决支持1955年12月苏联《共产党人》杂志上的编者按,反对公式主义和粉饰生活,要求作家不要回避描写矛盾和冲突。周扬尤其强调文学的想象性的特性,要将对现实的艺术反映与科学认知区分开来。他在1956年2月27日的讲话以及三个月后陆定一的发言鼓舞了许多思想自由的中国作家。看到中国官方的文学政策似乎要走非斯大林化的道路,一些更大胆的作家表达了他们对苏联文学纯粹现实主义倾向的羡慕之情,赞同对社会冲突和人的感情进行真实的描写。

一些作家可能觉得推动中国文化领导人进一步走向自由化方向的时机已经成熟,另一些作家可能只是试图通过引述苏联作家的例子来加强自己的文学地位。王蒙遵循尼古拉耶娃(Galina Nikolayeva)的路径,或者看起来是如此;刘宾雁装扮成奥维奇金第二;何迟搬出马雅可夫斯基后期的荒谬讽刺写法为自己大受诋毁的相声辩护;秦兆阳和黄秋耘大谈"社会主义时期的现实主义"理论,给人造成一种与西蒙诺夫观点相通的印象。当蔡田强调周扬1956年2月的讲话要点时,也不忘用苏联的理论做支持。他批评公式主义的盛行,和王蒙、何迟一起,强调"无冲突论"已经过时,因为爱伦堡和西蒙诺夫早已放弃了这个观点。从这些事例中都可以看出苏联的事件影响了中国作家中非正统倾向的兴起。但是,这里提到的苏联作家的名字表明,这些影响未必发源于苏联的非正统派。事实上,尼古拉耶娃的《拖拉机站站长和总农艺师》在苏联大受欢迎,西蒙诺夫和奥维奇金也不是真正意义上的持异见者。

当中国作家的立场与官方文学政策相抵触时,他们每每到苏联社会主义现实主义代表作家那里寻找支持自己的观点,这使得中国文化官员谨慎地避免亦步亦趋地跟随苏联文艺路线。冯雪峰贬低当代中国与苏联文学却赞扬俄罗斯文学中的人道主义精神,萧乾仰慕契诃夫与蒲宁(Bunin),让中国领导人意识到对19世纪俄国现实主义表示欣赏也是有危险性的。他们越来越感觉到俄罗斯现实主义（无论传统的还是现代的）的影响可能有害,最后他们开始反对起托尔斯泰的人道主义和巴克拉诺夫的战争小说。

为了让作家继续发挥革命的吹鼓手的作用,继续憧憬共产主义的田园牧歌,中国的文学官员认为,应该放弃以单调的现实主义手段描写日常生活的做法。对苏联"解冻"时期的社会主义现实主义作品表示质疑的第一个信号。当时陆定一宣称社会主义现实主义绝非唯一的创作方法。一年半以前,苏尔科夫的说法恰恰相反:"在整个社会主义社会文学中,社会主义现实主义是唯一在思想上有创造的方法。"可是陆定一将描写对象的范围扩大到"神仙"和"会说话的鸟兽"等,这样毛泽东诗词的出版也就顺理成章。现实主义概念在中国被拓宽,甚至可以到神话中寻找源头,《诗经》也被部分地看成现实主义的作品。茅盾和蔡仪对拓宽现实主义的含义功不可没。蔡仪指出,他们采用的是高尔基对神话的理解,而不是现代苏联流行的观念,比如艾里斯伯格（Elʼsberg）所说的现实主义出现于文艺复兴时期。尽管艾里斯伯格试图赋予现实主义这个概念以典型的欧洲性和现代的内涵,中国人却强调它的普适性,希望现实主义也能适用于中国传统的文学。

这个关系到当代中国文学的未来走向以及如何评价岌岌可危的俄国和中国文学传统的敏感问题,终于在1958年有了明确答案。革命的现实主义与革命的浪漫主义相结合的提法取代了社会主义现实主义这一相对模糊的概念。中国认为这一提法回到了社会主义现实主义的原初意义,因为高尔基和日丹诺夫当初就认为革命的浪漫主义是其有机组成部分。革命浪漫主义的引入使得对传统文学的吸收变得更为容易,因为传统文学不再笼罩于宽泛意义的现实主义之下。革命的现实主义与革命的浪漫主义相结合的新提法对评价19世纪俄国现实主义文学影响深远,因为中国文化官员一方面鼓吹社会主义现实主义的浪漫主义的一面,一方面又不愿忽略批判现实主义与社会主义现实主义之间的模糊差别。因为这个原因,巴人和卢卡契受到了严厉批判,托尔斯泰许多作品和无阶级差别的"人类感情"受到否定。

因此中苏两国文学理论最主要的差异在于对社会主义现实主义的解读不同，某种程度上，这个术语在中国被另一种提法取代。1960年周扬将革命的现实主义与革命的浪漫主义相结合这个理论与不断革命的理论联系起来，让人们相信新提法是旨在提高写作的革命热情。如果对比中苏两国的文艺政策，会发现新提法表达了一种不同于苏联的对革命事业的献身精神。中苏两国作家献身于不同的事业，需要不同的方式，中国文学的目标的确与苏联判然有别，正如苏联与西欧文学的目标大相径庭。

中国的文学理论必然会导致掩饰真正的现实需要，忽视对爱的渴求、对死的恐惧等基本人生经验。对爱的诗意表达被认为是无可忍受的，申斥社会弊病的"讽刺文学"的描写对象和文体风格都受到严格限制：故事的主人公必须代表正面形象，因为即将到来的共产主义就如光芒万丈的太阳，世间万物在它的普照之下都是光明的。尽管这些原则同样出现在苏联的文学理论中，但中国觉得还需要作进一步的限定。虽然苏联作家们声称会继续遵循高尔基时代的文学原则，但却口惠而实不至，官方也不会加以推动。当时的中国文学界注意到，苏联文学在描写普遍的"人类感情"时越走越远，以至出现了一种色情诗歌，只渴求爱却拒绝承担相应的社会责任。1963后11月，《文艺报》公开批判卡扎科娃（Rimma Kazakova）的诗，其开头和结尾的两节如下：

爱我吧，羞涩地，
爱我吧，胆怯地，
仿佛我们的婚姻
是上帝和人所撮合。

爱我吧，坚定地，
像绿林强盗那样，

捉住我,俘虏我,
将我绑架!

温柔地笑吧,
坚定地辩白吧,
对我生气,
骄傲,
疯狂……

只要你爱我。
只要爱我!①

中国评论家黎之下大力气证明,这位女诗人在苏联文学界并未被排斥,甚至伊利切夫(Ilyichov)都称赞她的文学成就。伊利切夫是著名的共产党理论家,曾于1963年初领导了一场针对现代艺术和文学中自由化倾向的批判运动,不过伊利切夫点名批评了其他几个写过类似作品的作家,强烈反对"淫秽",反对描写核战争来临时死亡的恐惧。黎之还引述了叶夫图申科(Yevgenii Yevtushenko)和沃兹涅先斯基(Andrei Voznesensky)相关的话。黎之的文章非常有意思,因为他从高尔基、日丹诺夫、别德内依和马雅可夫斯基那里寻求权威支持。② 这四个人不仅同属于已作古的一代,而且都属于一个在苏联已经结束而在中国还在继续的时代。

当时苏联之所以强调人道主义,也许与"非日丹诺夫"的文学研究方法密切相关。在中国这两者同属被批判之列,且常常被相提并论。在苏联的宣传话语中不断提到人道主义思想,尽管需在特定的语境中

---

① 译注:中译文转引自黎之的文章,载《文艺报》1963年第9期,第24—29页。
② 黎之:《跨掉的一代,何止美国有!》,《文艺报》1963年第9期,第24—29页。作者全文转译了了卡扎柯娃的《爱我吧,羞涩地》一诗。

来加以理解,但还是有其明确的定义的。陀思妥耶夫斯基和托尔斯泰都被尊奉为人道主义者。苏联共产党新党章(草稿于 1960 年出版)强调了使个人富裕的目标,并把人道主义作为共产主义社会的主要理想之一。① 那种把人文主义只看成是社会主义的人道主义的观点是站不住脚的,因为苏联党章并没有把社会主义作为人道主义必需的品性。即便加上这个前缀,中国还是会反对这种由所谓的"现代修正主义者"提出的"社会主义的人道主义"。②

当年共产党与周作人、胡适及梁实秋的关于人道主义的论战仍历历在目,我们当然也可以把中共反对任何与人道主义有关的思想的做法,看成是以前论战的延续。但中共反对巴人和李何林(他们因把周作人的"资产阶级人道主义"误认为是无产阶级思想而受到批判),不仅是为了不再现旧的分歧,而且也是对苏联发展新动向作出的反应,不仅是反对梁实秋的观点,而且爱伦堡的观点也未能幸免。

1958 年,中国文化官员选择继续推行斯大林时代的文学规范,而它在此时的苏联早已成为明日黄花。从某种意义上说,中国改变了其内容,更加清晰地提出了浪漫主义,调整了对神话和民间传说的重视以满足自身消化吸收文学传统的需求。尽管在为民间文学进行理论辩护时偶尔会出现高尔基的名字,但毛泽东的诗词从来不需要借用它国理论来加以支持。毛主席确立了自己的规则并要求他人遵从。革命的现

---

① 参见 *Programme of the Communist Party of the Soviet Union*[*Draft*],Moscow,Foreign Languages Publishing House,1961。"党认为在目前阶段意识形态领域的首要任务是……确保全面、和谐的个人发展"(第 97 页);"社会成员共同按计划劳动,日常参与国家与公共事务管理,发展合作与相互支持的共产主义同志关系,用集体主义、工业化道路和人道主义武装人民的思想"(第 98 页);"共产主义文化将吸收和发展世界文化创造出来的一切优秀成果,将是人类文化进程中新的更高阶段的文化,它将体现社会精神生活的多样性、丰富性及新世界的崇高理想和人文主义,它将是消除了阶级差别的社会里的文化、所有民族的文化、全人类的文化"(第 109 页)。

② 邵荃麟指出,现代修正主义者对社会主义人道主义或无产阶级人道主义口惠而实不至,并补充说这些修饰语掩盖不了他们真正的反动面目(《文艺报》1960 年第 13—14 期,第 47 页)。周扬就"社会主义人道主义"一词的合法性提出质疑(《文艺报》1960 年第 13—14 期,第 31 页)。

实主义与革命的浪漫主义相结合的理论是苏联理论与本国内在需求共同作用的结果。它既不完全源自中国,也不是完全来自外国,像群众诗作的体裁和内容一样,更是各种因素汇聚而成的结果。至于1960年对人道主义的批判,也不是仅涉及1949年前的中国文学史或苏联文坛的背景那么简单,因为它也是若干因素综合作用的结果。

  不能仅仅将中国的文学理论规范看成是机会主义的产物。作为其核心的党性原则(即对党保持忠诚,党正在领导一场严峻的阶级斗争,要求的是向新社会彻底献身的誓言),既来自传统的忠诚思想,又为科学的马克思主义理论所支持。即便完全搞清楚中国文学理论规范的源起,仍然无法准确地探究这一理论体系中欧洲和中国的传统是如何、又是在多大程度上被吸收的,因为它们都失去了原有的精髓。因此,必须把1960年的中国文学理论规范看做是一种全新现象,一个不可分割的整体。它既不是独立于外国影响的产物,也不是本国传统自然发展的结果。它迥异于苏联的、西方的以及中国传统的文学理论规范,它是一个全新的、前所未有的产物。

译后记

佛克马教授的《中国文学与苏联影响 1956—1960》是欧洲中国现代文学研究的代表性成果之一,在欧洲汉学界影响颇大。可惜,国内学界对佛克马教授的《二十世纪文学理论》、《文学研究与文化参与》、《走向后现代主义》等书知之甚详,对这本书却很少有人提及。有意思的是,相隔几十年之后,佛克马教授当年讨论的话题,在时下颇为热闹的"十七年文学"研究中,再次成为绕不过去的重要问题。而且,佛克马教授在中译本前言中也感叹,书中所讨论的一些问题,至今依然有其理论价值。这本书限于历史条件,很多问题没有能深入下去,但是作者以大量的史料和实证的立场梳理历史线索、还原历史现场的做法,为我们重返生动感性的历史现场、重审那段错综复杂的文学史,提供了很大的便利和有益的导向。因此,"旧作新读",或可对学术界的"十七年文学"研究有所帮助。

衷心感谢佛克马教授从中斡旋,帮助我们解决了版权问题,并对部分译文作了细致的审读,亲自撰写了中译本序言,让我们再次感受到严谨而谦和的大师风范。感谢佛克马教授的高足、深圳大学张晓红教授牵学术之线,搭中西之桥,我愿意把这本译著视为我们共同的成果。

这本译著能够由北京大学出版社出版,全赖程光炜教授、张雅秋博士和王尧教授的厚爱,特别是张雅秋博士精心而专业的编辑,使译著大为增色。对此,我们内心的感激与感动无以言表。

本书由我和聂友军合作译成。我们先分头初译(聂友军承担了大部分的初译,我只译了中译本序言、前言和第五章,此外张桂荣初译了第三章),初译完成后,由我对全书(包括注释)进行全面的校译和统稿。为了准确还原大量的引文,我们专程到上海图书馆,花费大量时间查阅当年的《文艺报》《人民日报》等报刊杂志。现在除了个别地方，原著中的引文均已还原。为了尽可能减少错讹，我还请严慧博士对译作作了认真的审阅，请朱建刚博士审阅了关于俄苏文学的内容，在此一并致谢。当然，译者学有未逮，错误还是难免，尚祈方家教正。

四月的江南，春风婉转，满目新绿，空气中弥漫着浓郁的香樟树的气息。一年多来沉湎于翻译、对话、重返历史现场的种种甘苦，也随着这熟悉的气息，潜入心底，成为美好的记忆。

季进
2009 年 4 月 30 日